Changer l'eau des fleurs

為花換新水

維歐蕾特從被棄到重新去愛的故事

Valérie Perrin
瓦萊莉・貝涵

林苡樂 譯

1

不過是少了一個人，世界對我們卻已無處不是荒蕪。

和我住同一樓層的鄰居什麼都不怕。他們沒有煩惱，不墜入情網，不懂得焦慮。他們不相信偶然，不做承諾，也不會出聲。他們沒有社會保險。他們不哭泣，不找鑰匙、不找眼鏡、不找遙控器，他們不找小孩，也不需要尋找幸福。

他們不看書，不繳稅，不節食，沒有偏好，不三心二意，不用鋪床，不抽菸，不列購物清單，話不需經大腦才說，也從不需要找人代班。

在他們的世界裡，他們不拍馬屁，沒有野心，不懂記恨，他們不懂得招搖賣弄，不會心眼小，既不寬宏大量，也不懂得忌妒，他們不在乎邋遢或整潔，不在乎自己是高尚或滑稽，不沉迷於事物，不懂吝嗇，不懂微笑，他們不展露惡意，不舉止暴躁，不對誰心生愛慕，不發牢騷抱怨，不偽善，他們既不溫順也不頑固倔強，他們不優柔寡斷，不耍狠，不說謊、不偷竊、不投機，他們既不懷抱幹勁、也不怠惰懶散，他們沒有宗教信仰，也不邪惡詭詐，他們不是樂觀主義者。

他們是死人。

他們彼此間的唯一差異是，棺木的用材不一樣：有的人用橡木，有的人用松木，不然就是桃木。

道。

2

你要我如何才好，如果從此聽不到你的腳步聲？你的，或是我的人生還能不能夠繼續？我不知道。

我是維歐蕾特．杜森，我做過鐵路平交道駐工，現在是墓地管理員。

我品嘗這人生，就如同小口小口啜飲著摻和了蜂蜜的茉莉花茶。當夜晚來臨，墓園柵門關上後，把鑰匙掛在浴室門上，我就置身天堂了。

不是我同層樓鄰居的那種天堂。不是的。

我說的是活人的天堂：就是喝一口一九八三年釀造的波特酒。每年九月一日，荷西－路易．斐迪南會帶一瓶這樣的優質葡萄酒來給我。而我倒在小小水晶杯裡品嘗的，就是我僅存的些許度假時光。每到晚上七點，不分晴雨，風雨無阻，我都會享受一下這此生遲來的小確幸。

兩個盎司杯的酒透著紅寶石的色澤。閉上眼睛，我品嘗來自葡萄牙波多的葡萄之血。只要喝上一口，整晚快意暢然。只要兩個小小盎司杯就足夠，我不是愛喝酒，而是喜歡微醺的滋味。

荷西－路易．斐迪南每個禮拜都會來他太太瑪麗亞．潘托（1956-2007）的墳前獻花，只有七月他不到墓園的期間由我代他奉上鮮花，他以波特酒做為答謝。

我的禮物就是上蒼給的禮物，每天早上睜開眼睛我都這樣告訴自己。

我的人生曾經很不幸，甚至頹然絕望。人生一無是處，整個人被掏空耗盡。我的生理機能不需我的靈魂即能自主維持。聽說，人無論高矮胖瘦、年紀輕或長，靈魂的重量都是二十一公克。

但我從不想要不幸的人生，我決定不讓不幸的人生延續。我的不幸，終有一天要劃下句點。

人生起步我就拿到一副爛牌，我是匿名生產[1]的孩子，出生於亞爾丁省[2]北部，和比利時國土曖昧交合的一隅，被形容為「過渡性大陸型氣候」的地方（秋天降雨豐沛，冬天結冰頻繁），讓我聯想到賈克・布雷爾歌裡唱的在低暗天空下漂浮的運河[3]。

我出生的那天沒有哭。因此，宣告我出生前胎死腹中的行政文件還在填寫時，我就像一件沒貼郵票也沒寫收件人的二千六百七十克重的包裹給扔在一旁了。

死胎，一個無生命跡象也無姓氏的嬰兒。

助產士趕著把表格填好，速速幫我選了名字：維歐蕾特[4]。

我想像自己出生那時大概從頭到腳全身發紫。

當我的身體開始出現血色，助產士此時不得不填寫出生證明，她沒再改掉名字。

我被放入保溫箱，皮膚重新熱了起來。想必是那個不想要我的媽媽，在她的肚子裡把我凍壞

1 法國匿名生產制度支持女性在不願成為母親的前提下，依其意願保密其生產和身分資料。參考李晏榕《司法改革》。

2 Ardennes，是法國大東部大區所轄省份，北鄰比利時有一塊凸出的狹長形狀，嵌入比利時國土內。

3 Jacques Brel, 1929-1978，比利時創作歌手，作曲家、演員、作家、電影導演。〈低地國〉（Le Plat Pays）一歌追憶祖父母的家鄉比利時西法蘭德斯省的景色。

4 Violette，有「紫羅蘭色」、「紫色」、「紫羅蘭花」之意。

了。保溫箱的溫暖將我重新帶回人世。一定是出於這個緣故，我才這麼喜歡夏天。如同向日葵那樣，我從不曾錯過任何泡在第一道陽光下的機會。

我結婚前本姓特雷內，與歌星夏勒・特雷內[5]同姓。想必是幫我取名作維歐蕾特的助產士幫我取的姓。她應該是喜歡夏勒・特雷內。後來我自己也喜歡夏勒・特雷內，有很長時間我都把他當作遠房親戚，一個怎樣都不會見到面的美國姑丈。人們要是喜歡一個歌星，也會因為老是唱他的歌，感到與自己喜歡的歌星莫名有某種親緣關係。

杜森[6]，是後來我與菲利浦・杜森婚後改的姓。遇到有這種姓氏的人，我本該很有戒心才對。不過，有的男人姓普蘭東[7]，卻是會打老婆的人。可見就算有個好聽的姓，也不能防止人變成爛人。

只有在發燒的時候，我會想起媽媽。其他時候我從不曾想她。然後我就這樣健健康康長大了。我的身形很挺直，父母的缺席反而使我的脊椎好像有了根柱子支撐著。我總是昂頭挺胸。這是我很特別的地方。我從不駝背，即使在哀傷的日子裡也一樣。人們常常問我是不是學過古典芭蕾？我說沒有。是我的生活鍛鍊出我的體態，是我的生活讓我每天過得都像在做扶桿練習和立腳尖。

5 Charles Trenet, 1913-2001，法國歌手、作曲人。
6 Toussaint 法文指「諸聖節」，是人們到墓園悼念亡者之日，近似清明節掃墓。
7 Printemps之音譯，原意為「春天」。

3

既然有朝一日所有的墓園都將成為花園，帶走我或是帶走我的至親都好。

一九九七年，我們看守的平交道柵欄改成自動化運作。我和我老公就此沒了工作。我們的失業故事上過報紙成為新聞。我們代表共伴著這個自動化進步過程的犧牲者，是法國最末代手控平交道柵欄的職工。記者為替報導增添圖像，還為我們拍了張照。菲利浦．杜森甚至摟著我的腰擺了姿勢合照。但我的天！照片上面在微笑的我卻流露一臉哀傷。

報導刊出那天，菲利浦．杜森如一具行屍走肉般從國家職業介紹所回來，他總算意識到必須出外工作賺錢了。他習慣了一切由我扛。我廢到了和他一樣的無所事事時，中了樂透頭獎。幸運數字全中，大筆橫財就這樣到手。

為了讓他振作起來，我把報紙遞給他：「墓地管理員：一個未來新興的職業」。可是他看我的眼神，好像是我失去理智一樣。一九九七年，他每天都用這樣的眼神看我。一個男人會對他曾經愛過如今不再愛的女人這樣嗎？

我跟菲利浦說我其實是湊巧發現這則徵人啟事的。沙隆區布朗松鎮[8]的鎮長要招聘兩名墓地管

8 虛構的城市。

理員。替死人工作的時間也是固定的，死人還沒比火車那麼吵。況且我也跟鎮長談過，鎮長說馬上可以錄用我們。

我老公不相信我，他告訴我，他不相信巧合。他寧可餓死也不到冥府。他寧可去偷拐搶騙。

他打開電視玩起了《超級瑪利歐64》。遊戲目標是搜集每個世界裡全部的星星。但是對我來說，只有那一顆「幸運星」是我想得到的。當我看著瑪利歐為拯救被庫巴綁架的碧姬公主而四處奔走時，我這麼想著。

我還繼續說服他，告訴他如果去當墓地管理員，我們各有一份薪水，收入比起當平交道駐工更好。死人的錢還比較好賺。我們會有個漂亮的員工宿舍，不必繳房租，還可以搬離這棟住了好幾年的舊房子，這間簡陋的房子，冬天漏水就像艘老舊破船，夏天溫暖堪比北極高溫的時候。

我們的人生需要新的起點好重新開始，這份工作可以做為我們的新起點。在墓園宿舍裡，需要的話掛上一帷美麗窗簾，就完全看不到任何鄰居、十字架和喪家了。美麗的窗簾就是把我們的生活與其他人的悲傷隔開來的邊界。我本可以告訴他的真話是，窗簾，是把我的悲傷與其他人的悲傷隔開來的界線。但千萬還是不要。什麼真話都別說。為了讓他相信人生會有新開始，假裝天外果真飛來一個機會，讓他得以軟化降服。

為成功說服他，我向他保證他「什麼都不必做」。墓園已有三個掘墓工負責維護墳墓和修整墓園。管理員的工作內容只需開啟和關上墓園的柵門。有人在就好。這樣的作息安排不會讓人厭煩。享有的假期和周休會像瓦爾瑟里訥河上的橋一樣長。剩下的工作都歸我解決。全都歸我。

超級瑪利歐停下不跑了。碧姬公主倒下了。

菲利浦．杜森睡前又讀了一次報上的徵人啟事：「墓地管理員：一個未來新興的職業」。

我們以前工作的平交道在南錫的馬爾格朗日城鎮。我人生的這段時間，等於是沒有活過。那些日子說是「**我死了**的時期」更為貼切。那時候每天只是起床、更衣、工作、購物、睡覺。我需要吃安眠藥。甚至吃兩顆或更多。而我看著我老公，他看我的眼神都好像是我已經失去理智。

我的工作排程極其枯燥，平日的工作天，一天要將平交道柵欄升起、降下近十五次。第一班火車在清晨四點五十分經過，末班在午夜十一點零四分通過。在我的腦中，已內建柵欄升降警示鈴的自動裝置。甚至在警鈴真正響起前，我已先聽見警鈴聲。我們本該輪流分擔這反復到令人難以忍受的工作節奏，然而菲利浦．杜森唯一輪派到的工作只有發動摩托車引擎出外去風流，把那些外遇對象們的身體翻來翻去。

啊！經過我眼前的這些火車乘客激起了我的夢想。這些火車只是連接南錫到埃皮納勒兩地的交通車，每趟途中僅在偏僻小鎮停靠十多次，搭載的是當地居民。然而，我羨慕這些男男女女。我想像他們正要去赴約，我多希望和眼前這些來去的乘客一樣，也有約會在等我。

*

報紙啟事刊出三周後，我們前往勃艮地，離開灰漆漆的景觀轉往綠地，一路從柏油路駛向青草地，揮別鐵道上的瀝青氣味，迎向鄉間的氣息。

我們在一九九七年八月十五日到了沙隆區布朗松鎮的墓園。那時正是法國人都在度假的時候。

留在鎮上的居民寥寥可數。在墓碑之間跳來跳去的鳥兒也不再飛翔。老是在花盆間慵懶休憩的貓也消失無蹤。這時候天氣太熱，甚至螞蟻和蜥蜴也不見蹤影，連墓碑的大理石表面都是熾燙的。掘墓人正在休假，新來的死人們也是。我獨自在墓園小徑裡散步，唸著墓碑上我不曾相識的一個個人名。然而，我一到這裡就感到自在，這裡根本是屬於我的地方。

4

生命是永恆的，肉身是一趟旅程。不朽的記憶即旅程帶來的訊息。

如果墓園柵門的鑰匙孔沒被年輕人的口香糖塞住的話，會由我來開啟和關閉這扇笨重的柵門。墓園開放的時間因季節而異。

三月一日到十月三十一日，上午八點開放到晚上七點。

十一月二日到隔年二月二十八日，上午九點開放到下午五點。

向來沒有人選在二月二十九日這天下葬。

十一月一日諸聖節[9]，上午七點開放到晚上八點。

老公出走後，他的工作我一併攬下。更準確來說，他失蹤了。在全國警政檔案中，菲利浦・杜森出現在稱作「高風險失蹤人口」的檔案裡。

不過在我生活周遭，還是有幾位男性。三位掘墓人：諾諾、賈斯東、貓王艾維斯。殯儀館的三位禮儀師，也就是分別叫作皮耶、保羅、賈克的魯奇尼三兄弟。還有一位神父賽德里克・莒哈斯。這些人每天都來我這裡好幾回，來我這裡喝東西、吃零食，若我需要修理漏水或搬運幾袋肥料到菜

9 十一月一日是天主教和東正教的節日「諸聖節」，也叫「諸聖瞻禮」。

園裡，他們也會幫我。我把他們當朋友而不只是工作上的同事。就算我不在，他們也能進來我的廚房裡倒杯咖啡喝，杯子洗洗就自行離開。

掘墓人這樣的職業雖引人反感和嫌惡，但在我工作的墓園裡這些掘墓人卻是我所見過最體貼風趣的人。

諾諾是我最信任的人。這老實人有著與生俱來的樂天。人人都愛戲弄他，他都不曾抗拒。但如果要他將孩童下葬入土，他會將「這件事」讓給其他人。如同他說的：「讓膽大的人來做吧。」諾諾長得很像喬治．巴桑[10]。世界上只有我告訴他他長得很像喬治．巴桑，這可讓他得意了。

賈斯東呢，他手腳不靈活，老是捅出些蠢事。看起來一副酒醉的樣子，儘管他明明只喝水。下葬儀式時，他會讓自己夾在諾諾和貓王兩人之間，以免自己重心不穩失去平衡。賈斯東走過的地方，都像發生過地震，凡他走過之處，都要把周遭的東西傾倒、打翻、壓毀，不然就是他自己跌了跤。當他到我這裡，我都怕他打壞什麼東西或他自己因此受傷。不過害怕不能阻止危險發生。每次他來不是打破杯子就是弄傷自己。

貓王之所以叫貓王，是因為他的偶像是貓王，艾維斯．普里斯萊（Elvis Presley），大家都叫他貓王。他不會讀、不會寫卻能完全記住貓王所有的歌。他說話音老是發不準，讓人搞不清楚他唱的是英文還是法文，但他倒是唱得深情飽滿：「Love mi tendeur, love mi trou」。

魯奇尼這三兄弟，彼此年紀差不多間隔一年，三十八歲、三十九歲、四十歲。他們子承父業在家族傳承數代的殯儀館工作。他們也是布朗松鎮稀有的停屍間業者，停屍間就緊鄰他們的倉庫。諾諾說停屍間和倉庫間僅一門之隔。大哥皮耶負責接待往生者家屬，保羅在地下室處理防腐作業，而賈克負責駕駛靈車，由他送往生者走上最後的旅程。諾諾稱他們三兄弟為「宗徒[11]」。

還要談談我們的神父賽德里克·莒哈斯。天主並不總是公平的，祂有自己的品味。自從賽德里克·莒哈斯神父到鎮上，似乎神啟讓本地的許多女性突然開了竅，星期天早晨教堂長椅上可是坐了越來越多的女信眾了。

我是從不上教堂的。上教堂就好比跟一起工作的同事上床一樣。我還覺得，我從來訪的人們得到的祕密比起賽德里克神父在告解室裡聽到的還要多。這些家屬來或走的時候，有時來去兩種時刻都有，他們在我的小屋裡、我所在的小徑上對我傾洩話語。這和死去的人也有點像。而死人呢，是這些訪者無語默哀的時刻、紀念牌上的輓詞、每一次的悼訪、墳前祭獻上的花、照片，以及他們在墳前的神情舉措，在在向我訴說了往生者過往的人生：當他們還是生者，還能行動，他們曾如何活過。

我的職業需行事謹慎、喜歡與人接觸，但不能有同情心。對於一個像我這樣的女人來說，不能有同情心，就如同從事太空人、外科醫生、火山學家或遺傳學家這些職業要求的品格。不過這些職業並不存在於我的星球裡，我的能力也做不來。我從不在來訪者面前掉淚。喪禮前或後我會哭，但絕不在喪禮進行中哭出來。我工作的墓園已有三個世紀的歷史。這座墓園迎接的第一位亡者是女性，她的名字是黛安娜·德·維涅宏（1756-1773），在十七歲時因難產而死。若用指尖撫摸她墓碑

---

10 Georges Brassens, 1921-1981，法國戰後十分重要的創作歌手、詩人。曾將法國許多詩編寫成歌，主要以吉他創作和表演。

11 基督新教譯作「使徒」。

上的標牌，還是能讀出刻在米灰色石碑上的姓名。後來歷任的每一位鎮長都不敢打擾這第一位下葬的亡者，尤其還有著關於黛安娜的古老傳說。根據布朗松鎮居民間的說法，在市中心商店玻璃櫥窗前和墓園裡，有好幾次她穿著「光之衣」出現了。當我在地方上的二手市集拍賣舊物時，偶爾也會看到黛安娜以鬼魂模樣出現在十八世紀的古版畫或明信片上。這些以一般鬼魂形象假冒成黛安娜登場的都是贗品。

墳墓周遭的傳聞也很多。活人常常捏造出死人的生平故事。

在布朗松還有第二個傳說，主角名叫漢娜・居夏（1961-1982），比黛安娜・德・維涅宏年輕許多。她葬在我的墓園雪松區十五號巷道上。石碑上的相片是帶著微笑、可愛的褐髮年輕女性。她死於出城車途上。據說有些年輕人在路邊看到過全身著白衣的她出現在車禍現場。

其實世界上到處流傳這種白衣女子傳說。因意外喪生的女人們，她們的亡魂經常出沒在活人的世界裡，她們受苦的靈魂總在城堡裡和墓園裡徘徊不去。

漢娜的墓曾經移動過，也讓她的傳說更添靈異色彩。但根據諾諾和魯奇尼三兄弟的說法，這其實是土壤滑動罷了。要是墓穴裡的水積累太多，產生位移現象是很常見的。

二十年來墓園裡對我來說已經沒有什麼新鮮事。在某些夜晚，我甚至曾撞見過墳墓上或墳墓間做愛的影子。但這些在墓地偷歡的影子並不是鬼魂。

除了這些傳說，其他沒有什麼是永遠存續的，甚至墓地使用權也不是永久的。我們可以買下墓地使用權十五年、三十年、五十年或是永久。但除了死後的永生，還是得當心這世間沒有什麼真的恆久不變。假設三十年過去，永久租用的墓地已不再繼續維護（外觀破舊、年久失修），而且有很長時間沒再埋葬過任何遺體的話，市鎮單位是可以收回永久使用權的。而原本的遺體即會遷葬到墓園後方的公墓區。

自從我到這裡工作，見過好幾次墓地使用權過期，而墓穴遭拆除清理的情況，原墓地亡者的遺骨被改置到公墓區。對此，沒人能加以置喙。因為這些往生者也只能被當作無人招領的遺失物來處理罷了。

這世間面對死亡的態度總是如此。當死人死去的年代越久遠，對活人的制約就越少。時間消磨了生。時間也消磨了死。

出於不忍再看到市府單位張貼的標牌：「此墳墓已進入回收用地審理程序，請速與市政廳聯絡。感謝！」我和三個掘墓人都費盡心力不讓墳墓變成無人照管的狀態。墳墓上明明還有在此安息亡者的姓名啊。

也許是出於這個緣故，人們為了抵抗時光流逝的宿命，為了將回憶牢牢守住，而在墓園裡立下許多墓誌銘。我最喜歡的墓誌銘是在一位年輕護士的墳上看到的，碑上刻著：「等到沒人能再夢到妳，即死亡真正開始的時候。」名叫瑪莉・德尚的護士於一九一七年過世。聽說有個士兵在一九一九年在墳前立下這個墓誌銘。每當從墳前經過，我都在想士兵是否長久以來一直夢到這位護士。

讓－賈克・高德曼[12]的歌詞「無論我在做什麼，無論你身在何方，你都不會被遺忘，我永遠想

12 Jean-Jacques Goldman, 1951-，法國八〇-九〇年代紅透半邊天的創作歌手。

念著你。」以及弗蘭西斯・卡布瑞爾[13]的歌詞「天上的星兒們只談論妳的故事。」是最常被用在輓詞紀念牌上的歌詞。

我的墓園很美。墓園走道沿路種的是百年椴樹。絕大部分的墳墓都有花兒點綴其外觀。

我在這管理員小屋前，賣些給訪客的花盆。如果盆花放到不能賣了，就把這些花獻給無人照管的墳墓。

我也種松樹，這樣夏日裡墓園會散發松樹的味道，是我最喜愛的氣味。

松樹是一九九七年種下的，我們到墓園的那一年。現在它們已經茁壯許多，以極美的姿態矗立在我的墓園裡。維護墓園，就是好好照料在此地安息的亡者。同時也是尊重亡者。若他們在世得不到尊重，至少讓他們在身後受到重視。

我相信有許多爛人安葬在這裡。不管是好人還是壞人，皆終有一死。況且，有誰在一生裡，一次也沒當過爛人呢？

菲利浦・杜森跟我不一樣，他一到這裡就不喜歡這座墓園、不喜歡這個城市、不喜歡勃艮地這地方、不喜歡鄉下生活、不喜歡廢墟般的老舊建築、不喜歡白色乳牛和這裡的人們。

我還沒來得及打開搬家紙箱，他就從早到晚騎著摩托車到處跑。才來幾個月，他就出去整整好幾個禮拜人都不在。直到有一天他沒再回來。警察不明白為什麼我沒有早一點通報失蹤。我沒有向他們解釋菲利浦・杜森這樣搞失蹤其實好些年了，就算在他還會回家吃晚飯時也是這樣子。然而，一個月過後，我明白他這次不會再回來了。如同我例行清掃的那些墳墓一樣，我感到自己也被遺棄了。我和那些墳墓一樣陰沉、暗淡，衰頹，隨時等著被拆除，我的屍骨就要棄置在枯骨堆中。

13 Francis Cabrel, 1953-，法國抒情詩人、民謠創作歌手。

5

生命之書是至高無上的，不能任意闔起又打開，我們想重溫心中眷戀的篇章，翻開的卻是此生終結的那一頁。

我是在一九八五沙勒維爾－梅濟耶爾[14]的一家夜總會堤布宏遇見了菲利浦．杜森。菲利浦．杜森整個人傾身靠在吧臺前，我就在吧臺裡做侍者。那時我謊報年齡兼差打了幾份零工。還是和我同住兒少收容所的朋友幫我偽造證件，讓我冒充成年的。

我的年齡別人看不出來。我的外表看起來像十四歲也像二十五歲。我只穿牛仔褲和T恤，留短髮，到處穿環，連鼻子也穿了。我那時候瘦瘦的，刻意將眼線畫成炭黑色，讓自己看起來像搖滾藝人尼娜．哈根。我才剛剛離開學校。讀寫能力欠佳。但算數還可以。飽嘗世間冷暖的我，一心只想工作賺錢讓自己付得起房租，盡快搬出兒少收容所。以後如何，再說吧。

一九八五年，我開始長牙齒了。這世界對我的人生唯一公平的就是我也能長出牙齒。整個童年，我都非常在意自己能不能像雜誌上的女孩有一口漂亮的牙齒。每當收容之家那些導護老師問我需要什麼，我一定說我要看牙醫。彷彿我今生整個命運發展都取決於我笑起來好不好看。

我沒什麼女生朋友。我太像男孩子了。每到一個寄養家庭我都很依賴寄養家庭的姊妹，然而反反復復換寄養家庭一再拆散了我和這些姊妹。轉換不同的寄養家庭對我是種劇創。「**永遠不要依附**

任何人」。我告訴自己：給自己理個平頭就可以保護自己，就擁有男孩子的一身勇氣和膽量。因為這樣，女生都不想和我在一起。為了跟大家一樣，我也跟某些男生睡過，也沒什麼了不起，這種關係終究使我失落，之後我也興趣缺缺了。我和男生睡有時是想讓對方錯亂，有時也有其他目的，像是想要衣服、弄一管大麻菸來抽，或是得到哪裡的入場券，有時單純只是希望有人能牽著我的手。我真正渴望的是像童話故事裡的愛情。而那些童話故事卻從來沒有人說給我聽：「王子和公主結了婚，從此就有了……也很……」

菲利浦・杜森靠在吧臺上，小口喝著去冰威士忌可樂，看著夥伴們在舞池裡跳舞。他有張天使般面孔，簡直是歌手米歇爾・伯傑[15]翻版。一頭金色捲髮，藍眼，明亮的肌膚，鷹勾鼻，鮮嫩紅唇……如七月熟成的草莓，即刻就能享用。他穿著牛仔褲、白T和黑皮夾克。他身材高大，健壯結實，完美極了。當我第一眼看到他，我心動了。那就像我幻想中的姑丈夏勒・特雷內歌裡唱的那樣。菲利浦・杜森只要跟我在一起，點什麼都免錢，連他喝的威士忌可樂也是。

他什麼都不用做，就左擁右抱環繞在他身邊的金髮美眉。那些金髮美眉如蒼蠅圍著一塊肉似的纏著他，他卻一臉蠻不在乎的樣子。隨便那些美眉怎樣都好。他除了有時候會拿起杯子靠在他亮澤的唇邊淺酌兩口，其他時候，他連小指都不必動就可以要什麼有什麼。

他始終背對著我，我只能看到他的捲髮在聚光燈下時紅時綠又轉藍的變來變去。整整一個小時，我這樣癡癡盯著他的頭髮。某些時候，當他側身聽著身旁的女孩在他耳邊說話，我就能好好看

14 Charleville-Mézières，位於法國東北部亞爾丁省的市鎮。

15 Michel Berger, 1947-1992，法國流行音樂藝人。

清他完美的輪廓。

後來，他轉身坐回到吧臺，他注視著我，讓我再不能離開他的視線。從這一刻起，我成為他最喜愛的玩具。

一開始，我想是因為我給他喝了免錢的酒他才對我有興趣。幫他倒酒時，我總是設法不讓他看到我啃爛的指甲，只讓他看見我一排完美無瑕潔白整齊的牙齒。他給我的感覺就是一個正常家庭出身的孩子。對我來說，除了兒少收容所的孩子，其他人看起來都是在正常家庭裡長大的。

他的身後擠了堆女孩子，猶如陽光公路上收費站旁的排隊車潮。然而他繼續渴切地看著我，眼神充滿了欲望。我靠著吧臺，面向他，想要確定他在看的人是我。我在他的杯子裡放了一根吸管，再抬頭看一眼。真的是我。

我問他：「要再喝點什麼嗎？」我聽不見他回我的話，只好湊近他大聲問：「要什麼？」他在我耳邊說：「我要的是妳。」

我趁老闆不注意的時候給自己倒了杯波本威士忌，喝了一口就不害羞了，喝第二口，感到比較自在了，喝到第三口，我已勇氣十足。我又靠到他耳邊說：「等我下班，就可以一起喝一杯。」

他笑了。他的牙齒和我一樣又白又整齊。當他的手穿過吧臺輕撫我的手，我告訴自己我的人生將會改變。我的皮膚起了雞皮疙瘩，彷彿它也有了預感。他大我十歲。年齡的差距使他取得優越的高度。我感到自己就像是仰望星辰的蝴蝶。

6

時候到了，墳墓裡的死人都會聽見他的聲音，從墳墓裡出來。

有人輕敲了我的門。我沒在等人，好久以來我已沒再等過任何人。我的宿舍有兩個進出口，一邊通往墓園，一邊通往大街。艾莉安娜往靠街的這一側門汪汪叫地走來。牠的主人瑪麗安・費希（1953-2007）安葬在衛矛區，自從喪禮結束，艾莉安娜就再也沒離開過這裡。頭幾個星期，我都在牠主人的墳前給牠東西吃，慢慢的牠開始跟我一起回來到宿舍裡。諾諾將牠取名為艾莉安娜，是女星伊莎貝拉・艾珍妮[16]在電影《沉悶苦夏》[17]裡的名字。因為艾莉安娜有雙美麗的藍眼睛，而且牠的主人在八月死去。

二十年來，有三隻狗本來是和牠們的主人同時來的，無可避免地都變成了我的狗。如今也只剩下她了。

敲門聲再次響起。我遲疑著是否要開門，才早上七點。我還在喝茶，在麵包上塗著鹹奶油和蘇珊・柯萊爾送我的草莓果醬。他先生（1933-2007）安葬在雪松區。我聽著音樂。只要是墓園開放之外的時間，我都會聽音樂。

---

16 Isabelle Adjani，一九五五年生於法國巴黎，女演員與歌手，法國凱撒獎最佳女主角獲獎最多次紀錄的女演員。

17 《沉悶苦夏》（L'Été meurtrier）一九八三年上映的法國劇情片，由尚・貝克（Jean Becker）執導，為伊莎貝拉・艾珍妮拿下第二座凱撒獎。

我起身，關了收音機。

「哪位？」

一個男人的聲音，遲疑一會兒才回答我：

「女士，不好意思，我看到屋子裡燈是亮的。」

我聽見他的腳在地墊上摩擦著。

「我有個問題想請教，關於葬在墓園裡的一個人。」

我其實可以跟他說，請八點墓園開放再來。

「請稍等兩分鐘。」

我隨即上樓進房間打開冬季衣櫥，速速穿上晨衣。我有兩個衣櫥，一個我稱之為「**冬季**」，另一個則是「**夏季**」。兩個衣櫥的分別和實際的季節變換沒有關係，是為了穿著的場合而有區別。冬季衣櫥裡收納的只有傳統典雅的深色衣服，是穿給別人看的。夏季衣櫥裡只有多彩顯眼的淺色系衣服，是我穿給自己看的。我把夏季穿在冬季裡面，獨處時就把冬季脫掉。

我趕緊在絲質玫瑰色睡衣外套上一件灰色鋪棉罩袍，下樓開門，發現原來是一個年約四十歲的男人。一開始我只看見他盯著我的一雙黑眼睛。

「早安。很抱歉這麼早來打擾您。」

天色還是暗的，也還很冷。在他身後，我瞧見夜晚結出了一層霜。從他嘴裡冒出的霧氣好像是清晨裡吐出來的煙，聞起來有菸草、肉桂和香草的味道。

我一個字都說不出口，像見到失聯已久的某個人。我覺得他這突如其來的到訪太遲了。如果他二十年前就來到我門前，「**這一切**」都將不一樣。為什麼我對自己這樣說？因為這些年除了喝醉的小夥子外，沒有人來靠街的這一側敲過我的門？或許是因為來找我的人都是從墓園裡過來的？

我讓他進來到宿舍裡。他向我道謝，一臉尷尬。我幫他倒了咖啡。

在布朗松，所有的人我都認識，甚至是家裡還沒有人過世的居民我也認識。大家為了參加朋友、鄰居或同事母親的喪禮，都曾至少路過一次我的墓園走道。

他，我從來沒見過。說話有點口音，斷句的方式感覺像來自地中海。他深褐色的皮膚深到他一頭稀疏的白髮因此顯得凌亂。他的鼻子高大，嘴唇厚實，已經有了眼袋。他長得有點像塞吉・甘斯柏[18]。感覺他刮鬍子的時候不太痛快，但還是會優雅地繼續刮。他有雙漂亮的手，手指修長。他小口小口的喝著熱燙的咖啡，一邊吹涼，一邊捧著瓷杯讓雙手取暖。

我還是不知道為何他人在這裡。我讓他進來宿舍，因為這裡不真的是我家。這房間是屬於大家的。這裡就像市府機關的等候室一樣，我把它改造成開放式廚房，這個空間是屬於所有經過的人們和這兒的常客的。

他看起來正環顧著四周，這個二十五平方公尺的房間模樣猶如我的冬季衣櫃一樣。牆上空無一物，桌上沒鋪繽紛的桌布，也沒有藍色長沙發。看得到的只有夾板家具，和幾張讓人坐的椅子。陳設十分簡樸，外加一臺隨時供應的咖啡機，白色的杯子。如果有人感到絕望，還有烈酒可以招待。在這裡，我收集著別人的眼淚和心事，憤怒、怨嘆和絕望，還有掘墓人的歡笑。

18 Serge Gainsbourg, 1928-1991，法國歌手、作曲家、鋼琴家、電影作曲家、詩人、畫家、編劇、作家、演員和導演。他是法國流行音樂最重要的人物之一。

我的房間在二樓。那兒才是我的家，我隱密的後院。我的房間和我的浴室是粉色糖果屋。粉彩紅、杏仁綠、天空藍，彷彿我將房間和浴室以春天的顏色重新設計過。只要有一線陽光，我就會把窗戶開得大大的。除非外面有可以爬上來的梯子，不然是不可能看得見裡面的。

從來沒有人進來過我今天這個房間。在菲利浦．杜森失蹤後，我將房間整個重新粉刷，加設窗簾、花邊造型的擺設、白色家具，以及一張大床，用的是貼合我身形的瑞士床墊。這樣我就再也不必躺在印著菲利浦．杜森身形的床上睡覺。

這個陌生人一直在吹涼他手裡的咖啡，終於開口對我說話：

「我從馬賽來的。您知道馬賽嗎？」

「我每年都會去索爾米烏[19]。」

「去峽灣嗎？」

「對。」

「真是奇妙的緣分。」

「我沒在信什麼緣分。」

他似乎想在牛仔褲口袋裡找東西。我身邊的男性都不穿牛仔褲。貓王和賈斯東都穿藍色工作服。魯奇尼三兄弟和神父賽德里克都穿人造纖維材質的長褲。他掏出圍巾圍在脖子上，把喝完的杯子擱在桌上。

「我跟您一樣，是相當理智的人……。而且，我是警官。」

「就像是神探可倫坡嗎？」

他第一次笑了出來回答我：

「不。神探可倫坡是偵緝警佐。」

他用食指撥了撥撒落在桌上的幾粒糖。

「我母親想葬在這座墓園。但我不明白其中因由。」

「她住在這一帶嗎？」

「不。在馬賽。兩個月前她過世。安葬在這裡是她的遺願之一。」

「抱歉，請問您想在咖啡裡加點酒嗎？」

「您習慣一大清早把人灌醉嗎？」

「我有時候會喔。請問您母親的大名是？」

「伊蓮・法約爾。她想要火化……希望骨灰放在加畢爾・普東這個人的墳墓裡。」

「加畢爾・普東？加畢爾・普東一九三一年生，二〇〇九年過世，葬在雪松區第十九巷道。」

「您都記得住所有葬在這裡的往生者嗎？」

「差不多可以。」

「連他們的生卒年、安葬位置、全部都記得住？」

「嗯。幾乎可以。」

「這位加畢爾・普東是誰呢？」

19 Sormiou，是位於馬賽第九區的峽灣。

「有個女人三不五時會來……我想應該是他的女兒。加畢爾．普東是律師，黑色大理石墓碑上沒有墓誌銘，也沒有照片。我已經想不起來喪禮那天的情形。但如果您想要的話，我可以看一下我的工作日誌。」

「您的工作日誌？」

「我會記下所有的喪禮和墳墓起掘的歷程。」

「我不知道原來這些屬於您的職責。」

「這並不是我職責內的工作。如果我們只做自己份內被安排的事，人生會很悲哀。」

「聽到這些話真有意思，還是出自一個……該怎麼稱呼您的職務？『墓園管理員』嗎？」

「怎麼？難道您認為我應該從早哭到晚？陷在淚水和悲傷裡嗎？」

我幫他再倒了杯咖啡，他這時問了我兩次：

「您一個人獨居嗎？」

我終於回答：是的。

我打開存放工作記錄的抽屜，調出二〇〇九年的記事本。從姓氏去找，馬上就找到加畢爾．普東，唸出有關他的記錄：

二〇〇九年二月十八日，加畢爾．普東的喪禮，傾盆大雨。

有一百二十八人參加喪禮送往生者入土。他的前妻帶著兩個女兒瑪爾特．杜布赫伊和柯蘿艾．普東，一起出席。

應往生者要求，敬謝鮮花和花圈。

家屬在墓碑上刻了塊紀念牌，紀念牌上寫著：「紀念加畢爾．普東，一位勇敢的律師：『勇氣是成為律師最重要的特質。天賦、文化教養、法學知識，種種條件對成為一個律師是相當有益的。但若缺乏勇氣，其他有益的條件都會顯得微不足道。在關鍵時刻，一個缺乏勇氣的律師，其陳詞不過是些自圓其說的話語、或許可以成為出色的演說，卻只能迷惑人心，無法經得起檢驗。』」——荷貝．巴丹戴爾[20]。

這場喪禮沒有神父，沒有十字架。來送葬的人們只待了半小時。當兩個禮儀師將棺木下放至墓穴時，人都已經離開了。雨一直下得好大。

我把工作記事本闔上。警官看起來有些失神的樣子，他一隻手叉入頭髮裡，陷入他的思緒中。

「我在想為什麼母親想葬在這個男人旁邊？」

有好一會兒，他又在仔細瞧著白色牆壁，但牆上空無一物，毫無任何讓人挖掘得更仔細的東西。他回過神來，似乎不太能相信我，看著那本二〇〇九年的記事本說道：

「我可以看一看嗎？」

通常我不會讓相關家屬看我的工作記事本。遲疑了幾秒，我遞給他，他開始翻閱著，每翻一頁就盯著我看，好像我額頭上寫著二〇〇九年這幾個字，而要求看手上的記事本其實只是看我的藉口

20 Robert Badinter, 1928-，法國前司法部長、憲法委員會主席，在密特朗總統時期，授命為司法部長，協助推動法國於一九八一年廢除死刑。

而已。

「每一場喪禮您都記錄嗎？」

「並不是每一場喪禮都有。但幾乎是了。這樣一來，無法參加當天喪禮的人們來找我，我能根據筆記告訴他們情況。……請問您殺過人嗎？我是說因為工作而……」

「沒有。」

「您有帶槍嗎？」

「有時會。但早上來這裡，沒有。」

「您帶了母親的骨灰來嗎？」

「沒有。骨灰還存放在火葬場……我不會把母親的骨灰葬在一個陌生人的墓裡。」

「對您來說，這是陌生人的墳墓，但對您母親來說不是啊。」

他起身。

「我可以看一看這個男人的墓嗎？」

「好。能半小時後回來嗎？我絕不會穿睡袍去墓園的。」

他第二次笑了，離開這間開放式廚房。我本能地打開吊燈。我從來不在有人進來家裡時開燈。當來的人一離開，我就把燈打開，讓燈光代替離開的人繼續存在。這是像我這樣無父無母長大的孩子會有的習慣。

半小時後，他車停在墓園柵門前，人坐在車裡等我。我看見車牌標示：隆河河口省；編號13。

他應該是貼著圍巾小睡了一下，臉頰上有像皺紋的壓痕。

我在鮮紅色洋裝外面套了件海軍藍大衣。我把大衣緊扣至脖子。我一身黑夜，內裡穿的卻是白晝。只要敞開外套，我就能使他眼睛再次一亮。

我們穿越過墓園裡的巷道，我告訴他墓園的區域分成四個方位：分別以月桂、衛矛、雪松、紫杉四種樹來命名。這裡有兩處存放骨灰的地方，和兩個紀念公園。他問我說我是不是做「這種工作」很久了。我答說：「二十年。」我告訴他自己在這之前是平交道駐工。他又問，怎麼會從看守火車轉行來看管靈車。我不知道怎麼回答。在這兩種人生的轉換期間發生過太多事。我只覺得，他身為一位理智的警官，問的這些問題很奇怪。

當我們抵達加畢爾・普東的墳墓時，他整個人面色蒼白。猶如他來這個人的墳前默哀那樣，而這位他從未聽說過的人卻可能是誰的父親、舅舅、或是兄長。我們在墳前久久未曾移動。但是天氣實在太冷，我還是忍不住要吹暖雙手。

通常我都不和來訪者一起待著，幫他們帶完路就離開了。這次不知道為什麼，我無法放他一個人。片刻過後他說，他得再上路回馬賽了，這短暫片刻，對我來說竟如同永恆這麼久。我問他何時再來墓園將母親的骨灰安放在普東先生的墳墓上。他沒有回答。

7

永遠少一個能讓我的人生笑開懷的人，就是你。

我帶了兩株白歐石楠的花到東卡納夫婦的墳上換花盆，東卡納太太賈克莉娜．維克多（1928-2008）和莫里斯．何內．東卡納（1911-1997）。這兩株白歐石楠的花在花盆裡，就好像海邊峭壁裡的岩石。相較於菊花和多肉植物，白歐石楠的花相當耐寒。東卡納太太喜愛白色的花，她每周來丈夫的墳墓時，我們都會閒話家常。終於，最後她總算稍稍習慣了失去她的莫里斯的痛苦。頭幾年她整個人飽受喪夫之苦。不幸，使她無法言語。或說使她語無倫次。後來漸漸的，她才步上康復之道，能用簡單的句子，能問候別人，詢問活人的近況。

我不懂為什麼人們用「在墳上」的說法。應該說「在墳邊」或是「在墳前」才對。除了常春藤、蜥蜴、貓或是狗，人不會爬到墳墓上。時間飛快，一轉眼，東卡納太太也赴黃泉與先生團聚了。周一她才在心愛的老伴安息的墳墓前清理墓碑，接下來的周四竟由我到她墳前擺上鮮花。在她的喪禮後，她的孩子每年來墓園一次，他們請我在他們沒來墓園的時候幫忙好好照料雙親的墳墓。

在這樣的十月天裡，即使到正午，微弱的陽光是不足以讓天氣回暖的，但我還是喜歡將手放進種植白歐石楠的土裡。儘管手指冰凍了，仍然享受著在土裡的感覺。就像我把手伸進花園的土壤裡一樣愉悅。

賈斯東和諾諾正在離我幾公尺遠的地方用鏟子挖墓穴，同時聊著他們晚上發生的事情。隨著風向改變，我只能聽到些殘字片語：「我老婆跟我說……電視上說……覺得癢的話……千萬不要……主廚到維歐蕾特她那裡送了一份炒蛋……我認得那個主廚……頭髮捲捲的那個對嗎？……對啊。他應該跟我們差不多年紀……他人真好……可是他老婆……臉很臭……**賈克・布雷爾**的歌……沒錢就別充當有錢人……有點尿急了……真怕是……前列腺……打烊前要去買東西……維歐蕾特要的蛋……假使這不是不幸……」

明天下午四點有一場喪禮。我的墓園將迎來新居民。五十五歲的男人。菸抽得太兇而喪命。總之，死因是醫生說的。醫生從不會說一個五十五歲男人的死因可能是不被愛、不被傾聽，收到太多繳不完的帳單，過度消費而積欠太多債務，或是看到孩子長大後不告而別離家，感到鬱鬱而終。備受責難的一生。這滿臉愁苦的一生。也因此，他只能用他最愛的菸和菸管來消解滿腔苦悶。

我們從來不說死因其實是受夠了這人生的一切。

離我不太遠的地方有兩位嬌小的女士，潘托太太和德格朗太太都正在清掃丈夫的墳墓。她們兩人每天都來，所以總會想得出哪裡需要清理。兩位先生的墓穴周遭乾淨得如同展示地板鋪料樣本的居家裝潢店一樣。

每天到墳墓的這些人就像鬼魂一樣，介於生與死之間。

潘托太太和德格朗太太兩個人都輕得跟冬末麻雀一樣，好像她們的丈夫活著時在餵養她們一樣。打從我到墓園工作就認識這兩位太太。不止二十多年了，每天早上出門採買她們都會繞道前來，彷彿墓園是必經路線。我不明白這是出於愛，還是出於對先生的順服。或許都是。為了面子，或是出於情意深長。

潘托太太是葡萄牙人，住在布朗松的葡萄牙人多數在夏天到葡萄牙。潘托太太也是。為了回葡萄牙，她有些事情得忙。九月初她再回來布朗松的時候依然纖瘦但皮膚變成褐色，膝蓋因為在葡萄牙清掃墳墓而擦破了。她不在法國的時候，由我到她丈夫的墳前澆花。她為向我表示謝意，就送我一個著民族服飾的娃娃，包裝在塑膠盒裡。每年我都會得到一個這種著傳統服飾的娃娃。每年我都會說：「潘托太太，謝謝！很謝謝您的禮物！實在不用這麼客氣。對我來說，澆花是樂趣，不是工作。」

葡萄牙的傳統服飾有好幾百種。如果潘托太太再多活三十年，我就會再多擁有三十個娃娃。這些塑膠盒子就是這些娃娃的石棺，如果清掃的時候把這一個個閉著眼的娃娃排開來，還真是嚇人。

由於潘托太太有時會到我這裡，也不能把她送的娃娃藏起來。但我實在不想要房間裡放這些娃娃，也不能在人們來尋求安慰找我談心的地方放這些娃娃。這些娃娃實在太醜了。我就在通往我房間的樓梯階上「展示」娃娃。樓梯就在玻璃門的後方，從廚房那可以看見樓梯。當潘托太太來我這裡喝咖啡，她會看看娃娃是否確實還在。冬天的時候，下午五點天色就暗了。我看到這些盛裝打扮的娃娃，她們的黑眼睛一閃一閃，我想像娃娃自己打開盒子出來絆倒我，讓我在樓梯上跌倒。

我注意到潘托太太和德格朗太太不同於許多其他家屬，她們從不對自己的丈夫說話。她們安靜地掃著墳墓，那感覺像是丈夫還沒死的時候而彼此早就不再說話。如今這樣的沉默，只是先前相對無言的延續罷了。她們兩個也從來不哭，她們的雙眼長久以來都是乾涸的。有時她們湊巧遇到對方，就一起聊聊天氣、孩子、孫子，甚至不久後你會發現到她們聊的是曾孫了。

我看到她們倆有一次在笑。獨獨這麼一次。潘托太太對德格朗太太說起孫女問她的一個問題：

「阿嬤，什麼是諸聖節？會放假嗎？」

8

願你的安息平靜而愜意，恰如你那顆善良的心那樣

二〇一六年十一月二十二日，天氣晴，十度，下午四時。

提耶希·泰希耶（1960-2016）的喪禮，棺材用的是桃花心木。沒有大理石墓碑。**僅僅就地鑿出來的一個墳墓**。

連同諾諾、貓王、皮耶·魯奇尼和我也算在內，共有三十幾個人出席。

提耶希·泰希耶在ＤＩＭ內衣工廠裡的同事來了大約十五個，合獻一束百合，標記：「獻給我們敬愛的同事」。

有一個在馬貢的腫瘤醫學部工作的職員叫作克萊兒，手裡捧著一束白玫瑰。

提耶希·泰希耶的太太和他們的兩個孩子也出席了。這兩個孩子是一男一女，分別是三十歲和二十六歲。他們在墓標上刻著：「致我們的父親」。

墓碑上沒有提耶希·泰希耶的照片。

另一塊墓標上則寫著：「致我的丈夫」。「丈夫」二字上方畫了一隻小小的林鴛。

土裡插了一個大型橄欖木十字架。

他的同事裡親近的三個友人輪流唸著賈克·普維[21]寫的詩：

憂傷的村人們聽著
那首關於受傷鳥兒的歌
這隻鳥是村裡唯一的一隻鳥
而村裡唯一的一隻貓
將這隻鳥吞吃掉了大半
然後，鳥兒停止了歌唱
貓兒不再發出呼嚕呼嚕的聲音
也不再舔著嘴角
村人為這隻鳥辦了
慎重的喪禮
而也受到邀請的貓兒
就走在小小的稻草棺材後面
死去的鳥兒躺在棺材裡
棺材由一個小女孩捧著
小女孩哭個不停
貓告訴小女孩

---

21 Jacques Prévert, 1900-1977，法國詩人、編劇，一生創作豐富，許多經典香頌歌詞出自他手。一九四五年知名電影《天堂的小孩》（Les Enfants du paradis）劇本即由他擔綱創作，是二十世紀藝術史重要人物。此處引用的詩作〈Le chat et l'oiseau〉是一具超現實色彩的作品。

早知道這會讓妳這麼痛苦
我就該把鳥兒整隻都吃掉
而且，我還會跟妳說
我看著鳥兒飛走了
一直飛到世界的盡頭
那兒是如此遙遠
遠到再也回不來
妳就不會這麼傷心
只會感到些許的難過和惆悵
可見事情絕不能做一半

棺木入土前，賽德里克神父開口說道：「還記得嗎？拉匝祿[22]才死去不久，耶穌告訴拉匝祿的姊姊說：『我就是復活，就是生命；信從我的，即使死了，仍要活著』」。

克萊兒將白玫瑰花束放在十字架旁。大家這時候都離開了。

這個男人在世時，我不認識他。但觀察某些人在他墳前表露出的神情，讓人覺得他是個好人。

22 Lazarus，天主教中譯為拉匝祿。在新約《約翰福音》（《若望福音》）十一章中記載耶穌奇蹟地讓死去的好友拉匝祿復活的故事。

9

他的俊美與青春取悅他曾活過的世界。

他手中掉落的書，他未曾讀過一字一句。

墓園裡，碑上的照片成千之多。有黑白照，有棕黃色調的老照片。有的照片色彩鮮明，有的已經褪色了。

無論男女老幼，拍下照片那一天，可能都沒想到在鏡頭前天真擺出姿勢這一刻，之後竟會永遠代表他們在世的形象。拍下照片那天，也許是生日，也許是家族聚餐。拍下的照片也許是周日在公園裡散步，也許是結婚照，也許是畢業舞會照，也許是慶祝新年。也許那一天，是他們比較好看的時候。也許那一天，是他們與人們相聚一起的時刻。也許那一天是個特別日子，大家的穿著都顯得比較高雅。也許是穿軍服，也許是穿受洗袍，也許那天是要領聖體。所有人在自己墓碑上微笑的眼神是如此天真。

通常喪禮前一天，地方報紙刊出訃聞，用幾句話總結逝者生平。簡短至極，佔不了多少版面。像商人、醫生或是足球領隊這樣的人物，訃聞才會稍微寫長一點。

墓碑上放照片很重要。不然只有個名字在上面，也讓死亡一併帶走逝者的面容。

班雅明．達翁（1912-1992）和其妻安娜．拉芙．達翁（1914-1987）是這個墓園裡長得最好看的一對夫婦。他們的彩色照片是在三〇年代結婚那一天拍的。照片上兩人容貌出眾。她的金髮耀眼如太陽，皮膚白皙。他精緻的面容，則彷彿雕刻出來一般，他們微笑的眼神宛如閃耀的藍寶石。在鏡頭前他倆的笑容成了永恆。

一月，我會開始清理墓園裡相片上的灰塵。我只會清無人照管的墳墓或是鮮少人來訪的墳墓照片。我用加了一點點燃料用酒精的濕抹布來擦照片，我也用濕抹布擦拭紀念牌，但是用白醋沾濕來擦。

清理大約會花五到六周的時間。諾諾、賈斯東、貓王若想來幫我，我都會回絕。他們在墓園的一般維護工作已經夠多夠忙了。

我沒有聽見他來了。我很少沒發現。只要有人踩在墓園巷道碎石路的腳步聲，我總是馬上發現。我甚至可以從腳步聲辨認出男人、女人或小孩。是來逛墓園的人，還是常來的人。而他卻一絲聲響也沒有的走來了。

埃斯曼家族有九個成員：艾蒂安（1876-1915）、蘿琳（1887-1928）、法蘭索娃絲（1949-2000）、吉爾（1947-2002）、娜塔莉（1959-1970）、迪歐（1961-1993）、伊莎貝（1969-2001）、法布里斯（1972-2003）、塞巴斯提安（1974-2011）。我正在擦拭埃斯曼家族九個成員的面容時，感覺到背後有人在看我便轉身過來。他背著光，我沒能馬上認出他來。

是他開口道的一聲「早安！」，從他的聲音，我才會意過來是他。他說完話的兩三秒間，我認出了肉桂和香草的氣味。我沒料到他會再回到墓園。上回他來敲我那扇靠街的房門已經超過兩個月了。我的心有些激動，感覺他對我低聲說了句：「也真有戒心。」

菲利浦．杜森失蹤後，從沒有男人讓我心跳加快。自從菲利浦．杜森後，我的心跳沒有改變過節奏，簡直像是個嗡嗡作響起來有氣無力的老時鐘。

只有在諸聖節，我因忙碌而心跳頻率加快：我可以賣掉上百盆菊花，幫在墓園巷道裡許多迷路的訪客帶路。但今天不是死人的節日，早上我的心有些激動起來。是因為**他**的緣故。想必這一刻已經洩漏了我的恐懼。

我的抹布還拿在手上。警官看著我正在擦拭的這些面容，怯怯地笑了。

「他們是您的家人嗎？」

「不是。只是墳墓的維護工作而已。」

腦中一團漿糊，不知該說什麼的我對他說：

「埃斯曼家族的人都很年輕就死了，好像他們厭棄人世似的，或是這個世間容不下他們。」

他點點頭，扯了扯大衣領，對我笑著說：

「布朗松這地方還真是冷。」

「沒錯，這裡比馬賽還要冷。」

「您今年夏天會去馬賽嗎？」

「會。我每年夏天都去馬賽找我女兒。」

「她住在馬賽嗎？」

「不。她三不五時到處旅行。」

「她是做什麼的？」

「她是魔術師。專業的魔術師。」

一隻小烏鶇棲息在埃斯曼家族的墓穴上，開始拚命叫個不停，彷彿是為打斷我們之間的對話。我不想繼續擦了。我把水桶的水倒在礫石上，收拾抹布和燃料用酒精。彎下腰的時候，灰色長大衣的衣襬岔開來，露出裡面漂亮的鮮紅花洋裝。我知道這逃不過警官的法眼。他看我的眼光和別人不同。他就是有哪裡不太一樣。

為了轉移他的注意，我提醒他：若要將他母親的骨灰安置在加畢爾．普東的墳墓裡，必須得到普東家族的許可。

「其實不用。加畢爾．普東過世前即向鎮政府告知我的母親會與他合葬……這一切他們早有安排。」

他顯得有些難為情，摩挲著沒刮乾淨的臉頰。我看不到他的手，因為他戴著手套。他盯著我，看得有點太久了。

「我希望安葬母親骨灰那天，由您來籌備相關事宜。總之，希望能有個像樣的紀念儀式，但不用太隆重。」

烏鶇飛走了。艾莉安娜來我身邊蹭我要我給牠摸摸，把小烏鶇驚動了。

「啊。但我不負責這方面的事。您找皮耶．魯奇尼問問，就是位在共和街的『山谷車工殯儀館』要求協助。」

「安排喪禮才需要找殯儀館。我只是希望您能幫我在骨灰入墓那一天進行簡單致詞。除了我母親和我，不會有其他人。我想和她說些我和她之間還沒說完的話。」

他蹲下來摸了摸艾莉安娜，他看著艾莉安娜對我說：

「我看到您的……工作日誌，總之就是您的喪禮工作筆記本，不知道您怎麼稱呼這些筆記本，我看到您在筆記裡重述了喪禮致詞。或許方便讓我參考筆記裡記下的……其他人致詞的片段，讓我幫我母親也擬一篇致詞。」

他伸出一隻手順過比上次見到時更灰白些的頭髮。也許那是出於光線的差異。今天是晴天，光線是白色的。我第一次見到這個男人的時候，天色是陰沉的。

潘托太太從我們身旁經過，對我說：「維歐蕾特，早安！」疑惑的瞧了一會警官。在這一帶，只要有陌生人走過哪一扇門，進入哪一道柵門或門廊，都會招來疑惑的眼光。

「下午四點我要參加一場喪禮。晚上七點後到管理員宿舍來找我。我們一起寫幾句致詞吧。」

他鬆了一口氣。心中一塊石頭卸下了。他從口袋裡掏出一包菸，抽出一根放進嘴裡卻沒點，問我離這裡最近的旅館在哪。

「離這裡二十五公里遠。不然在教堂的後面，有一間裝紅色百葉窗的小屋，那是布蕾昂太太的家，她有客房出租，雖然只有一間但從沒人預訂過。」

他沒在聽我說。眼光望向別處。他走離開了，迷失在他的思緒裡，又走了回來。

「布朗松……這裡……是不是發生過什麼悲劇？」

「悲劇，在您周遭發生的都是啊。每一樁死亡都是某人的悲劇。」

他似乎在記憶裡翻找出什麼卻沒找著。他把雙手吹暖了，低聲地說：「等會兒見」和「多謝」，又重新步上往墓園柵門的主通道。腳步依然無聲。

潘托太太又一次從我身旁經過，要去把花灑裡面的水加滿。馬賁腫瘤醫學部的克萊兒跟在她後面，手捧一盆薔薇，走向提耶希·泰希耶的墳墓。我和她又碰面了。

「太太，您好！我想在泰希耶先生的墳墓上種這株薔薇。」

我把人在休息室的諾諾找來。掘墓工有一間休息室，中午和傍晚可以在裡面更衣、淋浴、洗衣服。諾諾說不能讓死亡的氣味依附在衣服上，但卻沒有一種去污劑能清除他腦袋裡被弄髒的部分。

當諾諾在幫克萊兒在她想種下薔薇的地方鏟土時，貓王唱著：Always on my mind, always on my mind……諾諾加了土、立一根支柱好讓薔薇能挺直生長。諾諾對克萊兒說，他認識的提耶希是個善良的人。

克萊兒想給我錢讓我經常來提耶希的墳前為薔薇澆水。我告訴她我都會幫忙澆水，但從不收錢。她可以到我廚房，在冰箱上的瓢蟲形撲滿裡投一些銅板，大家捐獻的零錢是用來為墓園裡的動物購買糧食的。

她說：「好的。」她說過去從不曾參加病人的喪禮。這是第一次。提耶希·泰希耶他人真的太好了，怎能讓人接受把他埋葬在土裡，像現在這樣，而且周遭什麼都沒有。她選了紅色薔薇是為了讓薔薇代表他，讓提耶希藉由薔薇的生長而繼續存在。她又說，花朵能持續陪伴在他身邊。

我帶她來到墓園裡最美麗的墓旁，那是茱麗葉·蒙哈榭（1898-1962）的墓。她的墳墓邊有不同的植物和灌木齊生，在不曾精心維護的情況下，各種顏色和枝葉協調地混合著。像一座花園墳墓，那彷彿偶然與大自然兩者在這裡和解了。

克萊兒說：「這些花兒像是通往天國的階梯。」她還向我道謝。她在我這裡喝了杯水，又在瓢蟲撲滿裡塞了些鈔票後離開了。

10

談你，是為了讓你存在。不再提起你，便是遺忘了你。

菲利浦．杜森與我是在一九八五年七月二十八日相遇，這一天是大編劇家米歇．歐迪亞[23]去世的日子。或許是這個緣故，我與菲利浦．杜森從來沒有說過什麼重要的話。我們之間的對話實在就像圖坦卡門的腦波電圖一樣單調無趣。當他跟我說：「要去我家喝嗎？」我馬上答：「好」。

在離開提布宏夜總會之前，我察覺到其他女孩的目光。菲利浦．杜森為了看我，轉身背對那些女孩，那些女孩站在菲利浦．杜森身後已排成無限延長的隊伍。當音樂停止，我感覺那一雙雙上了濃妝的眼睛像要把我殺了，要對我下咒，要將我處以死刑。

幾乎就在我回他說「好」的時候，我們已經坐上他的摩托車。我頭上頂著過大的安全帽，他的手就放在我左邊的膝蓋上。我閉上了眼。這時下起雨來。我感覺到雨滴落在我的臉上。

他的爸媽幫他在沙勒維爾－梅濟耶爾市中心租了間小套房。我們上樓梯的時候，我還在一直想辦法將咬爛的指甲藏進袖子裡。

我們才進到他家的門，他一句話都沒說就往我身上撲過來。我也是一句話都沒有說，保持沉默。菲利浦．杜森俊美到讓我屏息。我小學五年級的時候，老師在課堂上介紹畢卡索，拿尺指著書裡畢卡索藍色時期的畫作給我們看。那些畫作令我驚豔不已，我因而決定此後的人生都要是藍色的。

我在他家睡了，耽溺在他賜予我的肉體上的歡愉。這是第一次，我真的感到想做愛，不是為了交換什麼。我開始期待再重來一次。我們又重來了一次。我沒有離開他家，繼續在他家過夜。一天，兩天，接著就三天了。到後來都分不清哪天是哪天了。日子一天一天連在一起過。就像一列火車，我的記憶再無法辨別車廂的差別。只剩下旅行的回憶。

菲利浦・杜森把我變成一個沉溺在幻想裡的人。一個孩子看著雜誌上金髮碧眼人的照片說：**這張照片是屬於我的，我可以放進我的口袋裡**。好幾個鐘頭我都在撫摸他，總是把手擱在他身上的某個地方。人們說：美不應該當做一道沙拉來享用，而對我來說，他的俊美是前菜，是主菜，也是甜點。如果還有剩菜，我會留起來好好享用。他隨我輕撫他。我似乎把他迷住了，我的一舉一動也誘惑著他。而他擁有我，這是唯一重要的事。

我陷入了愛戀。幸好，我從來就沒有家人，不然我會拋下家人不顧。菲利浦・杜森成為我生活中唯一的重心。我所有的一切都寄託在他身上。整個人只為他一個人而活。如果我可以在他身體裡面活著，我一點也不會遲疑。

有天早上，他跟我說：「妳就在這住下吧。」他沒再多說什麼。他只說了：「妳就在這住下吧」。我翻牆離開了兒少收容所。那時我仍未成年。就這樣，一只行李，帶著所有屬於我的東西，匆匆搬進了菲利浦・杜森的家。我沒有帶什麼多重要的東西。就是衣服和我的第一個布偶娃娃卡蘿琳。當有人把卡蘿琳送給我的時候，她開口說了話。(「媽媽，日安。我叫卡蘿琳，快來跟我玩。」，接

23 Michel Audiard, 1920-1985，法國六、七〇年代的知名編劇和導演，因其劇本對白寫作使用豐富的俚語而聞名。

著她就笑了。）她的電池和電路已經受潮了，又搬了幾次家，換到不同的寄宿家庭、見過不同的社工、導護老師，這些也都讓卡蘿琳嚇到不能說話了。我還帶著幾張班上的照片和四張黑膠唱片，有兩張是艾蒂安．達荷的唱片《Mythomane》和《La Notte, la Notte》[24]，一張是搖滾樂團印度支那[25]的《三》，還有一張夏勒．特雷內的唱片《大海》[26]。我還帶了五本《丁丁歷險記》漫畫：《藍蓮花》、《綠寶石失竊案》、《奧托卡王的權杖》、《丁丁與流浪漢》、《太陽的囚徒》。還有在貧乏的就學時期陪伴我的一只筆袋，上面有無心於課業的同學用BIC原子筆留下的簽名，羅羅、西卡、索兒、斯蒂芬、瑪儂、依莎、安捷羅，菲利浦．杜森把一些東西移開，為我挪出空間。他說：

「妳真是個奇怪的女孩。」

我回他：

「我現在想要你。」

我不想要聊天。我從來都沒有想和他聊天。

---

24 Étienne Daho，法國歌手，一九五六年生。《Mythomane》專輯名稱意為「在幻謊者」，《La Notte, la Notte》專輯名稱意為「夜，夜」。

25 Indochine是一九八一年在巴黎成立的新浪潮樂隊。

26 《大海》（La mer）是法國香頌經典歌曲，於一九四六年發行單曲專輯。

11

用你最溫柔的歌安撫亡者的長眠。

一隻蒼蠅在我盛了波特酒的杯子裡游泳。我把杯子放到窗臺上。關上窗時，我看見警官往街的上坡走來。路燈的光線照在他的大衣上。通往墓園的這條路，兩邊種滿了樹。往下走去底處是賽德里克神父的教堂。教堂的後方是市中心街道。警官走得很快，感覺像是凍僵了。

我想要一個人獨處。就跟每個晚上一樣。不用跟人說話。看書、聽廣播、泡個澡。關上百葉窗，把自己裹在粉紅色絲質和服式浴袍裡。只沉浸在愜意之中。

墓園柵門關上後，時間就是我的了。我是我自己時間的唯一主人。做自己時間的主人是件奢侈的事。我想，這是人類所能給予自己最大的其中一種奢侈。

我此刻還是把冬天穿在夏天外面。而平常這個時候，我只穿著夏天。我有點後悔向警官提議讓他來我家幫他。

他敲了敲門，如同他第一次到訪。艾莉安娜動也不動，將身子捲成一團球，窩在籃子裡層層包覆的毯子裡，早已開始了屬於牠自己的夜晚。

他笑著對我說晚安。一股冷冽的寒意跟著他透進來。我趕緊關上門，拉了張椅子給他坐。他沒有脫下大衣，這是個好徵兆。表示他不會待太久。

我問也沒問就拿出一個水晶杯，幫他斟上一九八三年份的波特酒，那是荷西－路易．斐迪南帶回來給我的酒。我這訪客睜著大大的黑眼睛看著我收藏的上百瓶酒，放在被我當成吧檯的家具裡。有燒酒、啤酒、利口酒、生命之泉蒸餾酒、烈酒，應有盡有。

「我沒有在做私酒買賣，這些全是禮物。大家不敢送花給我，不會送花給墓園管理員。又因為我在賣花，大家不會把花送給賣花的人。除了潘托太太每年送給我的娃娃，其他禮物都是酒和果醬。多到我一個人好幾輩子都享用不完。我分送了許多給掘墓人。」

他脫下手套，喝了第一口波特酒。

「您現在喝的就是我所收藏最好的酒。」

「真是極品。」

不知道為什麼，我怎樣都想不到他啜飲我的波特酒時會說出「真是極品」的評語。除了頂上四散紛亂的頭髮，他的樣子沒有任何古怪的地方。他就像他穿的衣服一樣憂鬱。我試圖找些話題，面對他坐下來，要他跟我說說他的母親。他想了一會兒，吸了口氣說：

「她是金髮，天生的。」

接著就沒再多說什麼。他開始凝神看著白色的牆壁，彷彿牆上掛有大師名畫。有時，又拿起水晶杯小口小口地喝著酒。我看著他品嘗波特酒，整個人也因為酒精而逐漸放鬆了。

「我對演講一向不擅長。若要我開口說話，我能想到的就是像警方的案件說明或要求別人出示身分證之類的話。我可以告訴您某個人是否有外傷，是否有顆美人痣，是否有長疣……是否走路一拐一拐，穿幾號鞋……我一眼就看得出一個人的身高、體重、眼珠的顏色、膚色和特徵。但是對於察覺一個人的感受是什麼……我卻一點辦法也沒有。不過，要是一個人有隱瞞什麼的話……」

他一喝完酒杯裡的酒，我又替他倒上一杯，還切了幾片瓷盤上的孔泰乳酪。

「我嗅覺敏銳，能察覺到別人是否有所隱瞞。我還真是隻貨真價實的狗……要是對方的舉止洩漏什麼不尋常，我會馬上發現。至少，在我發現母親的遺囑前，我自認有這樣的能耐……」

我的波特酒對所有人都能夠發揮相同的效用，效用如同吐真劑一樣。

「您呢？您不喝嗎？。」

我只幫自己倒了一丁點，和他乾杯。

「您只喝這樣嗎？」

「身為墓園管理員，我只會淺嚐幾滴……我們可以聊聊您母親愛好的事物。我說的『愛好的事物』，並不是非得是像看戲或高空彈跳這種。說說她偏愛的顏色、她喜歡散步的地方、她聽的音樂、她看的電影；如果她有養貓、養狗、種樹這些，她怎麼照顧呢？她是不是喜歡雨天？晴天？或起風的天氣？她最喜歡哪個季節？……」

他沉默了好久，像是迷路的人在找路一樣想著該說什麼。他喝完酒杯裡的酒，對我說：

「她喜歡雪，喜歡玫瑰。」

然後，就沒有然後了。關於母親，他沒有其他可說。他的樣子看起來既羞愧又不知所措。好像他剛才終於向我承認他患上一種罕見疾病，這種病使他不知道怎麼談論身邊親近的人。

我起身走向專門放喪禮記事的櫃子，拿起二〇一五年的喪禮記事本，打開來翻到第一頁。

「這裡有篇致詞是二〇一五年一月一日為瑪麗・傑翁的喪禮所寫。她的孫女因人在國外工作，沒辦法來參加。她把講稿寫好寄給我，託我唸誦。對您應該有幫助。這本喪禮記事本拿去，讀讀悼詞，做筆記惡補一下，明天早上還給我就行了。」

他將喪禮記事本夾在腋下，人就站了起來。

這是頭一遭，我讓記事本離開我的屋子。

「謝謝。謝謝幫我做的一切。」

「您在布里昂太太家過夜嗎？」

「是。」

「吃過晚餐了嗎？」

「布里昂太太有幫我準備吃的。」

「您明天就出發回馬賽嗎？」

「天一亮就走。走之前我會將記事本還給您。」

「請放在藍色花架後面的窗臺上。」

12

睡吧，奶奶，睡吧。但願在天上最深處，妳依然能聽得到我們孩子般的笑聲。

獻給瑪麗·傑翁的悼詞

她不知道怎麼走路，她都用跑的。她老是坐不住。她總是東奔西走。「Jamboter」是法國東部的慣用語。「Arrête de jamboter」的意思是「好好坐下來別再跑了」。唉，現在就真的是這個樣子了。她終於安坐下來再也不會跑了。

她極早就寢，清晨五點起床。為了不跟人排隊，商店一開她就上門光顧。她痛恨排隊。早上九點，她帶著購物網袋已經買齊一天所需物品。

本來全年無休的她，在一個假日，十二月三十一日和一月一日之間的跨年夜裡死去。我希望她和所有縱酒狂歡的人以及交通意外喪生的人們，在進入天堂的門前不用排隊等太久。

為了安排放假時的消遣，她會應我請求幫我準備兩枝編織針和毛線球。織毛線，從來沒有打超過十行。年復一年持續編織下去，我最後只好織出一條想像的圍巾，等我到天堂與她重聚，讓她幫我圍在脖子上。如果我進得去天堂的話。

打電話的時候，她總是先開口咯咯地笑著說：「喂，是奶奶呀。」

她每個禮拜都寫信寄給那些離家很遠的孩子們。她想到什麼就寫什麼。

她在每個孩子的生日，聖誕節，復活節時，都會寄來包裹和支票給她那些「小寶貝」們。對她來說，孩子們都是「小寶貝」。

她喜歡喝啤酒和葡萄酒。

她在切麵包前，會先在麵包上劃十字聖號。

她老是說著：「耶穌、瑪麗」。像是一種斷句的方式。當作她說話的句點。

餐具櫥子裡總是放著一臺大收音機，一整個早上都開著。她很早就守寡了，我常常覺得她是想讓男主持人的聲音陪伴她。

到了中午，換成電視來陪她。為了消滅寂靜，就讓電視一直開著，愚蠢無聊的節目連續播映，直到她看劇集《不安分的青春》看到都睡著了。她對劇中人物說過的每一句臺詞都有意見，彷彿現實裡這些人物真的存在。

在她跌倒而必須離開原本住的公寓搬進養老院的兩三年前，有人從她的地下室偷走了聖誕節裝飾用的聖誕球和花圈，她哭著打電話跟我說這件事，彷彿她此生所有的聖誕節都遭竊了。

她常常唱歌。很愛。就算是在臨終前也說：「我想唱歌。」她還說：「我想要走了。」

她每周日都去做彌撒。

她捨不得丟任何東西。尤其是剩菜。她老是重複加熱著吃。有時會因為硬要把剩菜吃到完，一再吃剩菜而生病。但她寧可將胃裡本該扔掉的剩菜吐出來，也不願將一大塊麵包丟到垃圾桶裡。

她會特地買有圖案的玻璃水杯留給來家裡度假的那些「小寶貝」，她的孫兒們。

瓦斯爐架上總有一隻鑄鐵鍋，裡面燉煮著一鍋好料。她可以一整個禮拜都吃雞肉燉飯。而燉好的雞湯可以留著再做晚飯。她也會在廚房的鍋子裡留兩三顆洋蔥或備好引人垂涎的醬汁。

她一直租房子住，從不曾擁有過房產。而唯一會歸她所有的地方就是家族墓穴。

當她知道我們要來度假的時候，她會在廚房的窗邊等候。緊盯著窗下所有停在小型停車場上的車子，守候我們的到來。我們從窗戶就可以看見她的白髮，才一進門，她就會問我們說：「哪你們下次什麼時候再來看奶奶呀？」彷彿是她想要我們回去了。

這些年，她不再像以前一樣守候著我們了。要是我們很不巧晚了五分鐘才到養老院接她一起上館子，她就已經和其他老人在食堂一起用餐了。

她睡覺的時候為了不弄亂上好的髮捲，會戴著髮網帽睡。

她每天早上都會將檸檬汁擠在溫水裡喝。

她的床罩是紅色的。

她是我爺爺呂西安的戰時教母。當他從布亨瓦德集中營回來時，她還認不出他就是呂西安。奶奶的床頭櫃有一張爺爺的照片。後來，我們就讓她把這張照片帶到養老院去。

我很愛穿她那些尼龍製的連身衣。由於她什麼東西都用郵購，她收到了成堆禮品，各式各樣的小東西。每當我一到她家，我問她我可不可以翻翻她櫥子裡有什麼東西，她都說：「好啊。妳翻翻看有什麼吧。」我就在裡面花了幾個小時挖寶。我發現櫥子裡有彌撒用的祈禱書、伊夫黎雪牌的美容霜、床單、鉛製的古董玩具士兵、毛線球、洋裝、絲巾、別針、瓷製的玩偶。

她兩手的皮膚很粗糙。

有時我會幫她上髮捲。

為了節省，她洗碗不會開著水龍頭沖碗盤。

在她人生最後的時光，講到養老院，她會說：「我是對天主做了什麼才會在這裡？」

十七歲時，為了到阿姨家過夜，我不再去住奶奶的小公寓，搬去相距三百公尺的華美公寓住。阿姨的公寓下面有個大型咖啡廳和一間年輕人常去的戲院。那邊有手足球檯、電玩遊戲、愛斯基摩雪糕派。雖然我還是在奶奶家吃飯，但我比較想在阿姨家過夜，因為在那兒我們可以偷抽菸，整天都有電影可看還有酒吧可以去。

我在阿姨家總是會看到菲維太太，一位很親切的女士，在幫忙收拾家務和燙衣服。有一天我在阿姨家撞見奶奶正在房間裡用吸塵器打掃。原來，菲維太太請假或生病的話，奶奶就來幫她代班。奶奶偶爾會來。這就是我發現的事。

她過世那一天，因為「這件事」，那夜我無法成眠。在那一刻，當我微笑推開門而正好撞見奶奶為了賺外快，弓著身子用吸塵器打掃時，我們之間從此有了難以化解的尷尬。我試著回想起那天我們之間說過的話，想到睡不著。我腦海中不斷重播著這一幕，在她過世之前我本已完全忘記的場景。整晚，我推開這扇門，看見她在門後，正在別人家打掃。整晚，我一直和表兄弟姊妹們一起玩耍，而她推拉著吸塵器繼續打掃。

等下一次我見到她，我會問她說：「奶奶，妳還記得我看到妳在我阿姨家打掃的那一天嗎？」她一定會一副不知道我在說什麼的樣子回我說：「那些小寶貝，他們都好嗎？」

13

比死亡更強大的，是生者對逝者的回憶。

我剛才發現二〇一五年的喪禮記事本塞在藍色的窗臺花架後面。警官在一張馬賽第八區健身房廣告單的背面潦草寫下：「很感謝！我再打電話給妳」。廣告單上是一張女孩微笑的相片，她曼妙的身材從膝蓋以下給撕掉了。

他什麼都沒再多寫，沒寫他對於傑翁太太喪禮的悼詞有什麼想法，也沒多提他母親的任何事情。我在想他是否離馬賽還遠。如果他已經抵達馬賽，那他幾點鐘出發上路？他住在靠近海的地方嗎？他會看海嗎？還是再也無視海的存在？如同那些共同生活得太久的人們，最後就分開了。

諾諾和貓王在我開柵門的時候，也到墓園了，他們衝著我喊了聲：「嗨！維歐蕾特！」就接著把從城裡開來的卡車停在墓園的主通道，進員工休息室換上工作服。我在墓園支道上走來走去，只要聽到他們在說笑，就能確認一切都很好，大家各就各位了。

墓園裡的貓兒也都來蹭著我的腿。現在墓園裡已經有十一隻貓了。其中五隻屬於往生者的家貓，至少這五隻貓看起來是在這五個往生者的喪禮那天才出現的：夏洛特・博伊文（1954-2010）的喪禮那天來的白貓就叫夏洛特，奧利維耶・費吉（1965-2012）的喪禮那天來的黑貓就叫奧利維耶，薇吉妮・泰桑迪耶（1928-2004）的喪禮那天來的混種短毛貓叫做薇吉妮，貝桐・維特蒙（1947-

2003）的喪禮那天來的灰貓叫做貝桐，而芙羅倫斯・勒胡（1931-2009）的喪禮那天來的那隻混了黑、白、棕的三花貓叫做芙羅倫絲（但其實是隻公貓）。另外六隻則是陸陸續續來到墓園，來來去去的。人們知道墓園裡的貓都有人餵食並且結紮過，這些貓被棄養，甚至直接被丟在圍牆上。

當貓王一一發現這些棄貓的時候，就陸續用他的愛歌幫牠們取了名字，分別叫 Spanish eyes、Kentucky Rain、Moody Blue、Love me tender、Tutti Frutti、My Way。在四十三號男鞋的鞋盒裡鋪上我的門氈，My Way就被放在裡面。

諾諾只要見到有新來的小貓出現在墓園裡，就會對初來乍到的小貓開門見山地說：「我警告你喔，客棧老闆娘的專長呢，就是把蛋蛋喀擦掉喔。」但就算諾諾這樣說，這些貓都還是老黏在我身邊。

諾諾在我宿舍的門上裝了貓門，讓貓咪可以進屋裡。但牠們大多都會溜進墓室禮拜堂裡。牠們各自有各自的習慣和喜好。除了My Way和芙羅倫斯這兩隻貓總是窩在我房間裡的某個角落，其他貓都只會跟我跟到一樓，但不會進房來。彷彿菲利浦・杜森一直在裡面似的。大家都說貓可以和靈魂對話。難道牠們看得見他的鬼魂嗎？菲利浦・杜森不喜歡動物。而我，雖然童年生活困苦，但我從很小的時候就喜歡動物。

通常，訪客喜歡在墓園裡與這些貓不期而遇。許多訪客感到他們長眠於此的親友是透過這些貓向到訪的他們招呼示意。在米什利娜・克萊蒙（1957-2013）的墓碑上就寫著：「如果天堂存在，那麼只有我的貓和狗來迎接我的地方才是天堂」。

Moody Blue和薇吉妮跟著我回到宿舍，我推開門，諾諾正在和賽德里克神父聊著賈斯東，講起他出了名的笨手笨腳，以及永遠與他同在的地震。有一天正在挖墳地的時候，賈斯東倒轉了滿載骨骸的獨輪推車要到墓園的中央，他沒發現有顆頭顱滾到了長椅下。然後諾諾就提醒他，他把一顆「撞球」忘在長椅下了。

賽德里克神父和先前的幾位神父不一樣，他每天早上都會來宿舍一趟。聽諾諾說些趣事，神父總是不停地說：「天主啊！不會吧！天主！這怎麼可能啦！」但每天早上都還是過來要諾諾跟他說更多的故事。諾諾每講一句，神父都笑得樂不可支，我們都跟著笑成一片。我都是第一個笑出來的。

我愛拿死亡話題開玩笑，不害怕死。是我壓倒死亡恐懼的方式。死亡因而不那麼沉重。我以死亡自娛，讓生凌駕於死，讓生命掌握對抗死亡的力量。

雖然諾諾和賽德里克神父說話都用「你」來稱呼神父，但他仍稱呼神父為「神父先生」。

「一樣。有一次，我們挖出來的一具遺體幾乎完好無損。神父先生，你知道嗎？過了七十年，還完好無損耶！……問題出在用來將枯骨埋進墳地的洞實在開得太小了。貓王跑來找我，貓王總是留著鼻涕，他跟我說『諾諾，快來！快點來！』。我說『到底是什麼事啊？』貓王喊著說『賈斯東讓一個老頭卡在那個玩意兒裡！』我問說『到底是什麼玩意兒啊？』我跑到枯骨堆那裡，看到賈斯東推著遺體要埋進墳地裡！我對他們說『你們這些該死的傢伙，我們現在又不是戰爭時期還在德國人的地盤裡……』最過分的是，我總是會和鎮長講起這件事情，鎮長竟然打趣地說，鎮政府給了我們一臺小的四輪推車裝載鋼瓶煤氣，推車還裝上火焰噴管用來燒除雜草。而當然，就是那個貓王點燃了噴管，賈斯東開了煤氣……神父先生，我跟你解釋一下，開煤氣必須得慢慢地開，但只有賈斯東他是整個開到底，當那個貓王拿著打火機到了的時候，整個墓園發出砰一聲巨響！聽起來就像墓園裡面開戰了……然後呢，你們先別走，我還沒說完，他們甚至打算……」

諾諾開始誇張地笑了起來，用手帕摀著鼻子繼續說故事：

「有位女士在清理墳墓的時候，把手提包放在墳墓上，他們竟然把這位女士的手提包弄到著火……神父先生，我用我孫子的人頭向你發誓，這是真的。要是我說謊，我就會馬上死掉。那個貓王就跳起來，併著雙腳踩在手提包上滅火，併著雙腳踩在手提包上喔！」

My Way靠在窗邊趴著，貓王開始深情地唱起歌：I fell my temperature rising, higher, higher, it's burning through to my soul...

「貓王，告訴神父先生包包裡有什麼。包包裡面有一副女士的眼鏡。結果你把鏡片都踩碎了！神父先生，你真該看看他們做了什麼好事！貓王他還說：『是賈斯東讓包包著火的……』結果，這位個子小小的老太太崩潰叫起來：『他踩壞了我的眼鏡！他踩壞了我的眼鏡！』」

賽德里克神父已經笑瘋了，笑到眼淚都流出來，滴在他的杯子裡。

「天主啊！不會吧！天主！怎麼會這樣啦！」

諾諾透過門窗玻璃察覺到他們的老闆來了，諾諾飛快起身，貓王也跟著一樣的動作。

「總是才說到狼，我們就看到狼尾巴。那隻狼呢，就用他的尾巴讓我們知道他來了。神父先生，真不好意思！但願天主原諒我，要是天主不原諒我，也沒關係。好啦，各位，先掰囉！」

諾諾和貓王從我這離開，向他們的老闆走去。尚．路易．達蒙維爾做為鎮政府技術部門的負責人，負責督導掘墓人的工作。聽說他有過的情婦，躺在墓園裡的和住在布朗松鬧區裡的，一樣多。但其實他長得不算好看。有時他會突然出現在墓園裡大步地走來走去。他都記得起他剛才還摟在懷裡的每一個女人嗎？記得那些幫他口交的女人嗎？他曾好好看過那些女人的面孔嗎？而那些女人的名字？長相？聲音？笑容？氣味？他都記得嗎？他的這些不倫情事又留下了什麼呢？我從來沒見過他在墓園裡默哀，他只是走走，悠哉地放空。難道他來是要確認墓園裡這些情婦中沒有任何一個會再談論起他？

我呢，我其實沒有老闆，只有鎮長算得上是我老闆，二十年來都是同一個。只有在他屬下的喪禮上我才會見到鎮長。其他像是商人、軍人、市鎮員工以及舉足輕重的人物，我們稱之為「權貴人士」，這些人的喪禮，也會看到鎮長出席。有一回，鎮長將他童年時期的一個朋友下葬，他的面容滿是哀傷，悲慟到我都認不出他來。

現在輪到賽德里克神父起身離開了。

「維歐蕾特，再見。謝謝啊。來這喝杯咖啡，說說笑，心情真好！」

「神父，再見。」

神父握著門把卻又停下來問我：

「維歐蕾特，您對這個世界有過懷疑嗎？」

我斟酌著該說什麼來回答他。我總是字斟句酌。什麼話說與不說，可真難。尤其要對天主的僕人講話的時候。

「這些年來其實比較少了。但應該是因為我在這裡過得很自在。」

神父頓了一下繼續說：

「我總是害怕自己辜負了職責，我聽人懺悔，幫人主持婚禮，為信眾洗禮，布道傳福音，講解經文。這個職務的責任重大。我常常感覺自己背叛了將信任交託給我的人。而我第一個背叛的，就是天主。」

對於他說的這番話，我竟想都不想地問他：

「您不覺得最先背叛人類的就是天主嗎？」

賽德里克神父聽到我這番話似乎嚇到了，他說：

「天主就是愛。」

「如果神就是愛，無可避免地神也背叛了：因為愛的本質就是背叛。」

「維歐蕾特，您真的這樣認為嗎？」

「我的神父，我說的都是我向來深信不已的。天主跟人一樣。也就是說，神會欺騙，神會施捨祂的愛，神愛著這世間，而神也會收回祂的愛，神和每一個人一樣都會背叛。」

「天主是無所不在的愛。天主透過祂所創造的一切，透過您的存在，透過我們的存在，透過每種層級的光，成為祂的愛。祂感受和體驗著真實存在的一切，他總是想創造出更多完美、美妙的人事物……我懷疑的是我自己，我從沒懷疑過天主。」

「您為什麼懷疑自己呢？」

他一聲不響看著我，神色黯然。

「神父，您就不妨說說看。在布朗松有兩個告解室，一個在您的教堂，另一個就是這個房間。您知道嗎？人們在這裡告訴了我許多事情。」

神父哀怨地笑著。

「我越來越覺得自己其實想成為一個父親……我曾在夜裡因為這樣的念頭醒來……一開始，我覺得自己是因為自尊和虛榮而想要成為父親。可是……」

他往桌子走近，不自覺地把糖罐子掀開又蓋上了。My Way來到神父的腳邊蹭著，神父彎下了身來摸摸牠。

「您想過領養孩子嗎？」

「我完全沒有這樣的權利，維歐蕾特。所有的法律都不允許我辦領養。人間的法律和天主的法律都不允許我這麼做。」

他轉身不自覺地望向窗邊。

有個影子經過。

「神父，不好意思，冒昧地問，您曾經愛上過誰嗎？」

「我只愛天主。」

14

有人愛你的那天，天氣真好。

我們在沙勒維爾－梅濟耶爾一起生活的頭幾個月，我在每一天裡都用紅筆寫下：瘋狂的愛。這樣的纏綿一直持續到一九八五年十二月三十一日。這段日子，我與菲利浦·杜森形影交疊，無法分離彼此。除了我上班的時候，他都貪婪啃食著我，喝乾我，將我緊緊包圍。他瘋狂地縱情肉欲。我就像塊焦糖或糖霜，融化在他嘴裡。我人生中的這段時光就像在一場不停歇的嘉年華會中度過。

他的手、他的嘴、他的吻，總是清楚要如何在我的身體上遊走，從來不會迷路。他心裡已為我的身體畫下了一張交通地圖，熟記所有路線，而我卻不知道這張身體地圖的存在。

每當翻雲覆雨過後，我們的雙腿和雙唇一併震顫，彼此都沉浸在熊熊燃燒的欲望之中。菲利浦·杜森總是會說：「靠！維歐蕾特，我的天啊！維歐蕾特，我從沒有嗨成這樣過！妳一定是下了什麼蠱，妳肯定是狐狸精變的！」

我想他應該在第一年就背著我有別的女人了。我認為他一直有別的女人，一直在欺騙我。我一懶得理他，他就騎車出去找別的女人。

菲利浦·杜森就像天鵝，在水中時的姿態是如此優雅，但在地上走起路來卻是搖搖晃晃蹣跚而行。他把我們的床變成了天堂，耽溺在魚水之歡中的他如此體貼，享受著感官的愉悅。但只要他從床上起來站直了以後，他就不再是我們的愛裡那個水平視角的他，垂直版的菲利浦．杜森消褪了幾分顏色。他沒有什麼話好聊，他只在乎他的摩托車和電玩。

在堤布宏夜總會靠近我的男人總是引起菲利浦．杜森過分的戒心，所以他要我別繼續在夜總會當酒保。在我們相遇之後，我就得立刻辭掉這份工作。後來就在餐酒館當服務生，早上十點開始準備午餐的服務工作，在傍晚六點時下班。

早上我離開我們一起住的公寓去上班時，菲利浦．杜森還在睡。要離開我們溫暖舒適的窩去重新適應大街上的寒冷可真是件苦差事。他告訴我，白天他都騎車亂晃。當我晚上回來時，他人就躺在電視機前，我推開門，然後躺在他身上。彷彿是下班後，跳進一個偌大的溫水池游泳、做做日光浴，我想要的正是在我的人生裡注入一些藍色。

為了讓他碰我，我什麼都能做。只要他碰我，我就會感覺自己的身體和靈魂屬於他，我無可自拔地愛上身體和靈魂屬於他的這種感覺。那時我才十七歲，我滿腦子都想著要好好掌握這許多遲來的幸福。如果他離開了我，我的身體就要遭遇自離開母體後的第二次分離，我肯定是承受不起這樣的打擊。

菲利浦．杜森的工作有一搭沒一搭斷斷續續的。每當他的爸媽為此發火，他爸爸就會找他朋友給菲利浦．杜森一個工作機會。菲利浦．杜森什麼工作都做過了。房屋油漆粉刷工、黑手、送貨員、夜班警衛、工友。他第一天都會準時上班，但通常都做不滿一個禮拜就不做了。他總是有藉口不回去上班。我們只能靠我的薪水過日子，我都讓薪水直接入他的戶頭，因為我還是未成年，這樣比較不會有麻煩。只有客人給的小費是歸我自己花。

他爸媽有時候會在白天沒事先通知就來。他們也有這間公寓套房的鑰匙，來這是為了要教訓這個二十七歲沒在工作的獨生子，然後幫他把冰箱填滿。

我從沒見過他爸媽，我都在工作。有一天在我休假日時，他們突然來了。我們才正好一番激情過後，我一絲不掛躺在沙發上，菲利浦·杜森正在沖澡，我聽不到他們進門來的聲音，正扯著嗓子唱著莉歐[27]的歌：「你，對我說你愛我！就算是謊話也無所謂！因為我知道你在說謊！人生如此悲傷！對我說你愛我！每一天都一成不變！我需要浪漫漫漫漫漫漫漫的愛情！」當我終於看見他們的時候，我心想：菲利浦·杜森長得一點都不像他爸媽。

我永遠忘不了他媽媽看著我的眼神，以及她的苦笑。我絕無法忘記她眼神裡的輕蔑。就算我閱讀吃力，講話詞不達意，我讀得出她的眼神。彷彿一面惡意的鏡子將我照成一個墮落的年輕女子，卑微而沒有存在價值。這面鏡子顯現的是一個社會敗類、落魄女子、沒有出息的淪落女子。

她的頭髮是棕紅的褐色，牢牢地收束在髮髻裡，頭髮梳得很緊，緊到太陽穴上的靜脈都在她細緻的皮膚表面浮了出來。雙唇緊閉時的嘴型透露出某種不悅。藍眼睛抹上的眼影向來都是綠色的，成為她在美感上始終如一的失誤。她的鼻子生得像是瀕臨絕種鳥類的嘴，像是被下了魔咒才長成那樣。而皮膚蒼白到讓人覺得太陽一定從未照拂過她。當她著濃厚眼影的雙眼往下看，一看到我圓滾的小腹，她便不得不趕緊抓了張廚房的椅子讓自己坐下來。

杜森的爸爸有些駝背，是個生來就循規蹈矩的人，他開始對我諄諄教誨，彷彿我們就在上教理課。我記得他有「不負責任」和「行事輕率」這樣的措辭。甚至，我想他還說到了耶穌基督。我在想，如果耶穌來到這裡，他會怎麼樣呢？杜森的爸媽兩人穿著體面，困在羞恥的難堪裡。而我全身赤裸，裹在一條摩天大樓圖案的毛毯裡，毛毯上還印著紅字「New York City」。如果耶穌來這裡見到這樣的場面，他會說什麼呢？

菲利浦．杜森腰間繫了條浴巾，從浴室出來時看都沒看我一眼，就像我不存在，房裡只有他媽媽在似的，眼睛只看著媽媽。此刻的我，感覺自己更卑微渺小了，像是野狗生的幼犬，我的存在一點也不重要。跟杜森爸爸一樣，媽媽和兒子開始談論我，他們談論我時，就像我聽不到他們在說什麼一樣，他媽媽更是如此。

「可是，孩子的爸爸就是你嗎？你確定是你嗎？你是被設計的吧？你在哪惹上**「這個」女孩**？你想把我們倆活活氣死是不是？不過，能墮胎就墮胎啊！你的腦袋去了哪兒啊？我可憐的孩子！」

至於他爸爸，繼續接著說教：

「什麼都是可能的，沒有不可能的事，只要相信，絕不放棄，就能改變……」

裹在毛毯裡的我，既想哭又想笑，覺得自己像在演一齣義大利喜劇，卻少了義大利人的美。和社工和特教老師在一起時，我已經習慣別人談論我、談論我的人生，我的未來就像這一切都與我無關似的，就像我從自己的故事、自己的存在中缺席了。彷彿我是個需要解決的問題，彷彿我不是個人。

杜森的爸媽髮型梳整得體，穿的鞋子也是精心挑選，好像要去參加婚禮。有時他媽媽的目光會有一秒鐘的時間掃過我，但要是再看我久一點，就會髒了她的眼睛。

27 Lio 生於一九六二年，比利時歌手和演員，在一九八〇年代曾是法國和比利時的流行偶像。

菲利浦・杜森的爸媽沒有向我道別就走了，菲利浦・杜森用腳重重踹了牆壁好幾下，還鬼吼起來：「幹！真是爛透了！」。他要我出去一會兒讓他冷靜冷靜，不然他這幾腳搞不好會變成是踹在我身上。他一副受打擊的樣子，然而此刻感到受創的人該是我才對。這種暴力對我來說並不陌生，我就是在這樣的環境下長大的，但這種肢體暴力總是傷不了我，我總是能倖免於難，毫髮無傷。

我出門上街，感覺天冷。我快步地走，好讓整個人熱起來。我們的日子過得太無憂，杜森的爸媽不得不推開我們的房門粉碎掉這一切。我出去一個小時後回來杜森的公寓，他已經睡著了，我沒有吵醒他。

隔天，我十八歲了。菲利浦・杜森告訴了我一個消息當作生日禮物，他爸爸幫我們兩個找到工作，我們要去當平交道駐工了，在南錫那邊，離這不是太遠，而我們得先等著職缺空出來。

15

可愛的蝴蝶啊，請張開你美麗的翅膀飛到他的墳前去告訴他：我愛他。

賈斯東又再次跌進了墓穴。我算不清這是第幾回了。兩年前，正在起掘遺骨的時候，他跌進了棺材裡，一回神發現自己整個人正面朝下趴在死人骨頭上面。在喪禮的時候，有過多少回他就這樣踩在想像的鋼索上而跌了跤？

諾諾轉身離開幾分鐘，推著獨輪車要把一車的土運到四十多公尺外的地方去，賈斯東正在與達希歐伯爵夫人講話，而諾諾回來的時候，賈斯東卻不見了。原來土堆塌陷了，賈斯東陷在墓穴裡，大喊著：「得找維歐蕾特來！」諾諾回賈斯東說：「維歐蕾特又不是游泳救生員！」其實諾諾早就警告過賈斯東這個季節土質脆弱。當諾諾設法幫賈斯東脫離困境時，貓王就在一旁唱著：「Face down on the street, in the ghetto, in the ghetto…」有時我覺得和自己朝夕相處的這一群是馬克思兄弟[28]，但我每天都會被拉回現實。

明天，有一場基耶農醫生的喪禮。就算是醫生，也終有一死。這位醫生是九十一歲時自然死亡，在家壽終正寢。他執業五十年，照顧過所有住在布朗松的居民和鄰近區域的人們，應該有很多人會

28 馬克思兄弟（英文：Marx Brothers）是一隊知名美國喜劇演員，活躍時期約在一九〇五—一九四九年。他們五人都是親生兄弟，常在歌舞集、舞臺劇、電視、電影演出。他們在美國電影學會評選的百年最偉大男演員中排第二十名。

來參加他的喪禮。

達希歐伯爵夫人細細品嘗著一小杯李子酒，讓自己從剛剛的驚嚇中恢復過來。這酒是魯里耶小姐送給我的，她的父母葬在雪松區。達希歐伯爵夫人看到了賈斯東在墓穴表演了跳水，覺得十分驚恐。她狡黠地笑著跟我說：「我還以為又看了一場世界游泳錦標賽呢。」我好喜歡這位女士，她也是對我友好的訪客之一。

達希歐伯爵夫人的丈夫和情人都葬在這個墓園。從春天到秋天，達希歐伯爵夫人都會來兩個墳前獻花悼念。她在丈夫的墳前獻上多肉植物，在情人的墳上獻上一束向日葵，插在花瓶裡。她稱她的情人是「真愛」。但麻煩的是，她的真愛是有婦之夫。當這位真愛的太太來，發現墳前的花瓶裡有束達希歐伯爵夫人的向日葵，就會把向日葵通通扔進垃圾桶。

我試過拯救這些可憐的花，看能否把這些花放到其他的墳墓上。但根本沒辦法，因為這位寡婦狠狠地連每一片花瓣都扯掉了。但她當然也還不至於在一片片撕掉向日葵花瓣時，還一面碎念著：「他愛我一點點，他很愛我，他十分愛我，他愛我到癡狂，他一點也不愛我」。

二十年來，我見過一些寡婦在丈夫的喪禮上淚流滿面，之後便不曾踏進墓園半步。我也見過很多鰥夫，妻子的遺體還是溫熱的時候就趕著再婚了。起初，他們會在我放的瓢蟲撲滿裡塞些零錢，讓我繼續幫著打點祭獻在墳前的花。

我知道布朗松有幾個女士是專門鎖定鰥夫的。她們穿著一身黑，在墓園裡走來走去，想找出在亡妻墳前澆花的那些單身男子。我觀察了很久，發現有個名叫克羅蒂爾德．C女士，她擅長一種把戲，她每個星期都重新虛構出一位亡者，為此來墓園悼念。她會先辨識出沉溺在哀慟中的鰥夫，設法攀談好讓對方上鉤。她會先聊聊天氣，聊聊該如何繼續之後的人生，然後設法讓對方邀她「這幾天挑一個晚上一起喝杯開胃酒」。後來，她終於嫁給了阿爾蒙．貝尼加，這位鰥夫原本的太太瑪麗．皮爾埃．貝尼加（1967-2002）就葬在紫杉區。

我曾經從垃圾桶撿到過十幾個新刻的紀念牌，也有些是被激怒的家人掩在荊棘堆裡。那些紀念牌本來都是情人安放在墳墓上的，都刻著「致我永恆的愛」這樣的字眼。

而每天，我都會看到，有婚外戀人偷偷地來墓園默哀，尤以情婦居多。因為女性較為長壽，徘徊在墓園裡的也就多數是女人。這些戀人絕不會在周末的時候來墓園，也不會在可能遇見什麼人的時候來。他們總是在墓園柵門開啟或關閉的時候來。我已經不知道有多少次把這些戀人關在墓園裡。他們來墳墓前蹲著，所以我沒看見他們。他們只好來敲我的房門讓我放他們出去。

這讓我想起了名叫艾蜜莉．B女士，自從她的情人，那位名叫羅藍．D先生魂歸西天後，她總會在墓園開放的半小時前就來到墓園。當我看到她在柵門外等候，我便趕緊在睡衣上套一件黑色大衣，還穿著拖鞋就去幫她開門。她是唯一一個讓我這樣幫她開門的。她最讓我感到傷心。那時每天早上我都會給她一杯加了糖和一點牛奶的咖啡。我們會小聊個幾句。她會跟我說說她對羅藍那份瘋狂的愛戀。她說起羅藍彷彿羅藍也在場一樣。她說「生者對逝者的回憶比死亡更強大。我還是能感覺到他的手撫摸著我。我知道他就在某處看著我。」她在離去前把杯子擱在窗邊。當羅藍的太太、父母或小孩來到墳前致意默哀，艾蜜莉就會改待在別的墳墓前，躲在一個角落，等待著。一旦沒有人了，就回來羅藍的墓前默哀，和羅藍說話。

有天早上，艾蜜莉沒有來，我以為她終於接受羅藍的死了。大多數時候，人們終究會接受亡者的逝去，無論是多麼巨大的哀傷，就讓時間來化解哀傷。然而失去孩子的母親或父親，他們的哀傷卻是無法隨著時間消解的。

可是我錯了。艾蜜莉從沒真的接受他的死。她再來到墓園時，人已經躺在棺材裡，身邊圍繞著愛她的人。我想絕對沒有人知道她和羅藍彼此相愛。確實，她沒有葬在他旁邊。

艾蜜莉喪禮的那天，等所有人都離開了，我就開始插枝準備種薰衣草，像是大家會在出生的時候種一棵樹那樣。艾蜜莉生前在羅藍的墳墓種了一株薰衣草。我從這株薰衣草剪下長長的枝條，對原來那株薰衣草做了許多修剪，好讓根部重新生長。然後我剪掉枝條的頂部，在鑽了孔的瓶子裡插穗，瓶內填滿了土和一些肥料。一個月後，枝條又重新長出了根。

這樣，羅藍墳前的薰衣草也會變成艾蜜莉的薰衣草了。這些薰衣草會生長個幾年，一起開出的花，便是從同一母株長出來的孩子。整個冬天，我都在養護新枝生根。到了春天，我就將新苗重新種植在艾蜜莉的墳墓。就像芭芭拉的歌唱著「春天如此美麗，恰是互訴衷情的季節」[29]。羅藍和艾蜜莉的薰衣草至今仍盛開綻放著，香氣瀰漫到周邊所有的墳墓都充滿薰衣草的氣味。

29 歌詞出自〈說，你何時會回來？〉（Dis, quand reviendras-tu）

16

人與人的相遇從來不是出於偶然。

在路途上與我們有所交集的人，必是為了某個理由來相會。

「雷歐妮娜。」

「你說啥？」

「雷歐妮娜。」

「妳有什麼毛病……這是誰的名字？還是洗衣粉牌子？」

「我好喜歡這個名字。不過，大家會喊她叫雷歐。」

我超喜歡有男生名字的女生。

「既然妳喜歡，就叫她亨利也行。」

「雷歐妮娜・杜森……這名字真好聽。」

「現在已經是西元一九八六年！妳可以好好挑個現在比較有人會取的名字……比方說珍妮佛或是潔西卡。」

「喔，拜託不要。我還是喜歡雷歐妮娜……」

「不管怎樣都隨妳啦。如果是女兒，就妳決定。但如果是兒子，由我決定。」

「如果是兒子，要叫什麼呢？」

「傑生。」

「我希望是個女兒。」

「我希望不是。」

「我們做愛嗎？」

17

萬籟之中，我聽見你的聲音。

二〇一七年一月十九日，陰天，氣溫八度，下午三點。菲利浦・基耶農醫生（1924-2017）的喪禮。橡木製棺材，棺材上的花有黃玫瑰和白玫瑰。黑色大理石墓碑上鍍了一個小小的十字架。告別式上用了五十幾種花束、花圈、碑前立花（花材選了百合花、玫瑰、仙客來、菊花、蘭花）。追思緞帶上寫著：「獻給我們親愛的爸爸」、「獻給我親愛的老伴」、「獻給我們親愛的爺爺」、「追憶一九二四年同窗」、「沙隆區布朗松鎮商會敬悼」、「獻給我們的朋友」、「獻給我們的朋友」、「獻給我們的朋友」。

紀念牌上刻著的悼念文字有：「時光飛逝，記憶永存」、「致我親愛的老伴」、「致我們親愛的曾叔公」、「致我們的教父」、「凡於世間顯現過的睿智、美麗、優雅、才華，皆如絢爛曇花一現，風吹即逝」。

這場喪禮約有一百人出席，圍繞在墳墓邊。諾諾、賈斯東、貓王和我也都在場。在進行下葬儀式之前，賽德里克神父的小教堂裡就聚集了超過四百人。不是所有來參加喪禮的人都能進去坐在長椅上，我們只能安排年長者先坐在一起。許多人都站在教堂前小小的空地默哀。

達希歐伯爵夫人告訴我她想起這位仁醫已經出診跑遍整個鄉里，忙到衣服都皺了，還半夜摸黑再回來到她家裡，確認她的小兒子早上的高燒是否退了。她說：「我們每個人想起的他，大概都是犯了心絞痛、得了腮腺炎或重感冒時讓他醫治的過程，或是他俯身在餐桌前填寫死亡證明時所留下的記憶，因為在他行醫初期，人們都還是在家往生，不是在醫院等待臨終」。

菲利浦．基耶農在他的一生裡留下許多美好的印記。他的兒子在喪禮致詞時說道：「我的父親此生專注奉獻在行醫上。他一天裡到同一個病人家探視多次，卻只收取一次看診費。出診到病人家時，會順便用聽診器把病人的一家大大小小都檢查過。他是個嚴謹的醫生，要仔細問過三個問題，檢視過病人的眼睛才做出明確的診斷。當時的醫療環境裡，是還沒有專利成藥可使用的」。

菲利浦．基耶農的墓碑上砌了一面肖像浮雕。他的家人選了張他五十幾歲時度假的照片。他露齒微笑，曬出了一身古銅，背後應該是海。那個夏天應該是有人接替他的工作，他遠離家鄉，暫別了病人的咳嗽，來這享受陽光。

在蓋棺降福的儀式之前，神父說了最後幾句話：「菲利浦．基耶農，我愛著您如同聖父對我的愛。再也沒有什麼樣的愛能比為我們所愛之人奉獻一生還要更偉大」。

鎮政府公共大廳都會辦一場追悼往生者的酒會。我向來都會被邀請，但從沒有參加過。大家都走了，只剩我和皮耶．魯奇尼。

當大理石匠重新關閉這個家族墓穴的時候，皮耶．魯奇尼跟我說：菲利浦．基耶農是在他妻子原先與另一男人的婚禮那天相遇的。新娘在舞會上一開舞就扭傷了腳踝，大家趕緊找來菲利浦．基耶農來處理新娘的腳傷。而就在此刻，醫生見到了他未來的妻子，身穿結婚禮服，腳踝還包在冰桶裡，他就這樣愛上了這個新娘子。然後醫生把新娘子從婚禮上帶走，去醫院照X光後，就再也沒有把新娘帶回去還給那個才新婚不久的丈夫。皮耶笑著補了一句：「他就是趁幫她治療腳踝時，向她求婚的。」

在墓園關閉之前，菲利浦．基耶農的兩個孩子回來到墓園，看著石匠完成工作。他們把花束上的弔唁花卡都拆了，向我揮手道別後，開車回去了巴黎。

18

枯葉如今散落成堆，回憶與遺憾亦是。

我總是自己一個人說話。我跟死人說話，跟貓說話，跟壁虎說話，跟花說話，跟天主說話（但不會一直都很客氣）。我跟自己說話，我質問自己，我對自己吶喊，我給自己打氣。

我無法被這個社會歸類，我無法用這個社會的分類來定義。女性雜誌裡那種標題為「認識妳自己」或「更了解妳自己」的測驗，總是沒有屬於我的解答。對我來說，測驗裡多的是可以同時成立的選項。

在沙隆區布朗松鎮，有些人不喜歡我，提防我或是怕我。或許是因為我總是看起來在服喪。要是人們知道我裡面穿的是夏天衣櫃的衣服，我搞不好會被架在柴堆上給活活燒死。所有與死亡相關聯的職業實在都讓人覺得可疑了。

後來，我先生就失蹤了。一夕之間，無影無蹤。「不得不說，這事情實在有點奇怪。他騎著摩托車出門，咻一下，人從此不見了。再也沒有人見過他。多可惜這樣一個英俊的男人就這樣失蹤了。連警察都沒轍，也從來沒再纏著他太太追問消息，他太太也沒有表現出傷心的樣子。一滴眼淚也沒有。我說啊，她有隱瞞什麼吧。這個女人老是穿著一身黑，妝扮典雅……但卻陰沉。墓園裡有些事情也不太尋常，讓我對她這個人實在有些疑問。那些掘墓人總是有事沒事就窩在她那裡。還有，你們自己去看就知道，她會自己跟自己說話。別跟我說自己跟自己說話這個樣子叫做正常。」

然而其他人卻是這樣說的：「她真是個善良的女人。為人慷慨，熱心助人，待人親善，行事低調。這份工作相當不容易。沒有人會想要從事這樣的職業。而且她還都自己一個人面對這樣的生活。她的丈夫拋下了她。她的優點值得稱許。她總是願意讓痛苦的人喝一杯，或給一句貼心話。她身上蘊藏一種優雅……待人有禮，總是微笑以對，富有同情心。實在沒什麼能挑剔的地方，工作相當盡責，將墓園打理得十分完美。這樣的女人如此單純，不惹事生非，有點活在自己的世界裡，但活得與現實世界有些隔閡並不會妨礙誰。」

我成了這場內戰紛爭的主角。

曾經，鎮長接到一封信要求開除我在墓園的職務。鎮長禮貌地回覆那封信，表示我從未怠職犯下什麼錯誤。

有時候，一些年輕小鬼拿石頭來砸我房間的百葉窗嚇嚇我，或者有時整晚大力敲我的門。我躺在床上都聽得見他們笑個不停。當艾莉安娜開始狂吠或我搖鈴的聲音太嚇人，他們會拔腿就逃。

我寧可看到年輕人調皮搗蛋，喝酒鬧事，也好過看著人們跟在棺材後頭，被沉重的哀傷壓彎了身子。

夏天的時候，有些青少年會翻牆進來墓園。他們等待著午夜時分，結伴來墓園嬉鬧嚇唬彼此。他們躲在十字架後面竊竊私語，不然就是將墓室禮拜堂的門開開關關砰然作響。這些小鬼也會故弄玄虛地製造靈異事件的場景，讓他們的女朋友驚嚇不已。「喂！是鬼嗎？」在這種時刻，只要稍有個「靈異現象」，我就會聽到女生尖叫逃跑。但這種跡象不過是貓在墳墓間追逐飛蛾，或是刺蝟打翻了裝貓糧的碗，再不然，其實就是我躲在墳墓後，拿著填滿螢光紅染劑的水槍在瞄準著他們。

我唯一受不了的是有人不尊重這裡是亡者安息之地。通常一有不對勁，我會先把宿舍前的燈打開，然後搖響我的門鈴。如果這樣沒有用，我就拿出紅色染劑水槍穿越墓園走道一路追這些人。墓園在夜裡是沒有照明的。我可以任意移動而不被發現。墓園裡的動線我記得清清楚楚，閉上眼睛我都知道路怎麼走。

除了那些來墓園做愛的人，我還曾在某個晚上發現有一群人坐在黛安娜・德・維涅宏的墳墓上放恐怖片來看。黛安娜・德・維涅宏是第一個埋葬在這座墓園的亡者，幾個世紀以來，某些布朗松的居民一直宣稱見過她的鬼魂。我踮起腳悄悄來到這些闖入者的後頭，使盡我所有的力氣猛吹哨子。這些人嚇得像兔子一樣逃跑，連電腦都沒帶走，忘在墳墓上。

二〇〇七年，我碰到一群來度假的年輕人，他們非常難搞。大概是旅行途經這裡，或許是從巴黎還是哪個城市來的。從七月一日到三十日，他們每天晚上翻牆進墓園裡就是要躺在墳墓上一起夜宿星空下。我試過好幾次找警察來，諾諾也踹了他們幾腳訓誡他們，墓園不是遊樂園，可是他們隔天照來不誤。我甚至乾脆把我宿舍前的燈全開，打響著門鈴，拿著螢光紅水槍對準他們，都無法讓他們撤退。似乎沒有什麼能嚇倒這些人。

幸好，七月三十一日早上，他們終於走了。但隔年他們又再度來訪。七月一日晚上就來墓園報到了。我在接近午夜的時候就聽見他們的聲音。他們露宿在賽西莉・德拉傑博（1956-2003）的墳墓。但和前一年不同的是，他們菸抽得兇，酒喝得猛，墓園裡到處是他們扔下的酒瓶，每天早上我還得將丟在盆栽裡的菸蒂撿乾淨。

後來，奇蹟出現了。七月八日到九日的夜裡，他們走了。我永遠忘不了那天晚上他們發出來的驚聲尖叫。他們說他們看到「什麼」了。

隔天，諾諾在往骨灰塔的路上發現了「藍色藥丸」，應該就是這種強效藥，讓他們這些精神狀態虛弱的人把遇到的鬼火看成幽靈。我不知道是否確實是黛安娜．德．維涅宏或白衣女子漢娜．居夏的鬼魂真的顯靈才讓我擺脫這些愚蠢的年輕人，但為此我心懷感激。

19

我對你的每一分思念若都長成一朵花，地球就會是一座無邊無際的花園。

有一天，我正要推開我們公寓套房樓下的大門時，在玻璃櫥窗裡看見了一本書，封面上有顆紅蘋果，那是約翰·厄文的小說《心塵往事》。那時我還讀不懂那本書的書名是什麼意思，對我來說還太難解。一九八六年，我十八歲，但學習程度只相當於一個六歲的孩子。老—師，學—校，我—要—去，我—有，你—有，我—要—回—家，這—是，太—太—早—安，潘扎尼義大利麵，芭比貝爾起司，布爾桑起司，史奇普洗衣精，綠洲，百齡罈威士忌。

儘管我要正確地讀出一個句子、理解一個句子，可能得花好幾個小時，我還是買了這本八百二十一頁的書。這有點像是我能穿的牛仔褲尺寸是五十號，我卻給了自己買了件三十六號的褲子。但我還是買下了這本書，因為這顆蘋果激起了我的欲望。好幾個月來，我已經失去了欲望。打從菲利浦·杜森在我的脖子後面吹氣，我就開始失去欲望了。他在我頭上呼出來的氣息意味著，他準備好了，他想要我。他一直都想要我，但他渴望的卻不是我。我一動也不動，假裝在睡，假裝呼吸很沉。

這是頭一次我的身體對他的身體沒有感覺。接著，一次，兩次，都無從感到有所欲求。然後，有時又像結霜般再度浮現。

我總是和人生妥協，總是看到事物美好的一面，很少去看陰暗的那一面。就像在海邊的房子，外牆被陽光照亮。從船上看過去，可以看到牆面明亮的色澤，白色尖樁籬笆耀眼如鏡，整片花園盡是綠意盎然。而我鮮少會去看到這些建築背面的一側，當我們從街邊經過才會發現的那一面，是建築的陰暗部分，藏著垃圾桶和化糞池。

遇到菲利浦．杜森之前，儘管和寄養家庭一起生活的日子裡是在焦慮不安中度過的，我總是看著牆上的陽光，很少去看陰暗面。但和他在一起，我懂了什麼叫做幻滅。要愛一個男人，如果只是能從他身上得到些許快樂，光這樣是不夠的。沖印出俊俏男孩的亮面相紙已滿是摺痕。這個男孩生性懶散，缺乏面對父母的勇氣，還具有難以預期的暴力傾向，而他的指尖總留有其他女孩的氣味，諸此種種都一點一滴竊取了我生命中的某個東西。

是他，希望我生一個孩子。是他，跟我說：「我們來生幾個貝比吧。」這個大我十歲的男人在他媽媽耳邊小聲地說是他向我「搭訕」的，又說我是個「可憐無望的女孩」，還說他覺得「對不起」。他媽媽又再幫他開了不知道是第幾次的支票後，她轉過身去時，他吻了我的脖子，告訴我，為了把他家的「大人們」打發走，他什麼鬼話都能說。然而這些話已脫口而出，覆水難收。

那天，我也假裝，我笑著說：「沒關係，我當然懂。」這樣的幻滅也讓我長出了某種東西。某種強烈的東西。我看著自己的肚子一天一天大了起來，漸漸有了重新學習的念頭。想要知道激起欲望真正的意思是什麼。不是透過什麼人來體會，而是要透過語詞來學會。那些語詞就在書本裡，而因為書裡的語詞讓我心生畏懼，我總是閃躲過去。

我等著菲利浦．杜森騎車出門了，才讀著《心塵往事》封底的書介。我必須大聲地朗讀：為了理解語詞的意思，我必須聽著這些語詞被朗讀出來。就像在說故事給自己聽一樣。我就是自己的另一個分身：嚮往學習的那個我和即將踏上學習之路的那個我，也就是現在式的我和未來式的我，俯身讀著同一本書。

為什麼書會像人一樣吸引我們去親近？為什麼我們會被書籍封面吸引？就像是被某個目光吸引，就像是被一個我們聽起來熟悉、聽過的聲音吸引？為什麼改變我們選擇的道路、讓我們抬起頭來且引起我們注意的聲音，或許會改變我們人生的方向？

兩個多小時過去了，我只讀到第十頁，終於讀懂其中五分之一的單字。我把這個句子大聲念了一遍又一遍：「孤兒對每天定時發生的事物，比起其他孩子有更強的欲求。孤兒對所有能持久，能繼續存在的事物都表現出渴切」。「渴切」這個詞究竟是什麼意思呢？我要去買本字典，學會怎麼用這個詞。

在那之前，我只熟悉我收藏的黑膠唱片裡的歌詞。我聽唱片的同時會把歌詞唸出來，但卻不明白歌詞的意思。

就在我想著要買字典的時候，我第一次感覺到雷歐妮娜在動。一定是我大聲唸出來的語詞把她吵醒了。我感覺著這緩緩的胎動像是她在為我加油。

隔天，我們就搬到南錫的馬爾格朗日，準備開始平交道駐工的工作。而出發之前，我下樓去買了本字典查了一下「渴切」這個詞的解釋：「貪婪地渴求某物」。

20

儘管人生不過是在塵世裡走一遭，妳的樣子還是會存在我們的回憶之中。

我正在清理裝著葡萄牙娃娃的塑膠盒子上的灰塵。因為不想再看到這些娃娃針頭般小的黑眼珠，我盡可能讓這些娃娃都躺著。

我聽說某些私家花園裡的小人偶塑像不見了……要是我讓潘托太太以為這些娃娃被偷走了呢？

諾諾和賽德里克神父在我身後高談闊論，諾諾尤其投入。貓王靠在廚房的窗戶，一邊看著窗外的訪客經過，一邊輕聲地唱著〈Tutti Frutti〉。但諾諾的聲音蓋過了貓王的歌聲：

「我以前是個油漆工[30]，跟畢卡索不同的是，我在建物上作畫。後來，我老婆拋下我讓我自己一個人帶著三個年幼的孩子……那時的我突然沒了工作，因為經濟不景氣被裁員。然後在一九八二年，鎮政府錄用我做掘墓人的工作。」

「當時你的孩子多大了？」賽德里克神父接著問。

「他們那時都還不大。比較大的那兩個是七歲和五歲，最小的才六個月。我是自己一個人把他

30 畫家和油漆工在法文裡是同一個字peintre。

們拉拔大的。後來，我又有了一個女兒……我就在離這很近的地方出生，就在你的教堂旁一大片房子的後面。在那個年代，助產士會到家裡接生。你呢？神父先生，你在哪出生呢？」

「布列塔尼。」

「那邊總是下著雨。」

「氣候大抵是這樣沒錯，但這不妨礙人們生孩子。我在布列塔尼沒有住太久。我的爸爸是軍人，總是要配合工作調動遷移。」

「一個軍人生出一個神父，這好像不是很常見的事情。」

賽德里克神父的笑聲響徹整間屋子。貓王還是繼續哼他的歌，雖然他整天情歌唱個沒完，我還是沒見過他愛上誰。

諾諾喊我說：「維歐蕾特。別玩妳那些娃娃了。有人在敲門。」

我把抹布丟在樓梯，去幫訪客開門，大概是要來找墳墓的。

我開了墓園這一側的門，是警官。他第一次從這一側的門來。他沒帶骨灰甕，還是一頭亂髮。身上一樣有肉桂和香草的味道。他的眼睛閃爍得像是才哭過一樣，肯定是累了。他對著我不好意思地笑著。貓王這時關窗的聲音讓人聽不見我的早安問候。

警官發現諾諾和賽德里克神父坐在桌邊，他跟我說：「我打擾到你們了？要我晚點再過來嗎？」我回說不用，因為兩個小時後就要忙著喪禮，我沒有其他時間了。

他進門向諾諾、貓王、神父一一鄭重地握手致意。

「我跟您介紹一下，諾爾貝特、貓王，他們是我的同事。還有這位是神父賽德里克．莒哈斯。」

輪到警官自我介紹，我終於第一次聽到他說出自己的名字：朱利安．瑟爾[31]。我這三個同夥就像被警官的姓氏嚇到，一個一個都說要離開。諾諾喊著：「維歐蕾特，等會兒見！」

我第一次做了自我介紹：「我叫維歐蕾特，維歐蕾特．杜森。」警官回答說：

「我知道。」

「喔？您知道？」

「起初，我以為是個外號，是個玩笑。」

「玩笑？」

「老實說，做為墓園管理員，有個叫做『杜森』的姓氏其實也不太尋常。」

「其實我本來姓『特雷內』，維歐蕾特．特雷內。」

「『特雷內』比『杜森』好多了。」

「『杜森』本來是我先生的姓。」

「為何說『本來是』？」

「他失蹤了。一夕之間人間蒸發。總之，也不能真的說他的失蹤是一夕之間的事……應該說他只是將某次他不在的時間延長了。」

他感到尷尬地對我說：

「這件事，我也知道。」

31 Julien Seul的姓氏Seul，在法文也是形容詞seul,e，意為孤單的、唯一的。

「您知道這件事？」

「您介紹給我房子有紅色百葉窗的那位布里昂太太，她說溜了嘴。」

我去洗手，倒在手掌心的肥皂液有柔和的玫瑰花香。在我的宿舍，我的蠟燭、我的香水、我的內衣、我的茶、用來浸在咖啡裡吃的小蛋糕，到處都有粉玫瑰的氣味。我在手上抹了玫瑰花香的護手霜。我的手有許多時間都埋在土裡做園藝工作，所以得好好保護雙手。我喜歡讓自己的雙手維持漂亮的樣子。多年來，我已經不再啃自己的指甲了。

就在這個時候，朱利安．瑟爾又再度凝望這裡的四面白牆，一副憂心忡忡的樣子。艾莉安娜嗅著朱利安．瑟爾，他笑著摸了摸艾莉安娜。

我幫他倒咖啡的時候，想著布里昂太太到底還能跟他說什麼。

「我替我母親寫了篇悼詞。」

他從口袋裡拿出一個信封，斜放在瓢蟲撲滿旁。

「您遠從四百公里外來這裡，就是為了將您為母親寫的悼詞拿給我？為什麼不郵寄過來就好？」

「不是，我來不是真的只為這篇悼詞。」

「您有帶母親的骨灰來嗎？」

「沒有。」

他停頓了一下，似乎越來越感到不安。

「我可以靠在窗邊抽個菸嗎？」

「好。」

他從口袋掏出一包壓扁的盒子，抽出一根菸，是黃菸絲的香菸。他在劃一根火柴之前對我說：

「還有別的事情。」

他走向窗戶，將窗子開了一點，轉過身背對著我，抽了一口，往窗外吐出煙。

我覺得我聽到他在吐出來的煙霧中對我說了：

「我知道您的先生在哪。」

「不好意思？您說什麼？」

他把菸抵著外牆熄了，然後把菸蒂塞進口袋。他轉身對我再說了一次：

「我知道您的先生在哪。」

「什麼先生？」

我覺得難受。我一點也不想懂他正在跟我說的。這感覺就像是他剛才未經我允許就上樓進我房間，還打開我所有的抽屜東翻西找，我卻沒能阻止他把抽屜裡的東西拿出來。他低下頭，用低到幾乎要聽不見的聲音輕輕地說：

「菲利浦．杜森……我知道他在哪裡。」

21

黑夜從來都不是全部，路的盡頭總有一扇開著的窗。

我相信鬼魂只是一種回憶的存在，不論是真的，還是幻想出來的。對我來說，存在體、幽靈、靈魂，這些超自然的事物只存在於活人的腦海之中。

有些人能和亡者溝通，我也相信確有其事。但一個人死了，就是死了。如果亡者再現，那是活人憑意念使亡者再現。如果亡者說話，那是活人替亡者出聲。如果亡者顯現，是活人的頭腦像全像攝影或3D列印機那樣投射出來的一樣。

思念、痛楚和走不出的哀痛都可能讓人經驗和感受超越人能想像的境界。某人離去了，就是離去了。除了他存在於生者的腦海裡，而單單是一個人的心靈空間就遠比宇宙還更寬廣。

起初，我心想，這世上最難的事大概就是學會騎獨輪車了。但我錯了。恐懼，才是最艱難的。我在夜裡試著征服這份恐懼。讓自己的心跳慢下來，讓自己不會顫抖，不會畏縮，閉上雙眼向前行。我得讓自己擺脫這個難題，不然這恐懼就無法止息。

能試的都試了。對自己仁慈，嚇嚇自己，讓別人幫忙，都沒有用。我連睡都不睡了。一心只想著要擺脫這個難題。可是怎麼做呢？

騎單車，無論是獨輪還是二輪，幾乎關鍵都在於平衡感。可是我只想晚上在墓園裡的礫石地上練習。不該讓人看到守墓人沿著墳墓騎著獨輪車。所以已經連續好幾天，一到晚上，關上墓園柵門後，我就練習騎獨輪車。我得練好減速和煞車，難說我什麼時候會跌下來。

最漫長、最枯燥的工作就是縫製用來包覆遺體的裹屍布了。我將好幾公尺的白布接合在一起。布料有：棉紗布、絲質布、棉質床單、薄紗材質。我耗費許多時間將這些布縫接起來，整面布給人既真實又超現實的感覺。夜裡我縫製這件「東西」的時候，曾經自娛地想著這是我和菲利浦・杜森結婚那天沒穿出來的結婚禮服。我確定最後我們對一切能一笑置之。無論如何，都微笑著。我們最後都微笑著面對一切。

接著，我就將裹屍布放進洗衣機，切至冷水洗滌，加入五毫克的蘇打粉，這樣布面就能反光。在縫上襯裡前，我貼上了些反光帶，這些反光帶可以在光照下重複補充光能。我從公路維修卡車裡拿走了好幾公尺的反光帶。通常這些反光帶是用來做戶外警示記號的。反光帶的亮度很強。只要事先將反光帶放置在光線下，在陽光下曝曬或燈光下照射，就能使用了。

我得把我的臉和頭髮整個遮起來。我從掘墓人休息室拿走諾諾的一頂黑色帽子，我把帽子與眼睛對齊的地方上面剪開，塞進結婚禮服的頭紗。有個殯喪禮儀公司的人給我一個天使造型的鑰匙圈，夾住鑰匙圈的邊邊就可以發出夠亮的光線，是種用於緊急救助的手電筒，且造型輕巧。我就把鑰匙圈抿在雙唇之間。

我從鏡子裡看到的自己，覺得很嚇人。真的很嚇人。我看起來就像恐怖片裡的角色，就像那天黛安娜・德・維涅宏的墳墓邊，被我用哨子聲嚇跑的年輕人，他們丟下的電腦裡播放的恐怖片角色。我一身詭異的打扮，身著一襲長長的魔幻白色禮服，臉被新娘頭紗遮蓋住，全身白的像是車燈下的白雪。我閉上或抿著嘴唇時，嘴巴就會發光——在這樣特殊的情境下，夜裡的墓園，是連最輕微的風吹草動都可能莫名驚動到人的地方，我這個樣子是有可能讓別人嚇出心臟病來的。

而我還需要配上聲音。影像畫面我有了，但還沒有配上原聲帶。正自覺得意的我笑不出來了，我這時才想到還差這一件。墓園的夜裡，許多聲音聽起來都是可怕的，蟲鳴鳥叫、樹叢間窸窸窣窣的聲音、門發出的吱嘎吱嘎的響聲、風聲、腳步聲、節奏緩慢的音樂，任誰都會被嚇到。我選了臺調不準頻道的小收音機，掛在我的單車上。時間一到，我就把收音機打開。

接近晚上十點，我手牽著腳踏車，躲在墓室禮拜堂裡，在一身奇裝異服之下，我的心跳加速。不需久候多時。他們人還沒走到這裡，卻已經能聽見他們的聲音了。他們是從墓園東側翻牆進來的。這一晚，他們有五個人，三男二女。每次來的人數不一定都一樣。

我等著他們都「就定位」，等他們開始拉開啤酒罐，拿花盆來當菸灰缸用，躺在瑟棣猶太太的墳墓上。我是在瑟棣猶太太來她女兒墳前獻花時認識這位善良的女士。知道這些傢伙躺在她和她女兒的墳墓上，這給了我力量。

我開始騎腳踏車，把我身上長長的禮服攏妥，可不能讓車輪輾到。我這一身裝扮，遠遠就可以看到，我身上的反光帶可是早就在鹵素燈下照射過兩小時。我推開墓室禮拜堂的門時，發出很大的聲響，聲音尖銳刺耳。他們突然都噤聲了。我離這群人還有好幾公尺。我開始踩腳踏車。輕輕地踩，就像是是風推著我前進。

其中一個男生看到我出現時，我大概距離他們四百公尺。我感到害怕，感覺手出了汗，雙腿發軟，頭在發熱。那個男生一句話都說不出來。在場的一個女生看到男生驚呆的表情，便轉身望向我，她嘴上還叼著根菸，就這樣尖叫起來。她的尖叫聲淒厲到我也跟著目瞪口呆不已。另外三個人本來放聲笑鬧不停，也被她的尖叫聲嚇到笑不出來了。

他們五個人全盯著我看，盯著我，不超過一兩秒的時間。我在離他們兩百公尺的地方停下來。我抿著嘴唇，讓手電筒的光照向他們。我張開雙臂，整個人成十字架的形狀衝向他們，我這一次的進攻更加來勢洶洶，迅雷不及掩耳。

這一切在我的記憶之中都以慢動作進行。我有餘裕解析過程中的每一秒。要是我失手了，被拆穿了，要是他們反過來追著我跑，我就完蛋了。但他們那時並沒有弄清楚情況。那時他們一意識到有隻飄在空中的鬼，張開雙臂，正飛快地，直衝向他們，他們就以電影快轉般的速度逃走了。從來就沒見過有誰能像他們起身得這麼快。他們有三個人尖叫著奔向墓園大門，有兩個人逃向墓園的後方。

我決定追往大門去的那三個。其中一個跌倒後又立刻爬起來。

可是墓園柵門有三點五公尺那麼高，不知道他們怎麼越過柵門的。可見恐懼能使人克服萬難。我之後再也沒見過他們。我知道他們和想聽鬼故事的人說了墓園鬧鬼的事。我撿乾淨他們扔掉的菸頭和空罐。在瑟棣猶太太的墳墓上潑熱水。

那晚我睡不著，笑個不停。只要閉上眼睛，我就看到他們像兔子一樣四散而逃的畫面。

隔天早上，我將腳踏車和扮鬼的這身行頭收在閣樓裡。收進行李箱之前，我對這身行頭心懷感激。我就像是在整理結婚禮服一樣將東西收拾好，以後時不時可以翻出來看看是否依然還穿得下。

22

小小的生命之花，就算有人早早將你摘下，你的芬芳依然是永恆的。

「菲利浦．杜森已經死了。安葬在墓園的這些亡者，我時不時能在他們的墳前默哀。他和這些亡者不同的就只有這件事情而已。」

「菲利浦．杜森的名字還在電話名錄裡。總之，電話名錄裡找得到他的修車廠商號。」

超過十九年沒有人在我面前大聲講到他的名和姓，就是在其他人的話語之中，菲利浦．杜森也已經消失了。

「他的修車廠？」

「我以為您會想知道他的下落，我想您找過他。」

面對警官，我無言以對。我沒有找過菲利浦．杜森。我等了他很久，如此而已。

「我發現杜森先生的銀行帳戶有過一些活動記錄。」

「他的銀行帳戶……」

「他的帳戶在一九九八年已經被提領光。我去了錢被提領出來的地方，查查看是否是盜領，身分被冒用了，或者其實就是菲利浦．杜森他自己把錢領了出來。」

我覺得自己從頭冷到腳。每次他講到他的名字，我都希望他能閉嘴。我希望他從來沒有進來過我的宿舍。

「您的先生沒有失蹤。他就住在離這一百公里的地方。」

「一百公里……」

這天本來有一個美好的開始，諾諾來和賽德里克神父談天說地，貓王在窗邊唱著他的歌，整個早上都心情愉悅，沉浸在咖啡的香味和男人們的笑聲中。我拿著抹布幫我那些可怕的娃娃們清理門面，身在樓梯間都能感受到滿室溫馨……

「可是您為什麼要查出菲利浦・杜森的現況？」

「布里昂太太跟我說他失蹤了。我想知道他的下落，想幫幫您。」

「瑟爾先生，如果我們的鑰匙掛在壁櫥門上，就是不想有人把壁櫥打開。」

23

如果人生就是人必經的一段路，至少在這路途上，種下一些花吧。

我們在一九八六年春天要結束的時候，到了南錫的馬爾格朗日鎮開始平交道的工作。春天充滿了光明和希望，處處是生機。冬天與夏天之間的角力，看來勝負已決。這是一場輸贏早就注定了的競賽。即使下起雨，這場競賽也早就預先分出了勝負。

「兒少安置機構裡的女孩子有少少的東西就會感到知足。」七歲的時候，有個女輔導員對我的第三個寄養家庭這樣說道，說的時候就好像我沒有耳朵，好像是我不存在似的。一出生就遭到遺棄，該是給了我一種隱形的狀態。還有，所謂「少少」又是多少？

我呢，覺得一切我都擁有，我擁有我的青春，我擁有讀懂《心塵往事》的渴望，我擁有一本字典，我擁有肚子裡的孩子，我有一間棲身的房子，我有一份工作，我有自己的家庭，這個家庭即將成為我人生第一個家庭。雖然這個家不是太可靠，但還算是一個家。自從我出生以來，我所能擁有的就只有我的笑臉，幾件衣服，我的布偶娃娃卡蘿琳，我收藏的艾蒂安·達荷、印度支那和夏勒·特雷內的唱片，還有幾本《丁丁歷險記》漫畫，除了這些，我擁有的別無他物。在我十八歲的時候，我總算就要有一個合法的工作，一個銀行帳戶，還有一把只屬於我的鑰匙。我給這把鑰匙繫上許多小飾物，好讓這串吊飾晃動的聲音提醒我：我有一把鑰匙。

我們的家就像幼稚園小孩畫出來的房子，四四方方，屋頂長滿青苔。屋子的兩側有開了花的連翹。看起來就像一幢白色的小屋上，紅色的窗戶長出金黃色的捲毛。含苞待放的一排薔薇將我們家後面與鐵道區隔開來。門階上擺了張用舊了的地墊，主要道路自門階蜿蜒了兩公尺，最後與鐵路軌道交錯。

雷斯提勒夫婦是這裡本來的平交道駐工，我們到了之後的第三天，他們夫婦就要離開，從這個職務退休了。他們有兩天的時間訓練我們怎麼讓這個工作上手，告訴我們怎麼掌握這個工作的要領：學會正確開啟和放下平交道的柵欄。

雷斯提勒夫婦遺留下了他們那些陳舊的家俱，亞麻油地氈和滿是黑垢的肥皂。牆上幾幅懸掛多年的畫框才剛被移走，花紋壁紙上到處仍可見方形的痕跡。刺繡版的《蒙娜麗莎》這幅畫就被他們遺棄在廚房的窗邊。

廚房裡，沒有炊具。就只是間充滿油汙的房間，裡面擺著一臺老舊的瓦斯爐和三個櫥櫃，拴住櫥櫃的螺絲都已經生鏽了。還有一臺小冰箱像是被忘在門後，當我開啟冰箱，我發現了一塊沒有包覆好的奶油，已經發黃了。

儘管這個地方破舊骯髒，我還是想好如何整理，想好怎樣稍加粉刷將這幾個房間改造得煥然一新。牆上糊著戰前的壁紙，面對著那隱在壁紙裡已消褪的花紋圖案下又重漆上去的顏料，我還是能保持微笑，整頓這裡的一切。尤其是這些置物架，幫我撐起我們未來的日子。雷斯提勒夫婦一轉過身去，菲利浦·杜森就在我耳邊向我保證所有的牆壁都會重貼新的壁紙。

這對年老的夫婦離開前，給了我們一支緊急求援電話號碼，萬一平交道柵欄卡住了，可以打這個電話。

「自從我們不用轉動手柄來拉起柵欄，線路還是有可能卡住，每年這樣的愚蠢狀況都會發生個幾次。」

他們留給了我們火車時刻表，分成夏季的時刻表和冬季的時刻表。其實也沒有什麼多重要的事情需要再多說。國定假日、罷工的日子、周日，這些時候比較少有火車經過，班次也比較少。他們希望我們對這磨人的工作節奏能有所警惕，堅守著火車時刻表工作是相當不容易的事情。而且我們人不多，只有兩個人。啊，但他們差點忘了說：自火車要通過的鳴笛訊號一響起，我們只有三分鐘的時間在火車經過之前將柵欄降下來。這三分鐘裡要去按下控制臺上啟動柵欄的按鈕，阻止車輛通行。而依法規要求，等火車經過之後，會需要等一分鐘才能再升起柵欄。

雷斯提勒先生穿起外套時對我們說：

「列車正行駛過來的時候，有可能會因視線遮蔽而讓人沒發現這輛列車後面還有一班列車。但我們在平交道工作了三十年，從來沒有遇見過這種情況。」

雷斯提勒太太又折回來，站在門口跟我們說：

「降下柵欄，要當心那些企圖闖越的車輛，而且一直都有精神失常的人、有喝醉的人試圖闖越。」

他們趕著要走，去過退休生活了。他們倆走的時候，祝我們好運，還又說了：

「現在輪到我們搭火車了。」他們說這些話，一點笑容也沒有。

然後我們就再也沒見過他們倆了。

打從他們推開這個門走了，菲利浦．杜森還是沒有重貼新的壁紙，而是緊緊地抱著我說：

「喔。我的維歐蕾特，等妳把一切整頓好了，我們在這裡的生活會變得多舒適啊。」

我不知道是否是因為我前晚開始讀《心塵往事》，也或者是那天早上我買的那本字典帶給我力量，我竟然第一次感覺自己有勇氣向他開口要錢。一年半來，我的薪水都是直接匯到他的戶頭的。我手頭上僅存當服務生的小費勉強可以支配。除此之外，我身上沒有多餘的錢讓我花用。

他大方給了我三張十法朗的鈔票，要他從皮夾裡掏出錢來可是讓他很痛苦的事情。我從來沒有碰過他的皮夾。每天，他都會數數看皮夾裡的鈔票，要確定一張都沒少。每當他做這個動作的時候，他就失去我一點點。不，不是失去我，是失去滋養出我的那份愛。

在菲利浦．杜森的心裡，這一切很簡單：我就是個被他在夜總會搭訕來的迷失女孩，然後他讓我去打工，讓我在他家換餐換宿。而且，那時的我還年輕、漂亮，個性不難搞，性情溫和，也挺有膽量的，他也熱切想佔有我的肉體。他內心也有較為陰暗的部分，他深知我極度害怕被拋棄，所以也明白我不會離開。他知道，有了他的孩子，就能讓我離不開這裡，任憑他呼來喚去。

在下一班列車要經過之前，我有一個小時又十五分鐘。我穿過馬路，帶著口袋裡的三十法朗，進了卡西諾[32]超市買了一支水桶、一支拖把、一些海棉和去汙劑。我挑最便宜的買，看到用得上的就買。那時我十八歲，還不是很熟悉居家清潔用品這類東西。通常，這個年紀，大家會買的東西是唱片。我向收銀員自我介紹了一下：

「早！我是維歐蕾特．特雷內。是對面新來的平交道駐工，來接替雷斯提勒夫婦的工作。」

32 Le Casino，意為賭場。

收銀員的名字絲蒂芬妮就在她的員工名牌上，她沒仔細聽我剛剛說的，只注意我圓滾滾的肚子，問我說：

「您是新來的平交道駐工他們的女兒？」

「不是。我不是誰的女兒。我就是新來的平交道駐工。」

絲蒂芬妮全身都是圓的，她的身型，她的臉，她的眼睛，都是圓的。她給人的感覺就像是用鉛筆畫出來的漫畫人物，人不太靈光，卻天真友善，眼睛老是睜得大大的，總是感到驚奇的樣子。

「您幾歲了？」

「十八歲。」

「啊，這樣啊。嬰兒呢？何時會出生？」

「九月。」

「啊！真是太好了。我們就會常常見面了。」

「是啊！我們會常常見到面的。再見。」

我先從房間裡的置物架開始清洗，接著放好我們的衣服。

我看到在髒汙的地毯下有磁磚。當柵欄的警示聲響起時，我剛好在收地毯。十五時零六分的列車即將經過這裡。

我趕忙跑到平交道，按下紅色按鈕讓柵欄降下來。當我看到柵欄順利下降，我終於鬆了一口氣。有輛車子放慢速度，恰巧就停在我旁邊。駕駛這臺長型白色轎車的人，狠狠瞪我一眼，就像火車時刻表是我訂的。十五時零六分的列修車廠駛過去了。鐵軌也隨之震動。經過的列車載著周六的乘客。成群的女孩們正要去南錫好好消磨午後時光，也許是去逛街購物或是尋覓邂逅的機會。

那時，我想起了那句話：「也許兒少安置機構出來的女孩子，都很容易知足。」我按下綠色的按鈕讓柵欄升起時，笑了：我擁有一份工作，我擁有屬於我的鑰匙，我擁有間需要重新粉刷的房子，我擁有一個肚子裡的小孩，我擁有一張等著拿掉的地毯，我還擁有一個靠不住的男人，我買東西找回來的零錢甚至還不能忘記還給他，我還有一本字典、我收藏的唱片和一本待讀的《心塵往事》。

24

對於那些不懂你的存在有多重要的人，你必須學會大方地缺席。

死神沒有休息的時候。死神既沒有長假，也沒有例假日，更不會請假去看牙醫。沒有分淡季或旺季，沒有駛向陽光公路去度假這種事情，沒有一周三十五小時的工時限制，沒有給薪假，沒有年終歲末的節慶假日，幸福，青春，沒有歲月靜好，不分晴雨，這些死神都不在乎。死神總是無所不在。其實沒有人真的這樣想。若是這樣想，真的會瘋掉。死神就像隻在我們的腳邊繞個不停的狗，但卻只有在牠咬了我們的那天，或者再糟一點的就是牠咬了我們親近的人的那天，我們才察覺到死神的存在。

墓園裡有座衣冠塚，位在雪松區三號巷道。衣冠塚是立在空虛之上的一種墳墓構造。亡者在海中，在山裡，在搭乘飛機的時候，或是遇上天然災難的時候，消失無蹤了。可是，已經人間蒸發的活人，其死似乎是不容置疑的。布朗松鎮的衣冠塚的墓碑沒有標牌。這座衣冠塚已經很老舊了，我從來都不知道這是為了紀念誰而建立的。昨晚，湊巧，賈克．魯奇尼告訴我這座衣冠塚是在一九六七年建造的，紀念一對在山裡失蹤的年輕情侶。賈克回去開他的靈車之前告訴我：「去登山的年輕人，恐怕是失足墜落而離世的。」

我常常聽到有人說：「失去孩子是人生最悲慘的遭遇。」我也曾聽過有人說最悲慘的情況，其實是生死未卜。比墳墓還更可怕的事情就是失蹤者的臉被張貼在柱子上、牆上、玻璃窗上、被登在報紙上和出現在電視螢幕上。照片會舊，可是照片上那張臉不會變老。還有比喪禮更可怕的事，每年到了失蹤那一天，電視新聞會再次回顧當年的失蹤事件，還有穿著白衣的遊行隊伍無聲地進行釋放白氣球的追思儀式。

三十年前有個小孩在離布朗松幾公里遠的地方消失無蹤。他的媽媽卡蜜兒・拉弗黑每個禮拜都會來墓園。鎮政府特例核許一個墳墓，讓她將兒子的名字德尼斯・拉弗黑刻在墓碑上。沒有證據可證明德尼斯的死。他是在從教室去學校對面公車站牌的途中消失的，那時他十一歲。德尼斯比他的朋友們還要早一個小時下課，他應該是要去自習。之後就沒有其他的行蹤。他的媽媽到處找他，警察也是到處找。現在這個地方的每個家庭都認得德尼斯的臉，他是「一九八五年的失蹤兒童」。

卡蜜兒・拉弗黑常常跟我說德尼斯的名字刻在這座假的墳墓拯救了她的人生。他的名字刻在大理石上，卻也讓她困在可能與不可能之間：這使她想像他還活在世上的某個地方，孤單一人，沒有人愛，受苦受罪。每當她推開我宿舍的門，每當她坐在我桌前，每當她喝著咖啡的時候，每當她對我說：「維歐蕾特，最近好嗎？」，她都會再加上一句：「比死還糟的，就是失蹤。」

而我，已經很習慣菲利浦・杜森的失蹤了。我從來都不想知道他的下落。

我打開了朱利安・瑟爾的信封，裡面有他為母親寫的一篇悼詞。安葬的那天他會唸這篇悼詞，他終於接受將母親的骨灰安在加畢爾・普東的墳墓。這兩人的相遇真是受到詛咒。如果伊蓮・法約爾從沒有遇見過加畢爾・普東，朱利安・瑟爾就永遠不會踏進這座墓園。

伊蓮．法約爾是我的母親。她總是散發怡人的氣息，她用「藍調時光」這款香水。

她在一九四一年四月二十七日出生，雖然她在馬賽出生，她向來都沒有南方的口音。她身上沒有南方的基因。她矜持，待人冷淡，不多話。她總是喜歡冷多於熱，喜歡陰天多於晴天。她的外表甚至有些引人注意的地方，她頂著一頭金髮，氣色蒼白，臉上也有些雀斑。

她喜歡米色，我從沒見過她穿鮮豔的衣服，也沒見過她光著腳，只有在一張我出生前拍的照片上看過她在瑞典度假時穿著黃色洋裝。穿這件衣服就像是在人生裡留下了一個敗筆。

她喜歡英國茶，她喜歡雪，她拍照會拍下雪景。我們的家庭相簿裡，都是下雪時拍的照片。

她很少笑。她常常若有所思，心不在焉。

她和我爸爸結婚，就變成了瑟爾太太。可是瑟爾太太[33]（Madame Seul）的姓氏寫起來讓她感覺像是形容詞的陰陽性錯置，所以她選擇保留用她自己婚前的姓氏。

她只有我一個小孩。很久以來，我總是想著，是否是因為我或是我們的姓氏，所以父母不想再生孩子。

她起初的職業是美髮師，後來成為園藝家。她培植出各式各樣抗寒耐冬的玫瑰品種。這些玫瑰都有她的影子。

有天，她告訴我，她想要賣花，即使這些花用來裝飾墳墓。每一朵玫瑰都是獨特的，不論布置婚禮還是墓園都無所謂。每家花店的玻璃窗都寫著：「婚喪兩用皆宜」。開店賣花沒有辦法捨棄其中一種，兩種生意都要做。

我不知道她跟我說這番話的那一天，是否想到了那個人，她決定要永遠在一起安息的陌生人。

我尊重她的選擇，如同她一向尊重我的選擇。
親愛的媽媽，請安息吧。

33 法文的madame為陰性名詞，搭配形容詞也須是陰性的。seul,e一字原為形容詞，意為唯一的、獨自的、孤單的，陽性寫法是seul，陰性寫法在字尾加e。

25

母親的愛，是一種神只能給一次的珍寶。

雷歐妮娜等著我把平交道宿舍裡的每一面牆重新粉刷過，來迎接她的出生。

在一九八六年九月二日要跨入九月三日的夜裡，我感覺到子宮第一次收縮，我醒了過來。菲利浦．杜森挨在我身邊睡著。我的女兒真是很會挑對的時間來：是周六的夜晚，在這一晚的最末班列車和周日早上的第一班列車間，有九個小時的空檔。我把菲利浦．杜森弄醒，他有四個小時可以帶我去醫院生小孩，然後回來在七點十分的列車經過時把柵欄降下。

雷歐妮娜拖很久，要拖到她爸爸在場的時候，她才哭出了第一聲。我把她生出來時已經中午了。愛和恐懼的浪潮陣陣襲來將我淹沒。這個小生命遠比我自己還來得重要得多，而我得對這個生命負責。我呼吸困難，可以說是雷歐讓我無法呼吸。我從頭到腳顫抖起來。整個人既激動又驚懼到牙齒發顫。

她的模樣像個小老人。有那麼幾秒鐘的瞬間，我覺得她是長者，我是小孩。

她的肌膚貼著我的肌膚，她的嘴使勁地找我的乳房，我把她小小的頭捧在手心，看著她頭顱上的囟門，黑色的毛髮，皮膚上覆著未乾的黏液，還有她心型的嘴。用「地震」來形容生孩子這件事，一點也不為過。

當雷歐妮娜來到這世界，我的青春就像瓷製花瓶摔在地磚上，暴烈地粉碎。是她埋葬了屬於我少女的青春。才幾分鐘，本來笑著的我哭了起來，大好的晴天轉為陰雨。我就像三月裡的天空，放晴的同時又下著驟雨。我所有的感官全甦醒，知覺敏銳如盲人。

我這一生，當我看著鏡子裡的自己，我都在想我到底是像爸爸還是像媽媽。當雷歐妮娜一雙大眼盯著我，她就像天空，就像宇宙，或者像一頭怪獸。我覺得她既醜陋又漂亮，既狂躁又溫柔。她對我來說是極度親密卻又陌生的存在，集美好和邪惡於一身。我跟她說話就像是在接續著很久以前我們早已經開啟的對話。

我歡迎她來到這個世界，我撫摸著她，我的渴切地看著她，我貪婪地吸著她身上的氣息，我的嘴輕輕含著她，我仔細地看著她每一寸肌膚，用每一寸目光輕撫著她。

當有人從我身邊把她帶走，要量她的體重，身長，幫她清洗，我只能深深壓抑著不情願。當她一離開視線範圍，我感到自己像個孩子，很小很小的孩子，無助也無用。我喊著要媽媽，我沒有發燒，可是我喊著要媽媽。

我的童年時光在腦中快轉重現。我要怎麼樣才能讓我的女兒不會經歷我人生裡的遭遇？會有人把她從我身邊帶走嗎？當雷歐一出現在我的人生，我就害怕我倆會分開。我害怕她會拋棄我。而矛盾的是，我又想要她先消失，等我長大了，她再回來。

直到下午三點零七分到六點零九分的空檔，菲利浦．杜森才回來找我們。我讓他失望了。他想要的是兒子。他什麼都沒說。他看著我們。他對我們笑了。他湊著我的頭髮親了親我。他把我們的孩子抱在懷中的樣子，讓我覺得很迷人。我要他永遠保護我們母女。他回答我說：「當然」。

然後，來了第二次地震。雷歐才生出來兩天，她才在吸奶，我把她放在我蜷盤的雙腿上，她的頭高高枕在我的膝蓋上，她的腳頂著我的肚子，她的拳頭裡緊緊扣著我的食指。我看著她，在她的臉上尋找著屬於過去的印記，就像我的父母也會對我這樣做。我實在看著她看太久了，久到那些助產士跟我說我再這樣子下去會把小孩玩壞。她盯著我，我就跟她說話，我想不起來那時跟她說什麼。人們都說嬰兒不會笑，只對天使笑。我不知道是否她透過我看到了什麼天使，但她睜著明亮的雙眼盯著我，而且還笑了。

像是為了讓我放心，像是為了跟我說「一切都很好」，我從未感受過如此令人惶然失措的愛。

出院前一晚，杜森的爸爸媽媽穿著體面來婦產科醫院。杜森的媽媽手指戴著寶石，腳上穿著極其昂貴、繫著絨球的鞋子。杜森的爸爸問我是否會幫「孩子」取名字，杜森的媽媽把小孩抱在懷裡時，雷歐妮娜正好在嬰兒床裡睡得很沉。她問都沒問，就笨拙地抱起雷歐妮娜，好像這個小孩屬於她。這個壞心的後母把雷歐妮娜抱著的時候，上衣蓋住了她的囟門。我瞬時被恨意淹沒，狠狠緊咬著腮幫子，好讓自己不會因憤怒而哭出來。

就是這一天讓我明白了誰都可以對我任意作為，想做什麼就做，想說什麼就說。我維歐蕾特的皮膚和靈魂打從出生就已是百毒不侵地抵抗種種的消亡。可是，只要是關於我的女兒，都會滲入我的內在。我將關於她的一切都吸收起來，我是一個多孔的母親。

當她把我孩子抱在懷裡搖來搖去，杜森的媽媽對著我的孩子說話，叫她凱瑟琳。我糾正：「她叫雷歐妮娜」。杜森的媽媽對我說：「凱瑟琳這名字好聽多了」。在那一刻，杜森的爸爸對她太太說：「香塔勒，別太超過。」原來杜森的媽媽有名字……

雷歐開始哭了起來，一定是這個老太太，她的聲音，她僵硬的手指，她粗糙的皮膚。我要杜森的媽媽把雷歐還我。她沒有這樣做。她把哭得聲嘶力竭的雷歐放回了嬰兒床，沒有還給我。

接著，我們回到了「火車之家」，雷歐後來給我們的宿舍取了這個名字。在我們的房間，在我們的床上，我讓她緊緊貼著我。菲利浦．杜森睡在床的右邊，我在床的左邊，雷歐在更左邊。我們一起生活的頭兩個月，我只在升降柵欄的時候才離開她身邊。我在被子下幫她換尿布。每天為了幫她洗澡，我總是先把浴室弄暖。

接著，她跟我們一起度過了冬天，她穿得暖暖的坐在嬰兒車裡，換戴各式軟帽、圍巾。她長了牙，她清朗的笑聲充滿我們的日子，她第一次得到耳炎。我趁著前後兩班列車經過的空檔帶她去晃晃。人們會彎下腰來看看她，說：「她跟您長得真像」，我就會回說：「沒有啦，她長得比較像她爸爸」。

然後，她迎來了她生命裡第一個春天，我們在宿舍和鐵軌之間的草皮，避開陽光的陰影處鋪上了一層毯子。她有玩具了。自己開始可以坐起來，她一邊笑，一邊什麼都往嘴裡塞，平交道柵欄升起又降下的日子繼續著。菲利浦．杜森成天進進出出，騎著摩托車出門蹓躂好幾回，但一定準時回來上桌等開飯。吃完飯後就又溜出門了。雷歐的出生讓他覺得跟孩子玩真有趣，但這種有趣不會超過十分鐘。

雖然我那時還太年輕，但總算是有辦法照顧女兒了。我已能摸索出她的動作和聲音要表達什麼，她的觸覺和聽覺怎麼發展。一年又一年，失去她的恐懼逐漸消失了。我終於明白再也沒有什麼理由能讓我們拋棄彼此了。

26

無以阻擋黑夜，沒有理由。

既然黑暗正在蔓延
既然越過了起風處，在那高於遺忘之階的地方
山岳是不存在的
既然必須學會做夢
因為還不懂得
我們必須學會依循著渴望去做夢，學會活得「如心所願」
而既然你相信著
這不言而喻的道理
有時就算竭盡全力，也不一定足夠
既然終將是在他方
你才能更盡情地活著
又因為我們太愛你，因此不能留住你

既然你要離去……[34]

辦喪禮時，在教堂和墓園裡最常聽到這首歌。

二十年來，我在這墓園裡什麼歌都聽過。從〈聖母頌〉到強尼．哈立戴[35]的〈渴望能擁有渴望〉，這些歌都聽過。曾經遇過有個家族要求喪禮上放皮耶．佩雷[36]的〈小雞雞〉這首歌，因為這是亡者生前最愛的歌。皮耶．魯奇尼和我們前任的神父拒絕了。皮耶．魯奇尼解釋，不管是在天主的殿堂或是在靈魂的花園，我們都無法實現亡者所有的遺願。皮耶．魯奇尼是用「靈魂的花園」來稱呼這座墓園的。這個家族的人不明白為何喪禮儀式的安排不能接受一點點幽默感。

有個訪客固定在墳墓上放一臺音樂播放器。他還像是怕會吵到鄰居，從來不會把音量調得太大聲。

我也見過有位女士把小臺的收音機放在丈夫的墳墓上，這位女士說：「這樣他就可以聽新聞了」。有個非常年輕的小女孩，會來一個高中生的墳前，在墳墓的十字架兩側都放上音響，可以讓他聽到酷玩樂團的最新專輯。

也有些人在亡者逝世周年紀念日前來追思，會在墳墓上獻花或是播放手機裡的音樂。

每年的六月二十五日，有個叫奧莉維雅的女人會來唱歌，悼念骨灰撒在紀念花園的亡者。她在

34 節自〈既然你要離去〉（Puisque tu pars）一歌之詞。
35 Johnny Hallyday, 1943-2017，一九五九年出道，法國搖滾巨星，也是演員。
36 Pierre Perret，一九三四年生，法國歌手、作家。

墓園一早開放的時候就來了。她會在我這兒的廚房裡喝一杯無糖的茶，她通常不發一語，但有時會聊聊天氣。大約九點十分，就往紀念花園走去。我從來沒有陪她去過，她已經很熟這裡的路了。如果天氣好，我這兒的窗戶開著，會聽到她唱歌的聲音。她總是唱查特．貝克的同一首歌〈藍色房間〉：「We'll have a blue room, a new room for two room, where ev'ry day's a holiday because you're married to me...」

她盡情唱著，歌聲宏亮而緩慢，餘音綿延悠揚。在每段歌詞間都留了一大段休止靜默，彷彿有人在這段留白裡回應著她，呼應她的歌聲。接著，她就會席地而坐，待上一會兒。

去年六月，因為下了場傾盆大雨，我應該是借了把傘給她。她的歌聲如此優美，所以當她經過宿舍來還我傘時，我就問她是不是歌手。她把外套脫下，坐到我旁邊，好像我提出了一籮筐問題似的，跟我聊起來。二十年來，我其實只問過這一個。

她跟我說到一個男人，弗朗索瓦，她每年來唱歌就是為了他。她在馬貢讀高中的時候認識了弗朗索瓦，他是她的法文老師。她在第一堂課就立刻對他一見鍾情。她茶不思飯不想，活著只為再看見他。學校的長假猶如身不見底的一口井。當然，她總是設法坐在教室第一排，讓自己出現在他眼前。她只在她擅長的法文這個科目用功，她重新認識了她的母語。這一年，她在創意寫作課拿了高分十九分。她寫了一個題目「愛是一種陷阱嗎？」洋洋灑灑寫了十頁關於一個老師察覺到自己內心對一個學生萌生愛意，那份他整個捨棄掉的愛。奧莉薇雅將她的作文寫得像一篇推理小說，而小說裡有罪的那一個就是她。她把所有班上學生的名字都改成化名角色，也更改了故事發生的地點，變成發生在英國學校裡的故事。她一點也不覺得不好意思地問了弗朗索瓦：

「先生，為什麼是十九分？為什麼不是滿分二十？」

他回答說：

「小姐，因為完美並不存在。」

「但是，」奧莉薇雅不放棄地繼續說：「如果完美並不存在，為什麼還要發明滿分二十分？」

「這是應數學科目所需，為了解題。但在法文這樣的科目裡，鮮少有無可挑剔的標準答案。」

在總分二十得分十九的數字旁，他草草寫下評語：「風格鮮明。您確實在文學構作不可逆的約制下，充分運用豐富想像力。主題迷人，下筆生動，輕盈幽默又蘊含深沉。讀來精彩過癮，嶄露相當成熟的寫作才華。」

已經無數次，她埋首在筆記本裡時，不經意發現他正在看著她。那一年，她看著他在課堂上解析包法利夫人的情感，咬爛了好幾支筆的筆蓋。

她確定他們之間互相愛慕著彼此。然而有件奇怪的事情，他們兩個竟然姓氏相同。雖然勒華這個姓很常見，但還是讓她感到困擾。

中學畢業會考的法語科目考試前幾天，一小群學生找了弗朗索瓦幫忙溫習準備考試，奧莉薇雅也在其中。那天，她大膽地跟他說：

「勒華先生，如果我們兩個結婚，什麼變更程序都可以免了。我們不會有任何官方行政手續，我們的身分證不需要變更，帳單也都可以照舊處理。」

在場的學生哄堂大笑，弗朗索瓦卻羞紅了臉。

奧莉薇雅通過了高中畢業會考的法語考試，口語拿十九分，寫作拿十九分。她寫了張便條給弗朗索瓦：「先生，我沒有拿到滿分二十，這都是因為您還沒有解開我們之間的難題。」

他靜待她結束會考，才邀她單獨約談。約談中先是一陣漫長的沉默，奧莉薇雅以為這沉默正是戀人的不安，他對她開口了：

「奧莉薇雅，哥哥和妹妹是不會結婚的。」

起初，她笑了。她笑是因為他叫了她的名字，本來他一向只稱呼她「小姐」。然後，當他認真盯著她看，她終於不笑了。當弗朗索瓦讓她知道他們兩人的爸爸是同一個人，她無語了。弗朗索瓦是爸爸前一段婚姻的孩子，比奧莉薇雅早生了二十年，在尼斯附近出生。弗朗索瓦的爸爸媽媽在一起生活了兩年，之後忍痛分離。這些年就這樣過去了。

弗朗索瓦之後費了許多工夫尋找，發現爸爸再婚了，就是小奧莉薇雅的爸爸。爸爸沒有讓他第二個家庭知道弗朗索瓦的存在，他們後來又再見彼此。為了更接近爸爸，弗朗索瓦請調到馬貢來工作。

他發現她的妹妹在他的班上，簡直心亂如麻。開學那天，一喊到她的姓時，她本來貼在鄰座同學耳邊說著悄悄話，就整個回過神來，直直看進他的雙眼，答了一聲「有」，這時他就相信這是場凶多吉少的巧合。他認出了她，因為他們長得很像。他，注意到了她，因為他什麼都知道。而她，沒有注意到他，因為她什麼都不知道。

起先，奧莉薇雅不願意相信他說的話。她不相信爸爸能夠隱瞞弗朗索瓦的存在。她想他編出這個故事是為終結這個任性孩子的挑逗遊戲。而且，當她明白這個故事是真的，卻故作一派輕鬆地告訴弗朗索瓦：

「我們不是從同一個肚子裡出來的，這件事情一點也不重要。我真心愛著您。」

他忍著怒意回答她：

「不。都忘掉！把這一切立刻全忘掉！」

最後一學年，他們在校園裡的走廊相遇時，只要她看到他出現，她就想投入他的懷中，可不是像一個妹妹被哥哥抱在懷裡。

他總是低著頭，避開她。她覺得不快，總是設法繞路堵到他，幾乎是用喊的對他說：

「早！勒華先生。」

然後他怯怯地回她說：

「早！勒華小姐。」

她什麼都不敢問爸爸，也不需要問。年底發畢業證書那天，她就已經見過爸爸看著弗朗索瓦的樣子。

奧莉薇雅不經意看到弗朗索瓦和他們的爸爸之間在談笑。她心生一念，想奪走他們其中一人，讓另外一個人受苦。她的眼淚和憤怒湧現。除非她遺忘一切，否則她看不到出路。

頒發完畢業證書後，有一場慶祝會，師生們輪番上臺表演。聽過了幾首Trust和Téléphone樂團的歌之後，弗朗索瓦開始清唱〈藍色房間〉這首歌，他像查特．貝克一樣投入，唱著：「We'll have a blue room, a new room for two room, where ev'ry day's a holiday because you're married to me...」

這首歌是他為她所唱，他唱的時候深深凝視她的雙眼。她明白了，除了他，她再也不會愛上另一個男人。這段兩情相悅的愛情對他們彼此來說都是不可能的。

然後，她離開這裡。環遊世界，自己也取得文憑成為文學教師。她結了婚。和另一個男人，因此改了姓氏。

七年過後，在她二十五歲時，她決定回來與弗朗索瓦同住。一個早上，她敲了敲他的門跟他說：「現在，我們可以在一起了。我不再跟您同姓。我們不結婚，我們也不會有小孩，但至少，我們可以就這樣在一起。」弗朗索瓦回答說：「好」。

他們一直都繼續稱呼對方「您」。就像為了在彼此之間保持距離。就像是為了保持初相遇時，第一次約會的樣子。人生送給了他們在一起生活的二十年。正好和他們年齡相差的二十年一樣久。

奧莉薇雅喝了一口波特酒，對我說：「我們被家人棄絕，但沒有因此太難過。我們的家，就是我們兩個。弗朗索瓦死的時候，她媽媽像是要懲罰我們，選擇在她自己出生地布朗松火化他的遺體。她為了讓她的兒子在這個世界上完全消失得不留痕跡，她將他的骨灰灑在追思花園。但他永遠不會消失，他永存在我心中，他是我的靈魂伴侶。」

27

破曉微光傾瀉在田野之中的，是落日的淒涼

自雷歐妮娜一出生，我為重新學好閱讀，訂了課本《小小孩的一天：博世讀本[37]》，作者是小學老師馬度杭・博世、維多琳艾梅・博世、喬瑟夫・夏普宏及另一共同作者瑪麗・喬瑟夫・珈黑。在懷孕後期，我聽到有個老師在廣播節目裡介紹這本教材，說到有個讀寫障礙的學生，小學一年級讀了兩次。這個學生都用猜的，沒有認真要讀對文字，他亂說個什麼或憑記憶假裝自己會讀，但其實是靠記憶背出來的。我一直以來其實也都是這樣。老師讓這個學生用這本教材，六個月後，學生幾乎能跟上班上其他同學。這個舊式閱讀教材整本都是字母拼讀法[38]的內容。全語言教學[39]無法適用，學習者無法靠認出或猜出單字或句子而蒙混過去。

雷歐妮娜那時候只不過是在襁褓中的嬰兒，我便將教材裡的字大聲為她讀好幾個小時：「中午的街道，ㄧ、ㄩ、ㄧ、ㄧ、ㄩ、ㄩ、ㄧ、ㄩ，貓頭鷹，月亮，小木柴，彈珠。聖誕節，ㄩ、ㄡ、

37《La Journée des tout-petits. Méthode Boscher》，教學法近似於字母拼讀法。由認識字母及音素（phoneme）開始，再組合為字詞，並利用字母拼讀規則見字讀音。

38 字母拼讀法（methode syllabique），亦作「自然拼讀法」或「基礎語音教學法」，先從認識字母、發音漸進到認識詞彙、語句。

39 全語言教學（methode globale）全語言教學與字母拼讀法的相異是：語言學習由大至小，由整體至部分。教學時，讓學生先對整體結構有大致理解，再學習細部的字母和發音。

ㄚ、ㄧ、ㄡ、ㄩ、ㄚ、ㄡ，橄欖，飛機，骨牌，四季豆，杏桃。多多（ㄉㄨㄛ、ㄉㄨㄛ）好固執，ㄉㄚ、ㄉㄟ、ㄉㄧ、ㄉㄜ、ㄉㄨ、ㄉㄟ、ㄉㄨㄛ ㄉㄨㄛ、ㄉㄟ，愛彌兒，月亮，樂透，刀片，萊姆，愛彌兒在學校是有禮貌的。ㄍㄨ，ㄙㄨ，ㄈㄨˊ，ㄕㄨ，ㄅㄨ，ㄈㄨ，ㄍㄨ，ㄊㄤ湯—ㄨㄢˇ碗，ㄗㄨㄟˇ嘴—ㄅㄚ巴，ㄕㄡˇ手—ㄓㄡˇ肘，ㄓㄨ珠—ㄅㄠˇ寶，ㄔㄚˊ茶—ㄊㄨㄛ托，ㄩˊ漁—ㄔㄨㄢˊ船，ㄓㄣ針—ㄒㄧㄢˋ線—ㄏㄨㄛˊ活，ㄕㄨㄟˇ水—ㄍㄡ溝，一個扒手。艾利安娜買了一個玩具，我拔了瓶塞，我的媽媽等下就會切菜，煮湯。」

雷歐妮娜睜著大眼聽我讀，沒有指責我讀得慢、一直重複、發音錯誤，不介意那些單字我讀得卡卡的，或究竟我是在唸什麼。每天，我都對她重複讀相同的音節，直到讀起來流暢自如。

讀本的插圖五彩繽紛，情境愉悅而純真。很快地，她就把小小的手指放在圖片上。自從雷歐妮娜會抓我的練習本，把它弄得皺皺的，我的練習本就老是髒髒的，上面沾著口水、巧克力、番茄醬、毛屑。她甚至開始咬封面，她把本子塞在嘴裡像是要整個吞掉。

頭幾年，我會把讀本藏好，不想讓菲利浦・杜森有機會看到這個讀本。要是他發現我在重新學習正確地閱讀，我情何以堪。因為這就表示，我真是他媽媽所輕鄙的那種沒念過書的可憐女孩。

只要他一出門兜風，我就把書再拿出來讀。當雷歐妮娜看到課本，她會開心叫起來，她知道這表示閱讀遊戲要開始了。她會讓我用閱讀的聲音哄著她，她會看著她已經記住的圖畫，那些金髮的小女孩，穿著紅色的洋裝，圖畫裡有母雞有鴨子，有聖誕樹，有花兒，有整片青綠的草地，還有些小小孩們的日常生活場景，盡是簡單而幸福的生活。

我告訴自己我有三年的時間讓自己學會流暢地閱讀，等她去上幼稚園，我應該就能閱讀無礙了。我設法超前預計的進度。當雷歐妮娜吹熄第一根蠟燭時，我的進度已經到第六十頁。

幸虧有這個博世讀本，讓我能流利而且正確地閱讀。我本來想告訴廣播節目裡的那位老師，她分享的教學經驗改變了我的人生。我撥電話到RTL電臺，我跟總機說我在一九八六年八月的時候聽到法布里斯的一個節目，有個小學老師在節目裡分享了她教學經驗見證過的案例，但我得到的答覆是：如果我不能提供確切的收聽日期，就不可能幫我查詢到當時來賓的資料，而我就是沒有確切的日期。

學習閱讀就像是學習游泳。一旦學會蛙式，跨越溺水的恐懼，穿越一座泳池和游過一片汪洋就會一樣簡單。不過就是要學會換氣以及加強訓練罷了。

我的進度很快到了倒數第二頁，這頁講的故事變成了雷歐妮娜最喜歡的故事。也就是安徒生童話的《冷杉的旅程》。

從前從前在森林裡，有一棵世人眼中最可愛的小樅樹。他生長的地方很美好，陽光能夠照耀他，溫暖他。在那也有樅樹和松樹這樣的同類相伴。然而，他一心只想快快長大。坐在他身旁的孩子們看著他說：「這小小的樅樹真是可愛」。而小樅樹沒有辦法忍受這種評語。他想著，要長大，要快快長大，要變成高壯的老樹，這才是在這世上唯一的幸福……到了年終歲末，伐木工人總是會來砍幾棵樹，總是砍掉最漂亮的那些樹。他們去哪兒了？小樅樹納悶著……有隻鸛鳥對他說：「我想我見過那些被砍掉的樹；他們在又新又漂亮的船上，站得高高挺挺的，跟著船環遊世界去了。」當聖誕節來臨，每年工人都會從那些全都還很年幼的灌木中挑選出最漂亮、長得最好的。他們都去哪兒了？小樅樹納悶著……。終於，輪到他了。後來，他被帶去一間大又漂亮的客廳，那裡有漂亮的扶手椅，他身上的每根樹枝都掛著玩具和燈光，閃閃爍爍。多麼光彩奪目！多麼富麗堂皇！滿室歡欣雀躍！隔天，小樅樹被移到一個大家遺忘的角落。他好好地想了想，回顧了自己在樹林裡的快樂的童年時光，美好的聖誕夜，他嘆了一口氣：「過去了，一切都過去了！啊，真希望在來得及的時候，好好享受新鮮的空氣和美好的陽光！」

我買了幾本給小孩子看的書，是真的可以閱讀的書。這些書我一讀再讀，唸給雷歐妮娜聽。這個小女孩大概聽過的故事比其他小孩都還要多。唸故事書成了每天的儀式，她沒有聽故事就沒辦法睡著。甚至在白天，她也拿著書追著我後面跑來跑去，吵著說「講故事，講故事」，直到我讓她坐在我的膝蓋上，我們一起翻開書才肯罷休。然後她一動也不動，入迷聽著書中的語句。

我讀《心塵往事》到第二十五頁的時候，就把書闔上，藏在一個抽屜裡，像是人們藏了一個希望。在雷歐妮娜兩歲的時候，這遲來的假期，我重新打開書，之後再也沒有將書闔起來過。至今，這本小說我每年仍會重讀幾次。小說裡的角色對我來說就像是一個領養家庭。韋伯．勒奇醫生是我心目中的理想父親。我就像是緬因州的聖雲詩孤兒院裡長大的孤兒，那裡就是我童年的家。荷馬．威爾斯這個孤兒角色就是我的哥哥，艾娜和安姬兩位護士就是我想像中的姑姑。

瞧！這就是孤兒的特權。他可以隨心所欲，決定由誰來成為他的親人。

是《心塵往事》這本書認養了我。我不知道為什麼我從來沒有被領養。為什麼沒有讓我被人領養？而是讓我在不同的寄養家庭間流轉？難道是因為我的親生母親時不時來查探我的消息，我才一直沒被領養嗎？

二〇〇三年，我回到沙勒維爾－梅濟耶爾去查閱屬於我的匿名分娩出生兒檔案。就如我所預期的，檔案袋是空的。連一封信，一件首飾，一張照片，甚至一個道歉，都沒有。我的媽媽也是可以調閱這份檔案袋的，如果她想要的話。然後，我把認養我的這本小說塞進這份檔案袋裡。

28

沒有不能分享的孤獨。

今天早上，我們埋葬了維克多．班雅明（1937-2017）。

賽德里克神父不在，維克多．班雅明希望喪禮不依任何宗教儀式。賈克．魯奇尼在他的墳墓旁放了他的音響，每個人都在丹尼爾．吉夏爾[40]的《我的老爹》這首歌陪伴下默哀。

「他穿著那件破舊的外套，不論冬夏，或冷冽的清晨，都穿它出門，我的老爹……」

依照維克多的要求，喪禮上沒有十字架，沒有花盆，也沒有花圈，只有幾個朋友、同事、太太和孩子們獻上的紀念牌。維克多的一個孩子牽著他們家的狗，牠出席了主人的喪禮，當丹尼爾．吉夏爾這首歌繼續唱著，這隻狗坐了下來：

「這些老調重彈，我們早已聽過，資產階級、企業主、左派份子、右派份子，甚至是天主，沒有一個放過，和老爹在一起聽過千遍萬遍。」

這個家族的人移步離去了，跟著他們的狗，看起來和艾莉安娜很投緣。艾莉安娜跟著他們一會兒，又回到牠的籃子裡窩著。現在上了年紀才要談戀愛，實在太遲。

當我回到宿舍時，諾諾察覺到我有點悶悶不樂，他就去買了香脆的長棍麵包和田裡新鮮的雞蛋回來，我把起司磨成碎末一起做了美味的炒蛋。我們把廣播電臺轉到了爵士樂來聽。

在我桌上，有沙拉、穀物、糖漿這些東西的廣告傳單，還有購買植物的發票，以及威廉的花園園藝店寄來的目錄，郵差在這堆傳單裡面放了封信。我看到信上的郵票是紫杉堡[41]，信是從馬賽寄來的。

維歐蕾特・特雷內・杜森啟
沙隆區布朗松鎮墓園（71）
索恩—羅亞爾省

我等諾諾離開才打開信。

信的開頭不是「致親愛的維歐蕾特」，也不是「女士，您好！」朱利安・瑟爾寫的信，開頭連個受信者的敬稱都沒有。

「法院的公證人把給我的信打開了。我媽媽應該對我缺乏信任。她希望事情都以『官方』方式處理。她希望由公證人將她的遺囑唸給我聽，這樣我就不能違背遺囑。我想應該是這個緣故吧。遺囑要求的只有一件事情。就是要在你們的墓園裡，把我母親的骨灰安葬在加畢爾・普東的墳墓旁。我請公證人重唸一次這個我不認識的男人的名字。加畢爾・普東。

40 Daniel Guichard, 1948-，法國歌手。
41 紫杉堡（château d'If）建於一五二八年，位在馬賽西南方兩公里外的小島。

我跟他說他應該是弄錯了。我媽媽嫁給的是保羅．瑟爾，也就是我爸爸，他葬在馬賽的聖皮耶墓園裡。公證人告訴我，遺囑就是這樣交代的，沒有錯。這的的確確就是生於一九四一年四月二十七日，在馬賽出生的瑟爾夫人伊蓮．法約爾的遺囑。

我上了自己的車，用GPS衛星導航搜尋資料：我要用「沙隆區布朗松鎮」和「墓園路線」做為關鍵字才能搜尋到，因為「墓園」不會出現在搜尋關鍵字的建議清單裡。三百九十七公里。這得直直橫越整個法國，沒有捷徑，也不能繞路，也沒有直達馬貢的高速公路。得從桑塞[42]附近出發，在鄉間馬路上要開十公里。我媽媽到底去了那裡做什麼？

那天聽完遺囑，我打算接著要專心工作，但是沒用。我接近晚上九點的時候上路。我開了幾小時，停在接近里昂的地方喝了杯咖啡，把車子加滿油，用我手機的網路搜尋功能輸入了「加畢爾．普東」(Gabriel Prudent)。我唯一能找到的只有維基百科對prudence作的詞條定義：「抗拒風險和危機的態度」。

當我開著車要去找一個已經入土為安的男人的時候，我努力回想最後幾年，和我媽媽一起度過的時光。有幾回在星期天的中餐，有時是在下午茶的時候，當時我正要穿過她住的街區，天堂街。她談論著時事，從來沒有問我是否快樂。我也一樣，沒有問過她是否快樂。她問了與我的職業有關的問題，但對我的回答感到失望，她期待聽到的是激烈到血流成河的犯罪故事，但我只有告訴她因毒品使用造成的交通意外和無恥的罪行及一些扒竊案件。我離開前，她會在走廊上抱抱我。因為我的職業性質，她總是對我說：「你還是要多小心喔」。

我找尋過是否有什麼可能是她留下的，好讓我能窺見她的私生活。但什麼都沒有。我的回憶裡找不出任何關於這個男人的蛛絲馬跡，甚至連個影子都沒有。

我在清晨兩點到了沙隆區布朗松鎮。我把車停在墓園前面，柵門是關閉的，我因此睡了。我做了惡夢。我好冷。我重新發動引擎取暖。然後又睡著了。大約七點，我才睜開眼醒來。

我看到您的宿舍裡有燈光。我就去敲了敲您的門。我一點也沒預想到來開門的會是您。敲著墓園管理員的門，我預期看到的是一個氣色紅潤的大肚子老男人。我知道這種刻板印象很蠢。但誰想得到來開門的會是像您這樣的人？誰想得到開了門見到的是您這種鋒利、受到驚嚇、溫和又多疑的眼神？

您讓我進門，還給了我咖啡。在您的宿舍裡很舒服，氣味怡人，您身上散發的味道也是。您那時穿了件灰色睡袍，雖然這種睡袍是老太太穿的，但您整個人卻有某種青春的氣息。我不知該如何用言語來形容。有某種活力，某種沒有讓時間消耗殆盡的東西。那感覺就像是您穿的睡袍是用來扮成老太太的。啊，根本就是一個小孩穿了件大人的衣服。

您把頭髮盤成髮髻。我不知道是否是因為公證人那裡聽到的遺囑讓我受到打擊，又開車一整夜，疲憊到影響了我的視覺。但您給我的感覺格外不真實，有點像鬼魂，某種幽靈幻影。

在和您深談時，我第一次感到，我母親在和我分享她那一段不尋常的平行人生，而她把我帶來到這裡，她的靈魂真正所在的地方。

然後，您就拿出了記錄喪禮的記事本。就是在這一刻，我了解到您的獨特。世上總有些女人一

42 桑塞（Sancé）位在法國索恩—羅亞爾省的市鎮，屬於馬貢區。

點也不像其他任何人。您不是誰的副本，您就是您。

您在準備的時候，我回到車裡，我發動引擎取暖，閉目養神。我睡不著。我又看見了您，身在這扇門內的您。這一小時您開了這扇門接待我。這就像是我為了再次聽到剛剛經歷那一幕的配樂，而一再重播的一個電影片段。

當我再次下車，我看到您穿著深藍長大衣在柵門後等我，我就在想：一定要好好弄清楚她從哪裡來，都在這做些什麼。

後來，您把我帶到加畢爾・普東的墳前，您在那兒站著不動，側影極為動人。跟著您的每一步走，我瞥見您大衣裡面穿的是紅色的洋裝，就像是在鞋子裡藏了什麼祕密一樣。我又再次想起這個念頭：一定要好好弄清楚她從哪裡來，都在這做些什麼。這個十月的早晨，在這樣冰冷陰沉的墓園裡，我本該要感到悲傷。然而我的感受竟完全相反。

站在加畢爾・普東的墳前，我覺得自己就像是在自己婚禮那天愛上了賓客的男人。

在我第二次造訪墓園時，我觀察您很久很久。您在墓碑前清潔著亡者的遺照還一邊跟他們說話。然後，我第三次想起這個念頭：一定要好好弄清楚她從哪裡來，都在這做些什麼。

我根本不需要開口問開民宿旅社的布里昂太太，她就跟我說了您一個人住，您的丈夫已經「失蹤」。我以為「失蹤」意味著「死了」。然後我得承認聽到這的時候，其實有點高興。當我想到她一個人，竟油然而生一絲竊喜。當布里昂太太解釋您的丈夫一夕之間就人間蒸發，已經都二十年過去了，我卻覺得他有可能再回來。當我第一次遇見了在門內的您，那種不真實的感覺或許就是起自於此。這樣的失蹤把您困在這屋裡暫時中止的時間之中，還未能開展另一個人生。多少年來您坐在這間會客室，從沒有訪客來的時候稱呼您的姓氏，彷彿杜森和特雷內這兩個姓氏都互相推諉這個重任。大概是因為大家察覺到您的青春其實藏在您的灰色睡袍下，是這樣的緣故吧。

為了您，我想要去搞懂。我希望能扮演漫畫裡的英雄，解救公主。我希望能脫掉那件深藍大衣，看到穿著紅色洋裝的您。難道透過您我試圖要搞懂關於母親我所不知道的那一面，其實更是在搞懂關於我的人生我自己不知道的部分？沒錯，為了減輕我的私生活讓我承受的痛苦，我非法地介入了您的私生活。對此，我請求您的原諒。

抱歉。

我用了二十四小時就知道了您二十年來似乎一直不知道的事情。對我來說，要弄到一份您當年給警察的報案記錄並不困難。一九九八年接受您報案的警察隊長在報案記錄裡提到，您的丈夫經常離家出走。一出走就是好幾天，甚至好幾個禮拜，連住在哪兒都沒跟您說，這些都算不上是什麼稀奇事。後來也沒有展開任何尋人行動。他的失蹤沒引發什麼擔憂。以他的心理和精神狀況來看，再加上健康無虞，讓人覺得他是完全出於自願而離家出走。而我發現這起失蹤對您和布朗松的居民來說，就只是一則地方故事。

一個成年人有權決定不再與他的親人聯繫，而如果他的地址又被發現了，這個地址只有在他同意的情況下才能給別人。我無權將菲利浦．杜森的聯繫方式給您，但我卻這樣做了。記得您曾對我說過：「如果我們只需做自己份內被安排的事，人生會很悲哀」。

有了這個地址，看您想怎樣就去做吧。我把地址寫下來放入隨函的另一個信封。如果想知道的話，就把這個信封打開吧。

朱利安・瑟爾
謹上

這是我人生中收到的第一封情書。一封奇怪的情書，但還算得上是一封情書。他對母親的追念，其實只有幾行字。有些話語對他來說像是難以啟齒。而他寄給我的信卻能寫個幾頁。可見要他傾吐心事，在完全陌生的人面前比在家族聚會裡肯定要容易得多。

我看著隨信附上的另一個信封，裡面有菲利浦・杜森的地址。我把這個信封夾進一本《玫瑰雜誌》裡，我還不知道這個地址可以幹嘛。將這個地址繼續封存在信封裡，不然就丟掉，或是打開。菲利浦・杜森就住在離這墓園一百公里的地方，我實在無法相信。我總想像他住在國外，某個世界的盡頭。在一個早就不再屬於我的世界。

29

葉子掉落，四季更迭，唯回憶是永恆的。

菲利浦．杜森和我在一九八九年九月三日結婚，結婚的那天，雷歐妮娜已經三歲了。他沒有向我下跪求婚，什麼其他準備都沒有。他只是，有一天晚上，他跟我說「我要出門去晃晃」，又隨口說了一句「為了這個小不點，我們是時候該結婚了」。之後，又說了一次「我要出門去晃晃」。求婚就這樣結束了。

幾個禮拜之後，他要我打電話給鎮政府約定一個合適的日子。沒錯，他的確是這樣說的，「約定一個合適的日子」。他的字典裡，沒有「約定」這種字眼。也就因為這樣，我明白了他只是在重複別人教他說的話。菲利浦．杜森是應母親要求而跟我結婚。結這個婚是為確保能擁有雷歐妮娜的監護權。如果我們分開了，我就不能擁有孩子的監護權。而我也不能像「那些女孩」一樣，一夕之間消失無蹤。是啊，在杜森的母親眼裡，我一向是「那個人」、「她」、「那個女孩」。我從來連個名字都沒有，就像她對我來說也從來不叫香塔勒。

婚禮那天下午，自從我們在南錫做平交道駐工以來，還是第一次請人幫我們代班。我們過去都是輪流請假，從沒有一起離開平交道。這種工作型態正合他的意，因此我們從未去度假過。輪到我休假的日子，因為他不會改變他成天出門亂晃的習慣，我只好，工作。

鎮政府離我們工作的平交道只有三百公尺，位在格蘭街。菲利浦・杜森、他的爸媽、卡西諾超市的收銀員絲蒂芬妮、雷歐妮娜和我，我們是一塊走路過去的。杜森的媽媽是他的證婚人，而我找了絲蒂芬妮當我的證婚人。

打從雷歐出生，杜森的爸媽每年都來看我們兩次。當他們把大臺的私家車停在我們家前面，我們這間簡陋的小屋就被擋到看不見。他們在屋前倒個車就能把我們生活的拮据掩蓋掉。我們不窮，但也不富裕。至少在一起的時候是這樣。這些年下來，我知道菲利浦・杜森很有錢，但都在另一個戶頭，全權由他媽媽處理。當然，我們是以各自擁有自己財產的前提下結婚的。我們沒有在教堂舉行婚禮，這讓杜森的爸爸非常失望。而菲利浦・杜森對這點不想妥協。

杜森的媽媽經常打電話來，通常都挑一些不對的時候打來：像是小雷歐妮娜泡澡的時候，或是我們上桌吃飯時，不然就是菲利浦・杜森出去降下平交道柵欄而且小雷歐妮娜也剛好在泡澡的時候。她每天都打好幾通電話來，跟她常常不在家「出門晃晃」的兒子聯絡。由於大部分時候都是我接電話，我總是會聽到她那種像鞭子一樣令人不快的聲音對我說「讓菲利浦聽電話」。沒有時間可以浪費，非常忙碌，當她終於和她兒子講電話了，他們的話題最後會說到我的時候，菲利浦・杜森就會離開房間，我聽到他壓低著聲音繼續講，彷彿我是他需要提防的敵人。關於我，他有可能怎麼說呢？我到今天都還會納悶他怎麼跟他媽媽談我這個人。他怎麼看待我？我更納悶他眼裡是否有我？我不過是伺候他吃飯，幫他做他的工作，幫他洗衣，幫他重新粉刷牆壁，幫他照顧他女兒的那個人。他是否在與他媽媽的對話中，重新虛構了一個維歐蕾特・特雷內？他是否把某些習慣說成是我的？而且是否把我說成有些怪癖？他是否也好好利用他外遇過的每個女人，擷取她們每個人的習慣，這個女人一點，那個女人一點，各自擷取一些特質來拼湊出一個我？

結婚儀式是由鎮政府的副鎮長的助理主持，副鎮長助理宣讀《民法典》裡的三句話。當副鎮長助理念到：「我願發誓，直到死亡將彼此分開之前，都對這個婚姻忠誠，互相扶持。」下午兩點零七分的列車經過的聲音壓過了副鎮長助理宣讀誓詞的聲音，雷歐妮娜喊著：「馬麻，火車來了！」她不懂為什麼我沒有跑出去把平交道柵欄降下來。菲利浦．杜森回答副鎮長助理說我願意。接著換我回答副鎮長助理說我願意。然後菲利浦．杜森就湊過來吻了我。這時副鎮長助理正一邊迅速穿上外套，因為已經有其他工作在等著他，一邊說：「我向你們鄭重宣告你們已正式成婚，結為連理！」當新娘連件白紗都沒有，副鎮長助理恐怕能配合的也就是最基本的例行公事。絲蒂芬妮幫我們拍了一張公證儀式的照片，也是我這段婚姻裡僅存的唯一一張照片。照片裡，菲利浦．杜森和我兩個人看起來郎才女貌，十分登對。

我們全部一起去了紀諾餐廳吃中飯，這家比薩餐廳是一群沒去過義大利的亞爾薩斯人開的。雷歐妮娜在眾人陣陣笑聲中，吹熄了她的三歲生日蠟燭。當她看到我為她準備的一個大大的生日蛋糕，她眼睛亮了起來，神情雀躍不已。我到現在都還記得這一刻，一切歷歷在目重現在我腦海中。雷歐的捲髮就跟她爸爸一模一樣。

雷歐使我成為一個充滿愛的母親。我總是把她抱在我懷裡。菲利浦．杜森常常對我說：「妳就不能把這小丫頭放下來一會兒嗎？」

我女兒和我分不清楚哪些是結婚禮物，哪些是生日禮物，就這樣隨意打開禮物。這一天真的讓人很高興！無論如何，當時的我是開心的。我結婚那天，沒有披上白色婚紗，但只要有雷歐的笑聲，那笑聲對我來說就是最漂亮的禮服，由我女兒的童年所織成的禮服。

這些箱子打開來，裡面的禮物有一個娃娃，一套廚房用具，黏土，一本食譜，彩色鉛筆，《休閒法蘭西》雜誌一年份訂閱禮，一件公主服及全套配件，還有一支魔法棒。

我把雷歐妮娜的那支魔法棒拿了過來，揮了一下，我對著這聚餐裡正狼吞虎嚥著本日特餐的大家說：「願雷歐妮娜仙女祝福這個婚姻。」在場除了雷歐，沒有人聽到我說了這句話。雷歐伸出手要她的魔法棒，她開心笑了起來，對我說：「換我，換我，換我。」

30

在你喜歡做夢的這條河流前，銀色魚兒如此輕盈悠游其中，
好好守護我們的回憶吧，那永不消逝的回憶。

今天早上大夥聚在我這裡。諾諾向賽德里克神父和三個宗徒講著自己的故事。很難得魯奇尼三兄弟同時聚在一起。他們之中總有一個得在葬儀社裡忙。這十天以來，剛好都沒有人過世。

My Way蜷縮在貓王的膝上睡著，而貓王就像平常一樣望著窗外自顧自地唱著歌。

諾諾講的趣事弄得大家樂不可支：

「當我們在用泵浦進行抽水，有時我們打開墓穴或墓室，裡面已經淹了水，溢出表面。我們就放一根水管在裡面抽乾積水，是像這樣的水管喔！」

諾諾用大大的手勢比劃出水管的直徑。

「當我們啟動泵浦時，必須穩住泵浦，牢牢抓住水管！唉，可是那個賈斯東，他把水管扔到了走道上……就像這樣……落在雛菊花叢裡……水管膨脹了起來，整個膨脹了起來，然後，碰一聲，噴得到處都是！像隨著一記砲聲，水奔湧而出，賈斯東和貓王，他們就這樣將一位高雅的婦人弄得渾身濕透了！水柱恰好正中她的髮髻！老太太她自己、她的眼鏡、她的髮髻，和她的鱷魚皮包，通通都四散紛飛了！瞧！他們幹了什麼好事！三年來，這是她第一次來探望過世的丈夫。嗯……後來

我們再也沒看到她來過！」

貓王轉過身來，唱著：「With the rain in my shoes, rain in my shoes, searchin' for you.」

皮耶．魯奇尼這時插了話：

「我想起來了！當時我也在場！天啊！我怎麼會笑得出來。她是一個工頭的太太。那個工頭是那種在他太太燙到自己的時候，在一旁手足無措地笑，整個愣住的人。這工頭還在世的時候，把他太太稱作瑪莉．包萍[43]，因為他幻想著太太消失。可是他太太從沒消失過，她總是跟在他的後頭，緊迫盯人。」

「可是，沒有一場喪禮是會和其他喪禮一樣的。」諾諾又接了話。

「就像海邊的夕陽。」貓王唱著。

「你看過海嗎？」諾諾問貓王。

貓王轉身回去面著窗外，沒有回答。

賈克．魯奇尼接著說：「我見過有些喪禮上，滿滿來送行的人，也有些喪禮寥寥五六個人參加。不管人多人少，都是一樣入土為安……不過還真的有些人會在喪禮還沒結束的時候為了遺產爭吵，在棺材前就鬧起來……我看過最糟的，就是兩個老太太因為鬧到扯著彼此的頭髮，讓人不得不把她們拉開……這兩個真是有夠歇斯底里……而我的爸爸呢，願他的靈魂已經安息，那一天，這種場面可是讓他感受到衝擊……她們兩個嘶吼著：『妳這個小偷，為什麼妳拿走這個？為什麼妳可以要那個？』她們就這樣互相對罵……怎不令人感到悲哀。」

「還正好發生在喪禮進行的時候……嗯……真是……」諾諾嘆了一口氣。

「維歐蕾特，這是您到這墓園之前的事。是前任管理員薩沙還在這工作時的事情。」賈克・魯奇尼對我說。

聽到薩沙的名字，我不由得坐了下來。這些年來，沒有人在我面前清楚提起這名字。

「薩沙呢？他後來怎麼樣了？有人有他的消息嗎？」保羅・魯奇尼接著問了。

諾諾瞬間立刻轉移了話題：

「十幾年前，有一個老舊的墳墓被轉賣……因為必須把墳墓上的東西丟掉，所以我們把墳墓整個清理過，東西都丟到垃圾車裡，其實之前我們都是把墳墓上的物品分送給想要的人。但那個墳墓實在太老舊，所以不管什麼全都扔了。我收拾到一個很舊的紀念牌，上面寫著：『致我親愛的故人』。所以我就扔到垃圾車裡了。然後，我看到一位女士，穿著體面，基於對她的尊敬，我不會說出她是誰，因為這位女士親切又勇敢……她從垃圾車裡挑出『致我親愛的故人』這個紀念牌，放進一個塑膠袋裡。我問她說：『您拿這個到底要做什麼呢？』她想都不想，很正經地回我說：『我老公很沒膽，我要拿這個送他當禮物！』」

這些男人笑得亂七八糟，My Way 被嚇得跑進了我房間裡。

「到底有沒有神呢？這些人都相信天主嗎？」賽德里克神父問道。

諾諾遲疑了一會才回答神父：

「當一個人可以擺脫笨蛋的那天，就會相信天主存在。神父先生，我見過快樂的寡婦和幸福的

43 經典歌舞片《歡樂滿人間》的主角魔法保姆Mary Poppins。

鰥夫，這些例子我敢說確實該好好感謝你的天主……唉，我是開玩笑的啦。不要那個表情啦。你的天主，祂很能減輕人的痛苦。就算天主不是真的存在，光是為了這個緣故，我們就還是得為這個世間創造出一個天主。」

賽德里克神父對諾諾笑著。

保羅．魯奇尼接著說：「做我們這行其實都見多了。那些人生中的悲苦，幸或不幸，關於對天主的信仰，關於逝去的時光，關於人生中所不能承受的，關於人生的不公平，關於人生中的不堪……這就是人生啊。事實上，我們這些送行者，或許比其他行業的人更能真切地活在當下。因為和我們對話的，是那些還活著的人……我們的爸爸，願他在天之靈能夠安息，他在世時總對我們說：『兒子們啊，我們是死亡的接生者。既然我們的工作是迎接死亡來到，你們就更要享受人生，好好為生活打拚。』」

31

我倆因相愛而成雙，世間卻留我一人為你哀悼。

菲利浦・杜森的摩托車並沒有把他帶到離布朗松很遠的地方。他就住在離這墓園剛好一百一十公里的地方。他只是換到另一個省份住。

我時常問自己一堆這樣的問題：**是什麼讓他選擇他現在的生活？他是路上車子拋錨了？還是愛上了誰？為什麼他都沒有告訴我？為什麼他連一封解除、放棄婚姻關係的信都沒有？他出走的那一天究竟發生了什麼事情？他那時就已經明白自己不會再回來嗎？是否我說了什麼不該說的？還是因為我什麼都沒說？**最後，我也不再問自己了。自顧自地把每頓飯做好。

他沒將行李裝填進旅行包。他沒帶任何東西就走了。沒帶走任何衣服，任何小玩意，甚至是任何一張女兒的照片。

起初，我想他應該是賴在某個女人的床上，一個會跟他談天的女人。

一個月過後，我想他是遇到了什麼意外吧。兩個月過後，我去警察局通報失蹤。我怎麼可能有辦法知道菲利浦・杜森把他自己銀行戶頭裡的錢都提光了？我沒有權限可以查看和動用他的戶頭。只有他的媽媽得到委託授權可以管理屬於他的一切。

六個月過後，我開始擔心他會回來。當我已經習慣他不在，我重新獲得屬於自己的自由。就像我長久以來都潛伏水面之下，在游泳池底。他的離開讓我能在水中蹬一腳，重新浮出水面呼吸。

一年過後，我對自己說：**要是他回來了，我就殺了他。**

兩年過後，我對自己說：**要是他回來了，我就不讓他進門。**

三年過後，我對自己說：**要是他回來了，我就報警。**

四年過後，我對自己說：**要是他回來了，我就叫諾諾來。**

五年過後，我對自己說：**要是他回來了，我就叫魯奇尼兄弟來。更確切地說，**我要找的是保羅·魯奇尼，他是遺體防腐師。

六年過後，我對自己說：**要是他回來了，我會向他問清一些事情，再殺了他。**

七年過後，我對自己說：**要是他回來了，那換我走好了。**

八年過後，我對自己說：**他不會再回來了。**

*

我到布朗松公證處魯奧先生那裡一趟，請他寄一封信給菲利浦·杜森。他告訴我他其實無能為力。他說我應該向精通家事法的律師請求協助，處理程序上應該如此。

由於我與魯奧先生相當熟識，我冒昧拜託他幫我打電話給他推薦的律師，我沒有做任何解釋，沒有任何辯白，無須我哀求，也無須我要求，他就幫我寫了這封信。這封信也只通知了菲利浦·杜森一件事：我想恢復婚前本來的姓氏。我向魯奧先生說，這樣做不是為了要贍養費或是其他什麼，就只是一道手續。魯奧先生跟我提到可請求「棄養家庭的賠償金」，我回說：「不，一點都不需要。」我什麼都不要。

魯奧先生告訴我，這對我的晚年來說會是比較好的處置，讓我過比較舒服的日子。我的晚年，就會在我這座墓園度過啊。我並不需要比我現有的生活過得更舒適。他堅持要我好好想想。他說：「親愛的維歐蕾特，您知道嗎？或許有一天，您不能再工作了，那您就會需要退休金，好好休息養老。」

「不，我一點都不需要。」

「好吧。維歐蕾特，就讓我來搞定吧。」

他注意到了菲利浦．杜森的地址，那個朱利安．瑟爾草草寫下又密封起來的地址，我終於還是打開了那個信封。

致芳絲華．佩勒提耶女士　煩交 菲利浦．杜森先生啟

富蘭克林—羅斯福大道13號

69500布龍市[44]

「請讓我冒昧一問，您是怎麼發現這個地址的。我一直以為您的丈夫失蹤了。這些日子，他想

44 布龍（Bron），原為奧弗涅—隆—阿爾卑斯大區的市鎮，屬於隆河省，現劃為里昂大都會的一部分。

必也是要工作，也是得有社會保險號碼才行！」

確實是這樣沒錯。鎮政府在他失蹤幾個月後就停發墓園管理員的薪水。我也是過了很久才知道。是杜森的爸媽在收他的薪資結算通知，並且幫他申報所得稅的。因為平交道駐工和墓園管理員這兩個工作的緣故，我們從來沒有付過房租和水電煤氣帳單。而日常的採買，我用的都是我自己的薪水。菲利浦．杜森說：「我讓妳有了一個遮風避雨的地方，我讓妳免於挨寒受凍，我還讓妳的人生重見光明。妳養我就算是種報答。」

我們共同生活的那些年裡，他除了維修摩托車用的是他自己的錢，他從來不需動用他的薪水來負擔任何開銷。都是我花自己的錢幫他和雷歐妮娜添購衣服。

「您確定這地址真是他的？杜森這個姓氏其實還挺常見的。也有可能是同名同姓。或者是某個跟他長得很像的人。」

我向魯奧先生解釋，人總是可能有弄錯的時候，但不會是認錯共同生活多年的男人。就算他頭髮掉光或是變胖，我都絕不會把別的男人誤認成菲利浦．杜森。

我把朱利安．瑟爾警官的事情告訴了魯奧先生。我向他解釋他的名字是真的叫朱利安．瑟爾，還說了他是怎麼突然來到墓園，他想在加畢爾．普東的墳墓旁安葬母親的骨灰，他在未經過我同意的情況下調查了菲利浦．杜森，只因為我大衣裡的紅色洋裝不小心露出來了。我還說了發現菲利浦．杜森又出現在人世，竟然就住在離墓園一百一十公里的地方。我向諾諾借了車，我特別解釋了諾諾就是那位「掘墓人諾爾貝特．喬利維」，我開車到布龍，把車停在富蘭克林—羅斯福大道十三號前面，十三號的這間房子和我們先前在南錫的馬爾格朗日住的房子很像。那時我在法國東部當平交道駐工。但這間房子的窗戶有漂亮的窗簾，多了一層樓，雙層玻璃的窗框是杉木製的。在十三號的對面有一家卡爾諾餐酒館。我在裡面等的時候，喝了三杯咖啡。就這樣等，我真不知道自己到底在等什麼。然後，我看到他穿越這條路。

還有一個男人和他同行，他們笑著，往我這個方向走來，他們進餐酒館時，我把頭低了下來。當菲利浦．杜森從我後面擦身而過時，我只能緊緊挨著吧檯，我認得他身上的氣味，從他身上才聞得到那種香水味，一種卡隆（Caron）的「獻給謙謙君子」男士香水和其他女人身上的香水混合在一起的氣味。他身上總有她們的氣味，就像身上穿了件自己討厭的衣服。他的那些舊情人的氣味大概對他來說就像是不美好的記憶揮之不去，而只有我注意到了。儘管過了這些年，依舊如此。

他們兩個人點了兩份本日特餐。我從我對面的鏡子裡，看著他吃午餐。心想，什麼事情都是可能的，他還快活地笑著，可見不論是誰都能讓自己的人生再從頭來過，雷歐妮娜和我，我們都許久沒有他的消息，所有人都不知道他現在過著怎樣的生活。誰都可能出現在這一個人生而在另一個人生中消失了，在這兒或他方的某處，不論誰都有可能把自己的人生整個打掉重練。任誰都有可能成為那個出門晃晃，就不回來的菲利浦．杜森。

菲利浦．杜森胖了，但笑起來的樣子很爽朗，在我們一起生活的那段時間，我從未看過他這樣笑。他的眼神並不是一直都帶著好奇。他住在富蘭克林－羅斯福大道，我甚至現在才知道，而現在，他比以前常笑了。但就算他的人生有了改變，他還是不知道羅斯福是誰。如果有人問他羅斯福是誰，他會回說：「我住的那條街名」。

我緊緊挨著吧檯時，明白了我其實很幸運，他出走後便不曾再回來。我動也不動，也沒轉身，我整個背對著他。我只能從鏡子裡看見他笑著。

服務生喊他「佩勒提耶先生」，而我以為是他朋友的男人則叫了他「老闆」兩次。後來，服務生說了：「佩勒提耶先生，我就照舊都計在帳上，好嗎？」菲利浦·杜森回了一句「OK」。

我跟著他到街上。兩個男人並肩而行，他們進到了一間名為佩勒提耶的修車廠，那離餐酒館有兩百公尺。

我躲在一臺車後，一臺看起來像是廢棄的車，就像菲利浦·杜森失蹤時候的我一樣。拋錨了，凹損了，刮傷了，被晾在一邊，等著看怎麼處置。想必一定有些摩托車的零件需要修理。而油箱底裡還剩一點汽油，足夠再次發動，完成一趟行程。

菲利浦·杜森往有透明隔間的辦公室走去，他撥了通電話，他看起來像是這裡的老闆。但十分鐘後，芳絲華·佩勒提耶到了，他看起來就像是老闆娘的先生。他微笑看著她，有幾分含情脈脈地，看著她。

後來我走了。

開著跟諾諾借的車回去。因為我停車沒停對地方，有張一百三十五歐元的罰單夾在擋風玻璃和雨刷之間。

「這就是我的人生故事。」我笑著對公證人這樣說。

魯奧先生沉默了幾秒不發一語。

「我親愛的維歐蕾特，我公證人生涯中見識過人生百態，有遇過叔叔假冒成是兒子的，有見過姊妹之間要斷絕關係，有假的鰥夫，有假的寡婦，有冒充成小孩或冒充成父母的，有偽造證明的，也看過假造的遺囑。但卻從沒有人跟我說過像妳這樣的遭遇。」

他陪我走到門口。

在我離開他的辦公室之前，他承諾幫我辦妥一切，找好訴狀律師，擬好信函，以及安排離婚手續。

魯奧先生對我體貼是因為每逢即將結霜的天氣，我都會將他種在太太墳墓邊的花作好防護。那些源自非洲的花，是他特意為他太太馬麗達內所種。墓碑上刻著：魯奧夫人馬麗達內之墓（1949-1999）。

32

我親愛的朋友們，當我死去之時，請在墓園種下一株柳樹。我喜愛那垂淚的柳葉。白色柳絮對我來說柔軟而高貴，柳葉的陰影則輕印在我長眠的土地上。

四月的時候，為了防蚜蟲，我把瓢蟲的幼蟲放在我養的玫瑰上，亡者墳墓旁的玫瑰上也放了。我用油漆刷把一隻隻瓢蟲幼蟲放在植物上，就像在春天重新粉刷墓園。彷彿我在天與地之間，搭了一座又一座的樓梯。我不信鬼魂，也不信幽靈的幻影，卻相信瓢蟲有靈性。

我確信，當瓢蟲停落我身上，是某個靈魂在向我問候。當我還是孩子的時候，我幻想是我的爸爸來看我，而我的媽媽是因為我爸爸死了，才拋棄我。由於人總是編故事來滿足自己的幻想，我總是幻想我的爸爸長得像《飆風戰警》[45]中演男主角的羅伯特．康拉德，我幻想的爸爸長得英俊，高大溫柔，仍在天上憐愛著我，保護著我。

我為自己創造了一個守護天使。在我出生那天遲到的守護天使。然後我長大了，也明白我的守護天使怎樣都不會有正職的無限期合約，我的守護天使還是時常去就業輔導中心報到，他就像是賈克．布雷爾的歌唱的那樣：「每個晚上，都與劣等的酒為伍」。我的羅伯特．康拉德老了好多。

如果不做別的事，光要安放這一隻隻瓢蟲，我就得花上十天。也要這期間沒有喪禮，我才能只忙這件事。把瓢蟲一一放在我的玫瑰上，就好像是打開一扇扇迎接太陽的門，讓陽光透進來，照亮整座墓園。好比賦予陽光一張特許通行證。但這樣仍無法阻止任何人在四月裡死去，也不能阻擋任何人在四月裡來找我。

再一次，我沒聽見他來了。他就在我身後。朱利安·瑟爾就在我身後。他動也不動在一旁觀察我。他到底在這兒多久了？他緊緊抱著一個裝著他母親骨灰的罈子。他的雙眼明亮宛如冬陽映照之下，被冰霜覆蓋了的黑色大理石。我依然無語。

看到他，讓我像是看到自己的衣櫥裡，有一件黑色羊毛長洋裝，內裡是粉紅色絲質內衣。我沒有對他笑。但我的心卻跳得像個太晚到來的孩子在最心愛的糕點店前猛敲著門。

「我是來告訴妳為什麼我媽媽想葬在加畢爾·普東的墳墓裡。」

「我已經見慣男人失蹤了。」

這是我唯一能夠回答他的。

「您可以陪我到他的墳前嗎？」

我小心翼翼把刷子放在蒙佛爾家族的墓穴後，往加畢爾·普東的墳墓走去。

朱利安·瑟爾跟著我一起走，然後才對我說：

「我一點方向感也沒有，所以在墓園裡……」

我們併肩同行沉默地走在十九號巷道。當我們到加畢爾·普東的墳前，他把骨灰罈放在墳墓上，但移來移去好幾次，好像沒找對位置安放，他就像是要把一塊拼圖放進對的地方。他最後把骨

45 Wild Wild West，為美國一九六〇年代科幻西部電視影集；又譯為《狂野西部》。

灰罈放在靠著墓碑的遮陰處。

「因為我媽媽喜歡陰影多過太陽……」

「您想把您寫好的那篇悼詞唸給她聽嗎？您想一個人獨處嗎？」

「不，我比較想要等下您來幫我唸這篇悼詞。等墓園關閉的時候，我相信您可以把這件事做得很好。」

骨灰罈的顏色是聖誕綠，外觀的金色字體刻著「伊蓮・法約爾（1941-2016）」。他默哀片刻，我待在他身邊。

「我從來不知道該如何祈禱……我忘了帶花來。您一直都賣花嗎？」

「有。」

他選了一盆黃水仙，告訴我說他進城的時候要買一塊紀念牌。他問我是否能陪他到魯奇尼兄弟開的名為山谷車工的禮儀用品店。我想都沒想就答應了。我從來沒有去過山谷車工。二十年來，我都為別人指路去那家店，自己卻從未踏足過。

我上了警官的車，車上瀰漫一股濃濁的菸味。他沉默不語。我也是。發動引擎的時候，一張塞在播放器裡的CD突然開始放起了阿蘭・巴頌[46]的〈埃爾薩斯藍調〉，他扯著嗓子的歌聲把我們嚇了一跳。他馬上關掉播放器。我們倆笑了起來。這還真是第一次阿蘭・巴頌的歌竟然讓人笑起來，而這首美妙的歌曲其實本該令人感傷得要死才對。

我們把車停在禮儀用品店前，禮儀用品店緊鄰著停屍間，而隔壁還鄰著一家叫做鳳凰[47]的餐廳，是布朗松鎮上一家中菜館。布朗松的居民都很愛拿這件事開玩笑。這並不妨礙餐廳的生意，中午用餐時間總是客滿到一位難求。

我們推開了禮儀用品店的門，玻璃櫥窗裡有些紀念牌和幾束人造花。我最不喜歡人造花了。塑膠或其他合成材質的人造玫瑰就像是想模仿太陽的床頭燈。店內所展示的各種棺木材料就像是裝潢材料店裡的展示地板木材供人挑選顏色。有些珍貴木材可讓棺木製作起來顯得較特別。較次等的棺木材料有軟木，有硬木，有進口木材，有合成板木料的。我希望生者對死者的愛不是用棺木的材料等級來衡量。

玻璃櫥窗裡，幾乎所有的紀念牌上都寫著：「樹鶯啊，若你在墳前徘徊不去，請唱一首最動聽的歌。」朱利安．瑟爾在看過皮耶．魯奇尼給他看的幾款紀念牌用的輓詞，選了一塊黑色的紀念牌，上面只用黃銅刻著「致我親愛的母親」之外，既沒有題詩，也沒有墓誌銘。

皮耶．魯奇尼很驚訝竟在他的禮儀用品店裡看到我。他不知道要跟我說些什麼。畢竟，這些年來他每個禮拜都來我宿舍好幾次，他從沒料想過到了墓園卻沒來跟我打招呼。

我對皮耶生活裡的一切都很了解，他的錢包，他的初戀，他的太太，孩子發作心絞痛，父親過世的哀傷，連因為他頭頂日漸稀疏用了什麼生髮產品，我都知道。此刻在這擺放一堆塑膠花和只訴說著永恆的紀念牌之中，我出現在這樣的場景裡，對他來說就像是個陌生人。

朱利安．瑟爾付了錢，我們就離開了。

46 Alain Bashung, 1947-2009，法國搖滾樂先鋒人物。

47 鳳凰，亦稱為不死鳥，長生鳥。

他把車開回墓園的路上問我能否邀我一起吃晚餐。他想跟我說說他媽媽和加畢爾．普東的故事。而且他想好好謝謝我幫他的這一切。同時也為了沒有事先知會我就調查菲利浦．杜森請求我的原諒。我回他說：「好的。但我比較想要在我那兒吃晚餐。」

因為這樣我們就有的是時間，不會每次上菜就被服務生打斷我們之間的談話。晚餐就算沒有肉，還是很美味。他回我說，即使布里昂太太那兒的房間從來沒有人預約，他還是要先到她那兒訂好房間。晚上八點再來宿舍找我。

33

一切都將逝去，隨時間逝去。忘卻激情，也遺忘了可憐的人們對你低聲說過的話：別太晚回來，最重要的是別著涼了。

一九八一年，伊蓮．法約爾和加畢爾．普東在普羅旺斯－艾克斯這座城市相遇了。那年，她四十歲，他五十歲。加畢爾．普東正在幫一個囚犯辯護，那個囚犯幫了另一個囚犯越獄。伊蓮．法約爾答應她的朋友娜迪雅．哈米黑出庭，她也是娜迪雅．哈米黑的雇主，而娜迪雅．哈米黑的先生是被告的一個共犯。「會愛上誰不是自己先決定好的。」娜迪雅．哈米黑在把頭髮上定形噴霧，用吹風機吹整頭髮的時候，對伊蓮這樣說。「否則人生就不會那麼難了」。

伊蓮．法約爾在普東律師進行答辯的那天出席了法庭的審判。普東律師在答辯中說了，監獄的門打開了，引發了囚犯對自由的渴望，渴望越過讓人不知年月的圍牆邊界，渴求重新看見天光、那已然遺忘的視野，以及餐酒館裡的咖啡香。他說到囚犯之間相知相惜的情誼，監禁生活裡龍蛇雜處反倒能讓人與人之間產生兄弟情誼。他說藉由話語宣洩心聲對囚犯來說是一種解脫之道。失去自由就像是失去摯愛。這就如同守喪，對沒有經歷過失去摯愛的人來說，是無法理解的。

如同在史蒂芬．茨威格《一個女人一生中的二十四小時》這篇小說裡，伊蓮．法約爾在聆聽答辯的時候，只看著普東律師的手，一雙大手，開開闔闔。長了白色的繭，動作優雅。伊蓮．法約爾心想：奇怪，這個男人的手竟不顯老，依舊稚嫩，根本就是年輕男人的手，鋼琴家的手。當加畢爾．普東向法官陳詞，他的雙手就打開，當他向檢方律師說話時，他的雙手就收束起來，蜷縮得像是乾枯了，彷彿又回復到實際年齡該有的樣子。當他盯著陪審團主席看，他的雙手就僵著。當他面向旁聽的群眾，他的雙手就不安於同一個手勢，像是過激的兩個青少年。當他走回被告那方，他的雙手就交疊在一起，像兩隻尋求溫暖的貓，雙手相掩著。短短幾秒鐘，他的手從禁錮到喜悅、從拘束到自由，然後又轉向為某種祈禱，某種懇求。事實上，他的手勢是在摹擬表達他的話語。

聽完答辯，在讓法官思考判決的同時，大家得先離開聽眾席去艾克斯喝一杯。這天天氣一如既往，是艾克斯的好天氣。然而天氣如何既不會讓伊蓮心情變好，也不會讓她感到哀傷。好天氣對她從來就沒有任何影響。她絲毫不在意天氣到底如何。

娜迪雅．哈米黑去了聖靈教堂點了一支大蠟燭。伊蓮隨意地走進一間咖啡館，她不想像其他人坐在露天咖啡座。她上了二樓，想要一個人靜一靜。她想要讀一點東西。前一晚，當她的丈夫保羅已經先睡了的時候，她開始讀起一本小說，她想重回小說的世界，繼續讀下去。

普東先生喜歡太陽但不喜歡人群，他就在這兒，一個人，坐在角落，靠著緊閉的窗戶，等待這個委託案件的判決結果。他抽著菸，一根接著一根抽下去，眼神迷茫。雖然整層樓只有他一個人，菸霧卻瀰漫了整個室內，連吊燈都看不清了。他在熄掉手上的菸之前，會先為自己再點上另一根菸。伊蓮，又一次，盯著他在菸灰缸裡掐熄菸頭的右手。

她在前一晚讀的小說裡讀到有一根看不見的繩子聯繫著注定相遇的人們。這條繩子有可能會被扯亂，但絕不會斷開。

當加畢爾・普東看到伊蓮・法約爾上了樓梯，他對她說：「您剛才坐在旁聽席裡。」這不是提問，他只是說出他看到的。這一天旁聽的人很多。她就坐在後面倒數第二排的長椅。他是怎麼注意到她的？她沒有問。她只是安靜地坐在角落。

彷彿他早就明白了她心裡在想什麼，他開始向她描述陪審團每個成員的衣著，兩個代理法官，被告，坐在旁聽席的每一個人。每一個他都一一細數。而這些人的褲子、裙子、套頭衫的顏色，他用了「莧菜紅」、「群青」、「西班牙白」、「查特酒綠」、「珊瑚紅」這些少見的顏色名稱來描述。聽起來就是聖皮耶市集裡的布商和染匠才會懂的顏色命名。他還注意到坐在第三排長椅最左邊的一位女士，「那位女士，髮髻烏黑，頂著罌粟花頭巾，穿了一身灰色亞麻質料的服裝」，她戴著金龜子形狀的別針。在他對他人衣裝發表一連串不可思議的描述時，他的雙手在某些時刻躁動了起來。特別是在他說到「綠」這個字的時候，他沒有真的說出口，他就像是要為「綠」這個字辯護似的，他用了「翡翠綠」、「薄荷水綠」、「開心果綠」和「橄欖綠」來形容他要說的。

伊蓮・法約爾始終保持沉默，她想不通一個律師怎麼會有這樣的興趣去辨認清楚每個人穿了什麼衣服。

又再一次，彷彿他已經洞悉她心裡在想什麼，他告訴她，在法庭上，所有的訊息都已經寫在每個人的衣著上。無辜，懊悔，罪惡感，恨意或原諒，每個人在審判的那天都會仔細地決定如何穿戴，不論是自己的穿著或是他人的穿著。就如同他自己的喪禮或婚禮，沒有什麼可以允許意外的可能。而根據每個人的穿著，他就可依此猜測這個人是否是同一陣營或是敵對陣營，是原告還是辯護，是一個父親，一個手足，一個母親，一個鄰居，一個證人，一個朋友，一個敵人或一個好奇的旁聽者。

他也會根據每個人的穿著和看著他說話與他目光交錯時的神情來調整他的答辯。比方說，伊蓮．法約爾今天的穿著打扮就讓他很清楚知道她和這個案子沒有關係。她跟任一方的立場都沒有關聯，她只是個局外人看熱鬧而已。

「局外人看熱鬧」，他真的用了這樣的字眼。

她還來不及回答他，娜迪雅．哈米黑就來會合了。她對伊蓮說，這麼好的天氣把自己關在這間餐酒館裡真是不可思議，她的男人可是夢想著能坐在露天咖啡座喝咖啡。如果他獲判無罪，他們倆就會去光顧艾克斯的每一家咖啡館，坐在露天咖啡座一起好好慶祝一番。可是，伊蓮．法約爾心裡想的是：**我呢，我的夢想，就是繼續讀我收在包包裡的小說……或者，和這個房間裡坐在角落，手裡的菸一根接著一根的男人，一起去冰島。**

娜迪雅向普東律師問好，還稱讚他，他的答辯相當精采。她會依照約定，每個月都分期支付律師酬勞，幸虧有他的辯護，「她的曲樂」想必能夠無罪釋放。而律師吐了口煙，用低沉的嗓音回答她：

「等一會兒，判決討論的結果出來，我們就會知道是否如此。您今天穿得很漂亮。我很喜歡您穿的這一身糖衣般的粉紅色洋裝。我相信這身打扮讓您的先生精神更振作了。」

伊蓮喝了杯茶，娜迪雅喝了杯杏桃汁，加畢爾．普東喝的是杯沒有泡沫的啤酒。這些他全買單了，然後早她們一步先離開了。伊蓮又一次看著他的雙手，緊緊抓著他的文件夾，兩隻大大的紙夾夾住的就是進行中的案件。

伊蓮．法約爾不能進入旁聽席見證判決宣布，只有家屬才能進入。但她在法院前，通橋的另一端等著，觀察從法庭裡出來的人們身上衣服的顏色。她看到了群青色的套頭衫，珊瑚紅的洋裝，薄荷水綠的裙子，那位髮髻烏黑的女士身上真的有金龜子。一個接著一個走出來的人，她全都看過了。

伊蓮自己一個人回去了馬賽。娜迪雅．哈米黑待在艾克斯，繼續在一家又一家的露天咖啡座，慶祝她的曲樂獲判無罪。

幾個星期之後，伊蓮結束了美髮沙龍，開始了她的園藝事業。她心想希望她的雙手能去做其他事情，她不再幫人剪髮、不再用含阿摩尼亞的化學藥劑，不再幫人在沖洗臺洗髮，尤其不用再陪人閒話家常。伊蓮．法約爾生性寡言，這對從事美髮工作來說，太過拘謹。要成為好的美髮師，還是得有些愛打聽，談吐風趣，性格大方。她不認為自己有這些特質中的任何一種。

多年來，泥土和玫瑰讓她始終心心念念，無法忘懷。她用了經營美髮沙龍賺到的錢，在馬賽第七區買下一塊地，把這塊地改造成玫瑰園。她學會種植、培育、灌溉、採收。她也學著育種，培植出不同顏色的新品種玫瑰，像是胭脂紅、覆盆子紅、石榴紅，還有名為少女酡顏的淺粉薔薇，育種時她想著的是加畢爾．普東律師的手。

她育種出來的花，隨著天氣變化而舒張收攏，彷彿她創造出來的是人的手。

一年後，伊蓮．法約爾陪著娜迪雅．哈米黑到普羅旺斯－艾克斯去參加第二次訴訟。她的先生又再一次因為毒品事件被逮。出發之前，伊蓮想著該怎麼穿才不會像是一個「局外人看熱鬧」。

她很失望，普東律師已經不在艾克斯了。他離開了這個地方。

伊蓮是在從馬賽往艾克斯的路途中得知此事。當娜迪雅在車上告訴她覺得不安，因為這次不是普東律師來幫她的曲樂進行辯護，而是另一個同行。

「怎麼會這樣呢？」伊蓮像個要去度假的孩子，得知要去的地方沒有海而這樣問。

因為他離了婚，所以搬了家。娜迪雅知道的只有這樣了。

幾個月過去了，直到有一天，一個女人走進了伊蓮．法約爾的玫瑰園訂了一束白玫瑰要送到艾克斯。伊蓮填寫著收貨人資料的時候，發現這些玫瑰花要放在艾克斯的聖皮耶墓園，獻給加畢爾．普東之妻瑪丁妮．荷邦。

在一九八四年二月五日早上，伊蓮第一次有訂單運送到普羅旺斯－艾克斯，在那裡，夜裡都會結霜。她特地照料要運出去的這束花。她這臺寶獅貨車後方只載送著這束花。

聖皮耶墓園裡，有個市府員工准許她進入修車廠巷道，讓她把玫瑰花放在瑪丁妮．荷邦的墓碑旁，瑪丁妮．荷邦這時還未下葬。現在才早上十點，到下午才會舉行喪禮。

大理石墓碑上刻著：「普東之妻瑪丁妮．荷邦（1932-1984）」，在她的名字下方已經嵌了一張照片。美麗的金髮女子，對鏡頭微笑著。這張照片應該是在她三十來歲時拍的。

伊蓮出來墓園等候。她想再見到加畢爾．普東。就算是遠遠的也好，就算是躲起來看也好。她想知道是否他就是這位鰥夫，是否要下葬的就是他的太太。她在訃告裡尋找著，但找不到關於他的訊息。

「以十分深沉的哀傷向您們告知，瑪丁妮．荷邦享年五十二歲，於普羅旺斯－艾克斯驟逝。瑪丁妮是已故的賈斯東．荷邦和已故的米舍莉娜．博杜克之女，她在人世間留下的親友為她哀悼：她的女兒瑪爾特·杜布赫伊，她的哥哥赫夏和姊姊莫麗塞特，她的姑姑克蘿汀·博杜克巴貝，她的婆婆露意絲，以及眾多遠親，姪甥和她的親近友人娜塔莉、斯特凡、馬地亞斯、尼農，及此，族繁不及備載。」

裡面一點也沒有提到加畢爾·普東。彷彿從允許哀傷的名單裡給塗掉了。

伊蓮又從墓園出來，把車子開到距離大約三百公尺的第一家餐酒館。終於看到一家公路邊的廉價餐廳。她心裡的直覺反應是：**怎麼會有一家公路餐廳感覺就像是迷了路似的，卡在墓園和艾克斯市立游泳池之間。**

她把車停下來，差點把車調頭開回去，因為車窗髒兮兮的，車內掛的窗簾也很過時。可是這時，有個人影引起她的注意。那裡頭，是一個駝著背的身影。雖然窗玻璃被髒污覆蓋著，她仍認出了這個身影。他就在那兒。真的就在那兒。靠著一扇關著的窗，抽著一根菸，望向空無。

有幾秒鐘，她以為眼前就只是幻覺吧，是她弄錯了吧，錯把心願當成現實，她以為她活在小說的世界裡，而不是活在真實的人生裡。真實的人生相較於人們在國中三年級課堂上對自己做出的期許來說，實在沒那麼有趣。而且她也不過就是在三年前，見過他那麼一次而已。

當她進來時，他抬了起頭。有三個男人坐在吧臺，只有加畢爾·普東是坐在桌前，他對她說：

「密特朗當選那年，您來艾克斯參加了尚皮耶·黑蒙和曲樂·哈米黑訴訟的審訊……您是那個局外人。」

她並不驚訝他能認出她來。彷彿這一切不言而喻。

「是的。您好。我是娜迪雅．哈米黑的朋友。」

他點了點頭，他手上的菸只剩下最後的菸灰時又點了一根菸，答說：

「我記得。」

他還沒開口邀請她過來坐，先用食指往天花板指了一下，然後又指向服務生，點了兩杯咖啡和兩杯蘋果燒酒，彷彿這一切順理成章。伊蓮．法約爾這輩子從來只喝茶不喝咖啡，而且絕少在早上十點就喝蘋果酒，她又一次，盯著加畢爾的大手，在他的對面坐下。他的雙手一直都沒有變老。

他先打開話匣子，說了很多。他說他再來艾克斯是為了他的太太，應該說是他的前妻瑪丁妮，要安葬在這裡，他實在受不了那些對宗教虔誠的人，那些神職人員，和罪惡感。所以，他不會去參加喪禮的宗教儀式，只在下葬時出席。所以他就在這兒等著。他兩年前開始和另一個女人一起住在馬貢，自從他離開後就再也沒見過瑪丁妮，他的太太，應該說是他的前妻。因為他是邂逅了另一個女人而離開這個家，他的女兒——不再是小女孩了——跟他賭氣。而瑪丁妮的死，他大受打擊。然而沒有人會理解他的沮喪。他永遠會是個拋棄妻子的爛人。墓碑上刻著他的姓氏，就像是在她身故之後的一種報復，他不太清楚決定這樣做的是他女兒還是瑪丁妮，也就是他太太，應該說是他的前妻。她選擇帶著這個姓氏在永生裡安息。

「換作是您？您會這樣做嗎？」

「我不知道。」

「您住在艾克斯嗎？」

「不，我住在馬賽。今天早上我送花到墓園去，給您的太太，該說是您的前妻。在我回去之前，我想喝杯茶，天氣冷，其實也沒冷到讓我不舒服，但我就是覺得冷。至少在這，蘋果酒可以讓人暖起來，我想我頭有點暈，其實我想我不是頭暈，我是真的頭暈了，我無法馬上再開車上路，這蘋果酒還真強……抱歉！我話多了。我平常不多話的。哪，您是怎麼遇到現在的太太的呢？」

「喔，也沒什麼太特別。這些年我幫一位當事人辯護，為了安排幫他辯護，向他太太說明如何進行，而一年又一年，他又回到監獄，於是我們就愛上對方了。您呢？您也是過來人了吧？」

「啥？」

「遇上愛情啊？」

「有啊，就是我先生，保羅・瑟爾。我們有個兒子，朱利安，他十歲了。」

「您有工作嗎？」

「我從事園藝，之前，我是美髮師。但我不只賣花，我也種花，做育種。」

「做什麼？」

「育種，混合玫瑰的各種特性，創造出新的品種。」

「為什麼要這樣做？」

「因為我喜歡……混種。」

「混種會變成什麼顏色？麻煩請給我兩杯蘋果酒咖啡！」

「會變成胭脂紅，覆盆子紅，石榴紅或是名為少女酡顏的淺粉薔薇，我也做玫瑰的混種。」

「哪種白玫瑰呢？」

「白雪公主玫瑰。我很喜歡雪。我的玫瑰園也跟我一樣有這種特質，不怕冷。」

「可是，您從來不穿有顏色的衣服嗎？在艾克斯，審訊進行的時候，您一身都是米色。」

「我寧可讓那些繽紛的顏色出現在花和美麗女孩的身上。」

「但可惡的是，您長得漂亮。您還是很年輕的樣子啊。您為什麼笑了？」

「我不是在笑。我是醉了。」

接近中午時，他們點了兩份炒蛋沙拉和一盤兩人份的薯條。還有一杯茶是點給她的。他說：「我不確定這茶搭配炒蛋是否對味。」她回答說：「茶跟什麼都搭。就像黑和白，怎樣都百搭。」

用餐的時候，他吮了吮手指上薯條的鹽巴。他喝了杯啤酒。她把已經不知道是第幾杯的蘋果酒和英國茶混在一起的時候，他說道：「諾曼第和英格蘭就像是黑與白。在一起合得不得了。」

他起身兩次。她看到陽光中的灰塵隨著靜電環繞在他身邊，像是雪一樣。他們又點了薯條，茶和蘋果酒。平常，在像這樣髒的地方，伊蓮．法約爾會用上衣袖口把杯子擦過，但在這裡，就算了。

有一臺靈車從餐酒館前經過，這時已經下午三點十分。她沒注意到時間已經過去了。就像是她十分鐘前才進到這間餐酒館裡。他們已經在一起度過了五個小時。

他們趕忙起身，他在匆忙之間付了錢，伊蓮要他搭她的車，她會載他過去。她知道瑪丁妮．荷邦的墳墓在什麼位置。

在車上，他問她的名字。他說他受夠了用「您」來稱呼。

「我叫伊蓮。」

「我叫加畢爾。」

他們把車開到了通往瑪丁妮．荷邦墳墓的柵門附近。他沒有下車。他說：

「伊蓮，我們在這裡等。只要讓瑪丁妮知道我在就好。其他人，我不在乎他們怎麼想。」

他問是否能在車上抽菸。她回說當然可以。他搖下車窗，把頭靠在座椅的頭枕上。他握著伊蓮的左手，閉上眼。他們在沉默中等待著。他們看著墓園巷道間人來人往。有那麼一刻，他們似乎聽到了音樂。

當所有人都離開後，當空了的靈車從他們面前經過，加畢爾下了車，他要伊蓮跟他一起，她遲疑了，他說「拜託了」。他們就併肩而行。

「我跟瑪丁妮說過我是為了另一個女人而要離開她。但其實我說了謊。伊蓮，對您，我可以說實話。我離開瑪丁妮就是因為瑪丁妮。他人，做為我們離開某人的理由，其實是藉口，是託辭。我們離開某些人就是因為某些人本身，不需要找太遠。當然，我從來沒跟她說過這些。今天也當然不會。」

當他們到了墳墓邊，加畢爾吻了一下照片。他對著墓碑，雙手劃著十字。他喃喃著一些話語，伊蓮聽不清他說了什麼，也沒打算聽明白。

她的白玫瑰就放在墳墓的中央，墳上有許許多多的花兒，充滿愛意的話語，甚至還有一隻花崗岩鳥。

*

「但是誰告訴您這些？」

「我從我母親的日記裡讀到的。」

「她有寫日記？」

「對。我上周整理她的東西，在箱子裡找到的。」

朱利安．瑟爾起身。

「凌晨兩點了，我要回去了。我累了。明天一大早，我還得再開車上路。謝謝您招待的晚餐，真好吃。謝謝！我很久沒有吃這麼好了。也很久沒有這樣度過愉快的時光。我一直在講重複的話，不過只要是我心情好的時候，我就會一直重複同樣的話。」

「哪……他們在喪禮之後呢？您得再跟我說這個故事的結尾啊。」

「也許這個故事沒有結尾。」

他牽起我的手，在我的手裡種下一個吻。我知道沒有什麼比一個殷勤的男人更能撩撥人心。

「您身上總是散發怡人的氣味。」

「阿尼克．古塔爾的香水，『天空之水』。」

他笑著說：「那千萬別再換成其他香水了。晚安。」

他套上大衣，往靠街那一側走出去。他在要關上身後的門時對我說：

「我會再回來跟您說故事的結尾的。如果我現在就跟您說故事的結尾，您就不會想再見到我了。」

我入睡的時候想著，我才不要在心愛的小說還沒讀完的時候，自己就先死掉了。

你永遠在我們心中。

34

一九九二年六月，也就是我們結婚三年之後，法國的鐵路系統癱瘓了。在馬爾格朗日，六點二十九分的列車變成十點二十分才抵達，十點二十分的列車變成十二點零五分抵達，而原本下午一點三十分的列車在下午四點的時候就停在軌道上，已有四十八個小時停駛不動了。罷工的人們在距離我們平交道兩百公尺的地方設下路障。列車裡擠滿了人。這一天又特別熱。從南錫通往埃皮納勒這班列車的乘客很快都把車窗和門打開了。

從來沒有過這麼多的人同時光顧卡西諾。才幾個小時，瓶裝水一掃而空。絲蒂芬妮不再上架飲料，直接在列車出入口的階梯上販賣。人不分頭等車廂和一般車廂。所有人都在列車外的遮蔭處，聚在軌道周圍。法國國鐵的查票員和司機這時候也都不見人影了。

當乘客都發覺列車不會再行駛了，朋友和鄰居的車子就來了。有些旅客在我們那兒借電話，讓人來這兒接他們走。其他人則在電話亭聯絡著親友。才幾個小時，列車的裡面和外圍就都空無一人了。

南錫的馬爾格朗日的交通已被阻斷。人們來到關閉的平交道，把列車的乘客接走便原路折返。到了晚上九點時，格蘭街已經一片寂靜，卡西諾也打烊了。當絲蒂芬妮拉下鐵門時，臉色紅通通的。

我們遠遠只聽得到罷工者的聲音。他們就要在路障的後方過夜。

當夜幕落下，菲利浦．杜森也出了門晃蕩許久，我發現頭一個車廂裡一直有兩個乘客：一個女人和一個和雷歐妮娜年紀相仿的小女孩。我問女人是否有人來接她，但她回答我說她住在距離馬爾格朗日七百二十公里的地方，說起來很複雜，她是從德國接了外孫女過來要去巴黎的。隔天她才能夠跟誰聯繫上，但其實這也是沒把握的。

我邀她來家裡吃晚餐。她拒絕了。我堅持邀她。我沒有經過她的同意便拿起她們的行李，她們才跟著我來。

雷歐這時已經睡得很沉。

我一次將所有的窗戶都開了，讓屋子裡暖和起來。

我給累壞了的小艾美弄了晚飯吃。用餐的時候，她玩著雷歐的一個洋娃娃，吃飽後我讓她睡在雷歐的旁邊。看她們兩個睡在一起，我覺得想再有第二個小孩。但菲利浦．杜森是不會同意的。我聽他說過家裡太小了，沒有辦法再多一個孩子。我認為是因為我們之間的愛太有限，沒有辦法再迎接一個孩子。才不是因為家裡太小。

小艾美的外婆叫瑟利雅，我對她說她得在我們家睡，我不能放她回去空蕩蕩的列車上，這太危險了。我還對她說幸虧這一次的罷工行動，這些年來我第一次有機會放假，還因此有人來家裡作客，我希望這條鐵道最好是能繼續暫停行駛，能停駛多久就停駛多久。終於，我可以好好地睡超過八小時，不會被平交道的警鈴打擾。

瑟利雅問我是否獨自和我女兒一起生活。這問題讓我笑出來。我沒有回答她，而是開了一瓶很好的紅酒。我原本收藏這瓶紅酒就是為了在「某個特別的時機」開來喝的。如果她沒有在這一天出現，還真是沒有這樣特別的機會開這瓶酒。

我們就這樣喝了起來。瑟利雅喝了兩杯之後，接受我的邀請，在我家過夜。我要她睡我們的臥房，而我和我先生，我們睡沙發床。菲利浦．杜森的父母從我們結婚後，一年來探望我們兩次，那時我們就會睡在沙發床。他們來接雷歐去度假。從聖誕節到新年的一周，還有夏天裡的十天會到海邊度假。

我的客人在喝了第三杯之後說要讓她睡沙發床才能接受我的邀請。

瑟利雅大約五十來歲，有雙美麗的藍眼睛，很迷人。她說話溫柔，聲音讓人感到安心，有著好聽的南方口音。

我說：「好，就睡沙發床」然後我發現這樣也對。當菲利浦．杜森終於回來，他直接走進房間倒頭就睡，連看我們一眼都沒有。

我看著從我們眼前走過去的菲利浦．杜森，對瑟利雅說：「這是我先生」。她對我笑了笑沒有多說什麼。

瑟利雅和我在客廳裡待著，一直聊到凌晨一點。窗戶始終是開著的。自從我們來到這裡，這是第一次房間如此溫暖。瑟利雅住在馬賽，我跟她說一定是她把太陽帶到這間屋子裡。平常，這屋子是暖不起來的，有道看不見的圍籬阻隔了溫暖。

當我們喝完一瓶酒，我跟她說我接受她睡在沙發床，但有個條件是要讓我跟她一起睡。因為我從來沒有女的朋友，也沒有姊妹。除了我女兒還是嬰兒的時候，我從來沒有機會和同性朋友一起睡。瑟利雅回我說：「好。我的朋友，我們一起睡吧。」

這一晚，我實現了這個心願，這遲來的友誼稍稍彌補了我的久候。那些夜裡，我多麼想睡在一個最好的朋友家裡，有她的父母在一旁，那些夜裡，我多想和最好的朋友一起爬牆出去，到街的另一頭去找坐在摩托車上的男孩子。我總算稍稍彌補了。

我想我們應該是這樣聊到清晨六點。天亮了一會兒，我終於睏了。到了早上九點，雷歐來把我弄醒，跟我說有個不會說話的小女孩躺在她的床上。小艾美是德國人，一句法文都不會。然後，雷歐問了我一連串問題：

「為什麼妳睡在客廳呢？為什麼爸爸沒換衣服就上床睡了？那位女士是誰？為什麼列車沒有來？媽麻，這些人是誰？那個小女孩是誰？是我們家的人嗎？她們會留下來嗎？」

唉。不會。過兩天瑟利雅和艾美就會離開了。

當她們重新搭上列車，我想我會傷心得要死，就像我和她們一直以來是熟識。所有的罷工都有結束的時候。假期也是。但是我遇見了一個人，我的第一個女性朋友。瑟利雅在第七車，車窗半開著跟我說：「來馬賽跟我們一起生活吧。妳在那兒會過得很好的。我會幫妳找工作……通常，我不太批評誰。可是，整個法國在罷工，而我也罷工了，可以不做平常的自己。我想跟妳說我內心的想法：『維歐蕾特，妳先生不適合成為妳的伴侶，離開他吧。』」

我回答說，我的人生已經讓我沒有擁有父母的權利，我絕不能剝奪雷歐妮娜擁有父親的權利。儘管他只是個可以讓雷歐妮娜叫爸爸的人，好歹是一個爸爸。

她們走了一個星期後，我收到瑟利雅寄來的一封長信。她在這封信裡塞了三張往返南錫的馬爾格朗日和馬賽之間的來回車票。

她在索爾米烏峽灣[48]有一間小屋，她已經準備好要接待我們。冰箱會補得滿滿的。這樣就可以讓我們好好享用了。她信裡寫著：「總算能讓你們來好好享受了。維歐蕾特，這樣妳就能真的度假，和女兒一起看看海了。」她信裡還寫，她怎樣都不會忘記我曾經供她吃住。為了答謝這兩天的照顧，她能回報的就是讓我們每年在馬賽度假。

菲利浦．杜森說他不會去馬賽。他說他有「比去女同性戀家度假更好的選擇」。他稱那些他不會睡的女人叫「女同性戀」。

我回他，他不去剛好，這樣我和雷歐不在時，他可以顧平交道的工作。他應該是不想看到，我們沒有他也玩得很盡興。六年來，他終於第一次有了一點愛的表現，法國國家鐵路公司在他提出請假需求後，只花了幾個小時就幫我們找到代班的人。

十五天後，一九九二年八月一日，我們見識了馬賽的風光。瑟利雅在聖夏爾車站的月臺盡頭等著我們。一出月臺我投入她的懷裡，在月臺上天氣就已經是那麼好。我想起了我對她說：「月臺上已經天氣那麼好……」。

當我第一次見到地中海，我坐在瑟利雅車後座，我搖下車窗，哭得像個小孩。我想我經歷了此生前所未有的震撼。是眼前景色之**壯闊**，所激起的震撼。

48 Calanque de Sormiou，位於馬賽第九區，是距離馬賽市區最近的海灣。

35

一切都消失了，一切都消逝了，只有回憶還在。

一些情書，一支手錶，一支口紅，一個項鍊，一本小說，幾個童話故事，一支手機，一件大衣，幾張家庭合照，一九六六年的月曆，一個洋娃娃，一瓶蘭姆酒，一雙鞋子，一支筆，一束乾枯的花，一支口琴，一面銀牌，一個手提包，一副太陽眼鏡，一只咖啡杯，一把獵槍，一個護身符，一張唱片，一本用強尼．哈立戴的照片當封面的雜誌。在棺材裡，可以發現各式各樣的東西。

今天我們將珍娜．費爾奈（1968-2017）下葬了。保羅．魯奇尼告訴我按照她的心願，他在棺材裡塞了一張孩子們的照片。遺願通常是會被遵循的。人們不敢違背亡者，害怕要是不遵從遺願會從冥界招來厄運。

我剛才關上墓園柵門。從珍娜擺滿了花的墳墓前經過，我把鮮花的塑膠包裝移除，花才能好好呼吸。

親愛的珍娜，安息吧。

如果真有轉世，妳必定已誕生他方，在另一座城市，在世界的另一頭。有個新的家庭迎接妳。大家慶賀妳的誕生。大家看著妳。親吻著妳。為妳準備了滿滿的禮物，說妳長得像妳媽媽，這時我們卻在這裡為妳哀傷哭泣。而妳沉睡著。妳準備進入一個全新的人生，但在這裡妳已死去。在這裡，妳成為了一個回憶，在那裡，妳屬於未來。

*

當瑟利雅的車開進一條通往索爾米烏峽灣的崎嶇小路，我眼前所見盡是自然之美。雷歐說她想吐，我把她抱在膝上，跟她說，「妳看。看見下面的海了嗎？我們就快要到了。」

我們將小屋的百葉窗都開了，讓太陽照進來，讓屋裡充滿陽光的氣息。

我聽見蟬在叫。我從來只在電視上聽過蟬鳴。我們說話的聲音都被蟬鳴聲蓋過了。

我們速速換上泳衣，連行李都還沒整理。我們喝到了海水！走了一百公尺，將腳浸在透明的水裡，水裡泛著清澈的湖水綠。看向地中海的遠處，海水則近乎結晶。從前我只見過市區游泳池裡的氯水。

我把雷歐的天鵝造型游泳圈充了氣。我們開心地叫著，跑進清涼的海水裡。

菲利浦・杜森逗著我們笑，向我們潑著水。他親吻了我，鹹鹹的海水沾濕了我的唇。雷歐說：「把拔親了馬麻」。

雷歐騎在她爸爸肩上，笑聲不斷，蟬鳴不休，海水沁涼怡人，陽光耀眼如詩如畫，這一切讓我感到暈眩起來，就像乘著旋轉木馬，轉速實在太快了。我把頭沉入在海水之中，張開雙眼。海水的鹽灼燒著我。身在其中感受到忘我的喜悅。

我們在馬賽待了十天。我幾乎沒什麼睡。我內在有某種東西不讓我闔上眼睛，某種滿溢出來的幸福，心中感動無限滿載，我從未見過我的女兒這樣開心。

不論何時，都是白晝。不論何時，我們都在游泳或吃著東西。或是靜靜聽著蟲鳴鳥叫。或是靜靜地想事情。或是深呼吸。我們之間會說的只有三句話：「這好香」、「海水好舒服」、「這好吃」。幸福讓人變得傻傻的。好像世界因為我們而改變了，而我們才剛在別處刺眼的陽光中出生。

這十天，菲利浦．杜森沒有拋下我們自己去亂晃，他都跟我們待在一起。他要我和他纏綿，而我百依百順。我們沐浴在陽光之下的肌膚換來了一份虛假的幸福。我們之間回到了相遇之初的樣子，但沒有愛。這一切不過是為了盡情享受當下的歡愉。一切都遠了。東方的天空和其他的一切都遠了。

當我幫雷歐塗上防曬乳時，她不肯聽話。當我要她在遮蔭處躲太陽時，她也不肯聽話。她已經決定要赤裸裸地在海水中。她已經決定要變成像動畫裡的美人魚。

我想在這十天裡，我們都沒有穿過鞋子。所以我明白了，度假，就是不用再穿鞋子。

度假就像是得到一筆獎金，或是得到首獎，或是一面金牌。人生就該得到這樣的犒賞。瑟利雅得到的結論是，我的人生經歷過寄養家庭的生活，以及與菲利浦．杜森共度的人生，已經算是飽經風霜。

有時，瑟利雅來探望我們。她來是要確認我們是否過得幸福快樂。她就像一個對驗收結果滿意的工地主任，來和我喝過一杯咖啡之後，才會嘴上掛著笑意離去。

我對她獻上滿滿的謝意就像是別人對老婆獻上滿滿的珠寶。我為她用謝意打造成堆成套的珠寶。不過，我離完成還遠。在我們離開馬賽的那一天，不是我關上小屋的百葉窗的。我要菲利浦・杜森幫我做這件事情。如果我自己來關，我會有種把自己活生生埋葬的感覺，有如關上自己的墓。就像賈克・布雷爾唱的：「我為妳發明了一些古怪但妳能懂的話語」。我這樣做是為了讓雷歐不在走的時候哭出來，不在要離開的時候哭叫，而緊抓小屋的門不放。我為她發明了一些古怪的語詞，是孩童的語詞，最簡單的語詞。

「我的愛。我們得走了。因為一百二十天過後就是聖誕節了，而一百二十天其實很快就過了。所以啊，得馬上開始幫聖誕老公公立個清單。可是在這，既沒有筆，也沒有彩色鉛筆，也沒有紙。只有海。所以我們得回家了。然後，得開始準備聖誕樹，要在樹枝上掛上各種不同顏色的彩球。而今年，我們要用紙做聖誕花圈，對喔，我們要自己做喔！就是因為這樣，我們要趕快回家。沒有什麼時間可以浪費了。要是妳很乖的話，我們可以把妳房間的牆壁漆成別的顏色，粉紅色好不好啊？如果妳想要粉紅色的話。然後，聖誕節之前，還有什麼呢？還有妳的生日啊！所以真的沒剩多少時間了。我們要趕快吹氣球，要快喔，要快喔，必須趕快回家了！我們真的到了家還有太多有趣的事情要做。快把鞋子穿起來，我親愛的，快點，快點，快點，我們要來打包行李了！快點，快點，快點，我們要快快回家了！然後不管怎樣，明年我們都會再來馬賽。還會有屬於妳的禮物喔。」

36

所有認識妳的人都悼念著妳，為妳哭泣。

伊蓮．法約爾和加畢爾．普東離開了墓碑上刻著普東之妻瑪丁妮．荷邦的墳墓，離開前，加畢爾．普東摸了摸墓碑上刻著的自己的姓氏。他對伊蓮說：「看到墓碑上刻著自己的姓，怎樣都還是很奇怪。」

他們沿著聖皮埃墓園裡的巷道走著，時不時在某些陌生人的墳墓前停下來。為的是要看墓碑上的照片和日期。伊蓮說：

「如果是我，我想要火葬。」

到了停車場，在墓園前，加畢爾說：

「您接下來要做什麼？」

「我們接著還能做什麼呢？」

「做愛。伊蓮．法約爾，我想脫掉您這身米色衣服，我們可以想做什麼就做什麼。」

她沒有回答。他們又回到車上，滿懷著愛戀、酒意和不由自主的哀傷，盡可能把車穩穩地開上路，伊蓮把加畢爾載到艾克斯車站前，讓他下車。

「您不想和我做愛？」

「如果在旅館開房間會像是兩個小偷……我們應該有比這更好的選擇，不是嗎？而且，除了我們自己，我們還可以去偷誰？」

「您要跟我結婚嗎？」

「我已經結婚了。」

「那是我來晚了。」

「是晚了。」

「為什麼您沒有冠夫姓？」

「因為他姓瑟爾。他叫保羅．瑟爾。如果我冠上他的姓，我就會是伊蓮．瑟爾。被稱呼為瑟爾太太的話，像是陰陽性錯置了。」

他們緊緊擁抱了對方。沒有親吻。沒有說再見。他下車了，他為了擔任鰥夫而穿的衣服也皺了。她最後一次看著他的雙手，告訴自己是最後一次了。他在月臺上向她揮手道別後轉身離去。

她重新上路開回馬賽。高速公路的入口離車站不是很遠。車流通暢。一小時後，她就能開到家門前了，保羅正在家裡等著她。然後，這些年就會這樣過去了。

之後，伊蓮會在電視上看到加畢爾，他會在電視上說明一宗犯罪案件，他確信某個他辯護的當事人是清白的。他會說：「這整個案件都是在一種不正義的情況下成案，我會抽絲剝繭釐清整個案情」。他也會說：「我會證明我的當事人是清白的！」他會神情激動，為了他人的清白辯護讓他心力交瘁，可以想見，這都會發生。她會覺得電視上的他顯得相當疲累，眼圈也黑了，或許是老了吧。

伊蓮會在收音機裡聽妮可．柯瓦西耶[49]唱著：「他像個義大利人一樣樂天，他知道他會擁有愛和酒」。這時，她應該會坐下來。這些歌詞會讓她雙腳發軟，把她拉回到一九八四年二月五日在餐酒館裡的情景。她會想起他們吃薯條時的對話，髒污的窗簾，啤酒，喪禮，白玫瑰，炒蛋和蘋果酒。

「這世界上您最喜歡的是什麼？」

「雪。」

「雪？」

「是啊。雪很美，雪是寂靜的。下雪的時候，世界就靜止了。就像一面白色粉末做成的布將世界覆蓋起來……我覺得特別美。就像是魔法，您能體會嗎？您呢？這世界上您最喜歡什麼？」

「就是您。總之，我認為您是我的最愛。在自己太太喪禮的那天遇上自己命中注定要愛上的女人，這真是詭異的事情。或許，她的死去就是為了讓我遇見您……」

「這種說法也太嚇人了。」

「或許是。或許不是。我一向熱愛生命。我愛大口喝酒大口吃肉。我熱愛魚水之歡。我總是為了心中的衝動，對生命的驚嘆而活。如果您願意分擔我悲慘的人生，照亮我苦難的人生，您就是我生命中等待已久的那個人。」

每當伊蓮．法約爾想起加畢爾．普東，她心中就閃過一種不羈的形象。

伊蓮心想她不要活在條件式這個時態，她要活在現在式。她打了車子的轉向燈，改變了方向。在公路上選了呂伊納[50]的出口，一路沿著商業區，加速往艾克斯的方向行駛。比火車時速還要快。

當她開到了艾克斯車站之前，她把貨車停在車站員工的停車位。她直奔月臺，開往里昂的火車已經駛離。但加畢爾沒有搭上這班列車。他在一家叫做「啟程」的餐酒館裡抽著菸。由於這家餐酒館禁菸，服務生已經跟他說過兩次：「先生，我們這兒不能抽菸。」他回答說：「我不知道您說的『我們』是誰。」

當他見到了伊蓮．法約爾出現，他笑了，他對她說：

「伊蓮．法約爾，我要檢查您的口袋，將所有的愛都交出來。」

49 Nicole Croisille，出生於一九三六年，法國歌手和演員。

50 呂伊納（Luynes）：法國安德爾－羅亞爾省的市鎮。

37

我以前愛著妳，我現在愛著妳，我會一直愛著妳。

貓王對珍娜・費爾奈（1968-2017）的墳墓唱著〈Don't Be Cruel〉。我遠遠就聽見他在唱。賈斯東去購物了。下午三點，墓園裡空無一人，只有貓王的歌迴盪在巷道間：「Don't be cruel to a heart that's true, I don't want no other love, baby, it's just you I'm thinking of...」

貓王常常透過這種方式向剛下葬的亡者獻上溫暖的問候，就像是他必須在這兒陪伴著往生者。天氣十分晴朗。我乘著好天氣把菊花的種子播下。菊花需要五個月生長期，要用五個月的時間才來得及開花妝點諸聖節。

我沒有聽見他進來把門關上了，他穿過廚房，爬樓梯進房間，躺在床上，又起身下樓，踢了踢樓梯上的娃娃，走出去到屋子後方的花園，我的私人花園，我在那兒種了花，每天可以拿去賣，收入可用來支持維生。因為他，從來沒有保護過我們。

「Baby, if I made you mad, for something I might have said, please, let's forget the past...」

難道他知道諾諾今天不會在這裡嗎？難道他知道這個禮拜魯奇尼兄弟不會來嗎？難道他知道沒有人過世嗎？難道他知道只有我和他獨處一室嗎？

「The future looks bright ahead...」

我沒來得及反應，我起身，雙手滿是泥土，腳下是苗床和花灑，我轉身迎向他的身影，巨大，令人感到威脅……一把冰鋒利刃刺穿我，我僵住了。菲利浦．杜森就在那裡，頭戴安全帽，安全帽的面罩是掀起的，他和我四目對望。

我告訴我自己他回來是要殺死我，讓我一命嗚呼。我告訴我自己他回來了。我告訴我自己我承諾過不再讓自己委曲求全。

我內心裡對自己說了這些。我想起了雷歐。我不希望她看到這一幕。所以這樣的話，我一個字都沒有說出口。

是惡夢還是現實呢？

「Don't be cruel to a heart that's true, I don't want no other love, baby, it's just you I'm thinking of...」

從他的眼神我無法看出是輕蔑，是恐懼，或是憤怒。我相信他這樣打量我猶如我仍一無是處。猶如我這個人已經隨著時間萎縮。猶如他的父母打量我那樣，尤其是他的媽媽。我沒忘記過他們怎樣看我。

他用手抓住我，緊緊地抓著我。他把我弄痛了。我沒有反抗。沒有哭叫。我愣住了。我沒想過有一天他的手會再碰我。

「Don't stop thinking of me, don't make me feel this way, come on over here and love me...」

當有人經歷過我正在經歷的，就會懂這一切其實很好，沒什麼大不了。人類就是會有難以置信的能力復原，對這一切麻木，就像是身上有好幾層皮，一層又一層。人生的經歷就如同皮膚層層重疊，而其他尚未經歷的人生就還留在庫存裡待售。遺忘真是門好生意，資本充裕不虞匱乏。

「You know what I want you to say, don't be cruel to a heart that's true...」

我閉上雙眼，我不想看他。聽見他的聲音已經夠了。呼吸到他的聲息讓我難受。他抓住我的手，越抓越緊，在我耳邊輕聲地說：

「我接到律師信了。我拿回來給妳……妳給我聽好，聽好，妳千萬不要再寄信到這個地址給我。妳聽到了嗎？不論是妳還是妳的律師，都千萬不要。我不想在任何地方看到妳的名字，要不然，我就……我就……」

「Why should we be apart? I really love you, baby, cross my heart...」

他把信封塞進我圍裙的口袋裡，馬上走了。我雙膝跪地，聽他發動摩托車的聲音。他走了。他不會再回來了。現在我確信，他不會再回來了。他剛才對我說的是永別。一切結束。完結了。

我看了看被他揉皺了的信，魯奧先生速速幫我委派的律師名叫吉爾・勒賈帝尼耶，就和那個作家[51]同名同姓。那封信通知菲利浦・杜森協議離婚的請求，寫明了是以菲利浦・杜森的法定配偶維歐蕾特・特雷內的名義在馬貢的初審法院法庭書記室提出這個申請。

我上樓去沖個澡。把指甲裡的泥巴刮乾淨。他的恨發洩到我身上了，就像把病毒傳染給我，讓我發炎了。我把娃娃都拿出來，把床單放進塑膠盒裡，送到乾洗店。彷彿這屋子裡才發生犯罪事件，我想湮滅證據。

做壞事的人是他。他走我走過的地方。他出現在我的屋子裡。這屋裡有他吸入和呼出的空氣。我把所有的東西都通風。我噴灑了玫瑰氣味芳香劑清除室內的空氣。

在浴室鏡子裡，我蒼白得嚇人，幾近透明。我的血液不再流動。我的血液都集中在我的手臂，看起來都發青了。他在我的皮膚上留下指痕。瘀青，就是他會留給我的東西。很快，我又會換上一層新的皮膚。我向來如此。

我要貓王幫我代班一個小時。他看著我的樣子就像是沒聽見我跟他說了什麼。

「貓王，你有沒有在聽我說話？」

「維歐蕾特，妳看起來好蒼白，好蒼白。」

我想起了幾年前被我嚇壞的那幾個年輕人。如果我在今天遇到那幾個年輕人，不需要扮成鬼就能嚇跑他們了。

51 Gilles Legardinier，法國作家，著有《明天我就不追了！》及其他數本作品。

38

幸福日子的回憶能消解憂傷。

我們就這樣回家了，整個八月都在準備聖誕樹用的聖誕花圈，剪下紙板來做。我們背向著海，往反方向的來時路回去。

我們搭上了返回南錫的馬爾格朗日平交道的火車，途中雷歐和我用在車站買的青綠色簽字筆畫了在海上漂泊的船隻，還畫了太陽，水中悠游的魚兒，鳴聲不絕的蟬，這時的菲利浦．杜森，不論是我們在月臺上停下來等車的時候，還是在火車上的餐廳吧臺上，還是經過一節又一節車廂的時候，他都在等著確認與他擦身而過的那些女孩是否注意到他曬出一身的古銅膚色。所有停駐在他身上的目光似乎都讓他感到得意。

當我們到家時，幫我們代班的那些人在門階上等我們，見到我們幾乎連問候都沒有。他們沒時間等我們打開行李，就先跟我們說了所有工作都順利完成，沒有什麼要特別交代。他們留下了一團亂七八糟，不可思議到讓人傻眼。

幸好，他們沒有踏進雷歐的房間半步。她坐在她那張小小的床上，列出了兩張清單：一張是生日清單，一張是聖誕老公公的。

我開始整理屋子，這時菲利浦．杜森就出門去亂晃了。還沒玩到的部分他要彌補。彌補因為和我在度假小屋的床上纏綿而錯過的那些。

隔天，我清掃完畢，生活重新步上軌道。我又隨著列修車廠經的節奏，啟動和關閉平交道柵欄，菲利浦．杜森又繼續他的晃蕩人生，我則繼續在工作之餘負責採買日常生活用品。

雷歐和我一起洗了泡泡浴，一起把度假時拍的照片看了又看，看了千百遍。我們在屋子裡到處掛上了這些照片。只要看這些照片一眼，就不會忘記那些時光，就能時不時重溫那個假期。

九月，我在兩班列修車廠經的空檔將雷歐房間的牆漆成了粉紅色。她幫我一起漆著牆壁，她想漆踢腳板。我只好趁她沒發現時，又把踢腳板重新漆過一遍。

雷歐上了小學二年級，很快地，我們又把毛背心穿起來。

我們用紙做了聖誕花圈，買了一棵橡膠合成材質的聖誕樹，這樣之後每年的聖誕節都不愁沒聖誕樹，不用每年都砍掉一棵真的樹。

我告訴自己這是最後一年讓她真的相信有聖誕老公公，明年就讓這樣的信念結束吧。總會有大一些的孩子告訴她，聖誕老公公是不存在的。我們一生中，總會遇到有些大人讓我們知道聖誕老公公不存在，就這樣經歷過一個又一個的幻滅。

我本來應該會受不了菲利浦．杜森老是追著穿裙子的跑，但這時卻正合我意。我再也不想要他來碰我。我需要好好睡覺。在晚間的末班車和隔天早上的首班車之間的這段時間，我能睡得很少。我需要清靜。他賴在我身上鬧我，本來我是喜歡的，但我已經一點都不想要了。

有時，我聽著收音機裡播放的歌，夢想有個屬於我的王子。男人和女人的聲音充滿了柔情蜜意，時而瘋狂粗暴，時而轉為充滿盼望的聲音。又有時，到了晚上我給雷歐妮娜講故事的時候，她的房間就變成了我的避難所，在這個人間天堂，洋娃娃、小熊玩偶、洋裝、透明珠子串成的項鍊、彩色筆和書本都睡在一起，這樣混亂的場景就自成一個童話世界。

我本來應該會受不了除了我女兒和卡西諾店員絲蒂芬妮之外就沒有其他人可以說話。絲蒂芬妮對我買的東西，向來說的都是一樣的。她要嘛就是推薦我一款新的洗潔精，不然就是跟我說：「妳看到電視上的廣告了嗎？妳就把這個滴幾滴在浴缸裡，過個五分鐘，只要沖一下，所有污垢就沖掉了。總之這好用，妳可以考慮試試看。」

我們之間是絕對沒有什麼可以和對方說的。我們也從來沒有真的變成朋友。我們每天與彼此擦身而過，各自繼續兩兩無交集的人生。偶爾，她午休時來我這兒喝杯咖啡。我是喜歡她來作客的，她很溫柔。她都會給我一些洗髮精或身體乳液的試用品。她常常跟我說：「妳真是個好媽媽。真是好溫柔的媽媽。」然後就穿上她的制服又回去超商收銀臺，補齊貨架上的商品。

每個星期，瑟利雅都會寫一封長信來。我從她的字裡行間讀到了她的微笑。當我們沒有時間給彼此寫信的時候，我們就在周六晚上通電話。

菲利浦·杜森總在我讓早早入睡的雷歐上床之後跟我一起吃晚餐。我們之間只能說些無關緊要的話題，但我們也不爭吵。我們之間的關係可說是相敬如賓，也可說是相敬如冰。我們的關係處在無聲的狀態，但也從未暴力相向。更確切地說，不會爭吵的伴侶，從未生氣的伴侶，其實對彼此是冷漠的。就某方面來說，這是種最高級的暴力。我們家裡既不會摔壞餐具，也不會因為怕吵到鄰居而關窗。我們的家靜得不得了。

晚餐後，他若沒有出門去晃蕩，他就打開電視，我就打開我的《心塵往事》。共同生活十年，菲利浦．杜森沒有看到我總是在讀同一本小說。我沒在讀小說的時候，我們就一起看部電影，但也絕少因此拉進我們之間的距離。就連電視，我們也是不一起看的。他常常就在電視機前睡著了。

這時，我等待著晚上十一點零四分從南錫開往史特拉斯堡的列修車廠經我們的平交道，之後我便就寢，睡到凌晨四點五十分從史特拉斯堡開往南錫的列車來的時候。當我將凌晨四點五十分時的平交道柵欄升起後，我就去雷歐的房間看她睡覺。這算是一件我喜歡做的事情。有的人會讓自己去看看海景，而我有女兒可以讓我看。

這些年裡，我沒有埋怨過菲利浦．杜森讓我獨守空閨，我連孤單的感受都沒有，我不覺得孤單。這樣的孤單對我來說根本無所謂。我認為孤單和無聊挑動的是人們內在的空虛。而我是充實的。我的生活是好幾個面向展開來的，陪伴女兒，沉浸在閱讀、音樂和想像的世界之中。當雷歐上學去，當我把小說闔起來的時候，我洗衣打掃做飯時一定是邊聽音樂邊做白日夢。在南錫的馬爾格朗日這個城市所度過的這段人生裡，我在幻想中為自己虛構出一千種人生。

雷歐妮娜是日常生活中多得的驚喜，是我人生中額外獲得的幸福。是菲利浦．杜森給過我最美麗的禮物。就像是蛋糕上的櫻桃，他將他的美給予了她。雷歐生得漂亮，就像她的爸爸。而且她有優雅和愉悅的氣質，她不論橫看還是豎看，都美到讓我入迷地看著她。

菲利浦．杜森和女兒的關係也與我沒有什麼不同。我從未聽過他對女兒大小聲。但他也很久不怎麼注意雷歐了。雷歐可以讓他想跟她玩五分鐘，但很快他就會去做另一件事情。每當她問他問題，都是由我來回答。我總是將她爸爸懶得說完的話說完。他沒有和她建立起父女關係，而是朋友關係。他唯一喜歡與孩子一起分享的就是他的摩托車。他把雷歐放在引擎的後方，花個十分鐘，載著她在周邊的房子外圍慢慢地騎行。但只要他稍微加速，她就害怕得叫起來。

或許他有個兒子的話，他會比較容易找到相處模式。對菲利浦．杜森來說，女孩子就是女孩子。不管她是六歲還是三十歲，都一樣。再怎麼樣也無法強過一個貨真價實的男人。他想要的是一個玩著足球和遙控越野車的男孩，一個就算跌倒弄髒了膝蓋都不會哭的男孩，一個手握遊戲操作桿，玩方向盤的男孩。這些完全不是雷歐妮娜，一個身穿粉紅糖果亮片的小女孩擁有的特質。

她已經在南錫的馬爾格朗日的圖書館辦圖書證了。那兒其實是鎮政府設置的等候室，每周開放兩次，其中一次的開放時間在周三下午。每周三，在下午一點二十七分和四點零五分這兩班列修車廠經的空檔，我和雷歐兩人手牽手一起直奔圖書館，借書借到滿讓雷歐接下來的一個禮拜充實無虞，也同時把上一周借的書都還清。從圖書館回來時，我們便在卡西諾超市逗留一下，買一條布羅薩爺爺這個牌子的大理石蛋糕，這時絲蒂芬妮就會給雷歐一支棒棒糖。在我升起下午四點零五分的平交道柵欄之後，我呢，就把蛋糕浸在我的茶裡，而雷歐就把蛋糕浸在佛手柑香味的花草茶裡。

到她剛滿三歲的時候，每班列車即將行經的訊號響起時，雷歐都會跑去門階上向那些從家門前經過的列車旅客打招呼，向他們揮揮手。這成了她最喜歡的遊戲。某些乘客也等待著這一刻，他們知道他們會看到這個「小丫頭」。

南錫的馬爾格朗日只設置平交道，火車經過並不會停靠，與最鄰近的布宏吉車站相距七公里。絲蒂芬妮載著我們兩個來回布宏吉和南錫幾次。雷歐想搭上每天從眼前行駛過去的火車，她想騎上這座旋轉木馬。

我們第一次進行了一回這樣奇怪且沒有目的的小旅行，雷歐開心地叫起來，我永遠忘不了她的樣子。時至今日，我做夢還會夢到這樣的場景。要是去的是遊樂園，她就不會這樣開心。當然，我們搭了會從我們家前面經過的路線，她的爸爸在家門前的臺階上等著向她揮手。只是互換角色，小孩子就會開心，這真是讓人難以解釋。

一九九二年，我們三人一起慶祝聖誕節。比照往年，菲利浦·杜森給了我一張支票，讓我可以照他說的買「妳自己想要的，但還不算貴重的東西」。而我會送他常用的那款卡隆出品，名為「獻給謙謙君子」的男士香水，以及漂亮的衣服。

有時，我覺得自己像是在為取悅別人而幫他噴香水，讓他穿著有型，好讓他繼續在別的地方討別人歡心。而這尤其能讓他繼續討自己開心。只要他能討自己開心，只要他不停地在鏡子裡或其他女人的目光裡欣賞著自己，他就不會把注意力放在我身上。而我正希望他不要把注意力放在我身上。人犯不著離開一個自己再也不注意的女人，一個不會跟自己吵架的女人，一個不會發出聲音的女人，一個不會甩門的女人。我這招真是太管用了。

對菲利浦·杜森來說，我簡直是完美的妻子，一個怎樣都不會妨礙他的理想太太。他不會有離開我的衝動，我感覺得出來，他並沒有愛上他追到手的那些玩物，他指間殘留那些女人的氣息，卻沒有愛。

我想是我總有這樣的直覺反應，不要去打擾別人。在我還是孩子的時候，我待在寄養家庭裡會告訴自己：「**別發出聲音，這樣妳這次就能在這個家庭待下來，他們就會繼續收留妳。**」而很久以前，我就很明白我們之間的愛已經消逝，去了某個地方，在別人的居所中，已不再屬於我們的居所。在度假小屋裡所上演過兩個汗水淋漓交纏的身體只不過是一段插曲。我照料菲利浦・杜森的起居就像在款待著必須好好伺候的合租室友，深怕哪天他就帶著雷歐一起不見了。

過個聖誕節，雷歐妮娜就有了她清單上全部的東西。清單上的書全部都是給**雷歐**的，其中一本是娜嘉的《藍狗》[52]。清單上還有一套公主洋裝，一些錄影帶，一個紅棕色頭髮的洋娃娃，一套全新的魔法玩具，再加上前一年的聖誕節已經用過的魔法道具，兩支新的魔法棒，可以變換出魔術效果的撲克牌和魔法卡。雷歐總是喜歡玩魔術遊戲。年紀很小，她就想成為魔術師。她想要用帽子把所有的東西通通變不見。

隔天，因為是節慶假日，列車的班次較少，只有平日的四分之一。我就可以好好休息一下，陪她一起玩，她將手藏在多色的披巾後面，把手變不見了。

晚上，我打包好她的行李。十二月二十六日的早上，就同往年一樣，菲利浦・杜森的爸媽來接她到阿爾卑斯山度假一個禮拜。他們來沒待太久，杜森的媽媽和他就在廚房裡關起門來低聲說著話。他媽媽應該是給了他一張支票當作新年禮物。而如同以往每一年，我可以得到的新年禮物是酒漬櫻桃內餡的黑巧克力。不是蒙雪麗[53]的巧可力，而是一種粉紅色包裝，叫做蒙特梭[54]的仿冒品。

當杜森的爸爸媽媽把車開走時，這次換我站到門階上向雷歐揮手道別，她滿嘴笑意，抱著她的魔術師道具套裝要去度假了。她降下車窗，我們互道「下周見」。她送給我幾個飛吻，我珍藏著。

每次見到他們那臺大車載走我小小的女兒，我就害怕他們不再把她帶回來給我。我努力不那樣想，但我的身體就是會幫我那樣想，我就生病，發燒了。

如同每次雷歐離家，我整個禮拜都在整理她的房間。身處在她的洋娃娃堆裡，被粉紅色牆壁包圍著，可以緩解我的不適。

十二月三十一日，菲利浦．杜森和我在電視機前吃年夜飯跨年。我們吃的都是他最喜歡的。絲蒂芬妮每年都送給我們幾籃即期品。「維歐雷特，這些明天前要吃完，因為再不吃就會壞掉了喔。」

雷歐妮娜在一月一日早上打電話來：

「馬麻，新年快樂。把拔，新年快樂。把拔，馬麻，新年快樂。我就要得到我的第一顆星星了。」

一月三日，她回來時一副神采奕奕的樣子。

我的燒退了。杜森的爸媽在這兒待了一個鐘頭。雷歐把她的第一顆星星掛在她的套頭衫上。

「馬麻，我得到我的第一顆星星了！」

「太棒了，我親愛的。」

「我會曲道滑雪了。」

「太厲害了，我親愛的寶貝。」

「馬麻，我可以和安娜伊絲一起去度假嗎？」

「安娜伊絲是誰啊？」

52《藍狗》（Chien bleu）一九八九在法國出版的經典童書繪本，作者、繪者為娜嘉．費耶托（Nadja Fejto）。

53 Mon Chéri意指「我親愛的」，義大利費列羅（Ferrero）集團的巧克力品牌。

54 Mon Trésor意指「我的寶貝」。

39

真正重要的東西，眼睛是看不到的。

「現在正好沒有人死掉。」

賽德里克神父、諾諾、貓王、賈斯東、皮耶、保羅和賈克都在我的廚房裡聊得十分盡興。魯奇尼三兄弟圍成一圈，已經超過一個月都沒有人光顧他們的禮儀用品店。廚房裡的每個人都圍著我的餐桌喝咖啡。我給他們做了一條大理石巧克力蛋糕，他們就像一群圍著生日蛋糕的小女孩，一邊打屁一邊吃。

我在花園裡種好菊花的花苗。門是開著的，他們的聲音都傳到我這裡了。

「這是因為天氣好。天氣一好，死的人就比較少。」

「今天晚上我有個家長會在等我。我超怕的。他們都是要跟我說，我們家那小子又弄了誰，成天只會惡搞。」

「我們的營業資產就是通曉人情的經營方式。我們遇到的活人是六神無主的，為了能好好辦妥喪禮的一切，他們願意接受可觀的開銷，因為把喪事辦好才能讓他們放下對亡者的不捨，所以，這行確實是門服務業。我們連可以犯錯的空間都沒有。」

「上個星期天，我幫兩個小孩起名字，是一對雙胞胎。場面實在感人。」

「我們的職業和其他人都不一樣的地方，是我們面對的是人的情感，而不是可以理性計量的事物。」

「啊，我們真是笑瘋了！」

「什麼意思？」

「我們沒有犯錯的權利。對每個家庭來說，有某些事情是很重要的。適合安排這個家庭，卻不一定適合另一個家庭。舉例來說，我服務的上一個往生者，他唯一重要的東西就是他右手腕上的手錶。」

「昨晚我在電視上看了一部很美的電影，裡面有個演員，髮色有點偏金黃，我想不起名字了……」

「我們也不能在往生者的訃聞裡發生拼寫錯誤。總是有Christof被弄成Kristof或是有的Christine被拼成了Chrystine。」

「DIY百貨幾點打烊啊？我得去找個除草機的零件。」

「然而生者的安排都取決於他與往生者的關係。夫與妻，子女與父母，總之，都取決於人性。」

「嗯。我遇過一位太太，她怎麼稱呼，我想一下……德格朗太太，她先生在杜達格利耕作農務器具廠商上班。」

「賈斯東，小心啦。你把咖啡弄得到處都是。」

「我們還得處理宗教方面的問題啦，和面對安撫家屬的情感需求。」

「其實那個理髮師也是一樣啊，那個讓諾。他跟我說他很擔心他老婆在健康方面的問題。」

「實際情況往往不同於我們照常情的想像。推開我們店門走進來的，很少有人會哭。他們想著的是棺材、教堂、墓園這些要怎麼打點。」

「妳呢？我親愛的老艾莉安娜，妳覺得呢？妳想嚐一口蛋糕嗎？還是妳是在討摸摸？」

「而當我們要跟他們談喪禮選用的音樂，墓碑選用的文字，談論我們可以做的有哪些，討論致哀儀式、悼念儀式，因為我們可以做的事很多，他們也給我們很大的空間。」

「有好一陣子沒再看到來找維歐蕾特的警官。」

「我啊，一直讓我覺得奇怪的就是有人來感謝我是說：『辦得真是漂亮』，畢竟我們在說的是喪禮。」

「我說呢，他真像追著她後面跑的小雞，你看到他看著我們維歐蕾特的眼神是什麼樣子嗎？」

「我們已經把人葬在地下五千年了，但這門產業卻是新近才發展起來的。我們投入這個行業，就要讓喪葬事業的面貌煥然一新。」

「昨天晚上，歐蒂幫我們做了一道脆皮烤雞。」

「殯喪禮儀改變了。以前，大家慣例上在諸聖節時來墳前獻花。但現在的人們已經不住在父母或祖父母住的地方。」

「真不知道下一任總統到底會是誰……只要不是金髮的都好。」

「現在大家紀念往生者的方式不同了。死者火化了。習俗改變了，喪葬費用的預算也改變了，有的人會幫自己辦告別式。」

「其實都一樣。左派、右派他們想的就是如何讓口袋賺飽飽。重要的是，到月底時我們的錢包裡還能剩多少，這對我們這樣的人來說都是不會變的。」

「你是意識到了二〇四〇年，有百分之二十五的法國人會幫自己辦告別式嗎？」

「我不這樣認為。別忘了是那些人在投票立法的。」

「但這取決於家屬的決定。有些家庭裡不談論死亡。就像性，是個禁忌一樣。」

「可是，神父先生，對你來說，這些都殊途同歸。」

「我們是人間的死亡代理人。因此對人們來說，我們必定是憂鬱的人。」

「這山羊乳酪溫沙拉加了松子，還淋上一點蜂蜜，真是好吃。」

「私營的就叫『家屬休息室』，公營的就叫『太平間』。」

「可是這聞起來像燒烤味。」

「清洗、換裝、遺體的完整保存，法律還沒有完備要求履行這些細節，但是衛生方面的立法實在刻不容緩。」

「他們要在卡納之家的位置開一家新的店，我想是一家麵包店。」

「應該要再立法，不讓往生者遺體安放在家中。」

「昨晚那裡所有的保險絲都燒壞了。我想是那臺故障的洗衣機短路了才會這樣。」

「我說呢，要有一個場地是安排給活人的，有一個地方是留給死者的。當你把往生者留在家中，就可能讓生者無法接受往生者已經離世的事實。」

「她的體態真是迷人，如果可以和她同床，我就不會去睡浴缸了。」

「對我來說只有一個法則要遵循：跟隨自己的心。」

「今年夏天你要離開一陣子去度假一下嗎？」

「當我進了這一行，我就跟自己說：「**不需要為火葬的人製作昂貴的棺材**。」這就是初入行的人會犯的錯。我爸爸跟我說：『為什麼，你以為在地底下三公尺深，還有什麼更重要的事嗎？家屬把家運寄託在將要火化的棺材裡，這當然是不理性的。但你不能阻止他們選擇昂貴的棺材。你對這些人的人生一無所知，你不能幫他們做決定。』」

「我覺得退休就是人生末段的開始。」

「隨著時間過去，因為遇過一些家屬，我領悟到我們的爸爸說的是對的……有很多人會用上天文數字花費在棺材上，這是什麼緣故呢？我不知道……」

「我們要去姊夫在布列塔尼的家。」

「城裡的那些小夥子會擺平，假期會在七月初。我好想釣魚。除了魚，我不去煩任何人，而且魚釣起來後我會再放回到河裡去。」

「依照法律，我們必須在六天內將往生者下葬。」

「他在教鋼琴。他在那兒應該也有三年了。他身材高大，總是穿得有些體面，像是要上電視一樣。」

「我們是不能將骨灰分散的，因為根據法律定義，骨灰就算是一具遺體。」

「一點洋蔥，再把磨菇放到奶油裡，這樣就會很好吃。」

「將骨灰撒在海裡，這種事情我們只在電影裡看過，一艘船啟動出航，起了風，骨灰就飄散在海面了。但現實其實是骨灰必須放在可分解材質的骨灰罈裡，在距離海邊一公里處丟棄。」

「神父先生，現在還有多少孩子來上教理課呢？恐怕還是很多吧。」

「看看現在簽的殯葬服務合約，家族裡的小孩如果是住在里昂或馬賽，人們就不想為了個家族墓室花上個幾千歐元。許多人跟我們說：『我們本來不想要火葬，但經過一番考慮，我們寧願能多留些錢讓孩子用。』我跟他們說，這樣打算確實完全正確。」

「我七月有三場婚禮，八月有兩場。」

「要為自己安排喪禮還是很奇怪的事情啊。兩隻腳還沒進棺材，名字已經寫在墓碑上了。」

「我告訴了鎮長，為了能往這個水準邁進，我們必須做點什麼。世界總是在改變，那一天終究是會來的。」

「預先幫自己安排喪禮的那些人，不會沉溺在悲傷裡，也不會因痛失所愛的打擊所苦，因此他們只花一半的費用就行了。」

「這下獸醫可樂了！」

「經營殯葬業不可以做的事情就是去禁止家屬不能做什麼。但我會勸誡家屬不要參加撿骨。」

「您看見了嗎？第二次射門，實在幹得漂亮……從球門上邊角射進得分。」

「我們就是該維持住所愛之人的美好形象。失去一個親人，將親人下葬，已經很艱難了……幸好屍體防腐的技術已經進步許多，通常十之八九，遺體呈現的狀況都很理想，讓人看了覺得就像是往生者在睡覺。我只為往生者上一點妝，讓皮膚顯現出自然的樣子，我為往生者梳妝打扮，也會請家屬提供往生者常用的香水，用在往生者的遺體上。」

「我不知道，必須看一下才知道，也許是汽缸蓋墊片出了問題。如果真是這裡出問題，那修理的費用可就真的貴死了。」

「好嚴重。但不是真的太嚴重。比起兩個禮拜前我所經歷的，現在這真的算不上什麼。兩個禮拜前，我把靈車的擋泥板扯壞了，弄壞了手機，家裡淹水。真是有夠煩的。但這其實不要緊。」

「有一天，貓王把工務室的門推開，與主管達蒙維爾面對面撞個正著，他上了黑米修女。啊，神父先生，抱歉我說了不該說的。貓王當下馬上轉身拔腿就跑了。」

「盡可能在我們所愛的人還在人世間，告訴他們我們深愛著他們。我或許活得比以前還要快樂，懂得了退一步海闊天空。」

「Love me tender…」

「我的意思不是說人要變得冷血。我懂得痛失所愛的苦楚是什麼，但守喪的人不是我，我也不認識往生者。」

「當我們擁有對往生者的回憶，就更難熬了。當我們曾和往生者相識的話。」

40

我的奶奶很早就教過我怎麼收集星星：
只要晚上在院子裡放一盆水，取之不盡的星星就近在眼前。

我去找魯奧先生請他終止一切法律程序。我告訴他，他或許是對的，菲利浦．杜森就是失蹤了。到此為止吧。我不想再翻開往事了。

魯奧先生沒再多問。他在我面前打電話給賈帝尼耶律師，告訴他終止一切程序。不要再跟進我提出的離婚請求。我的姓氏今天是特雷內還是杜森，已不重要。人們都叫我維歐蕾特或「維歐蕾特小姐」。或許，「小姐」此一稱呼已從法語裡剔除，但在我的墓園裡，這個稱呼仍是存在的。

回去時，我經過了加畢爾．普東的墳墓。我種的其中一棵松樹讓伊蓮．法約爾的骨灰罈落在了樹蔭裡。艾莉安娜湊了過來，低聲吠了幾下，就在我腳邊坐了下來。Moody Blue和芙羅倫斯也不知道從哪兒冒出來，兩隻也過來蹭了蹭我，就在墳墓的石座上趴了下來。我蹲下來摸摸牠們，牠們的肚子和墓碑的大理石外層都是溫熱的。

我猜想，是不是加畢爾和伊蓮讓這些貓來問候我。就像雷歐每回站上門階對著火車上的乘客揮手一樣。我想像著他們兩個，當伊蓮在艾克斯火車站與加畢爾重逢的樣子，我想著伊蓮為什麼沒有離開保羅．瑟爾，為什麼又回去她原本的家。她的遺囑，也就是要安葬在這個男人旁邊的遺願，究竟意味著什麼？她是否想著他們雖不會共度今生，但總會共度永生了吧？朱利安．瑟爾會再來跟我說故事後來的發展嗎？這些思緒引我想起薩沙，思念起薩沙。

諾諾來到我身邊。

「維歐蕾特，妳在做白日夢嗎？」

「如果有人想……」

「好啦。有個客人在魯奇尼兄弟的店裡。」

「什麼人？」

「一個遇上車禍的人……樣子看起來很不妙。」

「誰？你認識嗎？」

「沒有人知道他是誰。他身上也沒有任何證件。」

「這不太尋常。」

「有一群小子在水溝裡發現了他，看起來他在水溝裡三天了。」

「三天？」

「對啊，是個摩托車騎士。」

在殯儀館裡，皮耶和保羅兄弟倆跟我解釋，他們在等檢警的公訴狀。幾個小時後，騎士的遺體即要移往馬貢。找法醫就還要過法醫鑑定這關才能解剖化驗。

燈光沒打好，演員演技糟糕透頂，整個像是在演一齣爛戲，保羅給我看了事故身亡的遺體，只有看身體，沒有看臉。保羅說「已經面目全非了」。他還說依法其實他是不能讓我看往生者的。

「不過維歐蕾特，是妳的話沒關係。我們不會說出去的。妳覺得這個人妳認識嗎？」

「不認識。」

「那為什麼想看這位往生者？」

「只是想弄清楚情況。他沒有戴安全帽嗎？」

「當然有，但沒有繫好。」

這個男人現在赤裸著。保羅在他的下體和頭部遮了塊布。他的軀體到處是瘀血。我頭一次親眼看到死人。以往，當我和死人打交道的時候，套一句諾諾說過的話，他們是「裝箱」好的了。我感到不舒服，雙腿無力，眼前陷入一片漆黑。

41

大地把你掩藏起來，而我的心總能看見你。

一九九三年一月三日，杜森的媽媽要出發回去前，給了我一本夏令營的廣告冊。安娜伊絲是凱瑟琳的好友（我的婆婆從來沒有叫過我女兒雷歐妮娜），是個「好人家」的女兒，他們在阿爾卑斯山度假的時候和這一家人很合得來。安娜伊絲的爸爸是醫生，媽媽是放射治療師。每當杜森的媽媽口中說出「醫生」或是「律師」，她就會得意忘形。如同我戴著潛水面罩在地中海游泳時沉醉於某種陶然之中那樣。能與醫生和律師「來往」，對她來說也算是圓滿了某種成就堪比躋身先賢祠之列的終極幸福了。

安娜伊絲也參加了雷歐的滑雪社團。她們一起通過了滑雪一星級檢定。安娜伊絲一家人住在南錫附近的馬克塞維爾，真是難得的緣分。

每年，小安娜伊絲都到索恩－羅亞爾省的拉克萊特鎮去度假，到了七月，雷歐妮娜就會和她一起去度假。安娜伊絲的爸媽甚至還提議順道來接雷歐妮娜，杜森的媽媽沒有跟我們商量就答應了，因為「可憐的小凱瑟琳整個月都只能待在鐵路邊玩……」杜森的媽媽講起雷歐總是一副很心疼她的樣子。彷彿她得出手做點什麼才能讓雷歐妮娜擺脫成為我女兒這種天大的不幸。

我沒有回嘴說，在鐵道旁玩耍的那個「可憐小女孩」一點都不可憐，不論是哪個季節，在鐵道旁邊玩，一點都不可憐。我沒有回嘴說，夏天的時候，在每班列車經過的空檔，我們有很多事情做，我們在花園裡把充氣游泳池充飽，不用說，就只是我們自家的小泳池而已。但我們還是可以在裡面泡水，玩得不亦樂乎。我們就在這座塑膠泳池裡玩耍著。不過在菲利浦・杜森爸媽的字典裡沒有「玩耍」這種詞彙。

我只說了我們是八月要去索爾米烏，還說七月有何不可，如果雷歐喜歡，她就和玩伴一起去度假啊。

在杜森的爸媽離開以後，我打開夏令營的廣告冊，裡面介紹了拉克萊特鎮德培區聖母院的夏令營活動。手冊裡有句廣告詞「唯有我們嚴謹的態度從不休假」，廣告詞下方有報名辦法簡介，底圖是藍天白雲照。編這篇摺頁廣告的人想必是無法接受世上有雨天的存在。摺頁首頁上的照片裡有一座非常美麗的城堡和一片偌大的湖水。而對頁的照片，有一群十來歲的孩子在食堂用餐的場景，而一起上繪畫課，一起在湖邊游泳的照片裡是這同一群孩子。最大的那張照片，也同樣是這幾個孩子在絢麗的草地上騎著小馬。

為什麼所有小女孩的夢想都是騎小馬呢？

自從我看了《亂世佳人》這部電影，就對小馬有戒心。雷歐騎著小馬這件事情比坐在菲利浦・杜森的摩托車後座更讓我害怕。

杜森的媽媽哄著雷歐說：「今年夏天，妳就可以和安娜伊絲作伴一起去騎小馬了。」這句話有某種魔力，讓所有七歲的小女孩都夢想著去騎小馬。

幾個月就跟著這些行經的一班班列車一起過去了。雷歐妮娜學會分辨童話、新聞、字典、詩歌、作文，是不一樣的。她也學會了解數學題：「聖誕節我有三十法郎可以花，我用十法郎買了一件羊毛衫，兩法郎買一個蛋糕，然後媽媽又給我五法郎當作零用錢。這樣到了復活節時我還剩多少錢呢？」她也學了一些關於法國的基礎知識，法國在地圖上是什麼樣子，有哪些大城市，法國在歐洲的什麼位置、在世界上的什麼位置。她用一個紅色的點在馬賽上作記號。她還變了魔術，把一切通通都變不見了。只有她房間裡的一片凌亂沒有變不見。

然後，她驕傲地把成績單給我看，上面寫著：「及格通過，核可升三年級。」

一九九三年七月十三日，安娜伊絲的爸媽來到家裡接我女兒。他們是對迷人的夫婦，就像是從夏令營廣告的世界裡走出來的人物，在他們眼中只看得到藍天白雲。雷歐奔向安娜伊絲抱在一起。兩個小女孩開心笑個不停。我甚至覺得：**雷歐跟我在一起也沒有笑得這麼開心過**。

「我累了，我想要休息……」

朱利安・瑟爾站在我面前。他氣色不好。或許是醫院病房裡光線微弱的緣故。

救護人員在魯奇尼兄弟那裡把倒地的我扶起後，是諾諾打了電話給朱利安・瑟爾。諾諾以為我們是情侶，朱利安・瑟爾會來照顧我。諾諾搞錯了。除了我自己，沒有人會照顧我。

對著那個似乎很擔心我的警官，唯一能說的就是：「我累了，我想要休息……」

如果伊蓮・法約爾在從艾克斯回馬賽的途中沒有再折返回車站找加畢爾・普東，朱利安・瑟爾就不會來到這座墓園了。如果我幫他帶路到加畢爾・普東墳墓的那個早晨，朱利安・瑟爾沒有看見我的紅色洋裝從大衣裡露出來，他就不會介入我的人生。如果朱利安．瑟爾沒有介入我的人生，他就不會找到菲利浦．杜森。如果菲利浦．杜森沒有收到我的離婚請求，他永遠不會再回來布朗松。一切都是因為這樣開始的。

我沒有跟任何人說菲利浦．杜森上個星期來過我這兒，甚至對諾諾，我都沒說。朱利安．瑟爾進來病房時，首先注意到的就是我的手臂。他真是擁有獵犬般的敏銳。他什麼都沒說，但我感到他的眼神一直在注意我手臂上的瘀青。

但有件更不可思議的事：菲利浦．杜森又從我家離開時，他竟然剛好死在漢娜．居夏（1961-1982）這個年輕女性意外身故的地方，就在離墓園三百公尺的地方，某些人說曾在夏夜裡看見她就出現在路邊。

菲利浦．杜森也是看得見她的其中一位嗎？為什麼他沒把安全帽戴好？可是他在我這裡進來和出去的時候都沒有脫掉安全帽啊。為什麼他身上沒帶任何身分證件呢？

朱利安．瑟爾起身時跟我說他等一下會再回來。離開病房的時候，他問我有沒有需要什麼。我搖頭表示不需要，就閉上了眼睛。往事在我腦海中回放了一千遍，或許比一千遍還要多，或許也沒有真的這麼多遍。

安娜伊絲的爸媽來了之後沒有馬上就走。他們希望「彼此互相認識一下」。讓兩個小女孩在一起好好敘舊一番。我們去了紀諾餐廳，那家從沒去過義大利的亞爾薩斯人開的比薩店。午間時段，十二點十四分、十三點零八分、十四點零六分的三班列車經過的時間，就由菲利浦．杜森待在家裡負責升降平交道柵欄的工作。這正合他的意。他討厭和不認識的人交談，對他來說，聊度假、聊小孩和小馬，這些都是女人家才會聊的話題。

兩個小女孩吃掉了一客上面放了一顆太陽蛋的比薩，她們說著小馬，討論泳衣，聊起要升上三年級，怎麼變魔術，用什麼防曬乳。

安娜伊絲的爸媽，也就是讓－路易和亞爾梅・高辛夫婦，選了本日特餐。想到這應該由我來買單，我也跟他們點了一樣的。因為他們照顧了雷歐妮娜的交通往返，請這頓飯其實微不足道。而因為我才剛付清夏令營費用，可能會再次陷入透支的窘境。

一起吃飯的時候我都在想這個問題，每吃一口，我就會問自己接著要怎麼向銀行處理透支的問題，我沒有權限可以透支，我心算著：**「三客本日特餐加上兩套兒童餐再加上五杯飲料。」我想起那時還想到：幸好，他們要開車上路，不會點酒。**菲利浦・杜森向來什麼都沒給我。我們一家三口都是靠我的薪水過活，我手中每一分錢都得花在刀口上。

我也想起他們夫婦倆跟我說：「您這麼年輕，是在幾歲時有了凱瑟琳這個孩子？」他們不知道雷歐妮娜的名字叫作雷歐妮娜。我還記得，後來，雷歐用比薩的餅皮沾了沾蛋黃時，她說：「我幫妳把蛋黃弄破了。」她就笑了起來。

然後我回想起來了，我這樣告訴自己：**果然，她會長大的，她有了一個真正的朋友。而我能在人生中真正遇到的第一個朋友，還幸虧是火車罷工，才讓我在二十四歲時，終於遇見了。**

我時不時看著高辛夫婦漂亮的藍色眼睛，說著：「是啊……喔不……啊……好啊……那就太好了」，但其實沒在聽他們說話。我很難讓雷歐離開我的視線範圍。而且，我老是在心算：**三個本日**

特餐，加上兩個兒童餐，再加上五杯飲料。

雷歐每說完一句話都在笑。她不久前才掉了兩顆牙齒。她的笑顏像是被遺棄在閣樓的鋼琴。我幫她把頭髮梳成了兩根辮子，這樣旅行的時候比較方便整理頭髮。

要離開餐廳之前，雷歐把餐巾紙變不見了。我真心希望被雷歐變不見的是結帳單。我忐忑地用支票買單，心裡想著要是這張支票無法兌現，我就真的丟臉死了。詭異的是，我幻想整個馬爾格朗日都知道我的老公背著我找女人，但是在格蘭街上，他人的目光沒有讓我覺得難堪。不過，要是**大家**都知道我開的是空頭支票，那我從此再也不會出門了。

我們又回到平交道的家。雷歐則上了高辛夫婦的車，她坐在後座，坐在安娜伊絲的旁邊。她差點忘了她的毛絨玩偶，她把玩偶藏在我的手提包裡，這樣安娜伊絲就不會知道她出門旅行的時候還需要玩偶作伴。因為雷歐在搭車的時候會不舒服，我讓雷歐吃了暈車藥，車程有三百四十八公里。我在她的口袋塞了暈車藥，回程的時候可以吃。

他們會在傍晚的時候到，一到就打電話給我。

下午的時候，我整理著雷歐的東西，發現兩周前我寫的一張打包行李的清單，這樣打包時才不會漏帶東西。

零用錢、兩套泳衣、七件內衣、七件內褲、涼鞋、運動鞋（夏令營已備有馬靴）、防曬乳、帽子、太陽眼鏡、三件洋裝、兩件吊帶褲、兩件短褲、三件長褲、五件T恤（夏令營已備有被單和毛巾）、兩條浴巾、三本漫畫、溫和型去頭蝨洗髮精、牙刷、清涼牙膏粉、一件保暖羊毛衫、一件夜用保暖背心、一件防水風衣、一支筆和素描本。

還要帶拋棄式拍立得相機和魔術師玩具組。

絨毛玩偶。

快要晚上九點的時候，雷歐打了電話給我，興奮得不得了，她說一切都**超**棒的。到了夏令營，她就看到了超可愛的小馬，還拿了麵包和胡蘿蔔餵小馬吃，太好玩了，天氣非常好，房間也漂亮，每間房都架了兩層床，安娜伊絲應該要睡下鋪，但她去睡了上鋪。吃完飯後，她玩了一下變魔術，大夥笑成一團。聽她說夏令營的女輔導員人很好，其中一個跟我長得像得不得了。啊不行，我沒有辦法讓把拔接她的電話，他出門去蹓躂了。「馬麻，我愛妳，親親。把拔，親親。」

電話掛上後，我走出門外到我的小花園裡。我在我們家的塑膠游泳池裡看到一個芭比娃娃仰著頭漂浮在水面上。泳池裡的水泛著綠光。我把水都放掉。水流瀉在玫瑰花叢邊。等到下周雷歐回來，我會將泳池的水重新蓄滿。

42

愛，就是當有人為您稍來關於您的訊息。

朱利安・瑟爾開車來醫院接我。我們一路沉默著。他把我載到我的宿舍前放我下車，就馬上把車再開回馬賽。瑟爾警官告訴我他很快會再來。他牽起我的右手，在我的手上種下了一個吻。這是我們認識以來的第二個吻。

我帶著強效營養滋補液和維他命D的處方回到墓園，身體檢驗的結果正常。艾莉安娜在門階上等我。貓王、賈斯東、諾諾也在屋內等著我。賈斯東的太太幫我準備了一道菜，可以重新熱過再吃。我因為看到死人就陷入昏迷不省人事，讓他們忍不住打趣說：「一個墓園管理員會因為這樣就昏倒，也太扯了！」

我問到了關於死者的消息，就如同問起一位退休同事的近況。這位「騎摩托車的陌生人」的遺體已被載往馬賁。沒有人知道是誰的遺體。他的摩托車沒有登記牌照，牌照號碼也已被註銷，這樣的手法很常見。這輛摩托車肯定是偷來的贓車。警方接著發了一則尋人啟事。

諾諾給我看了索恩－羅亞爾省地方新聞上的一篇報導，標題寫著：「被詛咒的彎道」。

最近一起悲劇意外事故發生在漢娜・居夏一九八二年身故的地點。這名摩托車騎士沒有繫好安全帽，且高速駕駛。由於他已經面目全非，無法拍照，只能公開素描畫像供大眾辨認死者。

我看著用鉛筆畫的素描，畫出來的人像讓人認不出來是菲利浦．杜森。素描肖像的圖說文字是這樣寫的：「男子年約五十五歲，皮膚白皙，褐髮，藍眼，身高一百八十八公分，身上沒有刺青，也沒有其他顯著特徵。沒有配戴任何首飾。上衣是白色T恤。下身著Levi's牛仔褲。黑色靴子搭黑色Furygan美洲豹皮夾克。如需知詳情，請至鄰近派出所或撥打一七（警政緊急協助專線）。」

有誰會去找他呢？我想，就是芳絲華．佩勒提耶了吧。除了她，他還有什麼朋友嗎？我們一起生活的那些日子，他有過一些女人，但沒有朋友。在沙勒維爾和在馬爾格朗日，他有兩三個混在一起騎車的朋友。而他的爸媽，現在都已經過世。

我沒有再多看報紙上的新聞。我上樓進了房間準備洗澡和換個衣服。我打開我的夏季衣櫃和冬季衣櫃的時候，問自己是否要在雨衣裡面穿上粉紅色洋裝，還是要穿件黑色洋裝呢。我是個寡婦了，沒有人知道。

我在殯儀館裡已經認出來是他。我認得他的身體。當時驚嚇之餘，我癱倒在地是因為某種厭惡，某種來自他的厭惡。是恨，當他來到我的花園裡恐嚇我，那份來自他的恨意，他狠抓著我的手臂，將恨意傳染給我。用力到抓痕都還在。

為了向死亡表示不屑，我在深色衣服裡面穿的衣服一直都五彩繽紛。就像穿著布卡蒙面罩袍的女人還是化了妝。今天我卻想反過來。想換上黑色洋裝，再罩一件粉紅色大衣。但為尊重其他人，顧及在墓園裡走動的人，我絕不這樣做。而且，我從來也沒有粉紅色大衣。

我下樓要去廚房時，步伐小心翼翼提防著不被那些真空娃娃絆倒。我在玻璃杯裡倒了一點點波特酒，祝自己健康快樂。

我去巡視了一下墓園。艾莉安娜跟著我去。我將月桂、衛矛、雪松、紫杉四個墓區都巡過了。一切完好如初。瓢蟲們開始現蹤了。茱麗葉・蒙哈榭（1898-1962）的墓依舊是這麼美麗。

有時，在墓園裡，我撿拾著傾倒的花盆。荷西・路易・斐迪南也在。他在妻子的墳前澆花。Tutti Frutti就陪在他身邊。潘托太太和德格朗太太也都在墓園裡，安靜地將丈夫墳墓周圍每個角落的土壤都扒了一乾二淨，不能再更乾淨了。已經有很長時間，雜草早就投降，再也生不出來了。

我遇到了見過的熟面孔，是一對夫妻。太太有時來她姊妹娜汀妮・希博（1954-2007）的墳前哀悼。我們互相打了個招呼。

不再下雨了。天氣轉晴。我餓了。菲利浦・杜森的死沒有阻斷我的食欲。我感覺到身上粉紅色洋裝的絲布摩擦著我的雙腿。我跟自己說，這樣雷歐就不用經歷喪父之痛，不用親自埋葬自己的父親。而我，也不用。

菲利浦・杜森選擇從我的人生消失的同時，也選擇了從自己的死亡中消失。我不需要幫他清理墳墓，扒除雜土，也不用為他買花。我回想起我們年輕時的片刻溫存。我已經好多年沒有性生活。我遊走在紫杉園這個墓區裡，往安葬兒童的墓區走去。

大部分的墳墓都是白色的。在紀念牌上，在花叢間，在墳墓的石碑上，到處都有天使。還有許多的粉紅色愛心、泰迪熊、蠟燭和詩詞。

今天，墓園裡沒有來探望孩子的爸媽。當這些爸媽來，通常是傍晚五點或六點下班後，來的也通常是同樣的那些人。起初，他們會在墓園裡度過整天。神情呆滯、因過度哀傷而反應遲鈍、爛醉如泥、不然就是行屍走肉。幾年之後，他們距離上一次來訪的時間就會間隔較久了，這樣其實比較好，因為日子還是要繼續。而且，死神在他方。

再說，這個園區裡，有些孩子都一百五十歲了。

一百五十年後，人們甚至不會再思念
不再思念我們曾經愛過的，不再思念我們曾經失去過的
一起為街上的小偷們乾杯吧！
我的天主啊，終結這世間的一切吧，這世間是多麼令人沮喪啊！
看看這些不懷好意盯著我們看的骷髏
別怒，別對他們宣戰
我們什麼都沒留給他們，他們亦復如是
如果我說錯了，我就獻出我的項上人頭
那麼，就微笑吧

我在這些孩子的墓前蹲了下來看著墓碑上刻的名字：

安娜伊絲・高辛（1986-1993）

娜德潔・加爾東（1985-1993）
歐希安娜・德加（1984-1993）
雷歐妮娜・杜森（1986-1993）

43

就像在暴風雨中受到摧殘的花朵，死神在她青春正盛的年紀將她帶走了。

我親愛的女兒，妳無法想像我有多自責我在聖誕節給了妳一套魔術師玩具組，這下妳玩的魔術終於成功了，妳真的不見了。而且連同安娜伊絲一共三個同學，都一起讓妳變不見了。

城堡裡的其他房間都沒有受到波及。或者其實是其他同學及時疏散撤離。我再也記不清楚了，我已經忘了。

妳的房間。妳們的房間。妳們同伴一起睡的那個房間，是最靠近廚房的那一間。

是電線走火。還是電爐過熱沒有關好。

也或許是爐子裡的食物煮焦起火了。

也或許是瓦斯外洩。

也或許是菸頭沒有熄掉而引燃。

之後，之後我就會知道了。

事發現場沒發現有妳玩魔術把戲的跡象。地上沒有隱藏的活動機關地板門。現場沒有觀眾的掌聲，更沒有音樂和觀眾的熱烈歡呼致敬的催促下，再次激動人心地重新登臺出場。

現場只有虛無，骨灰，世界末日。

四個已然消亡的小生命，化成了灰。妳們的身驅頭腳相連起來，總長不超過三公尺。妳們在世間活過的年歲，相加在一起不超過三十一年。

那一夜之後，妳們都突然消失無蹤。

我們所能自我安慰的，是告訴自己妳們其實沒有受罪。妳們早已在睡夢中窒息。當火舌正要侵襲妳們的時候，妳們早就離開人世。妳們那時正在做夢，就這樣待在夢裡了。我親愛的寶貝，我希望那時的妳正騎在小馬背上，或是徜徉在峽灣的海水裡當美人魚。

五點五十分的列車經過之後，我躺在長沙發上，我才睡了一個回籠覺，當電話響起，我的心七上八下開始亂跳，想必那時我忘了七點零四分有一班列車經過。我掛上電話，我正才夢到杜森的媽媽給了我一個泰迪熊，沒有眼睛，也沒有嘴巴，我就用妳的彩色筆正在幫泰迪熊畫上眼睛和嘴巴。

有個警察打來，和我核對身分，然後我聽他說到妳的名字，「拉克萊特鎮的……德培區聖母院城堡……呃……有四具無法辨認身分的遺體。」

我聽見對方說著「慘劇」、「火災」、「孩子」這些字眼。

我聽見了對方說「我感到抱歉」，對方又再次提到妳的名字，「抵達的時候已經太遲……消防隊已經不能做什麼了。」

我腦海中又浮現那天聚餐的畫面，妳把比薩餅皮上的蛋黃弄散了，還把餐巾紙弄不見了，而那時我心裡正在算我們一共點了幾樣：**三客本日特餐，加上兩套兒童餐，再加上五杯飲料**。

我本來可以不相信那個男人在電話裡對我說的。我本來可以告訴他：「您弄錯了。雷歐妮娜是魔術師，她會再出現的。」我本來可以跟他說：「這是杜森的媽媽搞的鬼，她從我身邊帶走了雷歐，床底燒焦的是她偷換上的布娃娃。」我本來可以要求對方提出證據證明遺體是雷歐，跟他說「您開的玩笑太無聊。」然後掛他電話。我本來可以跟他說……可是，我當下就明白他跟我說的是真的。

從我的童年歲月起，我一向安靜乖順也不惹事，為的是讓人家能繼續收留我，不再遺棄我。但這時，我卻在吶喊中，與妳的童年告別了。

菲利浦．杜森出現了，他拿起電話，和警察又說了一會兒，大吼大叫起來，他也在吶喊中與妳的童年告別了。跟我不同的是，他把對方罵了一頓。所有我們不准妳說的難聽話，妳爸爸全都說出口了。若只用一句話來說這種痛，就是，妳的死將我毀滅了。在崩潰哭喊一場之後，我很長時間不再開口說話。而妳的死讓菲利浦．杜森感到憤怒。

當七點零四分的列車經過平交道的時候，我們兩個都沒有去降下柵欄。

那一夜，天主將德培區聖母院城堡遺棄了，但祂仍舊垂顧著我們，慈悲親臨，守護著平交道周邊的安全，因為在我們人生進程的清單裡，出現一起慘劇，應該夠了。就在這一刻，沒有任何車輛經過，沒有任何一輛車撞上這班在七點零四分行經的列車。通常在這個時刻，這裡的道路車流往來是相當頻繁的。

為了不耽誤升降平交道柵欄的工作，菲利浦．杜森去找了一個人來幫忙。我一直不知道是誰。我就躺在妳的房間，一動也不動。

普呂多姆醫生來了。我知道妳不喜歡他。以前，妳發作了喉炎、水痘、耳炎這些毛病，我們請他來幫妳治療的時候，妳都喊他「臭臭先生」。

他來幫我打了一針。

然後，再打了一針。然後，又再打一針。

但不是都在同一天裡。

菲利浦．杜森撥了電話找瑟利雅來幫忙。他實在不知道該怎麼讓我度過傷痛。他只能將這個麻煩丟給別人來解決。

似乎，菲利浦．杜森的爸媽來到了家裡。他們沒有來妳房間看看我。他們決定不來看我，這樣做相當明智。真難得這是第一次也是最後一次，他們終於有了明智的表現。他們都沒來打擾我。他們三人同行開車前往拉克萊特鎮，前往妳在的地方，尋找妳那已沒有意義了的遺體。

瑟利雅來了，在他們走之後，或是更晚才來到，我不知道。我已經失去對時間的感知。

我記得，那時天黑了，她推開了門。

她說：「是我。我來了。維歐蕾特，我就在這兒。」她的聲音整個失去原本的清朗。是的，甚至連瑟利雅的聲音聽起來都讓人覺得，妳死了，天也跟著黑了。

她不敢碰我。我就在妳的床上，整個人縮成一團，什麼都不是。瑟利雅小心翼翼地讓我盡量吃點什麼。我吐了出來。她好心讓我盡量喝點什麼。但我吐了出來。

菲利浦．杜森打電話告訴瑟利雅，他說四具遺體已經什麼都不是了。他說現場一片狼藉。他說妳們已經燒成了灰。他說沒有辦法再分清楚妳們誰是誰。他說他要控訴這起慘劇。他說他要求償索賠。他說其他孩子都回家了。他說現場到處都是警察。他說只要我們同意，會將妳們合葬，四個孩子都一起安葬在兒童專屬的墓區。他又再說了一次「合葬」。然後又說到，為了避免媒體記者採訪和聚眾圍觀造成混亂，喪禮會選在離拉克萊特鎮幾公里遠的沙隆區布朗松鎮裡一座小墓園舉行，僅限至親和相當親近的友人參加。

我請瑟利雅幫我打電話給菲利浦·杜森，要他取回妳帶去的行李。

瑟利雅告訴我行李也燒掉了。瑟利雅又說著：「她們走的時候沒有受苦。她們是在睡夢中離世的。」我回她說：「我們會為她們受苦。」瑟利雅問是否想在棺材裡放一個物品或是一件衣服。我回她說：「就把我放進棺材吧。」

三天過去了。瑟利雅告訴我隔天我們要早早出發。她說她得帶我到布朗松參加喪禮。瑟利雅問我想帶什麼，是否希望她幫我買一些衣服儀式時放在棺材裡。我拒絕了她的好意。我也拒絕參加喪禮。瑟利雅告訴我絕不能這樣缺席。她說簡直無法想像我沒有出席喪禮。我回她說才不，這是可以想像的。可以理解我不去我女兒的喪禮，她已經化成了灰。她已經遠行，到某個地方了。瑟利雅告訴我「為了讓妳接受她已經不在人世，一定要去喪禮。妳總是得向雷歐妮娜做最後的道別。」我回說不，我不會去的。我說我想到索爾米烏，我要在峽灣那兒向妳說再見。大海終將讓我與妳重新聯繫起來。

我跟著瑟利雅坐著她的車回去了。我記不得路途的過程。我吃了藥，陷入昏沉。我沒有睡著，也沒有醒來。我漂浮在某種濃霧之中，在這持久的夢魘裡，所有的感官知覺皆已麻痺，只剩下痛。就像有些手術中的患者，不得動彈，卻感覺得到外科醫師操刀的每一個手勢。哀痛壓制著我的骨頭，傷痛程度的指標已推升到難忍程度的最高上限。連呼吸都讓我痛。「若將痛苦的等級由一級排序到最高第十級，您會落在第幾級呢？」「無法以級別測定，無限大，且永無終期。」

漫漫長日，我感覺到自己整個人已經被肢解了。

我想著：**我的心要崩塌了，就要崩塌了，趕快崩塌吧，我希望自己的心能盡快徹底崩塌。**我唯一的盼望，就是能死掉。

我抱著兩瓶陳年的李子酒。以前住在公寓套房的時候，菲利浦．杜森就已經有這兩瓶酒了。有時候，酒喝了一口就讓我體內整個燒起來，燃燒的體內正是我將妳懷胎十月的所在。

我們抄了捷徑趕到索爾米烏的峽灣。這條捷徑叫做「火線」。前一年來的時候，我沒有注意到這條捷徑。

我連衣服都沒脫就下海了。我沉浸在海水裡。閉上雙眼，凝聽寂靜，聽見我們在最後的假期裡嬉戲的聲音，我聽見了幸福，忘卻了眼淚。

我馬上就感覺到妳了，感覺到了妳的存在。感覺就像是海豚輕輕擦過我的肚子，輕輕碰著我的雙腿，我的肩膀，我的臉。某種無以名之的溫柔在水流中來回穿梭，環繞著我。我感覺得到妳與我同在。我感覺得到妳並不恐懼。我感覺得到妳不是孤單一人。

瑟利雅抓住了我的肩膀，在她幫我浮上水面之前，我清清楚楚聽見妳的聲音。妳的聲音變成了一個女人的聲音，是我再也不會聽到的聲音。我想我聽到妳說：「媽，妳一定要知道那天晚上到底發生了什麼事。」我來不及回答妳。瑟利雅就喊著：

「維歐蕾特，維歐蕾特！」

那些人，那些像我們去年一樣穿著泳裝在這裡度假的人，合力幫她把我拉上岸，差一點我就回不了岸上了。

44

鶯鳥啊，當你飛到這座墳墓上，請為他唱出你最動聽的歌。

天氣十分晴朗。五月的陽光溫暖呵護著我用鏟子鬆過的土壤。三隻老貓在旱金蓮的葉叢裡，重溫他們的青春歲月，就在一塊兒追逐起幻想中的小老鼠。稍遠處，有幾隻多疑的烏鶇叫著。艾利安娜仰著睡，四腳朝天。

我蹲在花園裡，我聽著在談蕭邦的節目，把番茄種籽都播種完畢。我把小臺隨身收音機放在木製長椅上。這張長椅是我幾年前在閣樓舊物拍賣市集上尋獲的戰利品。我有時會把長椅漆成藍色或綠色。歲月賦予這張長椅美麗的褪色痕跡。

諾諾、賈斯東和貓王去吃中飯了。墓園裡便顯得空蕩無人。儘管我可以從自己的花園往下看著墓園，還是有某些巷道因為用石牆隔起來了，所以其實沒有辦法看到。

我脫掉了灰色的針織上衣，讓我這身棉質洋裝上的花朵得到釋放。我穿上了我那雙已經舊了的靴子。

我喜愛能賦予生命的事。喜愛播種，灌溉，收成。而且樂於每年都能將這一切從頭來過。我熱愛當下的生命。陽光普照。我喜歡為了生命裡重要的事而活著。這是薩沙教我的。

我在花園裡擺了一張餐桌，弄了一道七彩番茄沙拉，和一道扁豆沙拉，買了幾塊乳酪，和一大條長棍麵包。然後開一瓶已經在冰桶裡冰鎮過的白酒。

我喜歡陶瓷碗盤和棉質桌巾。我喜歡水晶杯和銀製餐具。我喜愛事物的美，因為我不相信靈魂裡存在著所謂的美。我喜愛今天這樣的生活。但如果生活中不能與朋友分享，那這樣的生活便沒有價值。在幫種子澆水的時候，我想起了賽德里克神父，他就是那個可以一起分享生活的朋友，我所期待的人就像是這樣子的人。每個星期二，我們就會一起吃中飯。這是屬於我們之間的儀式。除非有喪禮。

賽德里克神父不知道我女兒就葬在這座墓園。除了諾諾，沒有人知道這件事。甚至連鎮長都不知情。

我常常和別人講起雷歐妮娜。如果不去談她，這就等於再讓她死一次。不說出她的名，就是同意了沉默。我帶著對她的回憶活著，但我沒告訴任何人她只是個回憶了。我讓她活在別的地方。

當有人要我拿出她的照片，我拿出來的就會是個缺牙燦笑的孩子。有人跟我說她長得像我。才不，雷歐妮娜長得像菲利浦．杜森。她沒有什麼地方長得像我。

「維歐蕾特，早啊！」

賽德里克神父才剛到。他手上捧著一盒甜點，笑著對我說：

「貪吃雖然是可恥的，但算不上是罪過。」

他身上的衣服殘留著教堂裡焚香的氣味，我身上的衣服沾染了粉嫩玫瑰的氣味。

我們從不握手，也不吻頰問候，但我們會一起乾杯。

我去洗洗手，然後再回頭去找他。他幫我們各自都倒了一杯酒。我們面向菜園坐著，就像平常一樣，我們先談談天主，就像在談一個未曾謀面的共同老友。這個老朋友對我來說就是我無法寄予任何信任的無賴，而對神父來說，這位老朋友簡直就是一個超脫的完人，足為典範，忠實可靠。接著我們會評論國際時事及勃艮地的地方新聞。然後我們之間的閒聊總會結束在生活中美好的事物上，聊聊小說和音樂。

平常，我們絕不會逾越彼此私生活的界線。甚至是喝了兩杯酒之後，我仍不知道他是否曾經對什麼人心動過。我不知道他是否曾經和誰有過肌膚之親。他對我的私生活也一無所知。

就在他摸著My Way的時候，那是他第一次，大膽問起了我和朱利安．瑟爾是否「只是朋友」或是否我跟他之間不只是朋友。我回說我跟他之間沒有什麼，僅存的藕斷絲連只是因為他跟我說了個故事，我期待著聽到故事的結局。那是伊蓮．法約爾和加畢爾．普東的故事。我沒有講出他們兩人的名字。我只說我等著朱利安．瑟爾告訴我一個故事的結局。

「您的意思是，等他終於跟您講完故事，您就不會再見到他？」

「對，沒錯。」

我去拿裝盛甜點的盤子。氣氛令人十分放鬆。我已感到幾分醉意。

「您一直都想要有一個孩子嗎？」

他幫自己再倒了一杯酒，在他的腳邊把My Way放下來。

「這個念頭總是讓我在夜裡從睡夢中醒來。昨晚我在電視上看了《挖井人的女兒》，這部片子就是講想要一個孩子的故事，其實要講的也不過就是親情、愛、血緣這些主題，我卻哭了一個晚上。」

「神父，像您長得這麼英俊，本就應該遇見一個對的人，然後有個孩子的啊。」

「要因此而背棄天主嗎？這我絕對做不到。」

我們將甜點叉的背面沾了沾融化了的糖和覆蓋在其中一塊蛋糕上的杏仁粉。他聽著我的不解，可是沒有說什麼。他只是微笑著。

他常常跟我說：「維歐蕾特，我不知道今天早上吃早餐的時候，您跟天主說了什麼，但您似乎對祂很不高興。」我總是回他說：「因為祂進門之前老是不先把鞋底擦乾淨。」

「我已與天主結合。承諾走在天主的道路上。我生在這世間就是要來服侍天主。可是，維歐蕾特，您何不讓人生從頭來過呢？」

「因為人生絕對無法重來。拿一張紙，把紙撕爛，好好將每一張碎片黏合起來，一樣有撕裂的痕跡，有摺痕和透明膠帶。」

「對。可是當碎片都黏合起來，您就可以在這張紙上繼續寫字了。」

「對啊，要是您有一支好用的簽字筆，就不是問題。」

我們倆哈哈大笑起來。

「那您還想要有個孩子嗎？」

「算了吧。」

「願望不是說放下就能放下，尤其是還根植在內心深處。」

「就跟大家一樣，我會變老。這樣的想望終究會過去。」

「但如果不能放下呢？若能放下這樣的願望，不是因為我們變老，不是因為我們忘記了。」

賽德里克神父開始唱起歌：

「隨時光流逝，隨時光流逝，一切都會消逝。我們愛的那個人，我們在雨中尋覓的人，一個眼神就讓我們費疑猜的那個人……」

「您曾經深愛過什麼人嗎？」

「天主。」

「誰？」

他吃得滿嘴都是甜點上的奶油，回我說：

「天主啊。」

45

人們都認定死亡是全然的消失，其實死亡是一種祕密的存在。

雷歐妮娜繼續把她的東西變不見。她的房間漸漸地清空了。她的衣服和玩具都送去以馬忤斯天主教慈善機構。每當保洛，他確實就叫保洛（Paulo），把卡車停在修道院院長皮耶的塑像前，每當我遞給他幾袋玫瑰的時候，我感覺這就像是獻出雷歐的一個器官來造福別的孩子。這樣她的生命就能透過她的洋娃娃、她的裙子、她的鞋子、她的玩具城堡、她的珍珠、她的絨毛玩具、她的彩色鉛筆而繼續存在。

她把聖誕節變不見了。再也不會有聖誕樹了。為了不砍掉活生生的樹而買的這棵合成材質的聖誕樹，無疑地，會是我有生以來最失敗的投資。復活節，新年，母親節，父親節，所有的周年紀念……，在她死後我再沒有吹過蛋糕上的蠟燭。

我活在某種永久性酒精中毒的昏迷狀態。彷彿我的身體在面對哀傷時的自我保護，就算是我沒有灌自己半滴酒，也處在迷醉的狀態裡。好吧，我其實也不是一直都這樣。有時我會喝到像是把酒灌進無底洞裡那樣。我就是個深不見底的坑洞。我活在被保護的舒適圈裡，我的動作都一一放慢，分解成慢動作。就像雷歐妮娜房間的牆上還掛著的《丁丁歷險記》：我在月球上漫步。

紅石榴糖漿都被我用光了。王子夾心餅乾也都被我吃光了。沙瓦那大理石蛋糕，吃光。貝殼麵，吃光。滴管式ADVIL兒童退燒糖漿，吃光。一邊吃掉這些東西的同時，我起身，去把平交道柵欄降下來，又回去躺平。然後，我又再次起身，去幫菲利浦．杜森做飯，去把平交道柵欄升起，然後，再次回去躺平。

走在格蘭街時，對每一分「真摯的慰問」表達感謝。我以感謝回覆了眾多捎來弔唁的信件。她班上同學畫的圖畫多得數不清，我挑了藍色的紙袋，把這些圖畫都收納在紙袋裡。彷佛雷歐其實是個男孩子。彷佛她不曾真的存在過。

最最可怕的是每當我推開卡西諾超市的門和絲蒂芬妮那驚恐的眼神交會。這樣的眼神和那些夜晚是我最害怕的。我花了幾個小時調適好自己才有辦法走出家門，穿過格蘭街，打開這間小超市的門。我低下頭，在筆直的通道裡推著我那臺小小購物車，直到我和絲蒂芬妮眼神交會。當她一見到我，那哀傷，絕望，就像霧一般籠罩她的雙眼。這層霧不過是面鏡子，反映出來的盡是悲傷。當她看到我擺在結帳櫃檯上的東西，她沒有多嘴勸誡。我放在櫃檯上的是幾瓶烈酒。她報了結帳金額，還附帶一句「麻煩妳了」。我把藍卡遞給她，輸入密碼，接著說再見，明天見。

她不再向我推薦新產品，不再向我推薦她所謂的「頂級熱銷商品」。她早就都努力推銷過這些東西了。不傷手而讓手部保持柔軟的洗碗精、香氣怡人的洗衣精且可在三十度冷水清洗、冷凍食品架上的時蔬風味庫司庫司、魔術除塵掃把、富含Omega-3脂肪酸的食用油。再也沒有任何產品可以推銷給一個失去孩子的母親。不論是促銷活動還是折價券，都不用了。面對一個失去孩子的母親，睜一隻眼閉一隻眼，任她去買醉吧。當我推開家門時，我仍感覺到，絲蒂芬妮在我背後注視著我。

我們和保險公司、律師之間還有些事情待處理。這個案子會有一場開庭審訊，德培區聖母院的管理處會被起訴，會讓這間機構永遠關閉。當然，我們會獲得一些補償。一條存續過七年半的人命究竟值多少錢呢？

每個夜晚，我一再聽見雷歐的聲音，她用女人的聲音跟我說：「媽，妳一定要知道那天晚上到底發生什麼事，妳一定要知道為什麼我的房間會起火。」這些話始終在我心中，揮之不去。我虛耗多年時間才付諸實行。那時的我，仍無能起身行動去挖掘真相。痛楚太深，我連讓自己活過來都辦不到。

我需要時間。不是為了讓自己從傷痛走出來才需要時間，我是不可能從這種傷痛走出來的。需要時間，好讓自己能重新動起來，讓自己能夠行動。

每年，在八月三日到八月十六日這段期間，國家就業輔導中心會派代班的人來幫我們。菲利浦．杜森拒絕跟著我在我那「病態的妄想」中一起度假，他騎著摩托車出發去找他在沙勒維爾的哥兒們。我就到索爾米烏。瑟利雅來聖夏勒車站接我，把我載到度假小屋讓我下車後，就留下我與我的回憶獨處。有時瑟利雅會來小屋探望我，我們一起看著海，喝著黑醋栗香甜酒。

對我來說，紀念亡者的時節是在八月。我沉浸其中，再度感覺到我那不在人世的女兒。

後來我沒有再接到安娜伊絲的父母亞爾梅和讓－路易．高辛這對夫婦那邊捎來的任何消息。連一通電話、一封信、一個致意都沒有。他們應該是不能諒解我在孩子們骨灰下葬那天，沒有去參加喪禮。

杜森家的兩老則是再去了墓園好幾趟。每一次，他們倆都帶著他們的兒子一起去。在雷歐妮娜死後，我再也沒見過他們倆。他們也不再到家裡來。彷彿成為我們之間一種心照不宣的約定。

菲利浦．杜森整個人的心思都讓盛怒和鉅額賠償的承諾給佔據。他念念不忘的就是這場火災的肇事者必須支付賠償。可是，這場火災沒有「肇事者」，是個意外事件，菲利浦．杜森一再得到的就是這樣的解釋。這使他更加憤怒。他想獲得賠償，他認為我們女兒這一命價值千金萬金。

他的外在開始有了改變，他的容顏變得冷酷起來，頭髮也白了。

他每年去布朗松的墓園兩次，當他的爸媽把他載到家門前，他們沒有進到屋子裡來，他回來時什麼都沒說。他早上起床時，什麼都沒跟我說。他出門去蹓躂時，什麼都沒跟我說。他回到家裡，都過了幾個小時，還是什麼都沒跟我說。吃飯時，他什麼都沒有跟我說。只有在手握遊戲機操控桿，坐在電視機前玩著電玩遊戲時，他才出聲鬼叫。有時候，當警察或律師或保險公司打電話來，他會大吼大罵，要求對方給個交代。

我們還是一直睡在同一張床上，但我再也睡不著。我深受惡夢驚擾。夜裡，他緊貼著我。我幻想在我背後貼著我的是我的女兒。

曾有過一兩次，他告訴我：「我們再來生一個吧。」我回說好。但除了緩解憂鬱症狀的興奮劑和鎮靜劑，我還吃了避孕藥。我的肚子已經搞壞了。我的身體再無法孕育出生命。連讓我再生出一個孩子的可能性，雷歐也將它變不見了。

本來，在我們的孩子死去後，我可以出走，離開菲利浦．杜森。但我既沒有力氣，也沒有勇氣。菲利浦．杜森就是我在這世上僅存的家人了。待在這男人身邊，也等於是待在雷歐妮娜的身邊。每天看著雷歐妮娜的爸爸臉的輪廓，就等於是看到雷歐妮娜。從她的房門前走過，就等於是貼近了她的世界，她的印記，她在人間的通道。我註定會是個絕不會出走但會被人遺棄的女人。

一九九五年九月，我收到一個沒有寫寄件人名字的包裹。從布朗松寄來。起先，我想只可能是我那親愛的瑟利雅寄來的。我以為她去了**那裡**，去過了墓園。但包裹上的字跡看起來不像是她的字。

當我打開包裹時，我應該已經坐了下來。我手上這個包裹是白色的紀念牌，上頭刻了隻非常美麗的海豚，還刻了幾句話：「我親愛的，妳的生日在九月三日，忌日是在七月十三日，但對我來說，八月十五日永遠屬於妳的紀念日。」

本來我可以寫這幾句話的。誰寄來給我這個紀念牌？有人希望我去雷歐妮娜的墳前放上這面紀念牌，但究竟是誰呢？

我把這面紀念牌放回包裹裡，收在我房間櫃子裡一落我們從來沒用的毛巾底下。

我用布包裹的時候，發現在兩層呢絨布之間塞了張名單：

主任　艾迪特・克羅格維埃

廚師　司萬・萊特里耶

值班人員　詹妮薇芙・馬南

隊輔員　愛洛依絲・珀蒂、露西・林頓

維修人員　阿蘭・馮塔內

這是德培區聖母院的人員名單，是菲利浦．杜森草草寫下的。他應該是在進行審訊的那周記下他們的名字。把這些人名寫在一張結帳單背面，那張結帳單是皇宮咖啡館三人用餐的費用，開庭審訊那一年，在馬貢吃飯的帳單。三個人用餐：菲利浦．杜森，而且一定是和他的爸媽。

我把這個包裹當作是來自雷歐妮娜的問候。這同一天，我收到這面紀念牌，還看到這個名單，名單裡這些人是她生前最後看到她的人。

從收到包裹那天起，我開始走出家門，站在平交道柵欄的地方向列車上的乘客打招呼。也從那天起，菲利浦．杜森看我的眼神開始有了變化，在他的眼中，就像是我已經失去了理智。但他其實不懂：我正是恢復了理智。

我開始將強效鎮靜劑都碎掉，漸漸停止服藥。完全不再碰酒精。所有的傷痛一定都會譴責我，折磨我，但我再也不因此痛不欲生。

我走出家門，隔著玻璃窗，與在櫃檯後方的絲蒂芬妮目光交會，她愁苦地對我笑了笑。我在路上走了整整十分鐘，想著從前當我在這條路上挨家挨戶走著的時候，我都把雷歐的手牽在我的口袋裡。雖然從此我的口袋都會是空空的，但雷歐妮娜的手會繼續牽引我走下去。我推開駕駛訓練學校的門，幫自己報名了駕駛訓練班和駕照考試。

46

雖然你已不在你原來的地方，但無論我身在何處，你都無處不在。

我小口小口啜飲著燙燙的熱茶，讓自己慢慢清醒。早晨的太陽隔著廚房裡拉上的窗簾，透進些許光線。房內微塵飄揚，畫面好美，近乎是童話中的夢幻場景。我開著音樂，輕聲播送喬治・德勒呂[55]作曲的《日以作夜》電影主題旋律。我右手拿著茶杯，左手摸著艾利安娜。艾利安娜閉上眼睛，伸長脖子讓我撫摸牠。我特別喜歡撫摸牠的時候，用手指感覺牠身體的溫熱。

諾諾敲了門後進來，他和賽德里克神父一樣，從來和我見面不吻頰也不握手。只有對我說「我親愛的維歐蕾特」早安或晚安。他在幫自己倒杯咖啡之前，先把索恩－羅亞爾省地方報放在了餐桌上，好讓我可以看到標題：「沙隆區布朗松鎮：道路悲劇，摩托車騎士已獲指認」。我聽見自己用生硬的語調和諾諾商量：

「可以拜託你幫我唸這篇報導嗎？我沒有戴眼鏡。」

艾利安娜從我的手指感覺到我焦躁不安，牠像是要和諾諾打招呼，蹭了他一下下，然後抓抓門想要出去。諾諾摸了摸牠，幫牠開了門，又回來找我。他拉了一把椅子在我面前坐下，在口袋裡掏了一下，摸出一副眼鏡戴起來。這副眼鏡百分之百是用社會保險給付買的。他開始讀起報導，像小學生那樣，一個音節一個音節唸。如同雷歐妮娜還是嬰兒時，我唸著博世讀本給她聽：「如果世界上所有的女孩都願意圍著大海手牽著手，那麼她們就可以圍出一個圓圈。」但諾諾讀出來的語詞，可就不是我的彩色讀本裡寫的那些。

「關於這起在布朗松的摩托車騎士身亡意外，死者的伴侶已出面指認死者的身分。死者居住在里昂區。在四月二十三日被發現時已無生命跡象。根據警方初步研判，死者的摩托車是一臺十分搶眼的六五〇CC的韓國曉星黑色巡航太子車，這輛摩托車的牌照早被註銷。摩托車撞上路肩，導致未緊扣安全帽的駕駛摔下車。死者失蹤後隔天，他的伴侶已向警方與地方醫院報案。警方因此得以循線確認死者身分。」

有個往生者的家族成員成群結隊來到了墓園，我們因此沒再往下讀。來的人當中有幾個彈奏木吉他。每個人手裡都拽著一顆氣球。

諾諾放下報紙跟我說：

「我得走了。」

「我也是。」

我速速套上一件黑色大衣，在想是否應該告訴警察菲利浦．杜森是從我這裡離開的。薩沙常常說「只需要沉默」。

55 Georges Delerue, 1925-1992，法國作曲家，影視配樂作品屢屢獲獎，曾為佛杭蘇瓦．楚浮（François Truffaut, 1932-1984）執導的電影《日以作夜》（La Nuit américaine）創作配樂。

我付出的還不夠多嗎？難道我不配過平靜的生活嗎？菲利浦・杜森就算死了，他還是在折磨著我。我想起他生前最後說過的那些話，他在我的手臂上留下的瘀青。

我想過平靜的日子。我想像薩沙教我的那樣去過日子。此時此刻，在這個地方，我想要的是過真正屬於我自己的人生。我不想要自己沒完沒了一再想起一個對我的人生毫無益處的男人。而這個男人的爸媽還奪走了我唯一的太陽。

靈車開進墓園，一直行駛到嘉碧尼家族的墓穴。今天，要下葬的是一個有名的流浪藝人馬歇・嘉碧尼。一九四二年某一天，他在布朗松這個小市鎮出生了。他的父母只來得及把他藏在村子裡的教堂，就立刻被關進了集中營。

我甚至幾乎是盼望著，那些無助絕望的人們來把孩子藏在賽德里克神父的教堂裡。人生的機運有時來得真不是時候。我多麼希望自己能遇到像賽德里克神父這樣的男人將我扶養長大，而不是流離在一個又一個寄養家庭，承受寄人籬下的命運。

馬歇的喪禮有超過三百個人參加，有吉他手，有小提琴手，還有一個貝斯手，他們圍在棺材邊演奏著金格・萊恩哈特[56]的曲子。喪禮上瀰漫著哀傷的氣氛，人們淚流不止，眼神憂鬱黯淡，一個個失落、沮喪的身影，他們演奏出的音樂與哀戚的場面形成極端對比。當馬歇的孫女瑪麗・嘉碧尼，一個十六歲的少女開始致詞時，全部的人都安靜下來。

「我的爺爺愛吃雲朵般的棉花糖，爽脆的愛之蘋果[57]，他眷戀著薄餅和格子鬆餅的香氣，顆粒棉花糖軟綿綿的口感，還有牛軋糖和吉拿棒的滋味。佐著生命之鹽的薯條吃起來黏膩沾手，而滿滿的小確幸就這樣從指尖送到舌尖。他笑起來總像是個得意洋洋的孩子，手裡抓著一袋水，裡面裝著他的金魚。一手拿著釣竿，另一手拿著氣球，騎在木馬上。關於他此生經歷過的戰役讓我們細數如下：在遊樂場的射擊遊戲中拿槍掃射我們，喜歡用老虎玩偶攻佔整個床鋪，在旋轉木馬轉盤上和坐在飛機、消防車或是賽車裡的小朋友玩起躲貓貓。我的爺爺，是那獲勝一刻的快意心情，是人生初始純真的各樣情緒，和他相處，像是在旋轉快車裡，在鬧鬼的城堡裡，也像在迷宮裡。這糖粉般的甜吻，讓人預嘗了未來才體驗得到的那有如坐雲霄飛車的滋味。我的爺爺，也代表一種歌聲、樂音，在懂得看手相的波希米亞女人心中，他是偶像。他天生具有吉普賽爵士樂的靈魂，他離開是為了奏出新的和弦，我們卻再也聽不到。他的生命線斷了。親愛的爺爺，我不會要你好好安息，因為要你休息是辦不到的。我要跟你說的只有：玩得開心！待會兒見！」

她親吻了一下棺材。家族裡的其他人也跟著這麼做。

當皮耶和賈克這對魯奇尼兄弟用繩索滑輪裝置把馬歇・嘉碧尼的棺材降下在墓穴裡，這時樂手們選了金格・萊恩哈特的〈小調搖擺〉繼續演奏著。參加喪禮的每個人都放掉手中的氣球，讓氣球飄向天空。接著，家族每個成員將樂透彩券和布偶玩具都扔在棺材上。

56 Django Reinhardt, 1910-1953，生於比利時，以吉他做為爵士樂團主奏的音樂家，也是歐洲爵士樂起源的先驅之一。他的〈小調搖擺〉（Minor Swing）是吉普賽（gypsy）風格的代表作品。

57 類似糖葫蘆的零食。

今晚，我在七點的時候不會關上墓園柵門。嘉碧尼家族得到我的同意，留在墳墓旁邊進行晚餐。我准許他們待到午夜。為了答謝，他們給了我十幾張票券，兩周後即將在馬貢舉辦的嘉年華園遊會，可以用這些票券來玩一些刺激的轉盤遊戲。我不敢拒絕好意。我會將票券送給諾諾的那些孫子。

我不知道人們是否會以一場喪禮的場面來論斷一個人的一生，但在我有幸參加過的喪禮中，馬歇・嘉碧尼的喪禮是最美的其中一場。

47

夜色要更深，第一顆星星才會出現。

一九九六年一月，也就是我收到紀念牌後又過了四個月，我把它放在包包裡，告訴菲利浦・杜森他得上班了，只要這一次就好，在兩天裡顧好平交道的工作。我沒等他回我的話，就飛快地出門上絲蒂芬妮的車，我開著她這輛紅色飛雅特熊貓上路，後照鏡掛有一隻白老虎布偶，跟我作伴。

通常，我上路會開個三小時半。這次我開了六個小時。沒有什麼還是正常的。我應該好幾次停下來過。我在路上聽著廣播。我為我想像中的雷歐妮娜唱歌。兩年半以前，她就坐在高辛夫婦車子的後座，她口袋裡有暈車藥，手裡抱著她的玩偶。

「就像蜜蜂，就像鳥兒，乘著翅膀，夢想就飛遠了。就像一片雲，就像一陣風，夜隨著月亮的腳步降臨，家家戶戶爐火已歇，甚至木炭都藏身起來，花兒也含露收合，只有薄霧就要升起……」

看著一路上的房子、樹木、街道、風景，我試著想像那時吸引她注意力的一切。她那時是否在車程中昏沉睡去了？她有變什麼魔術嗎？

難得有過幾次，我們兩個一起坐車出門，都是坐瑟利雅或絲蒂芬妮的車。若出門不是搭她們的車，就是一起去搭火車。我們家沒有車子。菲利浦・杜森只有一臺自己騎的摩托車。就是因為這樣，他不曾帶我們出門去過什麼地方。但就算他帶我們出門，他能把我們帶到哪裡呢？

我在將近下午四點抵達沙隆區布朗松鎮。我心想正好是**下午茶時間**了。墓園管理員宿舍的門虛掩著沒關，我沒有見到任何人，也沒出口詢問。我想要自己一個人去找雷歐妮娜。

這墓園的地圖，像一幅上下顛倒的尋寶圖。拿正了看，還真是嚇人。

我手裡捧著白色的紀念牌，花了半小時越過一座又一座的墳墓，終於在紫杉園找到了兒童墓區。我心想：**本來我應該是在幫升上六年級的雷歐妮娜準備開學，採買上課用的物品，填寫開學註冊表格，告誡她不可以拿東西在眼睛上亂塗。而我現在人在這裡，像是在地獄裡受苦的靈魂，一縷遊蕩的孤魂，比死人還像死人，循著一座座墳墓找著雷歐妮娜的名字。**

我問了自己好久好久，到底是我做了什麼壞事才會遭遇「**這件事**」。我問了自己好久好久，到底是因為什麼「**有人**」要這樣懲罰我。我再三檢視自己的過錯。總有我不能懂她的時候，對她發脾氣，沒仔細聽她說的話，或總有我不相信她的時候，總有那種時候我搞不清楚她是覺得冷還是熱，或其實是喉嚨真的在痛。

我親吻了刻在白色大理石墓碑上她的姓和名，我沒有因為自己晚來而請求她的原諒。我也沒有向她承諾常常再來墓園看她。我跟她說了我寧可八月時到地中海找她，相較這處只有寂靜和眼淚相伴的地方，地中海才更是屬於她的地方。我答應她會弄清楚那天晚上發生什麼事，挖掘她房間起火的真相。

然後，我放上帶來的紀念牌，「我親愛的，妳的生日在九月三日，忌日是在七月十三日，但對我來說，八月十五日是永遠屬於妳的紀念日。」墳墓上布滿了鮮花叢，紀念牌雋刻著詩句，放滿了獻上紀念的愛心，有守護天使們相伴，另一塊紀念牌上刻著：「可惜日落來得太早。」

我不知道究竟待了多久，但當我要離開時，墓園的柵門已經上鎖了。

我不得不去敲管理員的門。屋子裡面有光。光線柔和暈染了整個室內。我試圖看窗玻璃內有沒有人，但窗簾拉上了看不見。我不得不將門和窗戶敲了又敲，還是沒有人來。最後我將半掩的門推開，進到屋裡喊「有人在嗎？」沒有人回應。

我聽見樓上有聲音，我頭頂上有走來走去的腳步聲，還放著音樂。是收音機正在播放巴哈的音樂，斷斷續續穿插著電臺主持人說話的聲音。

我立刻就喜歡上這間屋子，喜歡上這屋內的牆壁和氣味。我關上身後的門，等待著，在屋內呆呆站著，看著我周遭的家具。廚房打理得像是間茶鋪。階梯上擺了五十幾個貼有標籤的盒子，標籤上的名稱是用墨水筆手寫的。陶土製的茶壺，也貼上了與盒子名稱相對應的標籤。屋內還點上了香氛蠟燭。

一分鐘前，我還在女兒的骨灰前哀悼，而推開了這扇門，我卻轉進了另一片大陸。

我想我等了很久，才聽到樓梯間的腳步聲。我看見了一雙黑色的拖鞋，一件黑色亞麻長褲和白色上衣。男人的年紀大約是六十五歲左右。他看上去是混血人種，大概是越南和法國的混和血統。他看到我呆站在他的門前並沒有感到驚訝，只說了：

「不好意思，我剛才在沖澡，您請坐。」

他講話的聲音和尚・路易・坦帝尼昂[58]很像。不安，沉鬱，輕柔且善感。他說「不好意思，我剛才在沖澡，您請坐。」這句話聽起來像是我們事先約好見面。這讓我以為他把我認成了別人。我沒有接話，因為他又接著說：

「我來幫您調一杯橙花風味的杏仁豆漿。」

其實我比較想要來一杯伏特加，但我沉默沒有表示異議。我看著他將豆漿、橙花水和杏仁粉倒在調飲杯裡攪拌，用一個大大的飲料杯盛滿，插上一支多彩條紋的吸管，就像我們在幫孩子慶生似的。他舉起這杯杏仁豆漿遞給我，遞出的時候對我笑了，就像是以前沒有人對我笑過，甚至連瑟利雅也沒對我笑過。

他整個身形都是修長的。他的腿，他的手臂，他的手，他的脖子，他的眼睛，他的嘴。他的四肢和臉部輪廓都足足是一般人的兩倍長。他的身長得用我們讀小學時測量世界地圖用的米尺來度量。

我用吸管開始喝，真好喝——這一杯喚起了童年的滋味，是我不曾有過的童年，但是屬於雷歐妮娜的童年。那是某種無限溫暖的滋味。這滋味讓我感動到流淚。這是第一次我在吃東西的時候體驗到愉悅。自從一九九三年七月十四日那天起，我就喪失味覺。這也是雷歐妮娜變出來的把戲，把我的味覺也變不見了。

我對他說：「不好意思，墓園的柵門已經關起來了。」他回我說：「不打緊，您先請坐。」他拉了張椅子給我。

我沒辦法待下來。我沒辦法離開。我沒辦法說話。我什麼都沒有辦法。雷歐的死把我能說的話也帶走。我可以閱讀，但再也無法說話。我能從外在採集攝取，但沒辦法有任何輸出。我的話語能力只有：「謝謝……早安……再見……已經好了……抱歉，我要去睡了。」甚至連考路考和駕駛執照，我都不用講話，我只需要寫考卷時勾對格子，考路邊停車時倒車進停車格裡就可以了。

我還一直站著。眼淚都流到喝豆漿的杯子裡了。他將一條布手帕用名為「奧森之夢」的香水浸濕了，讓我吸一吸手帕。我還繼續哭，像是水壩的閘門開啟了，傾瀉而出的淚水讓我好多了，將我內在髒污的東西清空，像是惡臭的汗，使人腐化的毒素，從我的體內排出。我想我已經全都哭出來了，但還是有一點什麼。還有骯髒的淚水，泥漿似的。就像是久旱不雨後坑裡的一潭死水。

這個男人讓我坐下來，當他的雙手觸碰到我，我感到一陣衝擊，他走到我身後，開始幫我按摩肩膀，斜方肌，頸背，頭部。他觸摸我的方式彷彿在幫我進行治療。彷彿在我的頭頂也沿著我的背部敷上溫熱的貼布。他碎碎念著：「您的背真是比一面牆還要硬。硬到可以踩上去攀岩而下。」

我從來沒有讓人這樣碰過身體。他的雙手很溫熱，散發著某種奇特的能量穿透我的體內，彷彿他用雙手讓某種微微灼熱的感覺在我的肌膚上游移。我沒有反抗。我也不懂他到底做了什麼。我身在墓園裡的一間房舍，這間墓園是我女兒骨灰安葬之所。這間房舍讓我聯想到一段我未曾實現的旅行。後來，我才知道這個男人是個治療師。如他自己偏好的說法，他其實是「某種接骨師」。

我閉上眼，任憑他的雙手揉壓我的身體，然後就睡著了。這一覺睡得很沉，閉上眼只剩下一片黑，痛苦的畫面沒有再出現，沒有嚇出一身汗把床單浸濕，沒有做惡夢，沒有吞噬掉我的鼠輩，雷

---

58 Jean-Louis Trintignant, 1930-2022，知名法國男演員。

歐妮娜沒有在我耳邊說著：「媽，妳醒醒啊，我並沒有死」。

隔天早上我醒來，躺在長沙發上，蓋著一件厚厚柔軟的被子。當我睜開雙眼，醒來得有些吃力，搞不清楚自己在哪裡。我看到茶葉的盒子，而我坐過的那把椅子還一直在房間的正中央。

屋子裡空蕩蕩的。一只滾燙燙的茶壺被放在正對著沙發前的矮桌上。我幫自己倒了杯茶，小口小口啜飲著，是好喝的茉莉花茶。茶壺邊，有個瓷盤，這裡的主人擺了些費南雪金磚蛋糕，我把蛋糕浸在茶杯裡泡軟了吃。

在白天看著墓園裡的這座房舍，一眼就會發現其實和我們住的地方一樣簡陋。但前天晚上接待我的這個男人竟是用他的笑顏，好客，杏仁豆漿，香氛蠟燭，香水，將這間房舍變成了皇宮。

他從外面回來了。他把他那大大的外套掛在吊鉤上，搗著雙手呵氣。他轉過頭來對我笑了笑。

「早啊。」

「我得走了。」

「去哪？」

「回家。」

「在哪呢？」

「法國東部，南錫附近。」

「您是雷歐妮娜的媽媽嗎？」

「……」

「昨天下午我看到您在她的墳墓前。我認得安娜伊絲、娜德潔和歐希安娜她們每個人的媽媽，還是第一次在這裡見到您……」

「我女兒不在這座墓園。這裡，只有骨灰。」

「我不是這座墓園的主人，我只是管理員。」

「我不知道您怎麼會來做這個……這個工作。這個職業太特別了，但您做起來卻一點也不讓人覺得這是什麼不尋常的職業。」

他又笑了。從他的眼神看不出任何批判。後來，我也發現到他總是能理解與他交談的人。

「您呢？您的工作是？」

「平交道駐工。」

「您的工作是阻止別人通行到另一邊。我的工作卻是得幫點忙讓人去到另一邊。」

我試圖回以微笑，儘管笑得很不自然。笑，那時的我已不再懂得笑了。他身上充滿了良善美好，而我身上的一切已經毀滅。我整個人已經崩壞。

「您會再來這裡嗎？」

「會的。我必須弄清楚那天晚上孩子們的房間為何起火……您認識這些人嗎？」

我把菲利浦．杜森在結帳單背面寫上的德培區聖母院的職員名單拿出來給他看。

「艾迪特．克羅格維埃，主任；司萬．萊特里耶，廚師；詹妮薇芙．馬南，值班人員；愛洛依絲．珀蒂、露西．林頓，隊輔員；阿蘭馮．馮塔內，維修人員。」

他仔細唸著這幾個名字。又再次看著我。

「您會再來雷歐妮娜的墳墓這裡看看嗎？」

「我不知道。」

在我們見面之後，又過了八天，我接到一封他寄來的信：

「親愛的維歐蕾特．杜森女士，

請查收您遺忘在我桌上的這紙名單。還有，我幫妳準備了一袋散裝茶，混了茉莉花、玫瑰花瓣和杏仁的綠茶。如果我人剛好不在，門一直都是開著的，請自取這袋茶。我把茶放在黃色的置物架上，鑄鐵茶壺的右邊，包裝上有您的名字：『給維歐蕾特的茶』。」

您忠實可靠的僕人

薩沙H

這個男人就像是從小說裡活生生走出來的人。或者也可說是從精神病院走出來的人。其實都一樣。他都在墓園裡做什麼？我甚至不知道世界上存在著墓園管理員這種職業。除了棺材的買賣，在我有限的想像中，經營死亡這門事業的人，只有氣色陰沉，全身黑色衣裝，肩膀上停著一隻烏鴉的送行者這樣的人物。

但更令人不安的是，我認得信封上的字跡。寫著「我親愛的，妳的生日在九月三日，忌日是在七月十三日，但對我來說，八月十五日是永遠屬於妳的紀念日。」的紀念牌是他寄給我的。現在已安放在我可愛的雷歐的墳墓上。

他是怎麼知道我的？他是怎麼知道這幾個日期的？尤其是我們歡度假期的日子？當孩子們被安葬在墓園的時候，他已經是墓園管理員了嗎？為什麼他會關心這幾個孩子？為什麼他會留意到我的存在？為什麼他要把我引到墓園去？他牽涉其中的什麼事情嗎？我甚至懷疑起他是否故意將我關在墓園裡讓我出不去，這樣我才會進到他的宿舍裡去找他。

我的人生是一片滿目瘡痍的戰場，而有個陌生的士兵寄來了一只紀念牌，以及一封信。

是的，戰事已終。我感覺到的就是如此。我不再去想女兒的死，空襲已然終止。接下來，我活在終戰後狀態，最漫長，最艱困，最危險的狀態……妳重新振作起來，而當遇上與雷歐同年齡的女孩時，就又陣亡了。當敵軍離去，什麼都沒有遺留下來。只剩下荒蕪，清空的櫃子，時空凝結在童年的照片。就算雷歐不在了，所有其他的生命都還是會生長，樹會長大，花也會生長。

從一九九六年一月那時候起，我向菲利浦．杜森宣告從此我每個月有兩個星期天會去布朗松的墓園，我會早上去，晚上回來。

他嘆了一口氣，抬頭望向天空，神情像是說著：「那這樣我每個月就得上班兩天了。」他還說不懂我是怎麼回事，我連喪禮都沒去，現在卻突然心血來潮。我沒有接話，還能怎麼回答他？這能說是「心血來潮」嗎？在他而言，我到女兒墳前默哀不過是一種突來的任性，一時的心血來潮。

克里斯提昂．博班[59]說過：「說不出的話語仍在我們內心深處吶喊著。」

他沒有真的說出那句話。但我內心深處盡是沉默在吶喊。是孤寂在夜裡讓我醒來。是孤寂讓我

59 Christian Bobin，一九五一年生，法國作家，詩人，一九九二年以《至低無下》（Le Très-Bas）榮獲文學獎。

變胖讓我變瘦，讓我變老，讓我哭，讓我整天都在沉睡，讓我喝得像個酒鬼，讓我用頭去撞門撞牆。但我還是活過來了。

普羅斯佩・克雷比永[60]說過：「苦難越是艱鉅，能活下去更是偉大。」雷歐妮娜死了的同時，將我身邊的一切都變不見了。只有我，她沒讓我消失。

60 Prosper Crébillon, 1707-1777，法國作家。

48

你的靈魂消失無蹤，無望盼到歸期，就好像是冬季將臨群燕南飛。

朱利安・瑟爾在門階上站著，是靠近我花園的那一側門，宿舍的後方。

「我第一次看到您穿T恤。看起來就像是個年輕人。」

「我也真是第一次看到您穿非黑白色系的衣服。」

「因為我現在是在自己住的地方，在我的花園裡啊。在這面牆之內，沒有人會遇到我。您會久待嗎？」

「明早就離開。您過得怎麼樣？」

「就像是個墓園管理員那樣過。」

他對我笑了。

「您的花園真美。」

「是因為肥料。在墓園旁，什麼都能生長得很快。」

「我都不知道原來您可以這麼酸。」

「因為您還不是真的懂我這個人啊。」

「或許其實我比您所以為的還要更懂您。」

「警官先生，並不是把認識的人的過去好好徹底搜查一番就算是真的懂得一個人。」
「我可以邀您一起吃晚餐嗎？」
「如果您是要跟我說故事結局的話，當然好。」
「哪個故事？」
「加畢爾．普東和您的母親之間的故事。」
「我八點來接您。還有，別再換其他衣服了，就維持您現在這身裝扮一起去吃晚餐吧。」

49
這幾朵花紀念往日的時光

我進了薩沙的宿舍裡。我打開了他為我準備的那袋茶，閉上眼，聞一聞袋子裡的香氣。我會在墓園的這間屋子裡重生嗎？這是我第二次進到這個屋內，再聞到那個氣味，那樣的氣味幾乎用力地將我從深沉的憂鬱中抽離出來。自從雷歐死後，我就沉溺在那樣的憂鬱裡苟活著。

就像薩沙在信裡說的那樣，茶葉的袋子就放在黃色置物架上的鑄鐵茶壺旁。他像是要幫小朋友的筆記本作標記一樣，貼了張標籤寫著：給維歐蕾特的茶。但他沒有在信裡說，在茶袋的下面還有一個牛皮紙信封寫著我的姓氏。這信封還沒有封緘，我發現信封裡已經塞了幾張紙在裡面。

我一開始直覺以為那是近期往生者的名冊。信封上寫著「杜森」，可能裡面有記下諸聖節時，需要安排獻花的墳墓。後來我明白這信封為何寫上「杜森」了。

薩沙收集了一九九三年七月十三到十四日那晚在德培區聖母院城堡值班的工作人員他們的基本資料和聯絡方式。主任，艾迪特．克羅格維埃；廚師，司萬．萊特里耶；值班人員，詹妮薇芙．馬南；兩個隊輔員愛洛依絲．珀蒂和露西．林頓；維修人員，阿蘭．馮塔內。

除了主任，這是我第一次見到這些人的臉，這些人是最後見過我女兒的人。

事發當時，晚上八點的電視新聞都播報了這起悲劇事故。每個頻道都公開了德培區聖母院城堡的照片，照片上還有美麗的湖邊景色和小馬。新聞節目裡反復提到的關鍵字都是悲劇、火災意外、四個沒有生命跡象的孩童、夏令營。有好幾天，死去的孩子們都是《索恩－羅亞爾省日報》的頭條。喪禮隔天，我速速讀過菲利浦．杜森給我看的幾篇報導。報導裡孩子們的肖像，張開缺牙大嘴開懷笑著的面容，掉下來的那些乳牙都被好狗運的牙仙子給帶走了。而我們做父母的，卻已經一無所有。我本來要用我的一生去找牙仙子的藏身之處，去把雷歐的乳牙給討回來，去把她的笑顏給討回來。但這些報導裡卻連一張夏令營舉辦機構的工作人員照片都沒有。

艾迪特．克羅格維埃，夏令營主辦單位的主任，照片裡的她，灰色頭髮收束成髻，戴著眼鏡，老實地看著鏡頭微笑。讓人感覺攝影師拍照的時候給過她提示：「請笑一下，但也不要笑得太開。要讓人感到友善熱情、可以讓人信賴、可以讓人感到放心的樣子。」我可以明白為什麼是這種老套的提示。這和幾年前杜森的媽媽拿給我看的夏令營手冊背面上的廣告詞一樣。廣告手冊用的照片滿滿都是萬里晴空。其實這真是跟殯儀館的廣告冊有點像。

「唯有我們嚴謹的態度從不休假。」我不知道到底自責過多少次，為何沒有讀出廣告詞的言外之意？

艾迪特．克羅格維埃的大頭照下面有她的地址。

司萬．萊特里耶的照片是證件快照機沖印出來的相片。薩沙是怎麼弄到這張照片的？薩沙同樣的也註明了廚師的地址，比照主任的聯繫資料記了下來。但這個地址似乎不是他私人的地址，地址註明了根土之家，是在馬貢一間餐廳的名字。司萬年紀應該是三十五歲，他看起來瘦瘦的，杏色的眼珠美麗又不安，髮型奇特，雙唇纖細，眼神陰鬱。

值班的詹妮薇芙・馬南，她的照片應該是在一場婚禮上拍的，她戴了頂帽子，和新人的父母戴的帽子一樣滑稽。她上的妝太濃太花。詹妮薇芙・馬南應該已五十多歲。這位個子小卻豐滿的太太身子縮在藍色花朵圖案的套裝裡，肯定是她為雷歐做了最後的一餐。我敢肯定雷歐用餐的時候一定有向她說聲謝謝，雷歐是個有教養的孩子。對雷歐的教養，我最重視的就是這點，一定要保持禮貌，要說早安，再見，謝謝。

照片裡兩個隊輔員愛洛依絲・珀蒂和露西・林頓一起站在她們就讀的高中門前，看起來兩個人應該都是十六歲。這兩個年輕女孩都有著慧黠的神采，無憂無慮的。她們兩個有和孩子們一起同桌吃晚餐嗎？電話中，雷歐告訴過我有個隊輔員跟我長得「超」像的。可是愛洛依絲和露西這兩個女孩金髮碧眼的，都跟我長得不像。

維修人員阿蘭・馮塔內，他的臉在報紙上的照片被裁切掉了。照片裡他身穿足球員的運動裝。他的姿勢看起來是在場上的一堆球員當中蹲低，守著一顆球。他的外型與艾迪・米契爾[61]有幾分神似。

照樣，每個人的照片下方都用藍筆抄有一個地址。詹妮薇芙・馬南和阿蘭・馮塔內的地址是同一個。而照樣，地址的字跡和裝紀念牌的包裹、薩沙的來信，茶葉盒子的標籤一樣，都是相同的字跡。

可是這個把我引來這裡的墓園管理員到底是誰？為什麼他要這樣做呢？

61 Eddy Mitchell，生於一九四二年，法國歌手、演員。

我等著他，他沒有回來。我把茶放進包包裡，而裝著事發當晚在場人士的姓名、照片的信封，我也一併帶走了。然後我就在墓園裡繞來繞去尋找薩沙。墓園裡有些人在散步，有些人在為植物澆水，我沒有遇到認識的人。我心裡想著這些人會來墓園是因為誰葬在這裡呢？我看著這些人的臉，揣測他們為了誰來到墓園。是媽媽葬在這裡？某個遠親葬在這裡？某個手足之親在此安息？還是先生嗎？

在墓園巷道裡走來走去找著薩沙一個小時之後，我已經走到了兒童墓區。我循著一尊尊天使雕像前行，一直走到了雷歐的墳墓。我再次看見墓碑上刻著我女兒的名字——幫她把衣服打包進行李箱之前，我把雷歐的名字繡在衣領上。這是按照夏令營的規定，否則夏令營主辦單位在物品遭竊或遺失時可以完全推卸責任。從上次來訪到現在，位在陰暗處的墳墓大理石已經開始長出青苔。我跪下來用袖口將墳墓上沾染到的東西擦除。

50

對我來說，這麼多年來，一直是因你迷人的笑顏而讓同一株玫瑰盛放出一季燦爛夏日。

伊蓮．法約爾和加畢爾．普東進了他們看到的第一間旅館，就在離艾克斯車站幾公里的地方。旅館的名字是擺渡旅館。他們挑了藍色房間，就跟喬治．西默農[62]小說書名一樣的藍色房間。其他房間，有的就命名為約瑟芬的房間、阿瑪迪斯的房間、雷諾瓦的房間。

在旅館櫃檯，加畢爾．普東點了四人份麵食和紅酒要在房間內用。他想到做愛會讓他們餓。伊蓮．法約爾問他：

「為什麼點了四人份？我們就兩個人而已。」

「您肯定會想著妳先生，我也會想著我太太，倒不如乾脆把他們都邀來一起大快朵頤。省得得隱忍不能說出口的話語，也省得陷入令人悲從中來的『殘怨』之中，如此一來，那令人難忍的一切通通都可免了。」

「『殘怨』的意思是？」

「這是我自創的詞，是種交雜憂鬱、罪咎、懊悔、在反復進退的困頓之中的感受。所有在人生

62 Georges Simenon, 1903-1989，比利時法語偵探小說家，最知名的是馬戈探長系列，一生有無數暢銷作品並曾改編成電影及電視劇，翻譯成多國語言。

中困擾我們，讓我們感到窒礙難行的感受。」

他們親吻了彼此。他們褪下身上的衣服。她想要在一片漆黑中做愛。他說用不著這樣子，打從在法庭上遇見她，他已經用他的眼睛脫掉她的衣服好幾次了，他早已熟悉了她的曲線，她的身體。

她依然堅持在黑暗中做愛。她說：

「您連調情話都很能講。」

他回答：

「那當然。」

他拉起了藍色房間的藍色窗簾。

有人來敲門，送來了客房餐點。他們就吃，喝，做愛，又，吃，喝，做愛，然後又，吃，喝，做愛。他們兩個一起高潮了，酒能助興，他們又高潮了，他們笑了，又哭了。

他們一起立下決定，再也不走出這個房門。他們彼此說好了要一起死，此時此刻，在這裡，或許這就是「解方」了。他們想過私奔，從此人間蒸發，想過弄一輛贓車，或是坐火車，搭飛機，一起遠走高飛。

他們連去哪個國家都想好了。

他們決定出發到阿根廷繼續往後的人生。這樣的決定如同戰犯為餘生做的安排。她睡著了。他卻還一直醒著，他抽著菸，叫了第二瓶白酒和五份點心。

她睜開雙眼，問他除了她的先生和他的太太之外，那第三個客人是誰，他回答說：「就是我們的愛啊。」

他們進了浴室梳洗。在走回床邊時，他們臨時起意跳舞。他們打開收音機，得知了克勞斯・巴比[63]就要引渡到法國來進行審判的消息。加畢爾聽了就說：「終於，正義終將實現，一定要為此好好慶祝。」說了這番話，他就點了香檳要慶祝。她說：「我們在一起相處也才不過這二十四小時，我現在卻還沒能酒醒。或許，我們應該在空腹的時候重逢才對。」

當收音機播著吉伯・貝考[64]唱的〈我回來是為了尋找妳〉這首歌時，他們兩個就跟著跳起了舞。接近四點，她沉沉睡去，接近六點的時候，又睜開了眼。這時他正好才剛睡著。

房間裡冷冷的空氣聞起來都是香菸和酒精的味道。她聽見了鳥在叫。她厭惡這些鳥鳴聲。「夜晚別走」，她腦海中浮現的就是這幾個字。早晨六點，在這間藍色套房裡，腦海中揚起了強尼・哈立戴[65]唱的這首歌。她努力記起這首歌的歌詞：「夜晚別走，今天，一起陪著我，直到世界末日，夜晚別走……」接下去的歌詞，她想不起來了。

他翻過身去，背對著她，她愛撫著他，聞著他身上的氣味。他因此醒了過來，他們做愛，然後又雙雙睡去。

到了早上十點，他們接到電話，旅館要知道他們是要續住還是要退房。如果他們要退房，必須在中午前讓出房間。

---

63 Klaus Barbie, 1913-1991，納粹黨衛隊、蓋世太保成員，因在法國里昂親自參與虐殺法國俘虜，一九八三年被玻利維亞驅逐出境，被引渡到法國，在里昂的法庭接受審判。
64 Gilbert Bécaud, 1927–2001，法國歌手。
65 Johnny Hallyday, 1943-2017，法國歌手及演員。

51

逝去的每一天都將看不見的絲線，編織成我對你的回憶。

城堡左翼的地面層設有：主要廊道，三間附廁所盥洗室且有上下鋪的房間，供寄宿者入住，還有一間給職員專用。二樓，同樣有三間附廁所盥洗室且有上下鋪的房間，供寄宿者入住，另有五間房供職員專用。

一九九三年七月十三跨十四日這一晚，所有房間都住滿了。

艾迪特．克羅格維埃（主任兼輔導員），司萬．萊特里耶（家政員），詹妮薇芙．馬南（家政員兼輔導員），阿蘭．馮塔內（家政員），愛洛依絲．珀蒂（輔導員），這些人的房間在二樓。露西．林頓（輔導員）的房間在地面層一樓。

安娜伊絲．高辛（七歲）、雷歐妮娜．杜森（七歲）、娜德潔．加爾東（八歲）和歐希安娜．德加（九歲）入住位在一樓的一號房。她們未經許可擅離房間，為免吵醒睡在她們隔壁房間的露西．林頓，過程中她們都沒有發出聲音，往相距五公尺遠，位在主要廊道盡頭的廚房走去。她們打開其中一個冰箱，把牛奶倒入兩公升容量的不鏽鋼單柄鐵鍋裡煮沸。她們動了八口爐的瓦斯爐（其中兩個爐口為電熱式，六個爐口是瓦斯爐），拿家用火柴點燃其中一個瓦斯爐爐口。她們在廚房後方的儲藏室翻出了巧克力粉，也在碗櫥中拿了四個碗，把熱牛奶倒進碗裡。

她們每個人捧著盛了熱牛奶的碗回房間。（已在一號房裡尋獲這四個碗——為陶瓷製的不可燃材質。）

四個罹難者將不鏽鋼單柄鐵鍋擱在瓦斯爐上，她們沒謹慎把爐火關掉，只轉到最小火。不鏽鋼鐵鍋的塑膠製手柄開始融化，接著就著火起來。（鐵鍋已尋獲——為不鏽鋼製不可燃材質。）

十分鐘後（推估時間），火焰從鍋柄手把蔓延開來，波及至爐架右邊上面擺放的廚具用品。廚具用品上的塑料塗層已證實具高毒性。有些有機化合物屬高度揮發性（漆料及上光塗料）。現場亦可發現四個孩子回房時也沒有關好廚房的門和房間的門。

自四位罹難者離開廚房那一刻，到有毒氣體瀰漫至廚房、走廊和她們的房間，歷時約在二十五到三十分鐘之間。

如前述所知，一號房位在離廚房約五公尺處。廚房用品燃燒所產生的有毒氣體揮發應該很快就讓四個小孩陷入昏迷，因中毒窒息而身亡。

四位罹難者遺體在她們的床上尋獲時已呈焦黑。她們在吸入有毒氣體時已熟睡，此即致命關鍵。

當一號房的其中一扇窗戶在高溫下炸開，瞬間引入空氣，一號房就整個燃燒起來。

在暴燃和極高的溫度之下，這間房所有的窗戶都炸開來，讓部分有毒氣體散溢至屋外。地面層一樓的其他房間（這些房間的每一扇門都有關好）都未受波及。

睡在這四個孩子隔壁房間的隊輔（露西．林頓）趕緊讓睡在一樓兩個房間的八個（毫髮無傷的）孩童撤離，而未在這起火災受到波及。

露西・林頓並沒有機會進入一號房。

露西・林頓在確認過入住二樓的所有人(包含十二名孩童和五名大人)皆安然無恙,才通知消防隊。

而這時找消防隊來卻比平常困難,因為拉克萊特鎮十公里外正在舉行煙火表演,消防隊都被徵派到現場守護民眾的安全。

高溫及火勢實在太過嚴峻。阿蘭・馮塔內和司萬・萊特里耶用過各種方法試圖再進入一號房,卻徒勞無功。

自露西・林頓的電話通報至消防隊到達,歷時二十五分鐘。電話在二十三點二十五分撥出,消防隊在二十三點五十分抵達火災現場。

建築物的左翼大部分都遭到火舌侵噬。

消防隊花了三個小時才平息火勢。

鑑於四位罹難者年紀還小,且遺體燒毀狀態嚴重,無法藉由牙痕比對鑑定遺體身分。

以上即為調查所揭露。

上述內容大概是警方寫給法國檢察官看的調查報告。

這是在審訊過程裡說出的報告內容(我並未出席),菲利浦・杜森對我轉述過。

報紙上也是這樣寫(我沒有讀)。

冷漠的詞彙,不帶情感,敘述簡潔。「沒有悲慘情節,沒有眼淚,只有貧乏而荒謬的論據。痛楚只能在內心裡宣洩。」

由於廚房的門未上鎖，而且德培區聖母院的地板、牆壁、天花板的表層已經殘破至難以修復，艾迪特．克羅格維埃遭判兩年徒刑，獲減刑一年。調查內容沒有明言這起意外該由孩子們來負責，沒有責怪這四個七、八、九歲的孩子。但對我來說，艾迪特．克羅格維埃主任所獲判的刑責即暗示了這樣的事實判斷。

我從專家報告裡馬上就看出一個問題，雷歐妮娜是不喝牛奶的，她很怕喝牛奶。只是一小口也會讓她吐出來。

此地安息著我花園中最美的那一朵花。

52

我看著鳳凰中菜館裡一整面牆滿滿都是巨型水族箱裡的彩色金魚，想起了索爾米烏的峽灣。想起了太陽，耀眼陽光映照出來的美。

「您在馬賽常常游泳嗎？」

「我小時候是常常游泳啊。」

朱利安．瑟爾幫我再倒了一杯酒。

「擺渡旅館，藍色房間，酒，義大利麵，與加畢爾．普東的一夜纏綿，您母親的日記裡都有寫下這些嗎？」

「是啊。」

他從口袋裡拿出一個筆記本。深藍色的精裝硬殼與瑟利雅送我的那本一九九〇年龔固爾文學獎作品《榮耀沙場》[66]相似。

「我把日記帶來給妳。我在日記中把與妳有關的那幾頁夾了幾張色紙。」

「怎麼會與我有關？」

「我的母親在日記裡提到您。她見過您好幾次。」

我隨意翻開筆記本，偷偷瞄了一下上面用藍墨水寫下的字跡。

「請好好保管這本日記。之後要還我。」

我把日記收妥在手提包底部。

「我會小心……在您母親的日記裡挖掘她不為人知的另一段人生，對您來說有什麼意義呢？」

「對我就好像是在讀某個人、某個陌生女子的故事。還有我父親過世很久了。也就是所謂的『消滅時效已完成[67]』。」

「她沒有與您的父親安葬在一起，不會讓您感到不安嗎？」

「一開始覺得很不對勁。現在還好。而且如果不是這樣，我就不可能認識您了。」

「我再說一次，我不確定我們這樣算認識。我們相遇了而已。」

「然後我們就認識了啊。」

「我想我需要喝點酒。」

我一口喝乾了他幫我倒的那杯酒。

「通常我都是一點一點喝掉。但現在我沒辦法慢慢喝。尤其是您這樣子看著我。我從沒搞懂您究竟是想拘留我，還是想娶我。」

他大笑了。

「娶您或拘留您，不都一樣嗎？」

---

66 Les Champs d'honneur，為法國作家尚．胡歐（Jean Rouaud）以一次世界大戰為背景的家族故事所寫成的自傳性小說。

67 「消滅時效（prescription）已完成」意指在一定期間內未行使請求權。依法國民法規定，訴訟權就會因此而消滅。

「您結婚了嗎？」

「離婚了。」

「您有小孩嗎？」

「一個兒子。」

「幾歲呢？」

「七歲。」

這時陷入尷尬的沉默。

「那我們就在旅館裡好好認識彼此吧。您覺得如何？」

這一問讓他一臉錯愕。他的指尖摸了摸棉質桌巾，又對我笑了。

「您和我相約在旅館，其實是在我的中或長程計畫裡……不過既然您提了，我們可以縮短原訂的時程。」

「旅館，是這段旅程的起點。」

「不對。旅館已經是在這趟旅程裡了。」

53

別為我的死亡哭泣，為我的一生歌頌吧。

第二次見到薩沙，他正在菜園裡。

我進到他雜亂的屋子裡，鍋子都滿出水槽了，茶杯到處放，空茶壺隨意擱。矮桌上散放著好多張紙。茶葉罐都染了灰塵。然而屋子裡始終聞起來好香。

我聽見屋子後頭有聲音。古典樂音從屋外傳進來。廚房最裡頭、向著菜園的那扇門開得大大的。我看見了陽光。

薩沙踩在靠著黃香李樹的梯子上。他將熟甜的果實摘下收在黃麻製的馬鈴薯布袋裡。當他看見我，對我微笑，笑顏美好得無與倫比。我思忖著，在這麼哀傷的地方，他怎能流露出這麼快樂的表情。

我馬上就謝謝他為我準備的那袋茶，還有德培區聖母院的職員名單。他回我說：「喔，不用謝。」

「您怎麼找到這些人的照片和聯絡地址？」

「喔，不難啊。」

「艾迪特．克羅格維埃和其他職員，這些人您都認識？」

「我認識所有人。」

我本想問他關於**這些人**的問題。但我沒能。

他從梯子上下來時對著我說：

「您看起來就像隻麻雀，一隻從鳥巢墜落下來的雛鳥，讓人無法看清楚。靠過來這裡，我有話跟您說。」

「您怎麼會有我的地址？為什麼要把紀念牌寄給我？」

「是您的朋友瑟利雅將您的地址給我的。」

「您和瑟利雅認識？」

「幾個月前，她來墓園要把紀念牌放在您女兒的墳墓上。她向我詢問墳墓的位置，我陪她一同到墳前。她告訴我，她在想如果您親自到這裡，會在紀念牌上刻下什麼寄語呢。她替您選了輓詞。她不能理解為什麼您從未踏進墓園一步。她說大概這樣對您來說是好事。她花了很多時間跟我談您。她跟我說您的狀態很糟。我於是有了這個念頭。我請她准許我寄給您一個紀念牌，讓您來墓園親手放在女兒的墳上。她遲疑許久後同意了我的提議。」

他抓起放在菜園裡一條小道底處的保溫瓶，把茶倒進廚房的杯子裡給我，低聲說道：「這是茉莉蜜香。」

「我在九歲擁有自己的第一座花園，種了一小平方公尺的花。是我的母親教我播種、澆花、收成。我感覺到自己喜歡這些。她總是告訴我：『不要用你得到的收成來評價每一天，是你播下的種子決定了每一天的價值』。」

沉默片刻，他抓起我的手臂，認真看著我。

「您看到這座花園了嗎？我擁有這座花園二十年了。看看這座花園多漂亮？您都看見這裡所有的蔬菜嗎？都看見這些蔬菜的顏色嗎？這座花園佔地七百平方公尺，也就是這裡有七百平方公尺的快樂、愛、汗水、勇氣、堅毅、耐心。我來教您怎麼照料這座花園，當您學會照顧這座花園，我就把它交給您。」

我回答說，我不明白他的意思。他脫掉手套，讓我看他手指套了只結婚戒指。

「您看看這只婚戒？我在自己的第一座菜園裡撿到的。」

他把我拉到爬滿長春藤的棚子下，讓我坐在一張老椅子上，他也正對著我坐下來。

「那天是星期天，我那時應該是二十幾歲，住在里昂郊區的廉價出租社會住宅裡，帶著小狗在租屋不遠處閒晃。我已經離停車場遠了，隨意選了一條路往下走。往高一點的地方走去有個貌似鄉間角落的地方，有幾落草皮擱淺在水泥地上，草皮很乾枯，不怎麼漂亮，還聚了一叢老樹。走到路的盡頭，我瞧見一群人在一棵橡樹下坐著，他們正在一張鋪了油布的老桌上整理四季豆。我訝異地發現，他們都一臉快樂。這些人是我的鄰居，是同我在便宜社會住宅打過照面的住戶，當我在樓梯間碰到他們時，他們都沒能露出像此刻這樣的微笑。我看見他們周圍隨手打造出來的花園。他們在這裡種出了水果和蔬菜。我明白到是這一片片小小的泥土和井水使他們擁有了幸福的微笑。我問他們我是不是也能像他們一樣自己養一片花園。他們告訴我要打電話給市政府，市府供人租用小塊小塊的地，僅收取微薄租金，後面還有一些地可供人租用。

「我自信滿滿地在十月的時候用鏟子翻土，施肥，接下來的冬天，我將幼苗在空優格罐裡栽下。小南瓜、羅勒、甜椒、茄子、番茄、櫛瓜。我的夢想遠大。我有企圖心讓蔬菜長得好。我春天時栽種，依照園藝手冊指示進行，我用我的頭腦來培植我的花園，而不是用我的心。沒有注意到月亮周期、冰霜、雨露和陽光對植栽的影響。我也在同一塊地種了胡蘿蔔和甘薯。我等待種子長出來。時不時來澆水灌溉，寄望雨水的滋潤。

「當然，什麼都沒長出來。那時的我不懂，要讓魔法發生得要全天候照顧花園。那時的我不懂，假使沒有每天除草，周圍長出來的野草吸取所有水分，蔬菜也無法長好。」

他起身到廚房，用瓷盤裝了幾塊杏仁費南雪回來。

「吃吧，您瘦到皮包骨了。」

我說我不餓，他回說：『隨便妳。』我們笑著一起品嘗了他的蛋糕，他接著說他的故事：

「好像我的花園在嘲笑我，九月，只長出一根胡蘿蔔。只有這麼一根！我看到發黃的莖葉，孤伶伶地出現在乾燥且透氧不足的土壤裡。我對那塊土壤一點也不了解。我將胡蘿蔔取出，感到十分丟臉，準備將胡蘿蔔拿去餵雞，這時我看到這根可憐的長壞了的胡蘿蔔套上了一只銀戒指。是一只貨真價實的銀戒指，應該是有人幾年前就遺落在我花園這塊地裡。我把胡蘿蔔洗一洗，自己啃掉了，也把戒指取下。我把它視為預兆。就好比是我因為對自己的太太完全不了解，才在新婚頭一年就搞砸，可是為了讓我太太幸福，我還得再多活幾十年。」

54

她把淚水藏起，與人分享微笑。

用洗衣粉把衣服洗好，除了套頭毛衣外，把它們都烘乾，乘熱熱的把它們摺好，按顏色分類，收在置物架上。採買生活用品，含氟牙膏，摩托車雜誌，吉列刮鬍刀刀片，洋甘菊香味的抗屑洗髮精，除硬毛用的刮毛慕斯、止痛藥、保養皮革用的鞋油、多芬香皂、幾箱黃啤、牛奶巧克力、香草口味的優格。

這些都是他喜歡的東西，他偏好的品牌。

浴室裡，乾淨的造型梳和扁梳，鑷子和指甲刀，一應俱全。

法式長棍，外皮酥脆。所有調味都是櫻桃口味。肉品不費吹灰之力就能切開。肉烤成金黃後，放入鑄鐵鍋燉煮。掀開鍋蓋，小心顧著燉煮中的動物屍塊，接著倒入麵粉，然後將肉放在盤子上，再放上沾過洋蔥醬汁的月桂葉。

上菜。

我只吃蔬菜，只吃麵，只吃薯泥。只吃配菜。我，也正是一道配菜。

用餐完畢撤下餐具。

清洗地板、廚房。用吸塵器吸地毯。通風。清除灰塵。電視上播的節目只要是他不喜歡的，立刻轉臺。關掉音樂。只要他在，絕不能放音樂：我聽的那些「愚蠢的」歌星，他一聽就頭痛。

他，離家閒晃。我，獨守在家。就寢了。他回來得晚。他發出動靜，把我吵醒了。他沒注意到他在洗手臺用水，在馬桶小解的聲響，開關門的聲音會吵醒人。他貼在我身後，身上有別人的味道。假裝睡著了。不過有時，他還是想要我。儘管他才剛離開睡過的另一個人。他鑽進我身體，強迫我臣服，他呻吟著，我閉上眼。我轉移心思，神遊去了，徜徉在地中海。

我所感受到的只有這樣了。那個氣味。那個聲音。他特有的話語和習慣。在我的記憶中，和他共度過的最後幾年比在一起的頭幾年佔據更多。一起生活的頭幾年過得飛快，短暫，輕盈，無憂地沉浸在愛裡。那時的我們，彼此的青春交織在一起。

菲利浦．杜森讓我變老了。被愛，意味著可以保持年輕。

這是我第一次和一個體貼的男子做愛。遇到菲利浦．杜森之前，我遇過幾個年輕男孩，來自寄養家庭或是來自沙勒維爾。殘破的生命交合碰撞，只有笨拙。那些蠢男孩，只顧驚天動地，不知如何愛撫。那些沒學好課本上法文的蠢男孩，學不會愛。

朱利安．瑟爾懂得愛。

他睡著。我聽著他的呼吸，一陣新生的氣息。我聽著他的皮膚，在聲息間感覺他的一舉一動，他的手擱著我身上，一隻手在我左肩，另一隻手環住我右邊的臀部。他全身與我相依偎。他在我之外。不在我之內。

他睡著。我得輪過幾回人生才能再跟一個人睡在一起？能安心閉上眼，揮別纏繞不去的陰魂？多少個夜晚以來，我在床單底下不曾像此刻這般赤裸。

我熱愛這當下的愛，生之湧動。

現在我想回家了。想回去找艾利安娜，想回到自己的床上重拾孤獨。我希望離開旅館的這間房時不吵醒他，我確實是想逃了。

明天早上說再見，我似乎做不到。兩人面對面的獨處時分，就如同失去雷歐妮娜時我與絲蒂芬妮眼神交錯的瞬間，幾乎一樣讓我難以承受。

我能跟他說什麼？

為了壯膽，我們喝掉整整一瓶香檳才觸碰對方。面對彼此，我們惶然了，如同真心相愛的人們，如同伊蓮．法約爾和加畢爾．普東。

我要的不是一個浪漫的愛情故事。我過了那樣的年紀。我錯過了那樣的機會。我貧乏的感情生活是一雙收在壁櫥底的舊鞋。從來沒扔掉，但也不會再穿。反正不重要。除了一個孩子的死，其他的事都不重要。

眼前我有自己的人生路，但不是走向哪個男人的愛情。一旦我們習慣一個人的日子，就無法再過兩人世界的生活。關於這點，我是確定的。

我們在距離布朗松二十公里處的阿瑪恩斯旅館，就在克呂尼旁邊。我不打算走路回家。我要去搭計程車。下樓到櫃檯叫一輛計程車。

這念頭驅使著我。我盡可能悄聲無息溜下床，如同我跟菲利浦．杜森睡在一起時那樣，不把他吵醒。

我速速穿起洋裝，抓了我的包包，提著鞋子出了房間。我知道他正看著我離去。他保持風度，什麼都沒說，我卻沒有半點風度，一去不回頭。

失禮，我感覺自己就是如此。

我在計程車上，試著翻閱幾頁伊蓮・法約爾的日記，但是沒辦法讀。車裡太暗了。在行經一排房屋時，路燈的光照亮日記上的幾個字。

「加畢爾……手……光線……香菸……玫瑰……」

55

他的一生是美麗的回憶。

他的不在是無可言說的苦楚。

等我離開薩沙的墓園，已經六點了。我開著飛雅特熊貓，重新上高速公路前往馬貢。吊在後照鏡的白老虎玩偶百無聊賴地晃呀晃，一路用眼角餘光看著我。

我又想到薩沙，想到他的花園，想起他的笑顏，想起他說的話。我想到一場罷工將瑟利雅送到我眼前，我女兒的死把我帶到這個頂著草帽的園丁那裡。他就是我的威爾伯．拉奇[68]，《心塵往事》裡的那位孤兒院院長，一個存在於塵世與亡者兩界之間的人，一個同時活在沃土和墓園裡的人。

我又想到了夏令營的工作人員。無疑地，他們也是善良老實的人，我看見他們的臉。艾迪特．克羅格維埃，主任；司萬．萊特里耶，廚師；詹妮薇芙．馬南，值班人員；愛洛依絲．珀蒂、露西．林頓，隊輔員；阿蘭．馮塔內，維修人員。他們的臉一個個浮現，歷歷在目。

我要他們的地址做什麼呢？我要一個一個去見他們嗎？

開車時，想起在馬貢的根土之家餐廳工作的廚師司萬．萊特里耶。我在地圖上看到餐廳就位在

68 小說《心塵往事》裡的孤兒院院長威爾伯．拉奇（Wilbur Larch）是位婦產科醫生，除了肩負收養棄嬰的任務，有時也會非法幫助婦女墮胎。

市中心，艾立桐街上。

我沒上高速公路，開進了馬貢市區，把車停在距餐廳兩百公尺的停車場，就在市區的旅館附近。一位女服務生親切接待了我。席間還有兩對客人在用餐。

上一次踏進餐廳是到紀諾餐廳，那天我和安娜伊絲的爸媽一起吃了中飯，那天雷歐妮娜把蛋黃攪散的時候笑了起來。那一天，我重溫過千百遍，那一餐，她穿的洋裝，她的辮子，她的笑，她的魔術，結帳金額，在她進高辛夫婦車裡那一刻，她揮手向我道別，她藏在膝蓋下的絨毛玩具，那是隻灰兔子，右眼珠快掉落了，因為我太常放進洗衣機裡洗，洗到兔子的耳朵也掉了一邊。僅僅幾小時的事情我們應該很快忘掉才對。然而世事不由人。

我沒見到廚師司萬．萊特里耶。他應該在廚房。只有幾個坐立難耐在等上菜的女孩。我想到了**四個女孩，墳墓裡那四個**。

我喝掉了半瓶酒，卻幾乎沒吃什麼。女服務生問我是否餐點不合胃口。我說，不是不合胃口，是我不怎麼餓。她高傲地對我笑了笑。我望著人們來來去去。好幾個月來，我沒再喝過酒，但一個人坐在這張餐桌喝水讓我太孤單。

晚上九點，餐廳擺出滿座的告示。當我搖晃地步出餐廳，在稍微遠些的長椅上坐下來，在昏暗中張著眼，等待司萬．萊特里耶。

鄰著索恩河河畔，我聽著水流潺潺。我想跳進河裡。與雷歐重逢。我找得到她嗎？跳海不是比較好嗎？她還在那裡嗎？她以什麼形式存在？我也仍然在那裡嗎？我的人生還有什麼意義？我的存在有什麼用處？又為誰而活？為什麼我出生那天，被放在暖爐上？那臺暖爐自一九九三年七月十四日起就不堪用了。

我要向那個倒楣的司萬．萊特里耶說什麼？究竟我又想弄清什麼？那個房間已經燒燬殆盡，質問在場的人又能怎樣？無端生枝節罷了。

我沒有勇氣再坐上絲蒂芬妮的飛雅特熊貓，沒有勇氣開車穿過夜裡回到平交道那裡。

在我想起身，越過我身後的牆，躍入烏黑河水的一刻，一隻暹羅貓過來蹭了蹭我的腿，發出呼嚕呼嚕的聲音。牠一雙美麗的藍眼直直盯著我看。我彎下身來摸牠。牠的毛柔軟，溫暖，毛色美極了。牠爬到我的膝上，把我嚇一跳。我不敢動。牠在我身上把身體整個拉長了，成一道防線，沉甸甸在我腿上搬不開。打算沒入虛空的我，被牠阻擋下來。那晚，我相信那隻貓救了我的命，至少救了我僅存的一點性命。

當最後一批客人走出來，餐廳的燈熄了，頭一個走出來的就是司萬．萊特里耶。

我在坐著的長椅上沒有動。

他穿著在街燈下質料熠熠發閃的黑夾克，下半身搭牛仔褲和運動鞋，步態晃擺著。

我叫住他。我認不得我的聲音，好像是另一個女人在喝斥他。一個被我藏起來的陌生女子。想必是酒精的作用。一切在我看來都是抽象難解的。

「司萬．萊特里耶！」

貓跳到了地上，在我腳邊坐下來。司萬．萊特里耶轉頭看了我幾秒才回應，不是很有把握地說了：

「怎麼了嗎？」

「我是雷歐妮娜．杜森的媽媽。」

他僵住了。眼神和我扮成白衣女子那晚被我嚇到的年輕人一樣。我感到他驚嚇的目光正設法搜尋我的視線。我身在一片晦暗中，但能完美無礙地認出他站的位置，他的輪廓樣貌。

四個女服務生其中一位走出根土之家餐廳，走靠近他，從他背後環抱他。他冷淡地對她說：

「妳先走，我會跟上。」

她接著發現他正在往我的方向盯著。

她認出了我，在他耳邊悄悄說了話。

大概是我剛才獨自一人一口氣喝掉了半瓶酒。女孩打量我一番後才離去，幾乎是用喊的對司萬說：

「我在蒂蒂家等你！」

司萬．萊特里耶朝我走近。他來到我身邊，等著我開口：

「您知道我為什麼在這裡嗎？」

他搖頭表示不知道。

「您知道我是誰嗎？」

他冷冷地回說：

「您剛剛說過您是雷歐妮娜．杜森的媽媽。」

「您知道雷歐妮娜．杜森是誰嗎？」

他遲疑片刻才回答：

「您沒有來喪禮，也沒有參加法庭審訊。」

我完全沒預料到他這樣說。像是給我一記耳光。我握緊拳頭，指甲掐進皮膚裡。暹羅貓一直待在身邊，牠伏在我腳邊，盯著我看。

「我一直都不相信那天晚上孩子們走進廚房過。」

他帶著戒心反問：

「為什麼？」

「直覺。你們呢？你們看見什麼嗎？」

他的聲音啞了：

「我們試過要進房間搶救，不管怎樣還是太遲了。」

「您跟夏令營的其他同事處得好嗎？」

他一副呼吸困難的樣子。從口袋掏出了氣喘噴霧劑，嘴裡吃力地吸了噴霧。

「我得走了，有人在等我。」

我察覺出他的恐懼。心懷恐懼的人們更容易嗅到他人的恐懼。這一晚我坐在長椅上，面對一位不安也令人感到不安的年輕男子，我感到害怕。如果我挖不出真相的話，將我孩子遺體焚燒殆盡的那一場火會一直燃燒著她。

「我不想再回想這件事。您應該像我一樣。這確實不幸，但這就是人生。有時，人生就是會遇上爛事。這樣的遭遇實在令我感到難過。」

他轉過身，快步離去。幾乎是用跑的。他的反應讓我更加確信呈給檢察官的報告裡那些陳述都不是真的。

我往下一看，暹羅貓已經離我而去，牠離開時，我沒發現。

56

多甜美啊，那永不消褪的回憶。

當讓－路易和亞爾梅．高辛來到安娜依絲的墳前默哀，他們不知道我是誰。他們無法將一九九三年七月十三日在馬爾格朗日和他們一起吃午餐的那位靦腆、穿著邋遢不體面的年輕婦人，和在布朗松墓園裡走來走去，步伐堅定，注重儀表的市鎮員工聯想在一起。他們跟我買花的時候也沒認出我。

女兒死後，我瘦了十五公斤，臉頰既凹陷又浮腫。我老了一百歲。我是一個孩子的臉和身體，包覆在皺巴巴的一層膜裡。

老了的小女孩。

我滿七歲，再多一點點。

薩沙是這樣說我的：「一隻被雨打溼的老雛鳥，從鳥巢跌下來。」

在與薩沙相遇後，我蛻變了。我蓄長髮，改變穿著，再不想穿牛仔褲和厚絨套頭運動衫。

當我找回我的身體，當我在玻璃櫥窗看見我的身體，那是女人的身體。我把我的身體穿進了洋裝，裙子，襯衫裡。我臉上的輪廓也改變了。假如我是一幅畫，我就是從貝爾納．畢費筆下稜角生硬的橢圓臉，轉成雷諾瓦畫中近乎空靈唯美的模樣。

薩沙讓我有了世紀大轉變，他先讓我倒退，再讓我重新前進。

上次保洛開著以馬忤斯貨車來，我給了他雷歐妮娜最後留下的東西、我的布偶卡蘿琳、我的褲子和不合腳的鞋子。我修了修指甲，在眼皮畫上眼線，買了一雙高跟鞋。

絲蒂芬妮從來只見過我穿牛仔褲和一臉素顏，當我在她的結帳輸送帶放上蜜粉和腮紅，她滿臉狐疑地看著我。比起那時候在她鼻下放上各式各樣的酒，這些蜜粉和腮紅甚至還更多。

人是很可笑的，不忍看到眼前有個母親失去她的孩子，可要是看到這位母親重新振作，注重穿著打扮起來，卻更為吃驚。

我學用日霜、晚霜、粉狀腮紅，就像別人在學作菜那樣。

照料墓園的女人一臉哀傷，但她始終對經過的人們露出微笑。一臉哀傷，我想是出於職務所需。她看起來像某位我記不起名字的女演員。她美麗，看不出年齡。我注意到她總是穿著得體。昨天我向她買花放在加畢爾的墳前。我不想獻上自己種的玫瑰。照顧墓園的女人給了我一束很漂亮的淡紫杜鵑花。我們聊起了種花，她似乎很熱中園藝。當我告訴她我有一片玫瑰園的時候，她眼睛整個亮起來，變成另一個人似的。

這是伊蓮・法約爾在二〇〇九年的日記裡寫到與我有關的事情。是在加畢爾・普東的喪禮一個月後。那時，菲利浦・杜森已經失蹤好幾年了。

要是伊蓮・法約爾可以早知道，有天「照料墓園的女士」會和他兒子共度一夜纏綿，就好了。

我沒有了朱利安・瑟爾的消息。我幻想著哪天早上，他如同往常默默來到墓園。就像那時我默默離開了阿瑪恩斯旅館。

我在瑪麗・葛亞（1924-2017）已入土的棺材前想著我們那一夜纏綿。瑪麗・葛亞似乎就像個討厭鬼一樣不好惹。她家的管家剛在我耳邊悄悄說，她來「老太太」的喪禮是為了確認她真的死了。我用力緊掐手心才沒笑出聲。墳墓周遭連一隻貓都沒有，甚至連墓園裡的貓都沒有靠過來。連一朵花，一個紀念牌都沒有。瑪麗・葛亞葬在家族墓穴裡。我希望她不會讓即將與她重逢的家人們感到太無法忍受。

散步的人在墳上吐痰不是什麼稀奇事。甚至比我原以為的更常發生。剛入行時，我以為敵意會跟著可憎的靈魂死去。可是墳墓的石頭埋葬不了恨意。我參加過無人流淚的喪禮。我也參加過喜悅的喪禮。總有些人的死正好稱了大家的意。

將瑪麗・葛亞的棺材下葬後，管家碎念著：「惡意如同糞肥，就算清除了，氣味仍瀰漫空氣中，久久不散」。

*

從一九九六年一月起，每隔周周日我都會回來拜訪薩沙。就像沒有小孩監護權的人每隔一周的周末才與孩子重逢。我總是向絲蒂芬妮借她那輛紅色飛雅特熊貓，她毫無埋怨就把車出借。早上六點出發，晚上回來。我感覺此事不能長久。菲利浦・杜森很快的就問我一堆問題，不讓我出發。他對此十分猜疑。

隨著造訪布朗松的墓園，我在外形上有了改變。就像有了情人的女人。我唯一的情人只有薩沙教我用馬糞作成的糞肥。薩沙教我在十月鬆土，春天時視天氣重新鬆土。要注意別傷了蚯蚓，才能讓他們「好好幹活」。

如果我想要在九月收成，他教我觀察天候，再決定是否在一月或是更晚的時候栽苗。

他對我解說，大自然有自己的時間，一月種下的茄子九月前是長不出來的，說在工業化菜園裡，為讓蔬菜長得快會大量噴灑化肥。布朗松墓園裡的菜園不能指望有多少收成。除了他這個園丁，除了我這個他口中的「從鳥巢跌下來的老雛鳥」，這裡只憑藉大自然的力量來孕育生機。除非是沒整過的地，他絕不施加肥料。他教會我做蕁麻液態肥和浸泡鼠尾草來照料蔬菜和花朵。他從不用除蟲劑。他對我說：

「維歐蕾特，遵從自然之道是必須下更多功夫的。但是時間呢，只要我們活著就能察覺到，時間猶如朝露中長出來的蘑菇，在向上生長。」

他很快就以「妳」稱呼我，我一直沒有稱呼他「你」。

每當他看著我，就會罵我：

「妳有沒有看清楚自己穿得邋遢得要死！妳長這樣漂亮，不能把自己打扮成漂亮女人的樣子嗎？還有，為什麼要留短髮？妳長頭蝨嗎？」

他對我說這些，就像在對他鍾愛的貓兒說話。

我都在將近早上十點到達墓園。我進到墓園，到雷歐妮娜墳前。我知道她已經不在**那裡**了。在墳墓大理石下，只有空虛。就像一塊空地，真空地帶。我會唸出她的名和姓。然後親吻墓碑上的名字。我沒有在墳前獻花。雷歐妮娜不怎麼愛。七歲的孩子，比較想要玩具和魔法棒。

每當我推開薩沙宿舍的門，總有一股氣味，混合了簡單料理、平底鍋煎洋蔥、茶香，還有房裡他隨手四處放著、散發「奧森之夢」香水味的手帕。我呢，每當我進門，呼吸到怡人氣息，就進入度假狀態。

我倆面對面一起吃中餐，菜色總是可口，擺盤豐富，辛辣刺激，香氣四溢，風味絕佳，沒有肉類。他知道我怕肉。

他問起周間生活，我的日常起居，我在南錫馬爾格朗日的生活，我的工作，我的閱讀，我聽的音樂，行經的列車。他從不談菲利浦．杜森，或者當他要指菲利浦．杜森，他會說「他」。

很快，我們一起到他的花園裡幹活。不論寒風刺骨，不論天氣晴朗，總有事情可做。種植，播種，移栽，立樁，鋤地，除草，扦插，整理通道。兩個人總是彎向大地，兩手伸進土壤裡。天氣好時，他的主要遊戲就是拿澆灌用水管對準我噴。薩沙有一顆赤子之心，他的遊戲也是。

幾年來他都在這個墓園當管理員，從不談及私生活，他戴著的唯一一只婚戒還是他在第一座菜園裡套在胡蘿蔔上的那只婚戒。

有時，他從口袋裡拿出讓．紀沃諾的小說《再生草》唸幾段給我聽。而我憑著記憶背誦《心塵往事》的幾個片段。

有時，我們會被緊急事件打斷，比如有人腰椎疼痛或是扭傷腳踝，薩沙對我說：「妳繼續，我一下就回來。」他消失半個小時，去照顧他的病人，回來總端來一杯茶，嘴上掛著微笑，又問：「妳現在做到哪裡了？」

這是我第一次這麼喜歡，兩手伸進到土裡，頭仰天空，在天地間創造連結。領略天地之運行缺一不可。想在初次栽種兩周後回來，看作物的變化，觀四季的不同，生命的力量由此展現。

那些周日間的等待，漫長沒有盡頭。不到布朗松的周日，是只能寄望於未來的一片荒漠，是抵達下一個周日前的起跑線。

我把等待的時間都拿來讀我做的筆記，我種了什麼，我如何這樣或那樣插條，我怎麼播種。我狠狠啃讀薩沙給的幾本園藝誌，如同之前我嗜讀《心塵往事》那樣。

十天後，我成為在倒數還有幾小時釋放的女囚。周四晚上起，我開始頓足踱步。周五周六，我整個人已經按捺不住，在列車通道間走著。我需要趁菲利浦・杜森不注意的時候發洩掉我的精力。我都在他的摩托車不會經過的路段走。如果碰巧遇見他，我就解釋自己要出門採買，會快去快回。到了周六傍晚，我就去把絲蒂芬妮停在家門前的飛雅特熊貓開走。

這世上從沒有人像我一樣那麼愛絲蒂芬妮的飛雅特熊貓。在我顫動的雙手握著方向盤，轉動鑰匙，啟動第一檔，踩著油門時，就算是名車收藏家、法拉利的駕駛或是超跑車廠奧斯頓・馬丁的愛好者，都無法體會我此刻感受。

我和白色老虎玩偶說話。我想像即將再見的事物，想像生長中的植物面貌，想像移苗，想像菜葉之色，想像土壤狀態，是疏鬆，是乾燥，還是肥沃，想像果樹的樹皮，想像葉芽、菜芽和花蕾的進度，擔心結霜。我想像薩沙為我準備的中餐，想像要喝的茶，想像他屋內的氣味，他的聲音。我想像又要與我的威爾伯・拉奇，我的私人醫生見面了。

絲蒂芬妮以為我是迫不及待去見我的女兒，我迫不及待的是找到失去女兒後的人生。我在我既有人生外的其他種人生。主要的人生已經消亡了，火山已成了死火山。我感到內在的枝芽在生長，開枝散葉。我播種了什麼，我感覺得到。我把自己種下了。可是，孕構出我的那片荒蕪與墓園裡的菜園相比，貧瘠太多。一塊碎石子地。但一枝草無論在哪裡還是冒得出頭來，而我就是無論在哪裡都能長出來的。是的，根系在瀝青內能鑽出活路。只要有一點小縫隙，就能讓生命從不可能之中穿透出來。一點雨水滋潤，一點陽光照拂，然後那些不知道從哪兒來的根，也許是風送來的根，就出現了。

那一天，我蹲下來採收六個月前我種下的第一批番茄，感到冥冥之中雷歐妮娜很久以來就存在於這整座花園裡，彷彿是她將地中海的氣息帶來到這座小菜園裡，而這菜園正坐落在安葬著她的墓園裡。那天，我懂了，這片土壤孕育出來的每個小小奇蹟裡，原來都有她的存在。

57

命運自有他的安排，卻從未將我倆的心分開。

一九九六年六月，詹妮薇芙．馬南

當我讀到或聽到「酸」這個字，會敏感到舌頭都痛起來，眼睛也刺痛起來。整個人燃燒了起來。每當我在電視上看到酸甜糖果的廣告，就是這種感覺。我媽媽給我兩記耳光時還怒斥我：「妳也太神經質了」。

這應該是一種平衡原理：由於我的靈魂沒救了，一無是處，餵狗剛好，我的身體就用這種方式校正了自己。

我切換頻道。要是我按一下手上的遙控器就能換個人生就好了。打從失業起，我就躺在扶手椅什麼都不做。告訴自己一切都不重要。結束了。我們無法回到當初。案件了結。她們死了。也安葬了。

司萬．萊特里耶打電話來時，我正在睡。他給了一個我聽不懂的留言，說話顛三倒四，聽來害怕不已，訊息在他麻雀小的腦袋裡整個糊成一團。我得多聽幾次才能聽明白：雷歐妮娜的媽媽在他當廚子的餐廳前等他，她看起來一副失魂的樣子，她不相信那天晚上幾個小女孩有到廚房弄熱巧克力來喝。

法庭審訊後，我認為我再也不會聽到關於雷歐妮娜的事情。就像我不會再聽到有人說起安娜伊絲、娜德潔、歐希安娜。幸好，是別人，那個主任將一切擔下來。她被判兩年徒刑。有時真該讓有錢人吃點屎，讓正義實現。真是再也無法忍受這個女人偽善的故作清高。

雷歐妮娜的媽媽……這些孩子的家族不是地方上的人。只有這些中產階級才會送家裡的屁孩來讓屁股在城堡的湖水裡泡一泡。當這些女孩的爸媽來到我們這座墓園，我覺得他們只是當作觀光踩個景點簽到而已，他們在孩子的墳上擺了鮮花和有耶穌像的十字架後就快閃回家。

她在找什麼？她想幹嘛？她會來找我嗎？她會去到處打聽什麼嗎？萊特里耶恐懼了起來，而我已經很久沒在怕誰了。

當時，我們是六個人在城堡。有司萬·萊特里耶、艾迪特·克羅格維埃、露西·林頓、阿蘭·馮塔內、愛洛依絲·珀蒂和我。

回想起一切，讓我想起第一次見到他的時候。不是最後一次，是第一次。通常我想起的都是最後一次，而且恨意滿腔地燃燒血液，好像酸糖果聚成的滾滾河流。

第一次，是在為地方幼兒園辦的學年期末慶祝會。我最小的孩子因為天熱生病，在我衣服上吐奶。我把上衣鬆開一些，以免讓人看見乳暈。他沒在看我，只是往我哺乳的內衣瞧一眼。我顫了一下。狗兒的熱切目光。他將渴望傳染給我。暴烈。

他沒有看見我，而我「眼中只有他」，就像那些有錢人才會說的話。

學校放假的兩個月，我過得像是生無可戀。

後來，幼兒園雇我當值班人員。第一天，我像個傻子一樣等著他。當我看見他走進校園要來接走他的小孩，我的皮膚緊繃得像他身上的皮夾克。我情願成為讓人撕剝用來幫他保暖的小獸。

他很少來。總是媽媽在接送孩子。

幾個月後，他才開始跟我說上幾句話。當然那天他應該是沒別的樂子。也沒別的女孩可玩。這帥氣傢伙是個炙手可熱的魔鬼花花公子。身穿T恤和緊身牛仔褲的他，在一百公尺遠的地方就能讓人認出是個優秀的性伴侶。在散發尿騷味的走廊上，他藍眼睛冷冷的目光把來來去去的媽媽們，所有那些穿裙子的都脫得精光。

放學後，我用清潔劑擦玻璃……帶小朋友們去上廁所……

有天我把他叫住，隨便找話跟他聊。我自稱在某學生的置物櫃裡發現一副眼鏡。想問這副眼鏡是他的嗎？他像學校儲藏室的冷凍櫃一樣冷酷。他說：「不，眼鏡不是我的。」他早就習慣雌性動物與他攀談，這點看得出來，也聞得出來。他看起來就像個可惡的王子，渣男，色胚，美男，老電影裡的那種美男。

學期結束時，因為他老是看到我待在走廊上等著與他巧遇，想堵到他，他終於讓我跟他約會了。不是那種互訴情衷的約會，不是那樣的，他給我時間和地點，他早看穿了我。

他來釣我了：「一晚速戰速決。」他已婚，我也已婚。他既嫌麻煩，也不愛旅館的床。他要在夜店的廁所裡，不然就靠在樹上，或在車子後座裡做。

為赴約，我準備了好幾個鐘頭。除淨腿毛，抹上妮維雅乳液，在我的臉，我的大鼻子敷上泥漿面膜，在腋下噴香水，把小孩托給一位會守口如瓶的朋友。是一個到處睡別人而我也曾幫著掩護的朋友。是一個礙於自己也有不倫情事而無法中傷別人的朋友。

我們碰面的地方應該是在「小岩石」附近。當地人把立在城門出口的大塊碎石稱作「小岩石」，一種斷裂的石柱，這是一處黑暗的角落，很久以前，街燈就被小鬼們給砸壞了。

他騎著摩托車來。他把安全帽放在座椅上。就像是不久待的人，連日安、晚安、好嗎都沒對我說。我想我有勉強對他笑一下。我的心跳得猛烈。胸腔都要炸開了。我的新鞋踩陷在泥巴裡，搞得我的腳都起了水泡。

他將我轉過身去。連看都沒看我。他把我的內褲和褲襪褪下來，掰開我的大腿。沒有愛撫，沒有甜言蜜語也沒有粗暴的侮辱。一字一句都沒有。他讓我感到強烈的高潮，強烈到我幾乎斷了氣。我開始顫抖了起來，就像是一片枯葉想趕緊擺脫一棵樹。

之後，當他離開，我腳上的水泡和眼淚同時破堤流下來。我媽總是告訴我，愛情是有錢人的玩意兒。「愛情是不屬於廢物的。」

每一次我和他在小岩石碰頭，他都從後面操我，看都沒看過我一眼。他在我的身體裡來來去去，讓我發出被宰殺母豬的叫聲。他從不知道我的哭喊，既是天堂也是地獄，既是善也是惡，既是歡愉也是痛楚，是終結的開始。

我感覺到他在我頸子上吹著氣，我沉醉其中。我還想要。當他拉上拉鍊時，我對他說：「下個禮拜再碰面？同一時間嗎？」他回說：「好」。

隔周，我在那兒。我一直在那兒。而他不總是會出現，不是每次都出現。有時候他沒來。他在別的地方幹別人。我等待著，背靠冰冷的小岩石上。這樣的空等持續了幾個月。

最後一次見到他，他是開著車來的。他不是一個人，副駕駛座上有個男人。我嚇到了想走，但他抓住我的手臂，狠狠掐著我，咬牙切齒地說：「給我待好，不要動，妳是我的。」他把我轉過身去，如同往常玷汙了我，我哭叫著卻任憑他擺佈。我聽見自己在哭喊。我聽見車門開關的聲音。我聽見我媽媽跟我說：「愛情是屬於有錢人的。」我聽見他對緊停在旁、坐在副座裡的男人說：「用不著客氣，她是你的了。」我說不。但還是任憑一切發生了。

他們兩個離開了。我一直沒翻過身來，內褲在小腿底。一具脫節的傀儡。我的嘴貼著小岩石。嘴裡都是石頭的味道，帶了些泡沫，我想是血。

之後我拖著兩個小鬼搬了家，再沒有見過他。

有人來敲門，一定是她。她沒有出現在喪禮上。她也沒有出席法庭審訊。她終歸還是要到哪個地方的。

58

是他們沒說出口的話，讓亡者在棺材裡顯得如此沉重。

一九九六年六月，此時我已連續六個月每兩個周日到薩沙那裡。我才剛離開他那兒，指甲縫裡還殘留著土。我們把他們的地址放在儀板表上。有個叫作沙耶鎮拉畢什村的地方，剛好位在馬貢旁邊。我開了三十幾分鐘後，迷了路，往前開了開又倒退回去，氣哭了。我終於找到路了。是一間小小的又舊又髒的粗灰泥房子，夾在兩個較為高大和顯眼的房子之間。感覺就像是穿著一身破爛的小女孩夾在兩個衣裝闊綽的爸媽之間。

門上的信箱有「詹妮薇芙．馬南、阿蘭．馮塔內」他們兩個人的名字。

我的心開始驚慌失措。陣陣反胃的感覺侵襲著我。

那時已經晚了，我想到自己得開夜車回馬爾格朗日就感到厭惡。我的胃在翻騰，敲門敲了好幾次。我當時想必敲得很大力，把手指都弄痛了。我看到指甲裡殘留著土。我的皮膚乾澀。

是她開的門，我沒有立刻將站在我面前的這個女人和薩沙在信封裡塞的那張照片裡的女人對照起來。那個婚禮上戴著古怪帽子的女人。自那張照片後，她又老了許多，胖了許多。照片上的她妝容很糟，但還是有上妝。暮色餘光中，她的皮膚看上去有歲月的痕跡。她的眼皮發紫了，兩頰也布滿了斑點。

「您好，我叫維歐蕾特．杜森。我是雷歐妮娜的媽媽。雷歐妮娜．杜森的媽媽。」

在女人面前說出我女兒的名字和姓氏，我全身血液都凝結了。我想著：**一定是這個女人為我女兒做了最後的晚餐**。我還想著：**我怎麼會讓我七歲的女兒離家到那裡**？這問題我想過一千遍了。

詹妮薇芙．馬南沒有接話。她呆若石碑，沒有開口，讓我繼續說。她整個人凝重肅穆，無法讀出情緒。沒有笑容，面無表情，只用一雙模糊且佈滿血絲的眼睛看著我。

「我想知道那天晚上，火災那一晚，您看見什麼嗎？」

「知道這個做什麼？」

她的問題讓我愣住了。我想都沒想回她說：

「我女兒才七歲，我不相信她會到廚房熱牛奶來喝。」

「這話應該在審訊的時候說才對。」

我感到自己雙腿在發抖。

「馬南太太，那麼請問您在審訊時說了什麼？」

「我什麼都沒說。」

她輕聲說了再見，砰一聲把門給關了。我想我那時就這樣，屏住了呼吸，在她門前待了許久，看著門上斑駁的油漆，他們的名字寫在膠帶上：「詹妮薇芙．馬南、阿蘭．馮塔內」。

我回到絲蒂芬妮的飛雅特熊貓內，雙手還在顫抖，在和司萬．萊特里耶說話的時候，就覺得關於**那晚**的意外想必有什麼尚未水落石出，而我與詹妮薇芙．馬南的「見面」只讓我更加確定事情必是如此。為什麼他們這些人的態度都這樣曖昧不明？是我自己在胡思亂想嗎？難道我失心瘋了嗎？

還是其實我已經瘋了，現在變得更瘋而已？

回程途中，我從光亮處開往黑暗。想著薩沙，想著德培區聖母院城堡的人員。我想著，下一次，兩周後，我要到城堡一趟。我一直都沒有勇氣從城堡前面經過。可是，城堡其實就位在離布朗松墓園只有五公里的地方。而且，我要再回頭去找馬南和馮塔內，我要踏進他們家門裡去，等他們終於肯說話為止。

我開到家門前大約是晚上十點三十七分。我只來得及停好車，就去放下晚上十點四十分的平交道柵欄。當我推開門，我看見菲利浦．杜森已經在沙發床上睡著。我沒有吵醒他，看著他，想著很久以前我愛過他。想著如果我現在十八歲，留短髮，我會倒在他懷裡跟他說：「我們做愛嗎？」但我現在已經老了十一歲，頭髮也長長了。

我到自己的床上躺下。閉上雙眼，無法成眠。菲利浦．杜森在半夜鑽到了床上。他嘀咕著說：「噢，終於回來啦。」我想著：**幸好，不然誰去把晚上十點四十分的柵欄給放下來**？我假裝在睡，沒聽到他講話。我感覺得到他在嗅探我身上的味道，他嗅探我的頭髮裡有沒有別人的氣味。而他唯一能發現的該只有飛雅特熊貓裡的合成香水味。很快地，他就睡到打鼾了。

我想到薩沙跟我說過的關於哈密瓜種子的故事。他試過在菜園裡種哈密瓜，但一直沒有長出來。他接連試了兩年，還是種不出來。再接下來的那一年，他把剩餘的哈密瓜籽扔給了鳥兒。就在菜園後方，堆放著花盆、耙子、花灑和水桶的稍遠處。應該是其中一隻鳥不知是冒失還是調皮，把其中一顆種籽啣在嘴裡，掉落在花園某條走道間。幾個月後，那裡長出一株美麗的植物，薩沙沒有摘除這株植物，只是繞過它。這株植物長出兩顆漂亮的哈密瓜。又大，又甜。每年會再長出一顆、兩顆、三顆、四顆、五顆。薩沙跟我說：「妳瞧，這些是從天上來的哈密瓜，這就是大自然，由大自然決定是否要長出來。」

這些話我想到睡著了。

我夢見一段往事。我帶著雷歐妮娜去上學。那天是小學一年級開學。我們沿著走廊走著。我牽著她的手。她接著放開我的手，因為她「現在長大了」。

我尖叫著醒過來：

「我認得她！我見過她！」

菲利浦．杜森打開床頭燈。

「什麼啊？發生什麼事？」

他揉了揉眼睛，看我的眼神像是覺得我中了邪。

「我認得她！她在學校上班。她不是在雷歐妮娜那個班上，是在隔壁班。」

「妳在說什麼？」

「我見過她。去墓園後，我還去了詹妮薇芙．馬南的家。」

菲利浦．杜森變了臉。

「什麼？」

我低下頭。

「我需要弄清楚。需要和那一晚在德培區聖母院的那些人見面。」

他起身，在床邊繞了一圈，抓著我的脖子，當他把我從地上拉起來時，我都快沒了呼吸，他咆叫起來：

「妳幹嘛開始庸人自擾！如果再這樣下去，我就把妳關起來！妳聽到了嗎?!還有，我告訴妳別再去那裡！妳聽見我說的嗎?!絕不可以再踏進那裡一步！」

多少年來他讓我陷入無底的孤獨、漆黑的深淵裡。本來我也可以去當另一個人，可以讓別人取代我，也可以雇一個臨時工來升降平交道柵欄、採買、做中餐和晚餐、洗他的衣服和睡在床的左邊，其實這樣他也不會察覺，也不會注意到。

他從不逼迫或威脅我。他這麼做，使我還原成我自己。我變回了我。

*

隔天早上，我到絲蒂芬妮家去還她飛雅特熊貓的鑰匙。周一，卡西諾公休。她一個人住在格蘭街上一幢房子的二樓。她讓我進到家裡，在馬扎格蘭杯裡倒了杯咖啡給我。她身穿印有名模克勞蒂亞．雪佛肖像的長T，跟我說：「周一在家，就是打掃日。」她的頭出現在超模的頭上方讓我覺得好笑。然而正是她那顆頭，她紅潤的雙頰和亞麻色頭髮的圓臉使我感動到想流淚。

「我給妳倒滿了。」

「啊。謝謝！」

「感覺今天天氣會很好。」

「是啊。」

「妳的咖啡好好喝……我先生要我別再去布朗松的墓園了。」

「啊，這樣啊。唉，管他的。妳去也是為了看妳的小寶貝啊。」

「嗯，我懂。總之謝謝妳幫我做的一切。」

「啊，沒什麼啦。」

「才不，絲蒂芬妮，多虧有妳。」

我緊抱著她。她不敢動。好像從沒有人對她表示過絲毫情誼。她的眼睛和嘴巴比起平常還要圓。變成了三個飛碟。絲蒂芬妮一直是個謎，卡西諾裡的外星人。我離她而去，留她怔怔地杵在客廳裡，已無事可做。

我走回到格蘭街，往小學的方向走去。就像戴夫唱的《在斯萬家那一邊》那首歌，我又走同一條路回去了。那條路是我每天早上和雷歐一起走的路。她的書包裡，特百惠的便當盒佔掉比書和筆記本還要多的空間。我很執著於為她做各式各樣點心，不讓她感到匱乏。因為寄養家庭給了我這種空虛感。當我們跟著學校坐遊覽車出遊，別的孩子背包裡都有洋芋片、巧克力棒、用鄉村麵包做的三明治，糖果，還有氣泡飲料。我什麼都不缺，但我的塑膠袋裡沒有任何新奇的東西。「中途之家的女孩很容易就能滿足了。」並非是因為擁有的很少讓我感到悶悶不樂，讓我難過的是我沒辦法把我那份陽春的中餐和別人分享。只剛好夠我一個人吃。我希望讓雷歐妮娜有機會和其他孩子共享食物。

每當我走進操場，讓我感到困擾的不是孩子。而是氣味，食堂的氣味，就在緊臨學校的一棟建築，走廊滿滿是人。這是中餐時間。我在中餐用餐時刻來接雷歐妮娜。她常常對我說：「妳看吧，食堂的氣味真的不太對。馬麻，真高興我們可以回家吃。」

以痛苦的等級來看，如果這種髒汙的等級存在，進去雷歐妮娜的學校實在比去墓園還要困難。在布朗松，我女兒是眾多安息的亡者之一。在她的學校裡，她則是在活人間成為死去的人。

曾和雷歐妮娜當同學的孩子們都不在了。他們剛上中學。我本來無法承受和他們相遇，不真的認得出卻又認得他們。同樣的外形，但多了「活著」的選項。兩條抽長的蚱蜢腿，不再嬰兒肥的輪廓，嘴裡裝了牙齒矯正器，腳上穿的是特大號球鞋。

我沿著走廊走，兩邊口袋空空的。我想雷歐妮娜肯定不會要我再牽她的手走到她那一班。有個媽媽告訴我，一旦小孩上了中學，我們就會一年一年一點一點地失去他們。沒錯。要是他們去夏令營，我們有可能一下子就失去他們。

雷歐妮娜稱呼她一、二年級的老師「克萊兒小姐」。當甜美的克萊兒．貝堤耶俯身看學生的作業本，又抬起頭來，看見我進到她的班上，她隨即臉色發白。自從女兒過世，我們就沒有再見過對方。我的出現讓她很不自在，如果此時有個老鼠洞讓她躲進去，她一定會這麼做。

一個孩子的死讓長者、成年人、非當事人、鄰居、地方商家，所有的人都感到尷尬。他們垂下眼睛，避免和你眼神交會，繞道而行。當一個孩子死了，對許多人來說，孩子的父母也跟著死去了。

我們禮貌性地互問一聲您好。我沒等得及讓她開口，立刻拿出詹妮薇芙．馬南的照片，她戴了頂滑稽帽子的那張照片。

「您認識她嗎？」

問題讓這位老師感到意外，她皺著眉頭，盯著照片回我說她什麼印象都沒有。我不放棄地追問：

「我想她在這裡工作過。」

「這裡嗎？您是說在學校嗎？」

「對，在隔壁班。」

克萊兒．貝堤耶再次用那雙美麗的綠眼睛看著照片，把詹妮薇芙．馬南的面孔再端詳了好一會兒。

「啊……我想起來了，她是皮歐雷太太那班的，是幼稚園部的……她是學期中來的。沒有在這裡待很久。」

「謝謝。」

「為什麼您要給我看這張照片呢？您在找這位女士嗎？」

「不，不是，我知道她住在哪。」

克萊兒對我笑了一下，像人面對一個瘋女人、病人、寡婦、孤兒、酒鬼、一個未受教育的人，一個．失．去．孩．子的母親。

「謝謝，再見。」

樹木沉睡的時候就是我們丈量它的時候。

59

我把伊蓮．法約爾的日記收在床頭櫃抽屜裡。我隨意翻讀與我有關的段落，沒按著時序。在二〇〇九年到二〇一五年間她斷斷續續來過墓園到加畢爾的墳前默哀。這些年，她記下了天氣、加畢爾、周邊的墳墓、花盆，還有我。

在日記裡，他媽媽講到「墓園太太」的那幾頁朱利安就插進色紙。有如在談到我的字句上，放上花那樣。這令我馬上想起了史蒂芬．褚威格的《一個陌生女子的來信》。

二〇一〇年一月三日

今天，我發現墓園太太哭過了……

二〇〇九年十月六日

離開墓園時，我遇到了正在忙的墓園太太，她微笑著，身邊跟著一個掘墓人，一隻狗，還有兩隻貓……

二〇一三年七月六日

墓園太太時常清理著墳墓，但她沒有義務……

二〇一五年九月二十八日

我碰到墓園太太，她對我微微笑，但似乎有什麼心事……

二〇一一年四月七日

我剛才知道了墓園太太的先生失蹤了……

二〇一二年九月三日

墓園太太的宿舍鎖了起來，百葉窗也關著。我問掘墓人為什麼，他告訴我在聖誕節這天和九月三日，管理員不想見任何人。暑假不算，一年中只有這幾天她需要有人代班她的工作……

二〇一四年六月七日

墓園太太似乎把亡者喪禮上的悼詞都記在她的筆記本裡……

二〇一三年八月十日

買花的時候，我得知墓園太太到馬賽度假了。也許我曾和她擦身而過……

當我讀著那些與我無關的字句，當我將日記翻到沒有朱利安插進色紙的地方，我感覺我走進了伊蓮．法約爾的房間，搜看她床底下有什麼。就像她兒子對菲利浦．杜森展開調查的時候一樣。此刻我逾越了界線，我調查的是加畢爾．普東。

有某些字詞我不能讀懂。伊蓮．法約爾的字跡凌亂如醫生在處方箋上寫下的藥品名稱。她是用原子筆寫下那些潦草的小寫字的。

加畢爾．普東和伊蓮．法約爾在藍色房間裡共度一夜纏綿後，兩人沒有一起離開旅館。

他們得在中午退房。加畢爾打電話告知櫃檯要再多待二十四小時。他用指尖撫摸著伊蓮，吞雲吐霧間喃喃地說道：

「離開這裡前，我得讓自己從這身酒醉中醒來，尤其要從對您的迷醉中醒過來。」

她曲解了這番話。彷彿他說的是：「離開這裡之前我得讓自己擺脫您」。

她起身，沖了澡，把衣服穿上。打從她結了婚，從未在外過夜。當她再從浴室走出來的時候，加畢爾已經睡著了。菸灰缸裡，沒有完全捻熄的菸頭飄著濃濃煙霧。

她打開小冰櫃要找瓶水來喝。加畢爾又睜開了眼，看她對著瓶口喝水。她此時已經穿上了她的大衣。

「再多留一會兒。」

她用手背在嘴邊抹了一下。他深深迷戀上這個動作。迷戀上她的肌膚、她的眼神、她用黑色髮帶綁起來的一頭秀髮。

「我從昨天早上出門到現在。家裡人以為我來艾克斯送花會馬上回去……我先生肯定已經去通報我失蹤了。」

「難道您不想就這樣失蹤嗎？」

「不。」

「跟我一起住吧。」

「我結婚了，還有一個兒子。」

「離婚吧，帶兒子過來。我很能跟小孩子相處的。」

「離婚哪像用魔法棒變一下就能離。怎麼您覺得一切有這麼簡單。」

「但一切就是這麼簡單啊。」

「我不想參加我丈夫的喪禮。您看您拋棄了妻子，她卻因此抑鬱而終。」

「您說話變得這麼帶刺。」

她翻找了手提包，確定了車鑰匙在裡面。

「我不是要傷人，實話實說罷了。做人不能這樣拋下他人不管。如果不用掛心身邊其他人，不擔心他們是否會傷心難過，就這樣拋下一切，另起新的生活，若這對您來說是過得去的……好啊……那可真是太好了。」

「每個人都有自己的人生。」

「不。我們也應當顧及別人的人生的。」

「我明白，我這一生就是在法庭為他人的人生辯護。」

「您辯護的是他人的人生。是您不認識的人的人生。您辯護的不是您自己或您認識的人的人生，這可以說是……很容易。」

「我們已經進展到互相指責對方。僅僅一夜溫存，現在就變成這樣，這也太快了點。」

「只有真話會傷人。」

他提高了音量：

「我厭惡真話！真話根本不存在！就像天主……不過是人發明出來的。」

她聳了聳肩，像是要說她早說過的話：

「聽到這些我並不意外。」

他哀傷地看著她。

「原來……我已經沒什麼能讓妳感到出乎意料了。」

她同意了他說的。她對他淺淺一笑，連再見也沒說，甩了門就走了。

她走樓梯下了三個樓層，去找她的貨車。她想不起來前一晚把貨車停在哪。她在旅館附近的街上找著的時候，站在冬季商品促銷的玻璃櫥窗前，差點就要再回去旅館的房間，投入他的懷抱。在她就要走回頭路的那一刻，她看見自己的車停在一條死巷的盡頭，跨在人行道上，簡直是亂停。

在一條死巷的盡頭，管他車是有停好沒停好。就是該回去，回到保羅和朱利安的身邊。

貨車裡有一股寒涼濃重的菸草味。儘管是冬天，但她還是把窗戶開得大大的。她一路開到馬賽，沒有經過玫瑰園，一路直接開回家。

保羅正等著她。當她打開門，他幾乎是用吼的問說：「是妳嗎？」他擔心得快瘋了，但沒有去通報失蹤。他知道他的太太是有可能一夕之間就消失無蹤的。他一直都明白這是有可能的。她太美，太安靜，太過內斂深沉。

她對他說了聲抱歉。對他說在墓園裡不期而遇了一個人，是一個被家族拋棄的鰥夫，反正總之是段離奇經過，她不得不顧全一切，無法棄他於不顧。

「無法棄他於不顧？」

「沒錯。」

「下次，打個電話說一聲。」

保羅從不過問什麼。在他的世界裡，問題屬於過去。而保羅活在現在。

「吃過了嗎？」

「沒有。」

「朱利安呢？」

「在學校。」

「你餓嗎？」

「餓啊。」

「我去弄點麵好了。」

「好。」

她笑了，走進去廚房拿出一只平底鍋，讓水流進鍋子裡，一邊把鍋子裡的水煮沸，一邊加入鹽和香草。她想起前一晚和加畢爾一起吃的麵，以及他們有過的溫存。

保羅進到廚房，貼在她的背後，親吻她的頸子。
她閉上了眼睛。

回憶從不消亡，只是睡著了。

60

一九九六年六月，詹妮薇芙・馬南

巴黎的女孩們乘小巴士來了，一車子的行李、紮馬尾的、綁辮子的、穿花洋裝的、備好嘔吐袋的、歡樂的尖叫。都是六到九歲之間的孩子，一路上吵吵鬧鬧，嘰嘰喳喳。其中有些前一年就見過的，我還認得。全都是些小女孩。有四個小女孩是後來坐了自家車抵達的，裡面有兩個來自加萊，另外兩個則來自南錫。

我從來沒喜歡過小女生，我會想起我的姊妹們。我無法對她們有好感。幸好，我只有兩個兒子，兩個健壯的小男生。小男生不會七嘴八舌，他們打架，但不會嘰嘰喳喳個沒完。

我的數學一向不行。其他科目也不行。但我懂得什麼是機率，我人生中的不堪讓我徹底懂得了機率，就由我來讓你弄明白機率是什麼。當表示機率值的數越大，事件發生的機率就越大。然而，以眼前情況來看，表示機率值的數是非常非常小的。我代班兩年的鄉下鬼地方也不過才三百人。

當我看見她從車子裡下來，整個蒼白的樣子，我首先想到的是一種相似性，而不是機率。我告訴我自己：**我的老女孩啊，妳真是個神經病。在妳眼中看來，到處都只有惡。**

我又去了廚房做薄餅給這群小孩子吃。我在四處擱了水瓶和石榴糖漿瓶的食堂裡又碰到了她們，給她們送上成堆的甜薄餅，她們都狼吞虎嚥吃掉了。

當主任點名，那個小女孩聽到自己的姓氏答了「有」的時候，我幾乎要暈了過去。是一個死人節日的名字。

其中一個老師給我送來一杯冰水。她說：「詹妮薇芙，您是因為天氣太熱不舒服嗎？」我答說：「應該是吧。」

那一刻，我了解了魔鬼是存在的。我一直都覺得，天主是癡人發明出來的，但魔鬼就不是這樣了。那一天，我幾乎對祂佩服得五體投地到脫帽致敬，一頂我還沒有過的帽子。在我們家，幾乎沒有人戴過帽子。

「帽子，是給中產階級戴的。」我媽媽在甩我兩個耳光的時候這樣說道。

這小丫頭長得像她的爸爸，簡直是同個模子刻出來的。我看她大口吃著薄餅，想起了上一次，嘴裡殘餘著血水的味道。我已經三年沒見到他了，總是想起那個場景。有時，夜裡渾身是汗的醒來，因為想著他而夜有所夢日有所思，因為也想著要報復他，要凌遲他，就如同他凌遲我那樣。

吃過點心後，小女孩們就出去外頭活動。我把餐桌收拾乾淨，天氣很晴朗，我把窗子打了開來。我看見她在玩，和其他小女孩在一塊跑來跑去，開心地叫了起來。我心想，我沒法撐過一個禮拜。整整七天，都會在這個小女孩身上看見他，早上看，中午看，晚上也看。我得請一下病假。但我又不能沒有這份工作。城堡的這份庶務工作可支應我一整年生活。我不能整整一季都逃開。主任對我們所有人警告過：七月和八月，除非你是快要死了，否則不容許任何缺勤。她真是好一個故作清高的冷血之人。

我想過要絆倒這個小女孩讓她在樓梯上跌個斷手斷腳的，這樣很快她會被送回到她爸爸那裡。既見不到，也不會認識，就這樣退回給寄件人。女孩的洋裝還繫上一句：「也一併致上我最痛苦的回憶」。

我做好了餐點，有番茄沙拉、炸魚、燉飯、奶油類甜品，再把餐桌布置好，擺齊二十九人份餐具，馮塔內也來幫了我。

「肥婆呀，妳今天一副沒勁的樣子。」

我要他住嘴，結果他笑了起來。

正當小女孩們玩著一二三木頭人的時候，他趴在窗邊偷偷瞧著兩個女輔導員。

一、二、三，木頭人……

61

如果天空不是那樣遙遠的話，今天你就與我們同在了。

當我們在一九九七年八月搬到墓園，薩沙已經離開了宿舍。一如往常，門是開著的。他給我們留了話，還把鑰匙放在桌上。他向我們表示歡迎，向我們說明了熱水器、電表、取水用水的地方、燈泡、備用保險絲個別的位置。

茶葉的盒子不見了。房子整個乾乾淨淨的。沒有了薩沙，房子讓人感覺到寂寥，失去了靈魂。像一個被少年愛人拋棄的少女。我到二樓一探究竟，已經是間空房了。

前一晚，菜園裡澆過水了。

到了晚上，鎮裡的工務處主管來找我們，確認我們一切都已安頓好。

起初，有些人來我們這兒想治療肌腱炎和慢性疼痛，他們不知道薩沙已經離開了。他沒有向任何人說再見。

*

教堂的鐘聲響起。星期天從不會有喪禮，只有訓誡活人的彌撒儀式。

通常星期天午間，是貓王來和我一起吃中餐的時候。他會帶香草口味的修女泡芙來給我，我就做蘑菇筆管麵給他吃，我在麵上灑上少許新鮮的巴西里，真是無比美味。依隨季節變化，菜園裡種什麼，我就煮什麼，所以我們吃番茄、吃小紅蘿蔔或是四季豆沙拉。

貓王的話很少。我不覺得困擾。跟他在一起，就不用硬聊。貓王和我一樣，他沒有爸媽。他在馬貢的寄養之家待到十六歲，就在沙隆區布朗松的農場打零工。農場就在村子的入口，現在已成了廢墟。

這個家族的每一個成員都已經死了，很久以前就葬在我這座墓園裡。貓王從來不會靠近他們的墓穴。他挺怕這個家族的爸爸埃米利安．傅立葉（1909-1983），這粗人見到所有會動的都打。這個家族墓穴周遭的通道也都沒有耙理乾淨。他總是告訴我他不想和他們葬在一起。他要我答應幫他盯著別讓這種事情發生。這樣的話，我就不能比他早死。為了讓他有個自己的墓，我到魯奇尼兄弟那裡弄了一份生前殯葬契約，一個專屬他的墓，墓碑上要嵌著貓王的照片，加上鑲金字體的「**Always in my mind**」。貓王還像個小孩似的，像那些從來都不知道母親的呵護是什麼的男孩，不過他其實不久也將屆退休的年紀了。

諾諾和我幫他管理他的帳戶，幫他填寫各種行政文件。他真正的本名是埃里克．德爾皮耶，但我從沒聽過有人這樣叫他。我想布朗松所有的居民都不知道他的真實身分。一直以來他只用了個藝名。他在八歲的時候迷上了艾維斯．普里斯萊。有人皈依了宗教，他讓自己歸屬於貓王，或者說，他讓貓王附身在他身上。貓王的歌就如同禱詞，讓他得到感動，陪伴著他。賽德里克神父朗誦的是〈我們的父〉，而貓王唱的是〈Love Me Tender〉。我從來沒見過貓王愛上誰，諾諾也沒發現過。

我在收納調味罐的櫥櫃裡找著乾燥月桂葉的時候，翻到了一封薩沙寫的信，就塞在橄欖油和義大利香醋兩個瓶子之間。為了忘了有這些信，為了能偶然發現到這些信，我把薩沙寫的信隨處散放在宿舍裡。這封信是他在一九九七年三月時寫的。

「親愛的維歐蕾特

我的花園已經變得比這座墓園還要沉鬱。日子一天天過去，就像是那些小小喪禮。怎樣才能再見到妳？妳要我在列車通行的那個地方策畫一起綁架案嗎？每個月兩個星期天的時光，算不上是什麼負擔。這點時間應該不成什麼問題。但為什麼妳屈服於他呢？妳知道有時候還是得不乖嗎？而且又有誰來照顧我新栽的番茄？

昨天，戈登太太來要我幫她治療皰疹。她帶著微笑離去。當她問我：『我能做什麼做為答謝呢？』我差點回她說：『去幫我找維歐蕾特。』

我正在種胡蘿蔔。我把種子放進陶土杯裡。在客廳裡的茶葉盒子旁邊，我把新苗一字排開來放，它們正好鄰著玻璃窗。這樣的話，當太陽熾烈的時候，陽光會直接照到幼苗。溫暖的時候，就會長得好。沒有什麼比得上溫熱的力量。理想的情況是把幼苗放在壁爐前，但我這間小小宿舍裡沒有壁爐這種東西。就是因為這樣，聖誕老公公從沒到過我家。然後，當蘿蔔長得很好的時候，我就把蘿蔔放在天窗下方。洋蔥、小洋蔥頭、菜豆，妳可以直接種在土裡。但小蘿蔔不能這樣種。千萬不要忘記每年五月十一日、十二日、十三日這幾個聖人的瞻禮日會有五月霜。五月霜的到來決定了一切栽種的成果，也因此必須移植秧苗。理論上，如果妳想保護新生的嫩苗，妳就在夜間把花盆往高處放或覆上保鮮膜。

快回來吧。不要學聖誕老公公都不來。

致上我真摯不渝的情誼

薩沙」

貓王敲了敲門，帶著用白紙包裝好的香草修女泡芙進來。我把薩沙的信折好，放回原位，好讓自己忘了這封信，有一天，再一次，與這封信不期而遇。

「貓王，一切都好吧？」

「維歐蕾特，有個人找妳。她說：『我要找菲利浦．杜森的太太』。」

我的血液瞬間凍結。一個人影跟在貓王身後。她進來了。她盯著我不發一語。然後，她的眼光掃視屋內，接著又將目光移回到我身上。我看她已經狠狠哭過的樣子，我已經很習慣看到狠狠哭過的人們，就算這樣的潰堤已經是好幾天前的事。

貓王拍拍大腿喚著艾利安娜，把牠一起帶到屋外，好像是要保護牠似的。這母狗快樂地跟著他去了。牠習慣跟著他一起去四處蹓躂。

屋子裡只剩她和我。

「您知道我是誰嗎？」

「我知道。您是芳絲華．佩勒提耶。」

「您知道我為什麼來這嗎？」
「不知道。」
她深吸一口氣，好忍住淚水。
「您那天見過菲利浦嗎？」
「是的。」
她覺得受到打擊。
「他來這裡做什麼？」
「把一封信歸還給我？」
她感覺不大舒服，臉色都變了，額頭上沁出了汗滴。動也不動的，可是在她夜藍色眼睛裡，我看見了陣陣風暴閃過。她的雙手緊握。指甲都掐進了皮膚裡。
「請坐。」
她露出淺淺地笑了一下表示謝意，就拉了張椅子給自己坐。我給她倒了一大杯的水。
「什麼信呢？」
「我向他提出離婚請求的信函，寄到你們在布龍的家。」
我的回答似乎讓她解脫了。
「他不想再聽到您的消息。」
「我也不想。」
「他說他變得精神崩潰都是因為您。他討厭這個地方，討厭這座墓園。」

「……」

「為什麼他出走了，您還待在這裡？為什麼沒有搬走？讓人生重新來過？」

「……」

「您是個美麗的女子。」

「……」

芳絲華．佩勒提耶一口喝掉給她的那杯水，整個人顫得厲害。另一半的死會讓遺留人間的他或她變得動作遲緩，彷彿受到了緩慢所制約。我又幫她倒了水。她勉力對我笑了笑。

「我第一次見到菲利浦，是一九七〇年在沙勒維爾－梅濟耶爾，他領聖體的那一天。他十二歲，我十九歲。他穿著白長衣，脖子上掛了一條木製十字架項鍊。我從來沒見過有人衣服穿得這麼亂七八糟，我記得當時心裡頭在想：**誰會相信穿成這副德性的屁孩真是唱詩班的孩子**。他裝模作樣喝下彌撒酒又偷偷抽菸。那時我才剛與呂克．佩勒提耶訂婚，他是菲利浦的媽媽香塔勒．杜森的哥哥。呂克堅持要參加那天早上的彌撒，接著和香塔勒他們一家一起吃中餐。他和他的妹妹和妹夫一點都處不來，他都叫他們是『假上流』，可是他很喜歡他的外甥。我們一起過了有夠無聊的一天。我們等著菲利浦拆禮物，到下午三點我們就先離開了。菲利浦的媽媽一整天都帶著輕蔑的眼光看我，可以感覺到她的哥哥給自己找了個年輕姑娘當老婆讓她很不悅。我比呂克小了三十歲。」

「同年，呂克和我在里昂結婚了。菲利浦和他的爸媽來參加我們的婚禮，他的爸媽因為不滿這個婚姻所以不是很自在。菲利浦則喝乾了所有大人杯子裡的酒喝到都醉了。他醉到在舞會的開始，抱住我親了我的嘴，大叫著：『舅媽，我愛妳。』把所有的賓客逗笑了。後來晚宴的時候，他都在廁所裡吐，他媽媽幫他看門時還說：『可憐的孩子，這個禮拜都消化不良。』不管怎樣，她總是護著他。我覺得菲利浦很逗趣，我好愛他那張俊秀的臉蛋。

「呂克和我婚後在布龍開了間汽車修理廠。最早，我們先做些基本維修、汽油排放、保養、上漆，後來才成為汽車經銷商。生意一直很好。我們工作賣力，從來不覺得苦。從來不。兩年過去了，呂克邀了他口中的『小菲利浦』在暑假到我們家來作客。我們住在離修車廠二十分鐘路程的鄉間房子裡。菲利浦和我們一起慶祝了他的十四歲生日，呂克送給他的禮物是一輛五十CC的摩托車。菲利浦看到喜極而泣了。呂克那時候和他妹妹鬧得很不愉快。香塔勒在電話裡罵他，什麼難聽的都罵出來，她罵他自以為有什麼資格送一輛摩托車給她兒子，送這種東西實在太危險了，簡直想害菲利浦掛掉，罵他根本是個生不出小孩的廢物。她罵的也的確是如此。他從來沒有過孩子。他和第一任太太，或是和我，都沒有小孩。

「香塔勒那天傷了呂克脆弱的要害。呂克從此不再和他的妹妹說話。不過，儘管菲利浦的爸媽不同意，菲利浦每年夏天還是會來我們家。他來了都不想走。說他想一整年都和我們一起生活。他拜託我們讓他留下來，但呂克向他解釋這是不可能的，如果這樣的話，他將會性命不保，他妹妹會把他給宰了。這個男孩很討人喜歡，不算規矩但討人喜歡。呂克見到他總是開心，他將感情寄託在這個外甥身上。長久以來菲利浦就是他的乾兒子。我也跟他處得蠻好。我對他說話就像是在對一個孩子說話那樣，而他常常對我回嘴說：『我已經不是小鬼了』。

「他十七歲那年夏天，和我們一起到坎城附近的比奧度假，我們租了間可以看見大海的別墅。我們每一天都到海邊。我們早上去，在茅屋吃中餐，晚上才回到別墅裡。菲利浦會和女生出去混，每天都換一個。有時白天她們有人來沙灘找我們。他會在沙灘毛巾上吻這些女生，我從他身上感覺到一種令人不安的世故老成和一種令人費解的漫不經心。他對任何事老是一副蠻不在乎。每天晚上去跳舞，深夜才回來。出門前，他霸住整間浴室，把香水瓶蓋散得到處都是。他偷用舅舅的刮鬍刀，在洗手臺上老是把泡沫沾得到處都是，從不把牙膏蓋蓋好，老是將浴巾扔在地上不撿。他的行徑整個惹毛了呂克，卻也讓呂克覺得很有趣。至於我，這小子的衣服就由我來收拾和清洗，這小子是我和呂克怎樣都生不出來的。我們喜歡菲利浦到家裡來作客，他帶給我們青春的活力，和無憂。菲利浦和我只相差七歲。在我們剛開始共處的二十年裡，這個年紀上的差距很重要，我們活在兩個不同的星球裡，然而隨著時光流逝，這個差距漸漸模糊了。兩顆星球靠近了：喜歡一樣的電影、一樣的劇集、一樣的音樂。我們終於會因為一樣的事情感到好笑。

「在比奧逗留期間，我和一個酒保有了一段關係，既不讓人感到新鮮，也不讓人感到危險。呂克和我彼此相愛。我們總是愛得如癡如狂。呂克常常跟我說：『我已經是個老頭了，如果妳想和比較年輕的男人玩玩，趁我不知道的時候就去吧。不過妳千萬不可以愛上對方。我會受不了的。』現在回過頭來想，我確定，他把我輕推向其他男人的懷裡時，他想要的是我可以懷上一個孩子。這動機當然是那時他自己沒有意識到的，但我現在相信他長久以來盼望著我有天可以懷上一個小孩回來。一個可以印上他的姓氏的小孩。總之，那個夏日假期，在別墅開了一個派對，二十幾個人在那裡，我們都喝得不多，菲利浦後來意外撞見了我和我英俊的情人一起在游泳池裡。我永遠不會忘記他看我的眼神。從他眼中，我看見了某種參和著錯愕的欣喜，某種得意。我想那天晚上，是他第一次用看一個女人的眼光看我。一個女人，也就是一頭獵物。菲利浦是個令人生畏的獵食者。他的俊美連聖徒都會受到誘惑。這一點不需要我來告訴您……

「當然，他什麼都沒向呂克說，沒把我的事說溜嘴，可是每當我在別墅遇到他，他就對我露出會心一笑。那一抹微笑的意思是：『我們是共謀』。我恨透了。我真想好好甩他耳光個整天。他變成那副得意模樣簡直讓人難以忍受。本來一起歡笑的我們，一夕之間都笑不出來。我開始再也無法忍受他的存在、他身上的香水味、他到處留下的混亂、清晨五點回來的擾人噪音。當我趕他出門去玩，呂克就跟我說：『對小孩子說話要親切一點，他已經受夠了他媽媽的轟炸』。在餐桌上，只要呂克一轉過身去，菲利浦就對我竊笑。我避開他的目光，卻感到他看著我的眼神熾熱中帶著狂妄。

「最後一晚，他比平常還要早回來，沒有帶著女生一起。我坐在露臺上，一個人躺在摺疊躺椅上，昏昏欲睡。他將他的唇貼在我的唇上，我醒了過來，打了他一巴掌，對他說：『給我聽好，你這個還在流鼻涕的小鬼，你要是再這樣，就再也不准踏進我們家。』他連抗議都沒有就去睡了。隔天，我們一起離開別墅，陪他來到車站。他搭上往沙勒維爾－梅濟耶爾的火車。月臺上，他左右各一地緊抱我們，對呂克和我吻頰道別。我不想接受他那些親熱的表現，但沒有選擇。呂克無法接受我容忍不了他的外甥。這讓他相當不快。而我左右為難。菲利浦對我們謝了又謝。當他緊抱我們，他一隻手滑過我的背，壓著我的臀部緊貼他的大腿。我沒辦法抵抗，呂克和我們緊靠在一起。菲利浦的動作讓我整個不知所措了。我心想他膽子也太大了，這些舉動是狂妄的男人才做得出來的。他終於鬆開了我們，說了『舅媽，再見。舅舅，再見』。他上了火車，把包包往肩上扔去，用他那天使的微笑揮手道別。正當我狠狠瞪他時，他笑了，像是在說：『我得到妳了』。

「我們回到布龍，回復到工作的日子。後來的春天，菲利浦打電話來告知，將到來的夏天，他不會來我們家，他要和幾個朋友一起去西班牙慶祝十八歲生日。我承認這讓我鬆了口氣。這樣我就不會再見到他，也不用費心避開他的眼光和他不合宜的舉止。呂克很失望，他掛電話時說：『這個年紀，應該要這樣的。』我們就自己去了比奧，和幾個朋友在那裡過了一個月，但呂克很想念菲利浦在的時候。他常常對我說：『屋子整理得太井然有序，在這裡都聽不到什麼動靜。』就算呂克很捨不得菲利浦不在身邊，確切地說，他想念的不是菲利浦，而是一個屬於我們的孩子。我記得這次假期結束要回家的時候，我在回程路上，向他提議領養個孩子。他回絕了。大概是他沒有花時間好好想清楚。他只是跟我說，這個家就我們兩個很好啊，兩人世界多好。

「到了接下來的一月，呂克和香塔勒的媽媽過世了。我們來到喪禮，雖然是這樣的場面，呂克還是不和他的妹妹開口說話。菲利浦也在。我們有一年半沒見過他了。他變了很多。呂克把他緊擁在懷裡，跟他說，現在的菲利浦已經高出了他一個頭。整個喪禮儀式過程中，菲利浦都裝作沒看到我。只有在要上車之前，正當呂克要離開與家族的人道別時，他那一百八十八公分高的個子擋著我，將我困在車門邊，對我說：『嘿，舅媽，原來妳在啊，我都沒有看見妳。』然後趁我來不及反應時，親了我的嘴，接著輕聲對我說了一句：『夏天見』。

「接著的夏天來了。他二十歲的夏天。就在他要踏進別墅中他的房間之前，我揪住了他的衣領。他睜大了眼，一臉開心，我想那時我們的樣子看起來很滑稽。我要踮著腳身高才有一百六十公分，他則身材高大，貼在走廊的牆上，我小小的手用盡氣力顫抖地抓著他，對他說：『我警告你，如果你想要有個愉快的假期，就別再玩什麼把戲。不要靠近我，別盯著我，也別見縫插針作任何暗示，一切就都會沒事。』他用嘲弄的口吻回答我：『好，舅媽，我皮一定會繃緊一點』。

「打從那一刻起，他就當我不存在。他仍維持禮貌，早安、晚安、謝謝、等下見，我們之間的互動僅止於這四句禮貌用語。我們早上一起出門去沙灘，他坐在後座，我們兩個坐在前座。他總是晚出房門，家裡四處散落著他的東西。有些女生晚上又來找他，不然就是下午來到他留在沙灘上的大毛巾找他。有時，他就在石頭後面撲倒了來找他的女生，一個又一個挺著豐滿胸部的傻女孩不間斷地來來去去。我們走到哪都聽得見這些咯咯的笑聲。呂克對此感到舒心愜意。菲利浦生得如此俊美，擁有天使般的面孔、金色捲髮以及曬成古銅色的臉。他展現出男人的體格，體態細緻而結實，在沙灘上，所有的女孩都忍不住看著他。女人也是，甚至讓其他的男人都感到嫉妒。這讓他相當自信所有這些人的目光都轉移到他身上了。有時，呂克會在我耳邊說悄悄話：『我妹妹一定背著菲利浦．杜森的爸爸偷吃過，這兩個人長得這麼難看怎麼可能生得出這樣俊美的男孩。』這番話惹得我笑了。呂克總是把我逗得很開心。和呂克在一起的日子真是美好。我深得寵愛。我們是彼此在這個世界上最好的朋友，要是我們分開了，我是活不下去的。他是朋友，是爸爸，是兄長。他已不太需要性生活，但我時不時還是能從別的地方獲得滿足。

「我知道您心裡在想：**菲利浦在什麼時候終於得到她的？**」

在芳絲華繼續她的獨白前，出現了很長的一段沉默。她用手背抹去牛仔褲上一個想像的污漬。時間停止了。只有我們，面對著面。就好像是菲利浦換了香水。就好像是芳絲華讓一個陌生人進來到我的廚房。

「他二十歲生日的晚上，呂克和我為菲利浦在別墅辦了一場慶生會。他那些年輕朋友都來了。慶生會有音樂和酒來助興，小小的泳池邊布置了餐檯。天氣很好，大家都一起跳著舞，我不知道魂是讓什麼給牽走了，竟勾搭起菲利浦一個叫作羅蘭的朋友，這個有點傻氣的年輕人成天都和菲利浦混在一塊兒。我們避到沒人的地方一會兒，熱吻起來。到了切生日蛋糕和拆禮物的時候，我們才終於回去一起慶生。菲利浦狠狠看了我一眼。我想他就是要教訓我。他吹熄了他二十歲生日的蠟燭，雙眼飽含怒意。同時間，呂克把一輛繫上了紅絲帶的灰色摩托車往外甥這邊騎了過來，禮物是本田BC100的摩托車，全罩式安全帽上還掛了個信封，裡面是張千元法郎的支票。他和大家抱了又抱，高舉香檳慶祝，歡欣和驚喜的叫聲此起彼落。我看著菲利浦假裝沒事的模樣，對著所有人笑盈盈的，如同他慣有的作態，但他緊咬著的下巴卻沒法鬆開。他不快至極。當音樂重新開始，我們大家又跳起舞來，羅蘭過來貼著我時，菲利浦抓住他的肩膀，在他耳邊小聲說了些什麼，羅蘭回他說：『老兄，你是認真的嗎？』然後就一陣拳打腳踢。呂克那時已經去睡了，聽到吵鬧的聲音又起身，他在羅蘭背後重重踹了幾下，把他轟出門。只要是他外甥的事，呂克就如同對他的妹妹：千錯萬錯絕不會是菲利浦的錯。呂克問菲利浦發生了什麼事情，菲利浦那時已經喝得挺醉的了，回答說：『羅蘭他侵犯了我的地盤……我的地盤就只能是屬於我的!!!』。

「彷彿什麼事情都沒發生過一樣，慶生會又繼續進行著。那一夜，我沒有睡。菲利浦在我們房間的窗臺上，把他一個女生朋友的衣服脫了，還上了她。從他們狂亂之中晃動的身影我看出了是怎麼一回事。我聽見女孩呻吟著，且菲利浦還對她說了好些淫穢的髒話，而這些下流的話語顯然是要說給我聽的。為了讓我聽見，他說得夠大聲，但又不會吵醒呂克。他知道他的舅舅為了助睡有吃安眠藥。他也知道我在，離他們很近，睜大著眼，側躺著，而且全都聽見了。他在報復。接下來幾天，我們只瞥見他來去匆匆的身影。他早上出門騎摩托車一直晃到晚上。甚至是白天裡，他也不再來海灘跟我們一起。他在海灘上的大毛巾一直是乾的，空無人影。有時，我昏昏睡去，還夢見他站在我身邊，然後他整個人就躺在我的背上。我掙扎著醒了過來。

「他生日後過了十幾天，又重新出現在沙灘上。我去了遠離岸邊的地方游泳。我看見他往呂克靠近，他的金髮和身形，成了在遠方移動的一個點。他熱情地擁抱著呂克，在他身旁坐了下來。呂克終於還是用手把我指了出來。菲利浦認出了我，把他身上衣服脫了。他下水，划著自由式來找我。我不能逃開。我困在原處，像隻被逮到的老鼠。當他靠近我時，我開始感到害怕，我沒辦法再往別處游了，我在原地踩水。不知道為什麼，但我心裡想著的是，他靠近我是要來將我溺死，他是要來害我。我害怕到抽噎起來。我開始哭。但在那裡，沒有人聽得見我在哭。我已經越過海上導航浮標有好一會兒了。才幾分鐘，他就來到我的身邊。他馬上看出我不大對勁。我看都不看他，繼續呼救。他想幫我，我卻打了他，尖叫著說：『不要碰我！』接著連吞了好些海水。他用力把我拉起來扛在背上，強行把我帶到一個漂浮的導航浮標處。游過去的途中，我打了他幾下，而他也對我還手要我冷靜。我們終於游到了浮標處。我緊抓著浮標。他也精疲力盡了。我們喘口氣歇了一下。他說：『妳現在好好冷靜冷靜。歇一會兒，我們就回海灘去！』我吼著說：『不要碰我！』『我不可以碰妳！我的哥兒們卻可以跟妳有一腿，妳的意思是這樣嗎?!』『你是我外甥！』我開始覺得冷，冷到打寒顫。我看了一下海灘，海灘給我的感覺好遠。我看見呂克。我渴望讓他厚實的，令人備感呵護、感到安心的臂膀環抱我。我要菲利浦帶我回到岸邊。他再次將我扛在背上，我的手挽住他的脖子，他游起了蛙式，而我就這樣讓他帶著我了。我感覺得到他的肌肉，在我的身軀之下，但除了恐懼和厭惡，什麼其他的感受都沒有。

「後來有兩年夏天，我沒有再見過菲利浦。呂克和我去了摩洛哥。他有時會打電話來跟我們說些他的近況。在海灘的事情發生將近兩年後，他在五月時來探望我們。那年他二十三歲了。他騎著呂克送他的本田摩托車來，身後還載著女朋友。當他把安全帽脫下，我看見他的臉孔、他的笑容、他的眼神，我直到死都會記得我在心裡的聲音：**我愛他**。那天天氣很好。我們四個人一起在花園共進晚餐。我們在一起待了好久，談天說地。那個女朋友，我忘了她的名字，年紀還很輕。她很害羞。呂克很高興能與外甥重聚。菲利浦已經離開學校很久了，工作一個又換過了一個。當呂克提議要聘他到修車廠工作，我心亂如麻了起來。他對菲利浦說會教他，如果一切順利，就會雇用他。我從來不相信天主。我不上教理課的，而我也很少踏進過教堂，但那一晚，我卻祈禱著：**天主啊，絕不要讓菲利浦跟著我們工作**。我馬上察覺到菲利浦的目光正看著我。他對舅舅回答：『讓我跟我爸商量看看，不需要讓他把事情弄得小題大作。』我們接著就寢了。整晚我都沒睡。隔天，是國定假日。菲利浦和他女朋友起得晚。我們一直賴床到吃中飯的時間才起來。下午，呂克睡了個午覺，當菲利浦騎摩托車出門亂晃的時候，我和菲利浦的女友就待在一起看電視。

「打從他們來，我極盡所能不讓自己和他有單獨相處的機會。後來，到要喝餐前酒的時候，卻有了單獨面對面的機會。我下去地窖，取出一瓶香檳，從我背後傳來他身上的香水味。他立刻逮住機會。他跟我說了：『我不會來你們的修車廠上班的，但是今晚，午夜的時候，妳要出來花園一下，坐在矮牆上，等著。』在我開口之前，他打斷了我：『我不會碰妳』。他接著就立刻上樓了。我拿著一瓶酒，回去找呂克和在餐桌等著我的小女生。過了五分鐘，菲利浦才來，感覺像是才從外面回來似的。我心中納悶著他找我到底想要幹嘛。

「在花園盡頭，有一間木造小屋，在一座矮牆後方。菲利浦還是青少年的時候，喜歡在那座矮牆上玩滑板。呂克還稱那座矮牆為『菲利浦的牆』，『我們應該在菲利浦的牆放上花盆架』，『應該把菲利浦的牆上一下油漆』，『有一天，我在菲利浦的牆上看見了隻安哥拉貓……』

「這個晚上就這樣糊里糊塗過去了，我喝得醉醺醺的了。到了十一點，大家都起身要去就寢了。菲利浦看著我，然後對呂克說：『舅舅，我想我不能來你這裡上班了，我今天跟爸媽說了之後，他們就大驚小怪吵成一團』。『孩子，不要緊的。』

「我躺在床上翻開了本書，呂克靠在我身旁睡著了。約好的時間越近，我的心就越慌亂。屋子裡一點聲音都沒有。午夜十一時五十五分，我穿了件外套，就到矮牆上坐著。我身在一片黑裡。花園面向屋子的後方，路燈一點也照不到這座花園。我記得那時一點點風吹草動都會嚇一跳。我怕呂克醒來，怕他到處找著我。我不知道自己就這樣坐在那裡多久，一動也不動。恐懼讓我動彈不得。而什麼都沒發生。只有寂靜環繞著我。但我還是不敢動，我想到：**如果我動了，菲利浦就會改變心意，他就會來我們這上班**。萬一這樣的事情發生了，我就要離家出走。我就要和呂克離婚，且絕口不提這一切。要是他知道他摯愛的外甥渴切地**想要我**，要是他知道**我愛上他的外甥**，絕對會讓他痛心絕望。

「菲利浦和他的女朋友終於來了。他對女友說：『什麼話都別說，跟著我就對了』。菲利浦一隻手牽著她，她不知道自己在什麼地方走，她的雙眼被蒙了起來。他另一隻手提著一支手電筒，往我的方向照過來。他把手電筒照著我。亮得我覺得好刺眼。我只看得見他們的形影。他讓女孩背靠著樹。而他自己面向我。他把手電筒放在腳邊，依舊是往我在的方向照。我像是被困在用車燈設下的陷阱裡。他說：『我想看妳的臉』。女孩以為這句話是對她說的。他給了女孩一堆指令，女孩在我眼前一一完成指令，她不知道我在，就在旁邊。『因為法律不允許我們之間發生關係，至少我想要吻妳的臉。』他和女孩親熱了起來。我看不見他，光線刺眼到我看不見，但我感覺得到他正在盯著我。有一會兒，他說著：『過來，過來，過來！』直到我起身走近他們為止。女孩依舊背對著我。菲利浦貼著她，面向著她，也面向著我。我離他們很近，近到能聞到他們身上的氣味。『對，就是這樣。妳看，我多愛妳！』他與我四目相對。我永遠忘不了這一刻。也忘不了他哀傷的笑。忘不了他抓著女孩、他進出她的身體、他直望向我的眼神、他的高潮、他如何戰勝了我。

「我回到房間，全身顫抖，依偎在呂克的身邊睡去。那天晚上，我夢見了菲利浦。接下來幾個晚上也都夢見他。隔天，菲利浦和女孩回去了。我沒有目送他們離開，以頭痛做為藉口待在床上。當我聽見他發動摩托車，引擎聲消失了，我就起身對自己承諾絕不再見他。但我想念他。常常想念著。即將到來的夏天，我設法安排和呂克去塞席爾，過個浪漫假期，我告訴他我想要再來一次蜜月假期。

「再見到菲利浦是他二十五歲那年的夏天。他沒有事先通知就來了別墅。呂克其實是知情的。他們想給我個驚喜。我假裝很高興，但其實感到作嘔，各種情緒湧動，厭惡和誘惑在心中交纏著。晚上依舊，他就和一個女生在我的窗戶底下親熱，口中碎唸著：『過來，過來，過來！妳看，我多愛妳！』這種情況持續了一個月。我整個白天都避著他。吃早餐碰到他的時候，他故作一派輕鬆地跟我說：『舅媽早，晚上有睡好嗎？』但臉上再沒有笑容。他一副不快樂的樣子。情況有點不同了。可是，每個夜裡，他又會繼續再與不同的女孩親熱。我也再笑不出來。我也不快樂。他已成功將這病態的愛戀傳染給了我。與其說我是愛上了他，倒不如說我是中了他的毒。

「假期最後一天，由我陪他去車站。我對他說我再也不想見到他。他回我說：『走吧，我們一起遠走高飛。我覺得和妳在一起怎樣都可以，和妳在一起我就能擁有面對一切的勇氣。如果妳拒絕，我會變成一個可悲的傢伙，變成一無是處的廢物。』他把我的心都撕碎了。我小心翼翼地讓他明白我是絕不會離開呂克身邊的。絕不可能。他問我他能否吻我最後一次就好，我說不行……如果我讓他吻我，我就真的會跟他走了。

「一九八三年八月三十日，當他搭的那班列車離去，我知道再也不會見到他了。緣分已盡。無論如何，即使能再見，也不會是在這樣的人生裡。您知道，在人的一生中可以有好幾種可能的人生。

「菲利浦就這樣從我們的視線中消失了。起初，他還持續給我們打電話，後來漸漸地，一年又一年，沒有了音訊。呂克認為他到底還是得聽從爸媽。站在他們那邊。我們繼續著我們的日常，我們的生活。平靜而且安定的生活。一年後，我們得知菲利浦遇見了某個女孩，就是您，而且有了小孩，還結了婚。他搬了家。但沒有打電話跟我們說他搬家了。我知道是因為我的緣故。可是呂克卻為了再也沒有他的消息而難過。

「呂克一定很想見見您，也想見見您的……也許事情可能因此就不一樣了。所有的關係都會更順遂、更容易維持下去吧。後來卻發生了那起慘劇。我們幾乎是不意獲知的。夏令營的事。太可怕了。呂克想聯繫菲利浦，他打電話問他的妹妹要菲利浦的連繫方式，她接到後卻馬上掛斷。他只好放棄不再強求。他把她的行為歸因於悲痛。呂克跟我說：『而且，我們又能跟他說什麼？可憐的菲利浦。』

「一九九六年的十月，呂克在我懷裡死去，心肌梗塞。那天其實天氣很好。我們一起吃早餐時還有說有笑。接近中午，他停止了呼吸。我大喊著要他睜開眼睛，我大叫著要讓他的心跳復甦，但是一點用都沒有。呂克再也聽不見我說話。我好自責。長久以來我都以為他的猝逝是因為菲利浦的緣故所致。一切又起因於這場被隱瞞的可笑畸戀。不過這一點都不好笑。

「我用最低調的方式安排他下葬，沒有通知菲利浦的爸媽。通知了又如何？呂克是無法忍受在自己的喪禮上再見他們。他會死而復生起來五分鐘給他們一巴掌要他們滾。我也沒有通知菲利浦。通知了有什麼用？我決定守住修車廠，但是委託他人經營，我離開布龍遠走他方好幾個月。我需要沉澱，所謂的『好好地告別逝者』。

「遠離原來的生活對我一點幫助也沒有。反而，輪到我差點沒了命，度過了一段抑鬱時光。在精神病院服藥才康復。那時甚至連數到十都沒辦法。呂克的死幾乎也讓我賠上性命。失去我的男人，等於讓我的人生失去了重心。我遇到他的時候是這麼年輕。當我開始從深陷已久的傷痛中走出來，我決定要重新振作。那間修車廠是我們人生的全部，對我的人生來說更是如此。為了在城裡距離修車廠五分鐘的地方買間房子，我把我們鄉間的屋子賣了。賣屋那天，當我把鑰匙交給新屋主的時候，有隻烏鶇棲息在菲利浦的牆上，淒厲地叫著。

「一九九八年，當他走進修車廠時，我正在幫客戶的車子擬報價單。在辦公室裡，隔著落地窗我看見他騎著摩托車來。他還沒脫掉安全帽，我就知道是他。已經十五年沒有再見他。他的體態變了，但他的風采依舊。我本以為我就要死掉了吧。跟我的男人一樣，我本以為我的心臟就要停了。沒想過有一天會再見到他。我很少想起他。他是我夜晚的一部分。我常常夢見他，但白天很少想起他。他屬於我的回憶。他脫掉安全帽，然後，他的出現就成為了現在式。看到他蓬頭垢面、氣色很差的樣子我只有震驚。我在車站月臺放下了那個二十五歲的小夥子，如今在眼前的竟是一個陰鬱的男人。從前他讓我覺得他是如此俊美。雖然有黑眼圈，還是帥。我想要像克勞德・雷路許電影裡那樣，奔進他的懷裡。我想起了上次道別時他最後所說的：『走吧，我們一起遠走高飛。我覺得和妳在一起怎樣都可以，和妳在一起我就能擁有面對一切的勇氣。如果妳拒絕，我會變成可悲的傢伙，變成一個一無是處的廢物。』

「我走向他。而我呢？我也一樣，我變了。那時的我就要四十七歲。骨瘦嶙峋。皮膚看起來歷盡風霜。酒喝得兇，菸也抽得兇。我想他對這些一點也不在乎。當他見到了我，就投向我懷中。更準確的說，是『倒在我懷中』。他哭了。哭了很久。就在修車廠裡。我把他帶回家裡。帶回我們的家。他把一切都告訴我。」

＊

芳絲華・佩勒提耶離開一個小時了。她的聲音還在屋子裡頭迴盪著。我本以為她來到我面前是要傷害我，卻是把真相帶來當禮物送給了我。

62

我不再做夢，我不再抽菸，我甚至不再有歷史，沒有你，我是污穢的，沒有你，我是醜陋的，我就像是宿舍裡的孤兒一樣。

加畢爾・普東捻熄菸頭，在打烊前的五分鐘走進了玫瑰園。伊蓮・法約爾已經關了店裡的燈，面向花園的門也關閉了。她已經拉下了鐵柵門。當她看見他站在櫃檯前，她人正好在儲藏室裡。他等著，好像被遺棄的顧客，被冷落在一邊沒人招呼。

他們同時看見了彼此，她在鹵素燈的白光下，而掛在門上的紅色霓虹燈把他照亮了。

她還是如此美麗。他在這裡做什麼？我希望這是一個驚喜。他要來跟我說什麼嗎？她都沒變。他沒有變。多久沒見了？三年。上一次，有些不快。他一臉茫然的樣子。她連再見都沒說就走了。我希望他沒有怨我這樣就走了。不，不然他不會在這裡。她一直都和她先生在一起嗎？他已經開始另一段新人生了嗎？她頭髮的顏色好像不一樣了，看起來比較光亮。他還是穿那件老深藍色大衣。她還是穿一身米色。他比上次上電視時的樣子還更年輕些。她這些日子都做了些什麼？他都見過什麼？為了什麼辯護？知道些什麼？吃些什麼？又經歷過什麼？這些年，流年似水的這些年。她會接受和我去喝杯酒嗎？為什麼他這麼遲到現在才來？她還記得我嗎？他沒有忘記我。她在真好。我們運氣真好，保羅一如往常在周四晚上來接我。我可以再一次什麼都沒說就走掉。他會吻我嗎？她會給我一點時間嗎？今晚有個老師和家長的聚會。我或許其實應該在街上跟著她。他會跟著我嗎？我應該假裝在人行道上和她不期而遇。保羅和朱利安晚上七點三十分在校門口等我。法文老師想跟我們談談。第一步，我希望是她主動跨出第一步。〈第一步〉是一首歌。[69]而且，各自有各自的人生要過。我們要去旅館嗎？他會讓我喝得跟上次一樣醉嗎？她肯定有什麼要跟我說的。英文老師也會出席這個聚會。我得把禮物給她，我不能連禮物都沒有給她就走了。我到底在這裡幹嗎？我忘不了她的肌膚、在旅館共度的一夜。還有她呼吸的聲息。他不抽菸了。不可能，他絕不可能戒菸的。他只是不敢在這裡抽菸而已。他的雙手……

伊蓮．法約爾的日記

一九八七年六月二日

我從儲藏室走出來，加畢爾靦腆地笑著，跟在我身後，一個堂堂大律師，充滿如許魅力，說起話來盛氣凌人的那個他，竟不知道怎麼開口說話，整個人就像個小孩子一樣。那個為了犯人和無辜者雄辯滔滔的他，竟沒辦法開口為我們之間的愛情辯護。

我們在街上碰面。加畢爾一直沒有把禮物給我，我們之間一句話都沒有說。我把店門上了鎖，

---

69 Le premier Pas，猶太裔法籍歌手克勞德－米歇爾．勳伯格（Claude-Michel Schönberg, 1944-）一九七四年創作詞曲，為當年度暢銷百萬張唱片的流行歌曲。

我們一起走到我的車停放的地方。就像三年前，他就坐在我旁邊，他讓頸子靠在座椅的頭枕上，我沒有目標在路上隨意地開著。我不想把車子停下來，不想下車，不想讓他下車。我不知不覺上了高速公路，開往土倫，沿著岸邊一直開到安堤布海岬。當車子快沒油的時候，已經晚上十點了，我將車停在一間「金黃海灣」旅館旁的海邊。我們走到了有旅館房間住宿價目表和菜單價目的看板。有個金髮女人臉上掛著美麗的微笑來接待我們。加畢爾問是否還不會太晚可以供應晚餐。

從他闖進玫瑰園到目前為止，我第一次聽到他的聲音。他在車上一句話都沒說。只用收音機找音樂來聽。

旅館櫃檯的女士回說，餐廳在這個季節周間平常日沒有營業。她會送兩份沙拉和總匯三明治到房間裡給我們。

我們還沒問房間。

她沒等答覆，就給了我們鑰匙，七號房的鑰匙，又問我們想要白酒、紅酒或是玫瑰酒來搭配晚餐的餐點。我看著加畢爾：酒該怎麼挑由他來決定。

最後，櫃檯女侍問我們會待幾晚，這個問題，由我來回答：「我們還不知道要住幾晚。」她陪我們走到七號房，教我們怎麼開關電燈和電視。

在樓梯間，加畢爾在我耳邊悄悄說：「我們應該是看起來像是在熱戀中，她才會安排房間給我們。」

七號房是淺黃色的裝潢。裡面都是南方的顏色。櫃檯女侍離開前，將陽臺上面海的落地窗開了，大海是黑色的，微風輕吹著。加畢爾將他的深藍大衣掛在一張椅背上，從大衣裡拿出東西給我。

一個用禮品包裝紙包好的小東西。
「我來是要拿這個給您，沒想到走進了您的玫瑰園，會再讓我們在這裡，這間旅館相會。」
「您後悔了嗎？」
「此生不悔。」
我拆開禮物包裝紙。是一個玻璃雪景球。我把這顆玻璃雪景球倒轉了幾次。
櫃檯女侍敲了敲門，把帶輪餐車推進來，將餐車留在房間裡。她一進房門說了聲抱歉打擾，馬上又退出房間。
加畢爾用雙手捧著我的臉，吻了我。
「此生不悔」是那晚他最後說的話。我們連餐點和酒都沒有碰一下。
隔天早上我打電話給保羅，告訴他我不會馬上回去即把電話掛上。我告訴我的員工，要她獨自顧店幾天。她有點緊張地說：「我連收銀也得處理嗎？」我回說：對。然後連聲再見也沒說就掛了電話。
我想我絕不會回去了。就在這一次從此消失。什麼都不用面對，尤其不用面對保羅的眼光。就懦弱地逃走吧。要再回來找朱利安，但是是以後了，等他長大以後，等他能理解的時候。
加畢爾和我都沒有換洗衣物。隔天我們到服飾店買了幾件，他不要我選米色衣服，幫我挑了花色洋裝，整件都點綴著金蔥。還幫我挑了涼鞋。我一直討厭穿涼鞋。穿涼鞋會讓人看見我的腳趾頭。
這幾天我都覺得自己在假扮某人。某個穿著別人衣服的人。這些衣服是某個別的女人的衣服。很久以來，我也都在問自己是否在假扮著誰，或是否我其實是第一次終於找回了，發現到原本的我。

我們到了安堤布海岬一星期後，加畢爾必須出席里昂的法庭幫一位被控殺人的男子辯護。加畢爾確信這位男子是無辜的。他拜託我陪他去。我心想：人可能可以拋下玫瑰園和家庭，卻無法對被控謀殺的男子棄之不顧。

我們一起回到馬賽，取回加畢爾停在跟我的玫瑰園隔了幾條街的車子。我把我的貨車留下，把鑰匙藏在左前側輪胎上，我常常這樣做，然後我們一起前往里昂。

當我看見加畢爾的車是一輛運動型紅色敞篷車，我覺得我還真不懂這個男人。我對他一無所知。我才度過了我一生中最美好的時光，之後呢？

不知道為什麼，我聯想到了假期羅曼史。才在海灘上遇見的那讓人顛狂傾心不已的陌生帥氣男子，九月在巴黎灰撲撲的街道再遇見時，那身拘束裝扮，已經不見半點夏季時的迷人魅力了。

我想起保羅。關於保羅的一切，我是如此熟悉。他的溫柔、他的俊美、他的體貼、他的愛、他的靦腆，還有我們的孩子。

同一時刻，我看見保羅開著他的車，應該是從玫瑰園出來的，應該正到處在找我。他一臉蒼白，若有所思。他沒有看到我。我真希望那時他與我眼神交會。他沒有看到我，把選擇權留給了我。重回他的身邊，或是上加畢爾的車離開。我在一家店的玻璃窗上看見了自己。穿著綠色、鑲金蔥的洋裝。我看到的是另一個女人。

我跟開著敞篷車的加畢爾說：「等等。」我一路走到我的玫瑰園，我從前方經過，沒有人在。我的員工應該是在花園，在後面。

我開始跑，好像有人在後面追著我似的。我從來沒有跑得如此快。我進到我可以找到的第一間旅館，把自己關在房間裡，靜靜地哭。

隔天，我回到玫瑰園又繼續工作，重新穿回米色衣服，我把玻璃球放在櫃檯上，然後就回家了。

我的員工跟我說，前一天，一個很有名的律師來了玫瑰園，他像個瘋子一樣到處找我。她說，他本人沒有像電視上那麼好看，個子比較矮。

一星期後，報紙報導了加畢爾·普東律師使在里昂那位被控殺人的男子，獲判無罪。

63

父親的缺席使得有他在的記憶更加深刻。

在法庭審訊過程中，在詹妮薇芙．馬南之後，唯一讓他注意到的，讓他忘不掉的，就是馮塔內的臉孔。他的穿著、他的動作、他的態度。所有來出庭作證的人當中，他只記得馮塔內。

在輔導人員、消防員、專家、廚師都出席過後，阿蘭．馮塔內是原告律師最後傳喚的一位。當馮塔內用堅定的語氣回答法官的問題時，菲利浦．杜森看到詹妮薇芙．馬南低著目光。當審訊的第一天他發現她出現在法庭的走廊上，當他知道那一夜她人就在德培區聖母院，他馬上就覺得：**是她在房間放火的，她在報復。**

可是，當馮塔內發言的時候，菲利浦．杜森深深感到不適。他覺得不會只有他感到這樣的不適，面對這謊言的頭暈目眩。他放眼觀察其他的家長，看看他們是否和他聽到馮塔內的證詞有一樣的反應，但一點都沒有。其他的家長們形同槁木。就像維歐蕾特一樣成了行屍走肉。就像在被告席的夏令營主任一樣，眼神空洞，聽著馮塔內發言卻什麼也沒聽進去。

又再一次，菲利浦．杜森自覺到：我現在是唯一清醒活著的人了。他覺得有罪惡感。雷歐妮娜的死沒有讓他像其他人一樣消沉喪志。就像他和維歐蕾特之間，就由她承擔起一切痛苦。她沒有讓人分擔她的哀傷。但他知道在他內心深處有某種憤怒使他重新振作起來，讓他置身紛擾之外。這憤怒，壓抑、沉重、暴烈、黑暗，他不曾向任何人提起過這樣的憤怒，因為芳絲華不在他身邊了。他恨他的父母、他恨他的母親、他恨這些人在起火時卻無所作為……

他不曾當過好爸爸。他是一個老是缺席的爸爸，一個疏離的爸爸，一個只有表面功夫的爸爸。他太自私，太專注於自己，沒辦法把愛分給別人。他一心只在乎他的摩托車以及和女人勾搭。所有等著被消費的女人就像是小販攤上熟成待售的水果。這些年來，他已經跟女鄰居們都玩夠了，有一個朋友就推薦了地址給他，是個可以一票人一起玩樂的地方。在那兒遇到的女人不會愛上對方，也不搶出風頭，不會愁眉苦臉生悶氣，她們和這些傢伙一樣，是來尋歡的。

判決已定：夏令營主任獲判兩年徒刑，減刑一年。還判了賠償金，大把大把的賠償金。他留給了自己。他那渾蛋透了的媽媽交代給他的習慣：「要把所有的錢都看好，你那另一半，正等著要抽乾你所有的錢。」

當他走出法庭時，他的爸媽正在外頭等著他，兩人神情之肅穆更甚於他才親歷的司法審訊過程。他想逃走，找個暗門快閃離開，就不用面對他們的目光。自從雷歐妮娜死後，他再也無法忍受他們。他的媽媽一向將所有不好的事情都怪罪給維歐蕾特，但慘劇發生後，她便不能指責維歐蕾特了。她曾試圖把矛頭指向維歐蕾特，但這次畢竟是她堅持讓雷歐妮娜去這個倒楣的鬼地方度假的。他跟爸媽一起去吃了中餐，垂頭喪氣。他什麼都吃不下，什麼話都沒說。他在結帳單背面，拿他爸爸用來簽支票的筆，草草寫下了：「艾迪特．克羅格維埃，主任；司萬．萊特里耶，廚師；詹妮薇芙．馬南，值班人員；愛洛依絲．珀蒂、露西．林頓，隊輔員；阿蘭．馮塔內，維修人員。」

他回到家了，像是他的摩托車載回來的唯一行李一樣，他只帶回了馮塔內的證詞：「我睡在二樓，我是被司萬．萊特里耶的叫聲吵醒的。女士們已經在疏散其他孩子。樓下起火的房間，是不可能進得去的，硬要進去的話可能更慘。」

當他告訴維歐蕾特判決結果時，她沒有反應，只說了：「好吧」，然後就出門把平交道柵欄給降下來。那一刻，他又想起了芳絲華，想起了在比奧度過的夏天。他常常想起這一切，當現在讓他太過沮喪時，他就在回憶裡重溫彼時的假日時光。接著，他抓起任天堂操縱桿，一直玩到瑪利歐面對障礙物無法破關，困在僵局無法前進，到他腦子鈍了，又叫又罵，煩躁不已為止。當他把電視機關了，維歐蕾特已經在他倆的房間裡睡著許久。他沒有一起睡。他把摩托車騎了出去，一路開到地址，找了和他有相同期待的女人，他們都想要的就是在一間房，尋求高潮，達成一場哀傷的交媾。可是馮塔內的話語在他心裡揮之不去：「我睡在二樓，我是被司萬．萊特里耶的叫聲吵醒的。女士們已經在疏散其他孩子。樓下起火的房間，是不可能進得去的，硬要進去的話可能更慘。」

可能更慘的會是什麼？

雷歐妮娜的死讓他陷入了自我中心狀態。這種自我中心就是他的媽媽無論如何叮囑著他：「不要顧慮別人，凡事替自己打算。」

有時候他向維歐蕾特說：「我們再生一個吧。」為了擺脫他，她回說好。擺脫掉那個多年來將她棄之不顧的他。擺脫掉那個背叛她的他。他的背叛無關乎所有那些纏繞他身邊的女子。他的背叛來自於他唯一愛過的芳絲華。他娶維歐蕾特不是為了讓她幸福，他和她結婚是為了擺脫他那煩人的母親。

當維歐蕾特失去他們的孩子，他因她感到了巨大哀傷。他因他的妻子而感到的哀傷更甚於喪女之痛。他因為無能替妻子做任何事情而感到痛苦。他因沒有好好照顧她而感到痛苦。他因自己的無言以對感到痛苦，除了洗髮精用什麼牌子或是講講電視節目之外，他總是無話可說。他連「妳現在覺得怎麼樣？」這種話都不曉得向妻子說出口。為此，他一樣也感到有罪惡感。他甚至學不會受苦。實際上，他什麼都沒有學會。既沒有學會愛，也沒有學會認真工作，也沒有學會付出。一無是處的廢物。

當他第一次見到在吧檯後的維歐蕾特，他便對她傾心不已。她像是全身撒滿了糖，把他引來。她像是嘉年華會的卡車上的五彩棒棒糖。這種吸引無關乎他過去對芳絲華有過的且一直都有的愛慕好感，他就是想要這個特別的女孩。她的聲音、她的肌膚、她的笑顏、她輕盈的身姿。她男孩子氣的外型、她的脆弱、她毫不保留的付出。正因為是這樣，很快地他就讓她懷了孩子，他想要將她據為己有，完全只屬於他自己一個人。就像是得到一份不想與他人分享的點心。不顧把碎屑弄得到處都是，躲在角落狼吞虎嚥地吃掉。然後，他就被媽媽逮到了他在做壞事，他就是個孩子王的德性，吃得衣服滿是油汙。而且，還把女生的肚子搞大了。

一九九六年的八月，也就是審判將艾迪特．克羅格維埃送進監獄九個月之後，維歐蕾特到瑟利雅的度假小屋待了十天。他受不了瑟利雅這個人，反過來他覺得其實瑟利雅也一樣受不了他。這十天，他和沙勒維爾的哥兒們騎車去兜風。這些是過去一起混的哥兒們。朋友，他不再有其他朋友了。不論是在交了這些朋友之前還是現在。

他獨自啟程到索恩河畔沙隆。阿蘭．馮塔內在那裡的一間醫院工作。聖德蘭醫院建於一九七九年，自從馮塔內丟了德培區聖母院的工作，就來這間醫院和其他兩個同事一起負責電器設備、消防設施的維護及油漆粉刷的工程。菲利浦．杜森不知道去了要怎麼對付他。他該要客氣地跟他聊聊還是把他打到全都招了為止？馮塔內比他大了二十來歲，用上搏擊的一招半式鎖住他的手臂，壓制他並不難。他要的就只是找他單獨面對面，向他問審訊過程中從沒有人問過他的問題，他沒有除此之外的其他打算。

菲利浦．杜森進到了醫院裡面，他在服務臺要求要和阿蘭．馮塔內說話，服務臺的人回說：「您知道病房號碼嗎？」菲利浦．杜森含糊不清地說：「沒有病房號碼，他在這裡上班。」

「是護士？還是實習醫師？」

「他在維修部工作。」

「我查一下。」

正當接待我的女士拿起電話要幫我詢問，菲利浦．杜森在大約距他五十公尺處，看見阿蘭．馮塔內進入一樓的自助餐廳。他穿著灰色工作服。他又再次感到法庭上所感覺到的不適，那個傢伙實在無法讓他有什麼好感。他想都不想，快步走向他，走到了他背後。馮塔內手拿著餐盤，在自助餐檯前排著隊。菲利浦．杜森待在他的後面，接著輪到他取餐盤，點了一份本日特餐。馮塔內獨自一人走向一扇窗戶。菲利浦．杜森又跟上了他，沒有問他就在他的對面坐下來。

「我們認識嗎？」

「我們沒說過話，但我們認識。」

「有什麼我能幫上忙嗎？」

「當然。」

馮塔內如常地切開眼前的肉。

「我一直不停地想到您。」

「通常，我也會讓女人一直想著我。」

菲利浦・杜森用力咬住牙根克制住自己，不要動怒。

「這樣說吧，我認為您在法庭上沒有一五一十說出您知道的……您的證詞。在我腦海裡轉圈盤繞不去，像一隻在籠裡狂奔的困獸那樣。」

馮塔內沒有顯露半點驚訝。他看著菲利浦・杜森，端詳了一秒，應該是設法要從審訊過程中想起他，接著他用叉子沾了醬抹在一大片麵包上。

「您想我會像這樣子，加點什麼在您帥氣的臉上嗎？」

「好啊。」

「可是我何必這樣做？」

「因為這樣我就不用這麼客氣了。」

「您可以斃了我，我不在乎。我甚至要說，斃了我剛好。我不愛我的工作。我不愛我的老婆，也不愛我的小孩。」

菲利浦・杜森緊握雙拳，用力到雙手發白。

「我才懶得管您的人生有什麼過不去，我想知道的是那晚您看見了什麼……您說起謊真是臉不紅氣不喘。」

「那位馬南，您認識那位馬南嗎？是我太太 。」

「……」

「法庭審訊的時候，每次只要她看著您，她就心驚膽跳。」

當馮塔內說出她的名字，他想起了在學校走廊上的詹妮薇芙．馬南，睡眼惺忪，像隻發情的母狗在他後頭追著他跑。他眼前又浮現了，雙腳滿是泥濘，在他摩托車車燈之下，總是約在同一個地方與她交歡的場景。這讓他感到一陣噁心。馮塔內一身混著食物和醫院的味道……她是為了報復才在房間放火的嗎？這個問題折磨著他。

「到底發生了什麼事，他媽的……」

「一場意外。不折不扣就是場該死的意外。恕我直言，別查了，您再怎樣也找不出什麼東西來。」

菲利浦．杜森整個跳到桌子上來，像個瘋子一樣把他抓了起來狂揍。他胡亂地哪裡都打，打他的臉，揍他的肚子。感覺像是在打擊棄置街角的一張床墊。他揍人的時候對身旁的尖叫聲毫無所覺。馮塔內沒有抵抗。他任由著挨揍。為了阻止菲利浦繼續打，有人拉住他的手臂，把他壓制在地，讓他不能動。但他以超乎常人的力量掙脫了，接著就逃跑了。他打得用力，打到雙拳刺痛，滿是鮮血。

就如菲利浦．杜森所預期的，馮塔內什麼都沒說，沒有對遭到毆打和所受的傷提出告訴。他聲稱不知道攻擊他的人是誰。

64

安睡吧，爸爸，安睡吧，就算你在天上最遠的地方，還是聽得見我們孩子般的笑聲。

二〇一七年六月二日，布龍鎮墓園，天氣晴，二十五度，下午三時。菲利浦・杜森（1958-2017）的喪禮。橡木製棺材。灰色大理石建造的墓。沒有十字架。

三個花圈上寫著：「美麗的花兒獻給永不褪色的回憶」，白色百合花圈上則寫著：「請收下代表我深深哀悼之情的花朵」。

追思緞帶上寫著：「獻給我的伴侶」、「獻給我們的同事」、「獻給我們的朋友」，在一臺鍍金的摩托車旁有一面紀念牌，寫著：「消逝人間，但絕不遭遺忘」。

墳墓邊圍著二十來個人。出席的都是菲利浦・杜森另一段人生裡的人。

身為他的法定配偶，我授權芳絲華・佩勒提耶，讓她將菲利浦・杜森安葬在呂克・佩勒提耶的墓穴裡，好讓他和舅舅重逢，這個舅舅我一直都不知道他的存在。就像是我一直對菲利浦・杜森人生裡的某一部分一無所知一樣。

我等待所有人都離開了才走靠近墓穴，代替雷歐妮娜放上本該由她獻上的紀念牌：「獻給我的父親」。

65

一封短信想告訴你，我們愛你。

一封短信想請你助我們克服世間種種艱難。

一九九六年八月，詹妮薇芙・馬南

我等了他很久。我知道他終究會來。在我見到馮塔內的臉變成那樣之前，我早明白會有這一天。馮塔內一進門，就是一張面目全非的臉。他拄著拐杖走進來。臉上鼻青臉腫，還弄斷了兩顆牙。我問說：「你又幹了什麼好事？」我本來想他是喝太多，又和別的酒鬼打起來。他總是性情暴戾，本性粗暴。他晚上喝多了的時候也是會讓我挨一頓皮肉痛。

但他回說：「這問題妳去問背著我搞妳的那個傢伙。」

這句話，比我媽媽和馮塔內打我還要讓我痛。和這句話相比，他們的拳打腳踢根本不算什麼。不過是在肉上切個幾刀而已。

面目全非的是他，跛了腳步履蹣跚的是他。受罰的卻是我。我再也動彈不得。我僵住了。嚇傻了。

我又想起上周在鄰居家宰了的那頭豬。想起了那頭豬因為恐懼和痛苦，是怎樣地惶恐、怎樣地顫抖、怎樣地嚎叫著。荒誕可怖。男人們繼續凌遲那頭豬，甚是得意。之後，我們女人被分派去做豬腸。整個瀰漫著死亡氣息。我那天想自我了斷。這是我第一次有了像有錢人說的那種「解脫」的欲求。不，我不是第一次有這個念頭。但那時，這個念頭占據我的心思很久，比往常都要久，我甚至帶了錢到布里科哈馬裝修用品店買了繩子。接著我想到了我的兒子，一個四歲，另一個九歲，我就只好擱下了。要是他們只有馮塔內，他們會過著什麼樣的日子？

當我在法庭的走廊上看見他注視我，我就知道有朝一日**他**會來質問我。

有人來敲了門，我以為是郵差，我正在等樂都特服飾寄出的包裹。可是來的不是郵差，是他，他就在門後。眼神疲憊。我看見了他的哀傷。我看見了他的俊美。接著，我還看到了輕蔑。我在他眼裡就像是一坨屎。

我想把門關上，但他用力踢了門進來。像個瘋子一樣。我想要報警，但我跟警察要怎麼說呢？自**那一夜**起，我就害怕這一刻。他沒有碰我，他對我厭惡至極。他讓我覺得他同時充滿了恨意和震驚。我唯一能說的就是：「這真的是場意外，我沒有任何故意，我絕不會做傷害小孩的事情。」

他盯著我看，那時，他的回應是我沒能料想到的。他在我廚房的桌前坐下，雙手抱著頭哭起來。他哭得好厲害，像走失在人群裡找不到媽媽的孩子。

「您想知道當時發生了什麼事嗎？」

他回說不。

「我發誓，這真的是場意外。」

他離我有一公尺。我想要摸摸他，想要把他的衣服脫掉，想要把我自己的衣服脫掉，想要他像先前那樣，抓著我靠著岩石塊，讓我叫出聲。在那一刻，沒有人能像我一樣如此憎恨自己。

他，一臉絕望，頹喪地待在我長年疏於清理的廚房裡。打從失業以來，我便荒廢一切。我是那個該為這一切負責的人。我，難辭其咎。

他起身了，看都沒看我一眼就走了。他離開之後，我坐了他剛才的位子。他香水的氣味還在。

孩子放學後，我把他們安排到我姊姊家。我的姊姊，人比我親切多了。我要他們聽話。別亂跑。

我又拿了上次準備好的錢。回家的時候，我要到布里科哈馬裝修用品店買繩子。

66

母親的死，是人們第一次真正經歷到悲傷，因她不在了而哭泣。

「您想嘗嘗嗎？」

「我很樂意嘗嘗看。」

我摘了些櫻桃小番茄，讓魯奧律師品嘗看看。

「真好吃。您會繼續待在這兒嗎？」

「您希望我去哪呢？」

「只要帶著您繼承的遺產，您就不用工作了。」

「啊不，不會。我喜歡這間屋子，我喜歡這座墓園，我喜歡我的工作，我喜歡我這裡的朋友。而且，還有誰會來照顧這些小動物呢？」

「但總之無論如何，給自己添置個小房產，哪個地方什麼的，都好。」

「喔不。那這樣我就得一直往別墅去了。您知道，有了別墅會讓其他地點的旅行無法成行，最後一刻往往還是到別墅。而且坦白說，您能想像我這種人擁有一座別墅嗎？」

「如果您不介意，您繼承的這筆錢打算怎麼用呢？」

「一百除以三會等於多少？」

「三十三點三三三三三三小數點後數字無限。」

「那麼，我會把其中的百分之三十三點三三三三三三小數點後數字無限捐給愛心食堂[70]、國際特赦組織和芭杜基金會[71]。這樣身在墓園的我就能為拯救這個世界盡一點棉薄之力。魯奧律師，來，一起喝一杯吧。」

他抓著拐杖，笑著跟在我後面。我們倆坐在棚架下方一起品嘗冰涼可口的蘇玳葡萄酒。魯奧律師一邊脫了他的西裝外套，伸展著雙腿，一邊伸出手指拿鹹花生。

「看今天天氣多好，每一天我都沉醉在這個世界的美。當然，人在世間總要經歷死亡、哀傷、壞天氣、諸聖節，可是生命總會再捲土重來。總會有個早晨，陽光明媚，青草又從焦土裡重新生長出來。」

「我應該把在我事務所裡爭吵不休的那些手足們送來您這裡，他們跟著您才能見習人生智慧。」

「我認為不應該有遺產的存在。人們在活著的時候就應該為所愛的人付出一切。付出時間和金錢。遺產是魔鬼發明出來的，這樣家人之間的關係就會因此而撕裂。我只相信人活著時對他人的贈與。我不相信死後的承諾。」

「您知道您丈夫是有錢人嗎？」

「我的先生不富有。他太孤單，也太不幸。幸運的是，他人生的最後和一個好人在一起度過了。」

「親愛的維歐蕾特，您幾歲了？」

「不知道。一九九三年七月之後，我就不再慶生了。」

「您的人生可以重新開始。」

「我的人生現在這樣子也挺好的。」

70 愛心食堂（Restaurant du Coeur）由出身貧寒的法國喜劇演員克祿士（Coluche）在一九八五年發起，該機構在入冬後供應免費加熱食品，分發如牛奶、麵粉等基本生活食品，幫助窮人和無家可歸者度過嚴冬。

71 碧姬．芭杜基金會（La Fondation Brigitte Bardot），影星碧姬．芭杜（Brigitte Bardot）於一九八六年創立，旨在保護動物。

67

在生命流淌的流沙上，長出我心嚮往的怡人一朵花。

一九九六年八月，到墓園安頓下來的前一年，我比往常更早離開索爾米烏的度假小屋。我搭上開往馬貢的列車，接著搭上一班中途停靠布朗松而開往圖爾尼的巴士。我搭的這班巴士會經過拉克萊特鎮，那是我第一次看見德培區聖母院的城堡，遠遠的，透過玻璃車窗看著。這班巴士幾分鐘後會經過布朗松市鎮廳，當我下車時，從頭到腳在顫抖。雙腿乏力地踱引我前行至墓園。步行中，我又看見城堡、窗戶和白色的牆面。我隱約看到了城堡後方那片湖水，閃耀如一片藍寶石之海。天氣很熱。

薩沙的屋子靠墓園一側的門虛掩著，我沒有進去，直接走到雷歐妮娜的墳墓，一邊走一邊還望著城牆。在刻有我女兒和她朋友之名的墓碑前，我第一次對沒來參加喪禮感到自責，對於讓她自己孤單一人辭世感到愧疚，對於安一塊白色小石子在墓地上都沒有而感到抱歉。然而又一次，在那一天我領悟到，比起石碑之下，其實在我剛去過的地中海和薩沙花園裡的花之中，都更能讓我覺知到雷歐妮娜的存在。後來，我沮喪失意地走到薩沙的屋子裡。

他不知道我來了，我沒有事先知會。自從菲利浦．杜森不准我來，我已經有兩個月沒見過他。屋子裡整理得井然有序。向著菜園的門開得大大的。我沒有叫他。我走出去，看見他躺在長椅上，他在睡午覺，臉上蓋了頂草帽。我悄悄走近，他立刻起身用他的雙臂把我緊緊地擁在懷裡。

「隔著草帽看到的天空奇美無比。我喜歡隔著這些鏤空的洞看天空，這樣太陽就不會讓我覺得刺眼。我的小雛鳥，多麼美好的驚喜……妳會待上整天嗎？」

「會待一會兒。」

「太棒了！吃過了嗎？」

「我不餓。」

「我弄點麵給妳吃。」

「可是我不餓。」

「吃嘛。我用的可是奶油和格呂耶爾起司，跟我來，我們還得幹活！妳看到了嗎？菜園裡都長得多好。花園這一年大豐收！大豐收喔！」

當我看見他激動的神情和笑容的那一刻，我感覺到肚子裡有某種溫熱，有點像是幸福。不是什麼自欺的感受，不是只持續了幾秒鐘的那種生命衝動，而是一種富足。嘴角的笑意並未轉眼閃逝，渴望，純粹對生的渴望。我不再渾渾噩噩地活著，而是有意識地過好每個日子。

我多想把這個夏天和這一刻，把花園及與薩沙共處的時光永遠封存下來。

我在他身邊待了四天。從採收熟成的番茄來醃漬開始。首先，薩沙在柴火上將水煮沸，我們在裝滿沸水的亞鉛洗衣桶裡將廣口瓶殺菌好。接著將番茄剖開去籽，將去籽番茄與現採的新鮮羅勒一起放入瓶內。薩沙還讓我知道瓶口要用沒用過的橡膠墊圈才能確保瓶子確實密封。我們將番茄加熱煮了十五秒。

「現在，這些廣口瓶可以將番茄保存至少四年。不過妳看，所有安葬在墓園的人他們都有陪葬物，但這些陪葬物對他們有什麼用？我們兩個當然更沒什麼好等，今晚就來開一瓶醃漬番茄享用吧。」

四季豆也可以用來醃漬。去梗後，在廣口瓶裡加入鹽水一起浸漬，瓶蓋蓋緊後隔水加熱煮沸。

「我的四季豆這一年都一個晚上就長出來了，才兩天前而已，他們應該是察覺到妳來了……千萬別低估這座花園裡預知的力量。」

第二天有一場喪禮。薩沙請我陪他一起參加。我無事可做，只能待在他身邊。那是我第一次參加喪禮。我看到人們的臉孔、哀戚、蒼白，一身暗色系的體面服裝。我看到人們手牽著手，挽著彼此，低下頭去。我想起了往生者的兒子在喪禮上的致詞，他含淚說道：

「爸爸，如同安德烈．馬樂侯[72]說過的，最美麗的墓碑是人們的回憶。你喜愛生活、鍾情於女子、名酒和莫札特。以後每當我開一瓶美酒，每當我遇見一位美麗女子，每當我品嘗名酒還能有美女相伴的時候，我就會明白你不是身在遙不可及的地方。每當葡萄要變色，從綠轉變成紅，每當天空有幾個小時綻放出和煦陽光，我就會明白你不是身在遙不可及的地方。每當我聽到單簧管協奏曲，我就會明白你不是身在遙不可及的地方。接下來的一切都由我們自己承擔，安息吧，爸爸。」

當所有人都離去，我們回到薩沙的屋子裡，我問薩沙喪禮上聽到的悼詞是不是有留存。悼詞是不是記在什麼地方。

「記了要幹嘛？」

「我想知道雷歐妮娜喪禮那一天，大家都說了什麼。」

「我什麼都沒留。這一年種下的蔬菜隔年不會自己長出來。每年都必須從頭來過。只有櫻桃小番茄：這些番茄自己長自己的，有點不合群，不管在哪裡都長得出來。」

「為什麼對我說這些？」

「維歐蕾特，人生就像一場接力賽。妳把這一棒傳給接棒的人，這個人會再傳給另一個人。我傳給妳的，有一天妳會再傳給另一個人。」

「可是我在世上孑然一身。」

「怎麼會，還有我在，我之後也還會有別人的。如果妳想知道雷歐妮娜喪禮那天大家說的話，妳就自己寫寫看，等下就寫，寫好才去睡。」

第三天，我為雷歐妮娜唸寫好的悼詞。

我在墓園的某條通道找到了薩沙。我們沿著一座又一座的墳墓走著。他跟我談起一些逝者，很久以前就死去的人，以及其他才剛搬進來的往生者。

「薩沙，您有孩子嗎？」

「當我年輕時，想和大家做一樣的事情，因此我結了婚。我想和大家都做一樣的事情：多蠢的事，多笨的想法。表現良好的教養、擺出道貌岸然的姿態和遵循習以為常的庸見，這些都足以致命。我的太太叫薇瑞娜，長得十分標緻，聲音甜美，跟妳一樣。而且，妳長得和她有點像。由於我是個自以為是的蠢蛋，我相信她的美貌可以激發我的欲望。結婚那天，當我看到穿白紗的她，害羞

72 André Malraux, 1901-1976，作家、政治家，法國第五共和總統戴高樂任命的首任文化部長。

得臉紅通通的，當我掀開遮住她美麗臉孔的頭紗來，我就知道我對所有人都撒了謊，而我就是最先被自己欺騙的那一個。當賓客們在為我們鼓掌喝采，我冷冷地吻了她的唇，此時我唯一眷戀的卻是男人們衣襟下的肉體。在舞會開始前我就已經先醉了。新婚之夜簡直是一場惡夢。我真心想共度良宵，我想著我太太的兄弟，有一雙黑色眼睛的棕髮男子。可是卻一點用也沒有，我還是沒辦法和她做愛。薇瑞娜將『這件事』歸因於情緒和酒醉所致。接下來幾個禮拜，度過了一晚又一晚，我終於辦到了。我終於取走她的貞操。我甚至無法對妳說這讓我有多不幸，她的眼光是那樣充滿愛意和柔情，我卻是拜自己下流的想像力所賜，才終於有辦法碰了她。經過了一夜又一夜，村子裡的男人都出場過了，在與她之間的溫存中，我和這些男人也都親熱過一輪了。

「後來我們搬了家。這是第二件蠢事，不是地址換了，人的欲望就會改變。欲望還是緊繫著行李一起搬來了。不同於候鳥或野草，欲望無法自適於各種氣候而改變。我把窗戶和腳踏墊都換了，但我還是盯著男人看。我背著我太太在公共廁所和男人搞過好幾次。真羞愧……不斷地假裝，我終於病了。我對薇瑞娜的愛不是裝出來的，我真心愛著她。我的眼睛欲望著她，但僅止於眼睛。我迷戀她的姿態、她的肌膚、她的動作，但她那撮垂下來的美麗棕髮遮住了臉就好像是對我劃下一道禁止通行的記號。最後我患了血癌。我的白血球開始吃掉我的紅血球。白血球對我來說就像是穿著婚紗的女人，在我的血液中猖狂著，而我被這種羞恥吞噬了。或許這樣說在妳聽來有些難以理解，但住院的日子讓我解脫了。讓我卸下在床上與薇瑞娜『行夫妻之實』的義務。其實說是『玷汙』她或許還比較準確。我就繼續蒙在被單裡，閉著眼，一邊幻想著別人，一邊愛撫她的身體，幻想哪一個男人都行。就算是幻想著電視主持人也好。

「薇瑞娜懷孕了。我從這次懷孕看見了光明，這彷彿是我們婚後這三年黯淡光陰唯一迎來的好事。我看著她的肚子大了起來，我又重拾園藝生活，又變成了一個堪稱幸福的男人。這個孩子，是我夢寐以求的。接著，他出生了。我們給他起了教名為艾米爾。薇瑞娜不再那麼注意我了，對我也少了興趣，她全心全意只為她的孩子，我因此覺得越來越自在。我有情人、有溫柔的太太、而她同時也是母親，我幾乎可說是浸淫在幸福中，一種被弄髒了的幸福，但到底還算是幸福。妳知道嗎？我當這個爸爸很痛快。尤其在不想碰自己老婆的時候，有個孩子實在是個好處。老婆累了，虛弱了，常常在頭痛，夜裡聽著孩子哭，一下太熱，一下太冷，一下又長牙，一下又做惡夢，不然就耳朵發炎。後來我唯一一次又和薇瑞娜上床是在一個喝多了的年夜飯之後，而單這一次就讓她再次懷孕。艾米爾出生的三年後，妮諾出生了，是個可愛的小女孩。

「我讓薇瑞娜生了兩個小孩。兩個小孩。是我賦予的生命，活生生的生命，兩次。這證明了天主作弄著所有的人，也不會忘了男同性戀。」

「他們現在幾歲了？」

「跟我太太一樣的年紀。」

「我不懂。」

「他們不再有年紀了。他們在一九七六年一場車禍中喪生。在「太陽高速公路」上。我本該在三天後搭火車到我們租的海邊度假小屋和他們會合。妳知道為什麼嗎？」

「為什麼？」

「為什麼我應該三天後跟他們會合？」

「……」

「我告訴薇瑞娜我有工作要補班。一九七六年，當時我是工程師。補班背後的真相是我預先安排了三天要和一個同事偷情。當我知道他們意外身故，我就瘋了。我不得不進了精神病院，關了很久。是在那裡，四面白牆內，我學會了用雙手治癒他人。我親愛的維歐蕾特，妳看我們兩個各自有過悲慘際遇，可是我們還是好好活下來了。我們的人生就像是雨果所有小說的集合。巨大的不幸、微小的幸福和希望，集結成了一篇精華。」

「他們葬在哪裡？」

「在瓦朗斯附近，薇瑞娜的家族墓穴裡。」

「但您怎麼會落腳在這個墓園開始新的生活呢？」

「從精神病院出來後，我成了社會扶助個案。這裡的鎮長一直都認識我，他聘我當養路工。穿著藍色工作服一個人自言自語在公共垃圾桶旁掃地的那個就是我。當我恢復正常重新振作起來，我爭取了空缺出來的墓園管理員職務。一個可以讓我棲身的地方，就在死人旁邊。別家的死人們。」

薩沙挽著我的手臂。我們遇到一男一女向他詢問某座墳墓的位置。他跟他們指示方位以及要走哪些通道時，我端詳著他。在他對我一點一滴訴說他消失的家人以後，顯得有些自慚。我們兩個是死裡逃生，還活了下來的人。兩個沒被這苦難重重的大海徹底淹死的船難倖存者。

一男一女向他道謝後，我牽起他的手，一起繼續走。

「一開始鎮長是猶豫未決的。但我的親人過世已久，一切都過去了。輪不到我來教妳在死亡和時間之中，一切都會過去……妳看，天氣多好。今天我來教妳玫瑰插條的祕訣。妳知道什麼是木質化樹枝嗎？」

「不知道。」

「從八月開始，這些樹枝會開始長出木質。綠葉上出現褐色斑點，跟妳在我手上看到的斑點一樣。這些是老化跡象。這樣的樹枝稱為『木質化樹枝』。妳想想喔，要出現這些老化的樹枝，接下來新枝才會長出來。不可思議吧？晚上想吃什麼？我做檸檬漬酪梨給妳吃好不好？這道菜對健康有益，有豐富的維他命和脂肪酸。」

第四天，他開著他那輛老寶獅載我到馬貢的車站。他在我的行李塞了幾瓶醃漬番茄和四季豆。回到馬爾格朗日這一路上，行李實在重得我都要拖不動了。

這趟回程從墓園開往車站停車場的路上，他告訴我想要退休。他累了，是時候交棒給某個人了，而那個人只能是我了。

68

他們的愛比圍繞他們的天空還要藍。

妳不會經歷告別單身的那一天。

妳永遠不會在聖凱瑟琳節替滿二十五歲的未婚女子祝福。

妳不會有機會去跳慢狐步舞。

妳不會有手提包也不會有經痛。

妳不會有機會戴牙齒矯正器。

我看不到妳長大，變胖、受苦、離婚、節食、生小孩、餵奶、戀愛。

妳不會有粉刺也不用避孕。

我不會聽到妳說謊。我不需要為妳隱瞞或辯護什麼。

妳不會偷我零錢包裡面的錢。我也不用為了讓妳衣食無虞去開活期存款帳戶。

妳不會吃避孕藥。

我不會看到妳長斑、長皺紋，或有橘皮組織和妊娠紋。

我不會在妳的衣服上聞到菸味，不會看到妳抽菸、又戒菸。

我不會看到妳酒醉或因毒品恍惚。

妳不會一面準備高中會考，一面看法國網球公開賽，妳不會迷上包法利夫人，「那個可憐的少婦」，也不會迷上瑪格麗特．莒哈絲，也不會迷戀上妳的老師。

妳不會有摩托車，也不需為情所苦。

妳不會和人舌吻，妳不會體驗高潮。

我們不會有慶祝妳會考通過的那一天。

我們永遠不會在一起乾杯。

妳不會用芳香劑，妳不會得盲腸炎。

無論妳和誰一起坐車，我都再也不擔心。因為，妳早已搭上別人的車出門去。

妳不會鬧牙疼。

我們不會在半夜跑急診。

妳不會有一天失業而跑去國家輔導就業中心報到。

妳不會有銀行帳戶，不會有學生證，不會有青年證，也不會有社會安全號碼，也不會有酬賓會員卡。

我永遠不會知道妳的品味，妳的興趣。妳喜歡什麼樣的衣服，喜歡讀什麼樣的文學作品，什麼樣的音樂，什麼樣的香水。

我看不到妳愁眉苦臉的樣子，看不到妳摔門的樣子，看不到妳爬牆、看不到妳等待著某個人，看不到妳上飛機。

妳不會啟程前往他處。妳永遠不會變更地址。

我永遠不會知道妳是否會咬指甲，是否會塗指甲油，是否會上眼影，上睫毛膏。

也不會知道妳是否有學外語的天賦。

妳頭髮的顏色永遠不會變。

在妳心中，妳有一個給亞歷山卓的位置，那位妳在二年級時的戀人。

妳不會和任何人結婚。

妳永遠會是雷歐妮娜．杜森小姐。

妳愛吃的永遠只有法式吐司、歐姆蛋、薯條、貝殼麵、可麗餅、炸魚、雪花蛋奶和香緹鮮奶油。

妳會用另一種方式長大，在我對妳永遠的愛裡長大。妳會在某個他方長大，在世間的叨叨絮語中長大，在地中海長大，在薩沙的花園裡長大，在一隻鳥的飛行中長大，在日出的時候長大，在日落的時候長大，透過我將會巧遇上的一個年輕女子長大，在一棵樹的葉叢之中長大，在一個女人的祈禱中長大，在一個男人的眼淚中長大，在一支蠟燭的光焰中長大，之後某一天，妳就重生了，以一朵花或是一個小男孩的樣子，在另一個媽媽的身體裡。只要是我目光停留的地方，都會有妳的存在。妳的心會跟隨我心所在，繼續跳動。

69

沒有什麼能讓這朵花褪色，沒有什麼能讓這朵花凋謝，這朵迷人的花叫做回憶。

「女士，早安。」

「小紳士，早安。」

一個可愛的小男孩抽著吸管要把飲料罐底最後幾滴蘋果汁吸光。他坐在我廚房的桌邊，一個人。

「你的爸媽在哪呢？」

他將頭望向墓園，向我表示在墓園裡。

「墓園裡下著雨，爸爸叫我在這裡等他。」

「你叫什麼名字？」

「納東。」

「納東，想吃塊巧克力蛋糕嗎？」

他睜大的雙眼滿是期待。

「想吃，謝謝妳。這是妳家嗎？」

「對啊。」

「妳在這裡工作嗎？」

「對啊。」

他眨了眨眼。有一雙黑色濃密的睫毛。

「妳連睡覺都在這裡嗎？」

「對啊。」

他看著我像是我是他最喜歡的卡通人物。

「妳晚上不會怕嗎？」

「不怕啊，為什麼要怕？」

「因為有殭屍啊。」

「什麼是殭屍？」

他大口豪吞著很大一塊巧克力蛋糕。

「會嚇人的活死人啊。我看過電影，有夠嚇人。」

「你年紀還小，能看這種電影嗎？」

「在翁端家用電腦看的，沒看完，我們嚇到不敢繼續看。畢竟我才七歲。」

「啊，也是。」

「你見過殭屍嗎？」

「沒，從來沒有。」

他極度失望的樣子。嘟嘴的樣子好有趣。Tutti Frutti從貓門進來。他身上的毛被雨淋濕了。牠去找窩在籃子裡的艾利安娜取暖。艾利安娜睜開一隻眼，又馬上睡去了。納東離開他坐的椅子去摸牠們。他兩手提一提牛仔褲，將運動衫的袖子拉起來。他穿的籃球鞋，每踩一步鞋底都會發亮。讓我想起了麥可．傑克森那首〈Billie Jean〉音樂影片裡的畫面。

「這是妳的貓嗎？」

「對啊。」

「牠叫什麼？」

「Tutti Frutti。」

他哈哈笑了起來。牙齒上都是巧克力。

「這個名字好怪。」

朱利安．瑟爾敲了靠墓園這一側的門進來。他也和貓淋得一樣濕。

「早安。」

他往孩子的方向看了一眼，對我溫柔地笑了笑。我感到他想走過來撫摸我，但他沒有移靠近。只用眼神代替。我感覺到他的眼光將我的衣服脫了下來。脫下了我的冬季衣服好看見裡面的夏季衣服。

「我親愛的，都好嗎？」

我愣住了。

「爸爸，你知道這隻貓叫做什麼嗎？」

納東是朱利安的兒子。我的心激動如奔馳野馬，就像是我剛才上下樓梯跑了好幾回。

朱利安立刻回答說：

「Tutti Frutti」
「你怎麼會知道？」
「我認識這隻貓。我不是第一次來這裡。納東，你有向維歐蕾特問好嗎？」
納東盯著我看。
「妳叫做維歐蕾特，就是紫羅蘭嗎？」
「對啊。」
「你們這裡大家都有奇怪的名字！」
他回到桌子那兒坐下來，把蛋糕吃完。他的爸爸笑著看他吃。
「親愛的，我們走吧。」
這下換成我感到極度失望了。就像納東知道我從沒見過殭屍那樣。
「你們不再多待一會兒嗎？」
「奧弗涅那裡有人在等我們。一個堂姊下午結婚。」
他注視我對他兒子說：
「親愛的，到車子裡等我，車門沒鎖。」
「可是現在下著傾盆大雨耶！」
小孩的回答讓我們驚訝得齊聲大笑了起來。
「第一個上車的有權放他想聽的音樂。」
納東速速跑來親了我的臉頰。

「如果妳看見殭屍，就打電話找我爸爸，他是警察。」

他從靠墓園這一側的門奔出去，往停車場的方向走去。

「他實在好可愛。」

「他這點遺傳自他媽媽……您看過我媽媽的日記了嗎？」

「還沒看完。您要帶一杯咖啡上路嗎？」

他搖頭表示不用。

「我比較想帶上路的是您。」

這一次，他靠近我，把我擁在懷中。我的頸子感覺得到他呼吸的聲息。我閉上眼。當我再睜開眼，他已經站在門前了。他身上的雨水將我的衣服浸濕了。

「維歐蕾特，我完全不希望哪天有人來將妳的骨灰放在我的墳墓上。其實這種身後事我並不在乎。我想要現在就跟您在一起，馬上就在一起。趁我們還能一起仰望天空的時候……就算雨下得像今天一樣狂，也想要和您在一起。」

「跟我在一起？」

「我希望這個故事……我媽媽和那個男人相遇的故事，對我們的現實有所啟發。」

「可是我不夠資格。」

「資格？」

「對，資格。」

「我又不是在跟您說服兵役。」

「我已經沒有資格適應婚姻生活，我已經壞掉了。我沒有辦法再進入一段感情。我很難相處。比進到這墓園裡的那些鬼魂死得更透徹。所以您沒弄懂嗎？我們是不可能在一起的。」

「做人不該強人所難。」

「就是如此。」

他對著我苦笑。

「真遺憾。」

他關了他身後的門，兩分鐘後沒敲門又進來了。

「我們要來帶您跟我們一起走。」

「……」

「去婚禮。路程兩個小時。」

「可是我……」

「我給您十分鐘準備。」

「可是我不能……」

「我剛才打電話給諾諾，他五分鐘後來幫您代班。」

70

有一天我們將來到神的殿堂，在你身旁安坐下來。

一九九六年八月

菲利浦從那比石頭還不幸的詹妮薇芙．馬南家裡走出來。「比石頭還不幸」是他舅舅呂克常用的一種古怪形容。他把車一直開到墓園。那天有一場喪禮。離雷歐妮娜的墳墓遠一些的地方，高溫之下，人們成群聚在一起。他沒有帶花。他一向都沒有帶花。往常，都是他媽媽幫他準備好的。

這是第一次他自己來看她。他每年會來兩次，都是和爸媽一起來。

他爸爸和他媽媽將車子停在平交道前面，因為怕遇見維歐蕾特，怕面對她絕望的樣子，再也不進門了。他身為一個乖兒子，就像小時候全家出門度假一樣坐在車子後座，而後排座椅對他來說顯得非常寬敞，只是，那時車程的終點是海。

菲利浦總是想著，他是獨生子是因為他的爸媽之間只做愛過一次，就那意外的一次而已。菲利浦總是想著他的出生是場意外。

他爸爸，讓哀痛和與妻子共度的這些年歲壓彎了背，開車開得很不穩。讓人不知道為何一會兒慢速行駛，一會兒又加速行駛。我們都越來越不明白是為什麼。在不需要倍速行駛時加速，但在直線行駛時又不加速行駛。太常迷路。似乎是沒有在看道路交通標誌。

從平交道開往墓園的路程對菲利浦來說似乎是無止境的。他們第一次開車去的時候，離城堡還有幾公里遠，他就聞到了燒焦味。空氣中難聞的氣味像是才剛發生過大火。

他們先在城堡的柵門前把車停下來。不敢馬上進去，三個人依然都消沉，像這樣子待在車子裡。接著，他們步行了兩百公尺到那棟壯觀的建築，建築的左側翼外觀已焦黑和損毀。現場有消防人員、警察、茫然失魂的家長們、地方民意代表。驚愕中一片困惑。許許多多的沉默、異常的舉止，都如凍結了一般。每一件事情都是以慢動作進行。遠觀看著，感覺很不真實，一切都隔絕在無痛狀態裡進行著。這種感覺就像是身體和心靈之間彼此分離了才能不崩潰。就像是身體和靈魂結合在一起時會太難以承受。難以承受痛苦的重量。

菲利浦沒辦法靠近一號房。整個周邊都遭到封鎖——這種美劇才會用的說法，套用在現實生活中此刻的勃艮地相當貼切。紅色的封鎖膠帶將現場畫定出事故範圍。專家檢查著現場的地面和牆面，並拍照。研究火勢發展，挖掘明確的地點、證據、跡象、痕跡來重建事故經過。必須給檢察官一份詳細報告，面對四個孩子的死，不得放過任何細節。要對肇事者懲罰和定罪。

他已經聽了太多的「我很抱歉，我們很抱歉，對此我們深切哀悼，過程中她們沒有受罪。」他沒有見到城堡的主辦單位人員，也或許是他忘了。其他孩子，那些幸運的、毫髮無傷的孩子們都已經先離開，讓救護車載走，從現場撤離。

他不需要去辨識雷歐妮娜的遺體，現場沒有留下遺體。他不需要選擇棺材，也不需要為了喪葬儀式選擇悼念文，他的爸媽辦妥了這些事。他因此什麼都不用決定。他想著：**我從來沒有為我的女**

兒買過一雙鞋子、一件洋裝、一支小髮夾、一雙襪子。都是維歐蕾特買給她的，喜歡幫她準備好這些。但要選棺材，維歐蕾特是不會在的，維歐蕾特再也不會在了，他也就不會需要再照顧任何人了。

晚上，他從旅館打了電話給她。是那個馬賽來的女人接的電話。他是這樣指稱瑟利雅的。他想起了他請求她來家裡。維歐蕾特睡了。醫生來過好幾次，幫她開了鎮靜劑。

喪禮於一九九三年七月十八日舉行。

其他人牽著手，攙著彼此，互相扶持著。他卻沒和任何人有所碰觸或交談。他媽媽試圖抱抱他，他退怯了，就像在十四歲時，他媽媽想抱他的時候那樣退怯。

其他人，哭泣著，吶喊著。其他人，已經崩潰。女人們像在強風的日子裡被吹彎的蘆葦一樣，需要被人攙扶起來。喪禮進行時，本以為所有送葬者可能會沉溺在哀傷之中，沒有人能夠挺直地站著。他卻站得直挺挺的，連眼淚都沒有。

接著，在一大群圍著墳墓的人們之中，他看見了她。一身全黑，相當蒼白。兩眼迷茫。詹妮薇芙・馬南真是他媽的來這兒幹嘛？他放過了這個疑問。他對這一切再也無心探究。他掛念著芳絲華。掛念著維歐蕾特和雷歐妮娜。一切已經結束。

在勃艮地這四天，唯一在他心中纏繞千百回的那句話就是：**我甚至不懂得保護自己的女兒。**

結束後，其他人，有的出發去度假。結束後，其他人，有的繼續待在這兒，在這不幸的墓園裡。他回到爸媽的車裡，坐在寬敞的後座，只是車程的終點不是大海，而是維歐雷特和她那無法估量的哀傷。

空蕩蕩的房間。他一向厭棄的粉紅色房間。每天總是從這個房間傳來笑聲，以及維歐蕾特朗讀的字句。

這場慘劇三年後，他一人獨自站在女兒的墳墓前，什麼都沒有說。沒有為她說出一字一句，也沒有念過禱詞。可是祈禱文，他是熟悉的。他上過教理課，他經歷過領聖體儀式。就是領聖體那一天，他第一次見到了讓舅舅挽著的芳絲華。這天，他一面喝著彌撒酒，一面跟著他其中一個同伴的大哥哥輕聲朗誦著禱文：

我們如此空洞的父啊，
願你的名字被刺穿，願你的王國血流成河，
願你的旨意承行在頭癬上，如承行在梳子上一樣。
今天賜我們救命酒；
寬恕我們的揮霍，猶如我們也寬恕雞姦我們的人；
不要讓我們遭到被侵入的對待，但將我們從壞人手裡解救出來。阿們。

他們笑到流淚，尤其是當他們在T恤和牛仔褲外再套上白長衣的時候。他們取笑著對方：
「你的樣子真像神父！」
「你自己咧，有夠娘的！」
然後他見到了芳絲華。除了她，再也看不見別人。
她看起來像是舅舅的女兒。像一個大姊姊。一個理想的母親。完美無瑕。她看起來就是讓人一生守護的真愛。舅舅的真愛。

他想要再見到她，常常能見到她，每一年，他都更加地想再見她。

慘劇發生三年後，他在女兒的墳墓前，想著自己既然任何話都再也說不出口了，他不要再回到沙隆區布朗松鎮。既然他無法再和雷歐妮娜說上話了。他想再騎上他的摩托車，想去看看芳絲華，投向她的懷抱。然而一年又一年這樣過去了，他不是該把她忘了嗎。

還是該回去維歐蕾特身邊，跪在她面前，哀求她，請求她的原諒。像最初追求她時誘惑她。在平交道和火車之前盡所能保護她、逗她笑。總之，維歐蕾特還年輕。應該讓她再生個孩子。應該告訴她，他會去查清那天晚上在城堡，那場意外真實的情況，向她坦承他把馮塔內打了一頓，而且曾經和詹妮薇芙·馬南偷情。向她坦承他很差勁，但他會設法得到真相。沒錯，要讓她再生一個小孩，讓她照顧這個小孩。或許，他們再有的會是個男孩，他夢寐以求的小男孩。而他會安分守己。不再到處與別的女人上床。或許，搬個家。和維歐蕾特一起換另一種人生。改變人生是可能的，他看電視上有演過。

首先，他應該再去找詹妮薇芙·馬南。「我怎樣都不會做出傷害小孩子的事情來」。為什麼她要這樣說呢？應該要回去讓她供出真相，那時她幾乎下一刻就要說了，可是他沒讓她說下去。他沒有準備好。

他看著雷歐妮娜的墳墓最後一眼，始終沒能開口，就跟她還在人世間的時候一樣，他沒和她說過什麼重要的話。他從來沒有回答過雷歐妮娜的問題。「把拔，為什麼月亮會發光？」

離開雷歐妮娜的墳墓，快步走向出口的時候，他看見了他們，看見維歐蕾特和老人在走道上。

維歐蕾特攙著他的手臂。菲利浦看見了騙局。他聽見了媽媽對他說：「不要相信任何人，只要想著你自己就好。」

他以為她在馬賽，瑟利雅的小木屋裡。他以為她去朝聖了。但她卻在這，和另一個男人。她笑著。從雷歐妮娜死後，菲利浦從沒見過維歐蕾特笑過，一次都沒有。

六個月間，維歐蕾特每隔周的星期天都來這個墓園。這就是為什麼她出現在這裡。她向卡西諾那個有點傻氣的女人借了那臺紅色車子讓菲利浦相信她是去雷歐妮娜的墳前。她把出門的意圖隱瞞得好好的。她有情人了？是這個老人嗎？她怎麼遇上這個老人的？在哪？維歐蕾特有了個情人，不可能。

他躲在一個大型石造十字架後面，觀察他們一會兒。他們臂挽臂地走到在墓園入口的那間屋子。老人在大約晚上七點時出來把柵門關起來了。看來沒錯，是這鬼地方的管理員。他老婆在葬著他女兒的墓園，和管理員一起上床了。他聽見了一個笑聲，邪惡的笑。有種強烈的想殺人、打人、宰人的欲望。

維歐蕾特待在屋子裡。隔著窗戶他看著她布置兩人的餐具，就像她在家時那樣，在腰際繫了一條抹布。這一幕讓他難受到咬自己的手指都咬出血來。就像是小時候他們在西部片裡看到的那樣，當一個牛仔要讓人從腹部取出子彈，牛仔嘴裡緊咬著一塊木頭那樣。維歐蕾特有婚外情，他先前對此一點都不知情。

夜幕降臨。老人和維歐蕾特把燈熄了。百葉窗也關了。她還是待在屋子裡。她在這裡睡了。再也沒有什麼不能確定的了。

兩個月前，他不准維歐蕾特再到勃艮地。當她和他提到馬南，那個她跟他說她去見過的詹妮薇芙・馬南，他就感到害怕。害怕被逮到他幹過的好事。擔心維歐蕾特會知道詹妮薇芙・馬南就是她老公的情婦，也就是在城堡負責炊事的那個人。

但故事卻恰恰不是這樣的，她有個情人。這就是為什麼出發前幾天，她看起來比較輕鬆愉快。每個隔周星期天。她鼓起勇氣對他說：「每個隔周星期天，我都會去墓園」。然而先前他什麼都沒有發現，此刻他懂了為什麼他老婆看起來一周比一周要好。

他翻牆出了墓園，已經晚了。他狠狠踹了靠大街這一側的門一下，又再騎上摩托車，像瘋了一樣走了。

當他又再去馬南家的大街上，應該大約是晚上十點了。她家裡有警察在，巡邏車停在她家前面。有幾個穿睡衣的鄰居在路燈下議論著。他心想馮塔內應該是揍她揍得太狠了。

菲利浦直接掉頭，連停下來都沒有就返回東部。他直接去了**那個地址**，有肉體供人縱欲的地方。

71

從敞開的窗戶，我們一起看著人生、愛和喜悅，也一起聽著風。

伊蓮・法約爾的日記

一九九二年十月二十二日

昨天晚上，我在電視新聞裡聽見加畢爾的聲音。我聽見他說「我所辯護的是個拋下了我的女人」。他當然沒有這樣說，是我的心思變造了他的話語。

保羅在廚房幫我準備晚餐，隔壁房的電視機正好開著。再次聽見他的聲音讓我意外不已，那是我最美好的回憶之一，我詫異到打翻手上盛著沸水的鍋子。鍋子摔在地磚上裂了，我的腳踝也傷了。這一記哐啷巨響，把保羅嚇壞了。他以為我是因為燙傷了才在發抖。

他把我拉到客廳，讓我坐在面向電視的長沙發上，面向加畢爾。他在那，在我從來不看的四方盒子裡。正當保羅緊張慌亂地用濕紗布貼在我傷到的皮膚上，我看著加畢爾在法庭裡的畫面。記者解說他這禮拜在馬賽進行訴訟。他讓五個被控同夥越獄的男人當中的三個人獲判無罪。審訊在昨天結束了。

加畢爾在馬賽，幾乎近在我的生活所在，我卻都不知道。畢竟，我還能怎樣呢？我會去見他嗎？跟他說些什麼呢？「五年前，因為我不想拋下我的家庭，所以我逃到了街上。五年了，我對您，對自己，感到害怕。可是您知道我從來沒停止過想您嗎？」

朱利安從房間走出來，他告訴他的爸爸應該帶我去醫院才對。正當我的先生和兒子爭論著，後來終於在藥櫃找到一管比亞芬燙傷專用乳霜的時候，我看見了加畢爾在記者們面前揮著他那雙漂亮的手。我看見了穿著一身黑長袍的他為他人辯護的熱情。我真希望他走出螢幕，成為伍迪・艾倫電影《開羅紫玫瑰》裡的米亞・法蘿。

那我呢？他會為我辯護嗎？他會在我拋下他的那一天幫我找出可從輕量刑的條件嗎？

他坐在他車子裡的駕駛座等了我多久？他是什麼時候終於又發動了引擎？在哪一個時刻他懂了我不會再回頭？

淚水開始在我雙頰上潸然滑落。不聽使喚流了下來。

保羅把電視關了。

我在黑色螢幕前昏了過去。

我的兒子和先生以為我痛到昏過去。他們把家庭醫生找來檢查我的傷口，醫生說是表面燙傷。

那一夜，我沒有睡。

再次看見加畢爾，再次聽見他的聲音，我才明白對他的思念太難割捨了。

*

隔天早上，伊蓮找著加畢爾律師事務所的電話號碼。事務所一直設在索恩－羅亞爾省的馬貢。她向事務所要求安排約見，事務所的答覆是得等上好幾個月，普東律師實在忙不過來，但若要跟他兩位助理律師其中一位約見的話，很快可以安排。伊蓮說她有時間，她會等普東律師約見。她留下了名字和電話號碼，但不是家裡的，是玫瑰園的。對方詢問她約見是關於什麼樣的案件，沉默一會兒，伊蓮回答：「是個普東律師已經知情的案件。」事務所幫他約了一個日期，得再等上三個月了。

兩天後加畢爾打了電話到玫瑰園。那天早上，當電話鈴響的時候，伊蓮正在將鐵門升起。她想到有一筆花束的訂單，跑著要去接電話，上氣不接下氣。她都已匆匆抓起了訂購單和一支筆，還是筆蓋已被她員工咬爛的那支。他說：「是我。」她回說：「早安。」

「妳有打電話到我的事務所？」

「是。」

「我整個禮拜都在瑟當出庭辯護。妳想來嗎？」

「想。」

「等會兒見。」

他掛了電話。

伊蓮在訂購單上「寄件人的留言」欄位中草草寫下：「瑟當」。

要到達瑟當得翻越整個法國，奔馳一千兩百公里。路徑畫成了一條筆直的長線。

她大約在早上十點離開馬賽，搭了好幾班列車，轉車了好幾次。她在里昂佩拉什車站的洗手間看著鏡子，搽了點粉，上了點唇彩。那時是四月，她穿了件米色的雨衣。她很滿意這樣的打扮。她用黑色髮圈把頭髮綁束起來，買了去邊吐司三明治，一支牙刷和檸檬口味的牙膏粉。

她在大約晚上九點抵達瑟當。她搭了輛計程車，要司機把她載到法院前面。她知道她會在最附近的咖啡館或是餐廳裡找到加畢爾。伊蓮知道加畢爾不是會早早回旅館的人。他總是坐在桌邊的角落埋首研究案件資料。配上一杯啤酒和一盤薯條。配上一杯紅酒和一份本日特餐。他需要讓他周圍有生活感。他討厭旅館房間裡的死寂、床罩、窗簾，討厭那開著用來當做陪伴的電視。

她隔著窗戶發現了他，和另外三個男人併桌坐在一起。加畢爾一邊說話，一邊抽著菸。他們那桌的桌巾已經顯得髒汙，他們將衣領解了開來。領帶掛在座椅扶手上。

當他看到她進來，加畢爾舉起手，喊了她：

「伊蓮！過來和我們坐！」

他對她這樣說，好像她只是回家時碰巧經過這裡似的。

伊蓮向另外三個男人打過招呼。

「羅宏、讓．伊夫和大衛。各位先生，跟你們介紹這位是伊蓮，我此生的最愛。」

這些人笑了起來。像是加畢爾在開玩笑。像是加畢爾只能用開玩笑的語氣說這樣的事。就像是他這一生有過許多真愛。

「妳坐啊。餓了嗎？餓了就要吃。奧黛莉小姐，請給我們菜單。妳想要喝什麼？茶嗎？還是不要喝茶好了，在瑟當是不喝茶的！奧黛莉小姐，請再幫我們上同一瓶酒。來一杯二〇〇七年份的伏爾奈，妳會明白……總算喝到一杯好酒的感覺。來坐我旁邊。」

其中一個加畢爾的同行起身讓座給她。加畢爾牽起伊蓮的手，閉眼吻了她。伊蓮看到他戴著婚戒。是一只白金環戒。

「我真高興有妳在。」

伊蓮點了魚，遠遠地聽著對話，就像是個歌迷，穿越了整個國土，要來和一個搖滾巨星共度一夜，而巨星並不急於和她獨處，因為已經穩穩到手了。演唱會後的一夜情算是已經賺到了。

伊蓮想要消失。她後悔了。她心想著怎麼起身，怎麼找到逃脫路線，找到一扇後門直奔車站，回家去，鑽進她用蘆薈薰香過的乾淨被子裡。她偷偷跟服務生點了杯茶。有時，加畢爾回過頭來跟她說話，問她是否一切都好，會不會冷，會不會渴，會不會餓。

加畢爾和這些人終於同時一塊兒起了身。加畢爾到吧檯付帳。伊蓮默默地跟著動身。外面，下起了雨。或者其實已經下了很久，而伊蓮沒有注意到。她覺得越來越不對勁。她想到她沒帶任何東西就走了。只帶了手提包，幾張大鈔和一本支票簿。她想到她瘋狂的作風，這一切真不像是她會做的。她通常是如此規矩的人。她感到自己可悲，像個卑微到可有可無的歌迷。

加畢爾向餐廳借了把傘，說隔天再把傘帶來。他挽著伊蓮的手，跟在另外三個人的腳步之後。他們都往同一個方向走。加畢爾緊緊挽著她的手臂。

在亞爾登省旅館的前廳，他們都在櫃檯取了鑰匙，搭上電梯。其中兩個在三樓停下來。「兄弟們，晚安，明天見。」第三個男人在五樓出了電梯。「大衛，晚安，明天見。」

「七點三十分，在早餐餐廳見？」

「好的。」

在電梯從五樓升到七樓這段時間，他們終於面對面獨處了。加畢爾的視線沒有離開過她。

電梯門在一條昏暗的走廊上開了。他們一直走到六十一號房。打從他一推開房門，伊蓮就聞到一股冷冷的菸味。橙色的牆面用的是仿摩洛哥灰泥的塗料。

他走在她前頭，對她說聲「借過」，去把房裡每個角落的燈都點亮了，然後就進到浴室裡，不見人影了。

不管是身上的雨衣還是自己這副身軀，伊蓮都不知道該怎麼辦才好。她僵在房門口，像尊大理石雕像，像是玻璃櫥窗裡的模特兒。她看到加畢爾的行李箱半開著，看到他十分整齊的襯衫，套頭上衣，襪子。她納悶是誰幫他燙了衣領，把他的內衣摺好。

加畢爾笑著又從浴室出來了。

「進來，脫掉吧。」

因為加畢爾笑了出來，伊蓮想必是一臉錯愕到不知所措。

「我的意思不是全脫。要把雨衣脫掉。」

「……」

「我覺得妳都不怎麼說話。」

「您為什麼要我來？」

「因為我想要妳來。我想要見妳。我一直都想見到妳。」

「那這婚戒，是怎麼一回事？」

他在床上坐了下來。她將雨衣脫掉了。

「有人向我求婚，我不能說不。對一個向您求婚的女人說不，是很艱難的。也失禮。妳呢？一直都維持住婚姻嗎？」

「是啊。」

「這樣我們平手了。戰況平分秋色。」

「……」

「我常常夢見妳。」

「我也是。」

「我很想妳。過來吧。」

伊蓮在他旁邊坐了下來，但不是緊靠在他身邊。她讓他們之間留下了一個空白，當中存在著一條分界線。

「您曾經背著太太偷約人嗎？」

「如果是和妳在一起，那就不是背著她偷約人，而是背叛了。」

「那為什麼您還再婚？」

「我說過了，是我太太向我求婚的。」

「您愛她嗎？」

「為什麼妳會問我這個問題？妳會為了我離開妳先生嗎？我不該回答妳的。伊蓮，妳這個女人真是放不開，只敢想不敢要。脫了吧。全脫了。我想好好看著妳。」

「把燈關了。」

「不要，我就是要看著妳。我們之間不用這麼害羞。」

「您那三個朋友會不會當我是您找來的妓女？」

「他們跟我不是朋友，是同行而已。妳就脫了吧。」

「您也要跟我一樣現在都脫了。」

「脫就脫。」

72

耶穌啊，願我的喜悅常存，
願鳥兒的創造者使我成為英雄。

雨一直下。雨刷在玻璃車窗上掃著我們的臉。

納東在車後座睡著了，我常回頭看看他，我好久沒有看到小孩子在睡覺了。有時，收音機裡的歌聽著聽著，會在車子轉彎時收訊干擾而聽不清楚。兩段副歌重複之際，朱利安和我聊起了伊蓮和加畢爾。

「在瑟當重逢後，他們就很常再見面。」

「知道您母親的這一切，您有何感受？」

「老實說嗎？我其實感覺像是讀了一個陌生女子的故事。此外，她的日記，我給了您，也不想再拿回來了。您可以歸檔在您的工作日誌裡。」

「可是我……」

「我非得讓您留著。留下日記吧。」

「您整本都讀過了嗎？」

「對，讀了好幾次。尤其是她提及您的段落。為什麼您從沒告訴我妳們認識呢？」

「我們不算真的認識。」

「維歐蕾特，在扭曲事情面貌以及玩弄文字上，您真有一套令人不敢置信的手法……我一直希望您自己招供。您比起我監管的嫌犯還要可惡……老實說我不想逮捕您……因為在審問您的過程中，我就會瘋掉。」

我笑了出來。

「您讓我想起一個朋友。」

「一個朋友？」

「他叫薩沙。他救過我一命……為了救我讓我笑，就跟您一樣。」

「我就當這番話是讚美了。」

「是讚美。我們要去哪？」

「巴赫東街（Pardons[73]）。」

「……」

「拉布爾布勒鎮上的一條街名。我父親出生的地方。家族裡有部分人還住在那裡……有時候也還會有親戚在鎮上辦婚禮。」

「他們會納悶我是誰。」

「我會說您是我太太。」

73 Pardons 發音同 Pardon，意為：抱歉。

「您瘋了。」

「還算不上。」

「我們送這對年輕的新人什麼賀禮？」

「其實這對新人不怎麼年輕了。他們相遇之前的人生並不順遂。我的堂姊六十一歲了，她未來的伴也五十多歲了。離這二十公里的地方有個加油站。我們去找幾個有趣的禮物。而且納東也該換個衣服了。」

「我可是早就換好了。」

「您呢，總是一換再換。您過著換裝的生活……總是穿成準備出席典禮的樣子，不論是婚禮，還是喪禮。」

我第二次大笑起來。

「您呢？不換套衣服嗎？」

「不，我從來不換。冬天就牛仔褲和套頭上衣，夏天是牛仔褲搭T恤。」

他看著我，對我笑。

「您真的要在加油站買結婚禮物嗎？」

「真的。」

在朱利安把汽油加滿的時候，我陪納東進了加油站的商店。我牽著他的手。老習慣。這些我們怎樣也忘不掉的動作，在不經意間成為我們自身的一部分。就像某種髮色，某種熟悉的氣味，某種相似的長相，是那樣理所當然。我好久好久沒有牽過小孩子的手了。我忐忑地感受他小小的手指緊扣我的手指。他哼哼唱唱一首我沒聽過的歌。

當我進到商店裡面，我感到輕鬆了。納東看到櫃檯上琳瑯滿目的巧克力棒和糖果，都睜大了眼。

我留在面男廁的入口前。

「我不能進去，在門前等你。」

「好。」

納東帶著裝有他東西的袋子關起門。五分鐘後，他穿著一套淺灰亞麻的三件式西裝、內搭白色男式短袖襯衫出來，得意地展示一身裝扮。

「納東，你好帥。」

「有髮膠嗎？」

「髮膠？」

「整髮用的。」

「我去看一下這裡有沒有賣。」

正當我們在眾多貨架上尋找髮膠的時候，朱利安買了兩本小說、一本食譜書、一盒蛋糕、氣壓計、各種顏色的餐墊、一幅法國地圖，三張DVD、一張最佳電影音樂選輯、一座地球儀、一些茴香糖、男士防水夾克、女士草帽、一個長毛絨玩具。他請收銀員把東西都用禮物包裝紙包好。店員沒有禮物包裝紙，還笑著補一句：這裡不是拉法葉百貨，這裡是A89高速公路上的加油站。最後，朱利安找了一個印有世界自然基金會（WWF）商標圖案的草編提包把所有東西都放進去。納東要朱利安買圓點彩色貼紙，他要貼在包包上，幫熊貓上色，畫上竹林，讓藍色的天空充滿畫面。朱利安說：「兒子，這點子太棒啦。」

我感覺自己變成了另一個女人，換了另一種人生。感覺自己像活在別人的人生裡。就像伊蓮在安堤布海岬，她把一身米色衣褲換成了繽紛亮眼的衣著和涼鞋。

納東和我總算找出了最後一瓶「強效定型」髮膠，躲在兩把剃刀、三支牙刷和一包濕紙巾之間。我們發出勝利的歡呼。我第三次大笑了起來。

納東開心得不得了，又去廁所弄頭髮，出來時頂著一顆爆炸頭，他大概是用掉了整瓶髮膠吧。朱利安用困惑的眼神看著兒子，但什麼也沒說。

「我看起來帥嗎？」

朱利安和我異口同聲說：帥。

73

沒有哪班特快車載我通往幸福，
也沒有哪輛老爺車可以抵達，
沒有哪架協和客機雙翼展開如你的臂膀，
沒有哪艘船會啟航前往，只有你可以。

一九九六年九月

菲利浦的日子就像一直以來那樣日復一日。九點起床。吃維歐蕾特準備的早餐。淡咖啡、烤麵包、無鹽奶油、無果粒的櫻桃果醬。沖澡、刮鬍子。出門騎摩托車晃到下午一點，高速騎在他知道絕不會有警察和雷達的鄉間道路，每天和死神擦身而過。之後再和維歐蕾特吃午餐。

用電視遊樂器玩《真人快打》電玩直到下午四五點。再騎摩托車出去晃到晚上七點。再和維歐蕾特吃晚餐。接著他假裝需要走走，步行到格蘭街，和女人私會，或是去參加在**那個地址**舉行的性愛派對。他就騎著摩托車去**那個地址**，不到清晨一兩點不會回來。他如果因為雨天或疲倦得要命，什麼都不想做的時候，就會看電視。維歐蕾特就會待在他身邊看書或看他挑的電影。

自從兩周前菲利浦撞見她和墓園管理員在一起，他就再也不用同樣的方式看待維歐蕾特了，他不正眼看她。他思忖她心裡是否想念著那個老人，是否趁他不在時打電話給老人，是否給他寫信。

一周以來，當菲利浦回到家，按下電話的「重播」鍵，總是會恰巧再聽到前一天或再前一天他才通過電話的媽媽，那不討人喜歡的聲音，隨後就掛上電話。

每隔一天，他就**得**打電話給媽媽。一種儀式。說的都是同樣的話：「我的寶貝兒子，還好嗎？有好好吃飯嗎？有睡飽嗎？健康還行嗎？路上騎車要小心。不要因為打電玩把眼睛弄壞了。你老婆呢？工作還好嗎？家裡有打掃乾淨嗎？她每個禮拜洗被單嗎？我有留意你的帳戶。不用擔心沒錢花。上個禮拜你爸爸才匯了筆錢幫你付保險費。我的疼痛又發作了。說真的，我們不可能一直都很好運。人是如此讓人失望。你要當心。你爸爸越來越沒膽子。幸好我在這兒看著你們。我的寶貝兒子，再見。」每次菲利浦掛了電話，都覺得很不爽。他媽媽是時不時會刺痛他的刮鬍刀片。有時，他在想他媽媽不知有沒有呂克的消息。他很想念這個舅舅。沒有芳絲華的日子令他消沉。當他媽媽想讓他感到罪惡感，會帶著不快和痛心的口氣回他說：「請不要再跟我提到這些人。」他媽媽把芳絲華和呂克收進同一個垃圾袋裡了。

除了這些惱人的交談，菲利浦表面上過著運作完美的機械生活。他一直是一九八三年安堤布海岬車站裡芳絲華最後一次陪伴的那個孩子：一個任性的孩子。一個不幸的孩子。

但有兩個消息，相隔了五分鐘來，讓他運行無縫的日子中止下來。第一個消息被郵件帶來時，他剛好咬著一片他愛吃的熱騰騰又酥脆的麵包，維歐蕾特告訴他，信函內容宣告一九九七年五月起平交道系統將改為自動化運作模式。他們有八個月的時間找新工作。她把發給他們的這封信函擱在桌上一瓶果醬和融化的奶油之間，就去把九點零七分這個時刻的平交道柵欄降下來。

我會失去維歐蕾特。當菲利浦讀到公文時，第一個冒出來的想法就是這個。從此再也沒有什麼可以拴住她了。同住一個屋簷下，做同一份工作還將他們綁在一起，他甚至不明白為什麼。他們被一條細線綁在一起，這條線細得幾乎看不見。除了雷歐妮娜總是關著門的房間，他們之間已無共有之物。失去了在平交道的工作，她就會永遠離開，去和墓園老人在一起了。

他發現有個女人隔著廚房的窗戶和維歐蕾特在說話。他沒有馬上認出來是誰。他一開始以為是某個他外遇的女人來揭發他的出軌，但想法一閃即逝，和他有來往的那些女人都不是善妒的人。他毫無這種風險。他弄髒了自己，弄髒了維歐蕾特，卻不需冒上半點風險。

這個女人和她說著，越說，維歐蕾特的臉色越顯慘白。

他馬上走了出去，和雷歐妮娜的老師撞個正著。對了這老師叫什麼名字啊？

「杜森先生，早安。」

「早安。」

她面色慘白，她也是。她看起來震驚不已。老師轉身背向他，快步離去了。

九點零七分的列車開過去了。菲利浦看著車廂窗戶中幾個乘客的臉孔，想起了和乘客們揮手招呼的雷歐妮娜。維歐蕾特靜靜地以一種無意識的嫻熟，將平交道柵欄升起，她對菲利浦說：

「詹妮薇芙．馬南自殺了。」

菲利浦想起了最後一次他經過馬南家門前是兩周前的事。警察的巡邏車，街燈下穿睡袍的婦人們。她一定是在見到他之後自殺了。他在她面前哭過。「我絕不會做傷害小孩的事情。」是這種罪惡感將她推向絕路嗎？

維歐蕾特接著又說了：

「拜託，請你想辦法不要讓她葬在雷歐妮娜的墓園。」

菲利浦答應了她。即使這意味著要他親手埋了她，他也答應了維歐蕾特。

維歐蕾特重複說了好幾次：

「我不要她玷汙了墓園的土地。」

菲利浦那天早上沒有沖澡，急忙刷過牙就騎上摩托車走了，留下維歐蕾特失魂地佇立在平交道柵欄前，而接下來整整兩個小時她都不需要降下平交道柵欄。

你會看到我以陽光為羽毛筆，
落在覺醒的大天使的紙上猶如撒下雪花。

74

為何逝去的時光
凝視著我倆，又拆散我倆
為何你不和我在一起
為何你要離去
為何人生和行在水上的船隻
都飛快遠揚而去
行在水上卻擁有雙翼……

婚禮大廳已經空蕩蕩的。只有兩位女侍在收拾餐具，一個抽走最後的紙桌巾，另一個打掃地上慶祝用的白色碎片。

在充當臨時舞池的地方，只有朱利安和我在跳著舞。舞池派對燈最後的一點光亮在我們皺巴巴的衣服上畫出一顆顆小星星。

大家都走光了，新郎新娘也走了，連納東也到親戚家過夜。只有哈法埃爾的歌聲在擴音器裡迴盪著。最後一首歌了。最後一首放完之後，放歌的ＤＪ，也是朱利安那個有啤酒肚的姑丈，就要開溜了。

我想要拉長才度過的那一天。想要那一天延長下去。就像我們在索爾米烏的時候，夜色降臨已久，我們卻捨不得回到小木屋去。我們的腳趾根本不知道怎麼離開海邊汩汩而流的潮水。

好久以來，我就沒像現在這樣笑過。從來沒有。我從來沒有再像今天這樣笑。從前，我和雷歐妮娜一起笑著，可是人和自己的小孩一起笑與和別人的小孩一起笑，是不一樣的。這樣的笑其實來自另一個地方。歡笑、眼淚、驚恐、快樂都藏在體內不同的地方。

又一天過去了，

在這短暫的一生，不該讓煩憂來填滿日子……

最後一首歌結束了。ＤＪ用麥克風跟我們道了聲晚安。朱利安大喊說：

「德德，晚安！」

除了我自己的婚禮，我從沒參加過別人的婚禮。如果所有的婚禮都是如此愉快和有趣，我很想改變我的慣例。

正當我穿好外套，朱利安不見人影，溜進了廚房，拿了瓶香檳和兩支塑膠直笛。

「我們不是已經喝夠多了嗎？」

「不夠耶。」

室外空氣怡人。朱利安挽著我的手臂，並肩同行。

「要去哪？」

「現在清晨三點，您希望我們去哪？我很想把您帶回家，但我家離這有五百公里遠，我們還是回旅館好了。」

「可是我沒有要和您一起過夜的意思。」

「啊，這樣我很糗耶，因為我是想和您過夜的啊。而且這一次，您逃不掉了。」

「您要把我關起來嗎？」

「是啊，一直到您這輩子結束。別忘了我是警察，我有所有的權力。」

「朱利安，您知道我不適合進入感情關係。」

「維歐蕾特，您囉嗦成這樣，真是把我煩死了。」

這種感覺又重現了。就像愚蠢的泡泡、喜悅的泡泡再度升至我的喉嚨，輕輕掠過我的嘴，興高采烈地搖晃著我的肚子，讓我整個人都笑開了。我不知道這個音符的存在，存在於我身體裡的那個音符。我覺得自己像是多了一個琴鍵的樂器。而這卻是有益身心健康的生產瑕疵。

難道，這就是青春嗎？人可能在將近五十歲才認識到什麼是青春嗎？不曾有過青春的我，難道是一直將青春珍藏著卻不自知？青春難道從未離我而去？今天，一個星期六，青春難道出現了？在奧維涅的一場婚禮上？在一個不屬於我的家族裡？在一個不屬於我的男人身邊出現了？

我們到了旅館前，大門已經上鎖。朱利安臉色一變愣住了。

「維歐蕾特，在您面前的正是個蠢中之蠢的笨蛋。昨天，旅館櫃檯才在電話裡要我下午抵達時要取得鑰匙和密碼……然後我就忘了。」

我們又重新上路了。我再也忍不住了。我笑得很大聲，笑到我的笑聲接連激盪出了回音那樣，猶如我內建的擴音裝置被開到最大。笑到肚子都痛了。笑得上氣不接下氣，越是想穩住呼吸，越是會笑個沒完。

朱利安覺得好笑地看著我。我試圖想跟他說：「要把我關到有生之年結束，這對您來說會很吃力耶。」然而，我的笑聲阻擋了一切，連說都說不出口。感覺眼淚都流出來了，朱利安笑得越來越起勁，他用拇指幫我拭去我流下的眼淚。

我們一直走到他停車的地方。我們成了奇怪的一對，我整個人笑彎了腰，他手拿一瓶香檳，勉強帶我往前走，在他褲子兩個口袋裡還各放了一只塑膠杯。

我們在車後座並肩坐下來，朱利安吻了我，止住我的大笑。一種寧靜的喜悅在我內心深處種下了根。

我感覺薩沙就在不遠的地方，他給了朱利安一些指示，要他將屬於我自身的新枝移植到我身體的每一個器官裡。

75

我是個愛散步的人，我患上了彼岸症候群。

今天我們將皮耶·喬治（1934-2017）下葬了。棺材上有他孫女做的畫。圖畫中流露動人的天真。她花了三天在未加工木料上畫了鄉間景象和藍天。她或許是想著爺爺會在天上散步。

皮耶本來叫作艾黎·巴胡，跟歌手同名[74]，他的父母都雙雙葬在布朗松，應該是在戰前就幫他把姓名都改了。從巴黎來的一位女性拉比向他致上最後悼意，她也是法國第三位女性拉比。她唱誦著好優美的禱詞，當棺材在數十年來安葬著皮耶雙親的家族墓穴裡降下，這位拉比唸誦著猶太教祈禱文[75]。之後每個人都扔了一把沙到棺材上。獻上了鄉間景色和藍天白雲，皮耶的親友又奉上了一點海邊的氣息。

由於這場喪禮沒有召喚賽德里克神父的天主，神父整場儀式進行時都待在我的廚房裡。

據說，一個人是什麼樣的人決定了他有什麼樣的家人。看到皮耶的孩子和孫兒圍繞他的墳墓，齊聚向他道別，我心想皮耶應該是個好人。

之後，在市鎮廳的小型禮堂有個酒會。皮耶的親友們相聚為他唱歌。門是開著的，從我的屋子

---

74 艾黎·皮耶·巴胡（Élie Pierre Barouh, 1934-2016）法國歌手，電影《男歡女愛》演員。

75 神聖祈禱「卡迪什」（Kaddish）是猶太祈禱文，通常用於喪禮。禱文的要義是儘管人在悲傷痛苦中，仍然持續尊崇神的聖名。

裡聽得見歌聲和音樂。

女拉比的名字叫黛芬，她來屋子裡喝了杯咖啡。賽德里克神父一直都在。我的廚房裡，有個天主教的男人和猶太教的女人待在一起，多美的畫面。他們以他們的信仰、笑聲和青春相知相惜。我想此情此景會讓薩沙留戀不已。

天氣晴朗，我到花園裡工作。黛芬和賽德里克就坐在我的棚架下又待了兩個多小時有說有笑。園子裡的植物和果樹的美似乎迷住了黛芬。賽德里克就像是一位幸福的主人，帶著她巡覽這座花園。而神的殿堂就位在很近的地方，彷彿就是他的天主催生出這一切小小的奇蹟。

種茄子的時候，我聽見皮耶．喬治的親友們在市鎮廳廣場上唱歌。他們應該已經離開了小禮堂，在樹下坐著。

連黛芬和賽德里克都靜下來聽他們唱。

不，我再也不想讓自己以為自己還能
不想再急切尋找「我愛妳」的回音
不，我再也沒有讓自己心碎的勇氣
不想滑稽模仿那些我熟悉不已的遊戲……
今天將最美的景色給了我的妳
妳本該能以如此美景來阻擋……
然而那美麗的謎，我再也看不清

我怕這只不過是出於我的恐懼或期盼
因為就算我的靈魂裡深藏著所有夢想
我也不會再有勇氣去愛……

我埋首於自己的這片土壤中，我納悶著他們唱這首歌，是為皮耶唱還是為我而唱。

接近晚上六點三十分，大家都上了車要往巴黎去。又再一次，我聽見自己討厭至極的聲音，車門紛紛開開關關的聲音。

我那三個男人和我一起在屋外吃了晚餐。我為他們隨意做了道沙拉，煎馬鈴薯和煎蛋。我們一起享用了美味的一餐。貓兒們來跟我們湊在一起，像是要聽我們之間沒頭沒尾，無趣但卻愉快的瞎聊。吃晚餐的時候，諾諾老是重複說著：「我們不就是在維歐蕾特家，才算是享受生活嗎？」我們都異口同聲地回答他：「這才算是享受生活啊。」貓王又補了一句：「Donte live mi nao。」

他們約在晚上九點三十分的時候離開。在六月這個月份，白晝的時間是最長的。我待在花園裡坐著，聆聽寂靜。聽著這一切不再是雷歐妮娜發出的聲音，唯有我心中揚起的那小小的愛的旋律——那是唯獨我才認得的曲調。

我又想起了坐在後座的納東。想起星期天早上回程我們三個都在車上。朱利安和我因為喝太多而頭痛宿醉，口燥如木，長成青木柴上的一節枯枝，一株嫩芽，一片從土中若隱若現冒出來的一片葉子，生出了兩三節根，形狀如線絲，可以輕易被抽出。這才萌芽初生的天真愛戀是多麼容易被連根拔起。就像小木偶一樣，輕輕轉個三圈，然後就不見了。76

納東頭髮上的髮膠結成一些白色塊狀。有點像雪。朱利安告訴他，到了馬賽，一定要在回媽媽家之前洗過幾次頭。納東蹙著眉頭想從我的眼神確定我會來幫他。

他們把我載到我的住處，靠大街這一側門前。他們一到就又走了，可是納東其實想看看動物。Florence 和 My Way 來蹭著他小小的腿。納東摸著牠們摸了很久，對我說：

「妳到底有幾隻貓？」

「目前有十一隻。」

我一一唸過他們的名字，好像在朗讀賈克．普維的詩那樣。

他笑了開來。我們把飼料碗裝滿，把舊的飼料丟給鳥兒，幫牠們添了新水。在這時，朱利安到了加畢爾的墳墓去他媽媽的骨灰罈前悼念。

當他回來時，納東求他再多待一會兒。我本來也想請求他的爸爸，希望他們待更久一些，但我什麼都沒說。

他們在我的花園裡吃了下午茶點心就又要離開。我就再送他們走。朱利安上車之前，想吻我的唇，我退卻了。我不想在納東面前和朱利安接吻。

納東本來想要坐前座，他爸爸對他說：「不行，等你十歲時才可以坐前座。」納東嘟囔著，然後在我臉頰上吻了一下。「維歐蕾特，再見。」

我激動得想哭。門關上時，他們關上門的聲響比其他人更大聲。面對他們的離開我卻表現出不在乎的淡然。就像是我終於可以鬆一口氣，好像我還有成堆的事要做似的。

坐在長椅上回想完這一切，我又回到屋子裡，把靠街和靠墓園的兩側門都關上。艾莉安娜一直跟著我到房間，全身趴在我床腳下。我開了窗戶讓晚上的暖意進到室內。我搽了玫瑰香味的護膚乳霜，打開床頭櫃抽屜，繼續讀伊蓮的日記。

在翻讀她寫的日記之前，我心想著她和她的孫子也相處過幾年。我在想她是什麼樣的祖母？她如何迎接納東的出生呢？我算了一下發現納東是在加畢爾死後一年出生的。

伊蓮和加畢爾之間的愛情讓我聯想起了吊頸遊戲，一種猜字謎遊戲。而我還沒有找到可以定義這段愛情的詞語。

當朱利安進到我的屋子裡，他是帶著他的媽媽和加畢爾一起來到這裡的。

我們之間的相遇又將如何結束？

76「像小木偶一樣，輕輕轉個三圈，然後就不見了。」這句話出自兒歌《小小木偶這樣做！》（Ainsi font, font, font, les petites marionnettes）。

家人不因死亡而消失，只是形式轉化，一部分成為不可見的存在。

76

一九九六年九月

那天早上，菲利浦．杜森向維歐蕾特保證，詹妮薇芙．馬南不會葬在布朗松的墓園，他出門後，一開始騎往馬貢的方向，而且到最後一刻，他還一直繼續前行南下到里昂，最後在布龍停下。他到達佩勒提耶修車廠門前正好是下午。為了不被人看見，他將車停在夠遠的地方。修車廠仍是他記憶中的樣子。還是白黃相間的牆面。他已經十三年沒有踏足至此，而儘管跟修車廠離得老遠，他竟聞得到引擎的機油味。他好喜歡這種味道。

隔著安全帽面罩看到的，唯有展示車的款式和外形變了。他就這樣把安全帽戴在頭上好幾個小時。他為了看看「**他們**」，等了如此之久。

晚上七點，他看到芳絲華和呂克並坐在賓士車裡，她在方向盤前，他在她旁邊，這時他的心激動得像瘋狂的拳擊手，一顆心在喉間狂跳不已。當車尾燈暗下去好些時候了，菲利浦想起曾和他們一起共度過他人生中最美好的時光。那是他真正感受到被愛、被保護的時光。那是沒有人對他有所企求的時光。那是遠離父母的時光。他沒有追在賓士車後面。他只想看看他們，確定他們在這裡，還活著。只是想確定，還活著。

他隨後出發騎往沙耶鎮拉畢什村。詹妮薇芙・馬南和阿蘭・馮塔內住在這鬼地方。他在夜裡騎著車。他喜歡騎摩托車，喜歡夜色，喜歡車頭燈映照出的揚塵和蝴蝶。

他把車停在他們家的前面。一樓有一間房間的燈是開著的。儘管如此，菲利浦毫不遲疑去敲了門。阿蘭・馮塔內一個人，醉得很。兩周前他的眼角被菲利浦痛毆至瘀青，差不多快消了。

「詹妮薇芙玩完了，今晚你沒辦法跟她打炮了。」

這就是當馮塔內看到他站在門口時說出口的話，這些話使他驚駭，作嘔。菲利浦幾乎吐出來。

他怎會墮落到此地步？

這個站在他面前的男人是最下等的動物，而他自己完完全全也和他一樣低下。就是他和馬南偷情。就是他，毫無顧忌地在某一晚把馬南「借」給他的一個哥兒們。

菲利浦想到這段出軌，暈眩想吐。他斜倚著門框。那一晚，在這個醉酒男人面前，讓他打量著，菲利浦終於懂了馬南從這兩個踐踏她的渾蛋身上受了多少折磨，他和馮塔內就是這兩個渾蛋。這樣的痛苦如一陣刺骨寒風穿透他。猶如詹妮薇芙・馬南的鬼魂持一把長刀刺穿他。黑夜擊垮了他。

馮塔內看他承受不住，臉上浮現一抹不懷好意的笑，沒把入口的門關起來就轉過身走了。菲利浦跟在後面，走在陰暗走廊裡。屋內，那發霉的氣味、那種混和腐臭、油膩和灰塵的氣味，是空氣從來不容進入的地方，抹布或拖把從來不曾擦拭過的地方。菲利浦想起維歐蕾特即使在冬天都讓室內保持通風。維歐蕾特。他跟在馮塔內身後時，突然有強烈的渴望想把維歐蕾特抱在懷裡。前所未有緊緊地抱住她。或許就是像墓園老人給過她的那種擁抱。

兩個男人在飯廳裡的桌前坐下。飯廳裡什麼吃的都沒有，防水桌巾上只有十幾個空的啤酒罐。兩三支空了的伏特加和其他種烈酒的酒瓶。就像是魔鬼被邀來這間不幸的屋子裡和他們作伴，他們倆沉默地喝起來。

沒等到馮塔內開口說話，菲利浦一雙眼睛已經看到有兩個小男孩的相片，無法再移開目光。兩張燦爛的笑顏框在一個髒污老舊到不知年月的餐具櫥角落。這是學校拍的照片，團體照拍完後，讓兄弟姊妹再一起單獨拍照留給家長作紀念。

「這兩個小孩現在在詹妮薇芙的姊姊那兒。跟著她總比跟著我好。我從來不是個好爸爸……你呢？」

「……」

「關於小女孩們的死，你女兒的死，詹妮薇芙和這一切一點關係都沒有……我想說的是，她沒有故意做出任何事。當她來把我弄醒，我只知道事情最後的發展。我那時候睡沉了，我想我在做惡夢。她瘋了一樣跑來搖醒我，哭得淚流滿面，又喊又叫，我完全聽不懂她在哭喊什麼……她跟我說到你，跟我說你女兒在這裡，還有她在馬爾格朗日的小學裡代班的事，命運無情，造化弄人……她說到她媽媽，我想她喝了不少酒。她拉著我的手臂大叫著『來！快來！太可怕了……太可怕了』詹妮薇芙從來沒有像這樣說話。當我到樓下的房間時，一切已經回天乏力了。」

馮塔內一口氣喝乾了一瓶啤酒，接著乾了一杯伏特加。他深吸一大口氣，眼睛盯著防水桌布上的裂痕，大罵了幾句，用他的指甲尖去摳裂縫。

「艾迪特．克羅格維埃，也就是主任，她付我微不足道的薪水讓我負責維護工作。電力、消防、油漆、空間綠化養護……去她的什麼綠化。不過就是草地和碎石子。詹妮薇芙在夏天負責採買和廚房料理。小女孩們到的時候，主任加長我們的工時，讓我們在城堡裡頭過夜……同時能在場幫忙看著她們。那天晚上，詹妮薇芙本來是不用工作的。但當小朋友都去睡了，露西・林頓要詹妮薇芙幫她代班兩小時，幫她看一樓的房間。林頓想上樓到萊特里耶房裡抽一管大麻。詹妮薇芙不敢拒絕……林頓總是對她伸出援手。可是詹妮薇芙還是沒有待在城堡裡。她溜出去了。她放著這些小女孩不管，跑去她姊姊家看兩個孩子。小兒子病了，她心神不安。夏天，讓她很抓狂的是，當其他小孩都到海邊玩耍，她卻得把孩子放在姊姊家不可……她罵我說，『你真沒用，帶我們去海灘玩都辦不到……』。」

馮塔內吹著口哨哼著〈鳥事人生〉去上廁所了，再回到飯廳時，他坐到餐桌另一頭，另一個位子上。好像他剛剛坐的位子，有人趁他不在時坐走了。

「詹妮薇芙應該了不起才開溜一個小時。當她回來的時候，當她推開一號房的門，她就感到天旋地轉，跌倒在地……她在那個下午兩眼就昏沉到快要閉起來了。她以為她病了，感染了小兒子的病毒。她幾乎站不起身……她打開窗戶想要好好吸一口氣……結果開窗讓她倖免於難。五分鐘後，她開始覺得哪裡不對勁……小女孩們也睡得太穩了吧。詹妮薇芙一時半刻還沒意識到……因為一氧化碳是嗅不出來的……城堡每一間房裡都有臺萬年老的熱水器……那是一臺早就不堪使用也不該碰的廢殘骸……可是，有人來動過了，詹妮薇芙這時立刻察覺到了，因為這些該死的破銅爛鐵藏在一個假壁櫥的後面，而壁櫥被打開了……門垂懸在半空中。」

阿蘭・馮塔內用擱在桌上的打火機又開了一罐啤酒，繼續說道。

「我們都知道城堡裡所有設備都年久失修……一顆等著爆開來的不定時炸彈。但我什麼都不能做。太遲了。她們都窒息了……四個小女孩因一氧化碳中毒而死。」

馮塔內沉默。這是第一次他的聲音顫抖起來。他閉上眼，點了根菸。

「我立刻關掉熱水器。我甚至找到用來重新啟動熱水器的火柴。詹妮薇芙，她從不知道怎麼說謊……你約她出去，我都知道。她的眼神流露癡情。這女人真夠傻。身上香水濃得像異味，臉上抹了一堆東西，還穿了咬腳的鞋子……那一晚，我從她的眼神看得出來事情不是她做的。她什麼都沒做。我看見她的恐懼，她散發著死亡的惡臭……況且，還得懂得怎麼把這樣老舊的破東西啟動。她也根本沒這個能耐……城堡中明令禁止去動那些老舊熱水器。所有的職員也都知情。我們全員被再三告誡，只是沒有明文寫在工作規範裡，不然就不會是主任直接進監獄，而是我們進監獄了，我們都心知肚明……主任本該把設備淘汰掉……克羅格維埃主任若是為了讓家長們掏錢出來，人就會在場，但若是要添購新設備，她人就消失不見蹤影。只有熱水儲存槽是新的，而且還是公共淋浴的。」

有人敲了門。馮塔內沒有開門，只低聲不耐地說一句：「該死的鄰居」，又在水杯裡倒了一杯酒喝。當馮塔內訴說這些事，菲利浦不曾移動，他用長身玻璃杯喝下一杯又一杯的伏特加，把悲傷燃燒，把哀慟淹沒。

「詹妮薇芙嚇壞了。她說她不想坐牢。她說如果有人知道她跑出去看兒子，她就會成為眾矢之的。她求我幫她。我一開始拒絕了。我跟她說：『妳要我怎麼幫妳？我們就要說出真相啊，說這是一場意外……我們會找出是哪個白癡幹的。』她馬上反應變得瘋狂，臉色大變……辱罵、威脅我。她說她會向整個警隊說我老是監看那些女輔導員……她看見我在髒衣堆裡偷她們的內褲……她有證據。我用力給了她一巴掌讓她閉嘴……然後我想起在軍中時，有個夜裡，一個阿兵哥因為煮了一鍋吃的，忘了將瓦斯爐確實關好而讓兵營的局部地方燒毀了……這讓我興起了個念頭……火，能讓一切消失。當一切燒毀，就沒人去坐牢了……尤其如果是四個小女孩忘了將煮著一鍋牛奶的爐子關好而釀成一樁蠢禍的話。」

這一刻菲利浦本想要馮塔內閉嘴，卻開不了口，說不出一字半句。他本想起身，速速離開，逃走，充耳不聞。但他僵住不動，癱瘓，無力，彷彿兩隻凍僵的手將他緊緊地固著在椅子上。

「是我在廚房放了火……詹妮薇芙把碗先放進小女孩的房間裡……我讓她們的房門留了一條縫，在走廊盡頭等著。詹妮薇芙上樓進去我們的房間……打從那一夜，她沒有停止過哭泣……她也是害怕的……她說你或你太太終究會來向她討回性命。」

一陣顫抖穿過菲利浦的身體，彷彿透過看不見的電極，接收了放電。

「當火舌燒進房間，我跑上樓在司萬．萊特里耶的房門上大力踹了幾下……我和詹妮薇芙躲進我們的房間。林頓醒了，她下去一樓，當她看見失火便大叫起來，我故作才起床的樣子，好像一點都不懂發生了什麼事……萊特里耶想要進失火的房間，但太遲了……火舌已經延燒得太高。我們只能讓所有人撤離……林頓從來不敢問詹妮薇芙那天晚上人在哪裡，這幾個小女孩為什麼又怎麼會在無人知曉的情況下起床去了廚房，因為光是這樣，就已經是她的過失了。我們一直都不知道是誰重新啟動了熱水器……也不知道為什麼要啟動熱水器……也不知道是何時啟動的……你想想，我查看過其他房間，沒有人去碰過熱水器……而我對此絕口不提。」

菲利浦早已人事不省。他重新睜開眼，腦袋沉重，口乾舌燥，胃裡猶如燒著柴火那般。

阿蘭・馮塔內始終坐在同一個位子上，眼神空洞，雙眼布滿血絲，手中握著一只餐用水杯。夾在指間的那根菸，他沒抽，任憑菸灰掉落在防水桌布上。

「不要這樣看著我，我確定而且確信不是詹妮薇芙幹的。不要這樣看著我，我跟你說，我是個糟糕的傢伙……讓人避之唯恐不及。人們遇到我，都會換條路閃過去，可是我從來沒動過任何小孩一根寒毛。」

*

詹妮薇芙・馬南在一九九六年九月三日下葬。該說是命運的捉弄還是不幸的巧合，這一天本來是要慶祝雷歐妮娜的十歲生日。

當她的遺體被葬在位於離她家三百公尺遠的沙耶鎮拉畢什村小墓園中的家族墓穴裡，菲利浦已經在回返東部的火車上了。

在一九九六年跨一九九七年這個冬天，他沒有再去**那個地址**，他讓他的摩托車留在車庫裡冬眠。他的父母來找過他一次，在一月的時候，為了要到布朗松的墓園，到雷歐妮娜的墳前默哀。然而菲利浦不肯上車，他就像個固執的孩子不顧母親責罵，執意要去呂克和芳絲華家度假那樣。

他玩了六個月的任天堂，讓自己麻木地玩著必須拯救公主的遊戲。他救了遊戲中的公主千百次，卻救不了自己真實人生中的那個公主。

有天早上，在每日必有的熱騰騰麵包片和中餐之間，維歐蕾特向菲利浦宣告沙隆區布朗松鎮將釋出墓園管理員職缺，這個職務是她在世界上最想要的工作。她對他描繪了某種幸福。在他面前她將這個職務講成一個肥缺，工作起來就像是在享受五星假期一般。

他看著她，那樣子就好像是她已經失去理智。不是因為她這個提議本身讓他覺得她失去理智，而是因為他明白她是要兩人一起繼續過下去才如此提議。起初，他反射性地拒絕，因為他以為她做這個工作是為了更接近墓園老人，但這理由其實站不住腳。如果她想要更接近墓園老人，她就會離開菲利浦，和墓園老人在一起。他明白她想要一起繼續過人生，這個提議是他們人生計畫的一部分，是他們未來的一部分。

變成一個墓園管理員，這想法讓他感到可怕。但他在馬爾格朗日也什麼都做不了。維歐蕾特會打點好一切。然後，他還能做什麼其他的嗎？他前一晚在就業輔導中心有個約談，被告知要將履歷更新。更新什麼呢？

除了修理摩托車和誘惑輕浮的女人，他就什麼也不會了。就業輔導所建議他去接受機械訓練，這樣可以在修車廠或代理經銷商找到工作，他擅長介紹車款，也能轉職做銷售業務。成為汽車銷售員這樣的念頭，及隨之而來的維修契約，讓他感到厭煩。從來都沒有為他響過的鬧鐘響了。有工作班表要遵守，要穿西裝打領帶，每周工時三十九小時，真不如去死算了。這真是無法想像的噩夢。除了十八歲時在呂克和芳絲華的修車廠，他從來都不想要工作。

若是接受了這個服務死人的工作，每個月持續都能得到一份薪水，而且他也不會花到。柴米油鹽和家務大小支出，維歐蕾特會用她的那一份採買。只要有這份工作，他可以栓住他的妻子留做他的枕邊人，每天早餐可以繼續吃到烤過的麵包片，床單和餐具可以保持整潔，他只需將已有的生活習慣和最喜歡的那些優格品牌搬到新家，就可以繼續他永遠青少年般的生活。就像維歐蕾特說過的那樣，她會在他們家裡布置好窗簾，他也不會需要出席喪禮。為了不讓掘墓人或找不到墳墓的訪客打擾到他，他可以關在房間裡玩他的任天堂，去拯救一個又一個公主。

終於，就要有機會知道是哪個婊子的兒子，在一九九三年七月十三日跨十四日的夜裡將德培區聖母院城堡裡的熱水器重新啟動了。他會到場問幾個問題，把這個婊子兒子的牙打斷，讓沉默來訴說一切。他會偷偷地幹這事，這樣絕不會有人來要求取回他領到的保險金，不會有人來拿走雷歐妮娜意外身故的損失賠償。

是他媽媽把他教成將所有錢都看得緊緊的，他對這種偏執感到厭惡，但卻無法克制這種偏執。這是種遺傳而來的病態。某種病毒。某種致命的細菌。這種吝嗇就像是種先天性畸形。他無能對抗這繼承而來的受詛咒的遺產。把錢都存起來是要去哪兒嗎？是要做什麼嗎？他一點想法也沒有。

他們在一九九七年八月搬家，用一臺容積二十立方公尺的貨車完成這趟路程，因為也沒有多少家當。

墓園老人已經不在那裡了，只在桌上留下一句話。菲利浦假裝不知道維歐蕾特對這屋子每個角落已然熟悉得很。幾乎才抵達墓園，她就不見人影去了花園裡。她喊著他，要他來看：「來！快來！」菲利浦已經多年不曾從她的聲音裡聽到這樣的喜悅之情。當他發現她在菜園最裡面的地方蹲下來採著如少女雙頰般紅潤的肥美番茄時，當他看到她啃著其中一顆番茄的時候，讓他想起了她還是個母親時，眼中所閃現的神采，這讓他想起了雷歐妮娜出生那一天。她對他說：「來嘗嘗看」。他起先是退卻的，接著他看到花園位在墓園高處，墓園的廢水根本流不進花園裡。他還是勉為其難對她笑了一下，勉強咬下了她遞過來給他的那顆番茄。番茄汁液在他手中流了出來，維歐蕾特抓過他的手，舔了舔他的手指。這一刻他明白了，他始終愛著她。但是太遲了。回不去了。

他從貨車上牽出他的摩托車，對維歐蕾特說：「我要去晃一晃。」

77

為你哀悼，總好過與你未曾相識。

「一九九六年十月二十二日

我鍾愛的維歐蕾特

妳先生不讓妳來已經兩個月了。我想念妳。告訴我，妳何時再來？

今天早上，我聽著芭芭拉，真不可思議，她的聲音與這秋天，這潮濕土壤的氣味，完美契合，那氣味不是來自於根系紮得更深的土壤，而是根系得到充分睡眠而得以優化生長的潮濕土壤，冬天裡養精蓄銳，蓄勢待發。秋天對即將到來的人生是一首搖籃曲。所有變了色的葉子，如同在上演一場高級時裝秀，就像芭芭拉歌聲裡的音符紛紛示現。我覺得芭芭拉很有意思。儘管她的歌是嚴肅的，當我們認真聽她唱，就能懂得在她眼裡沒有什麼事情真的嚴重。我可能會瘋狂愛上她，尤其要是她是個男人的話。妳到底還想怎樣。如同她歌裡唱的那樣，我可沒有水手妻子那樣的貞操。

這個季節末尾，天候溫和，也還沒結霜，我剛剛去採了最後一批番茄、甜椒和櫛瓜。隨著諸聖節到來，它猶如看不見的一道交界線：諸聖節一過，就不會再有夏季蔬菜了。我做的那些總是五彩紛呈的沙拉，再過一個月就只剩苦菜可吃了。甘藍菜才正要從土裡冒出來。初霜到來前，我又將施肥過的部分土壤重新翻過，那裡種出來的馬鈴薯和洋蔥八月就雙雙都拔出來了。我的農夫朋友給了我五百公斤糞土，我存放在棚子旁的篷布下。萬一下雨，我也將糞土蓋好。要是肥料中最好的成分因為雨水流失，裡頭可就只會剩稻稈了。糞土有些臭，但不至於太臭（總是比可怕的化學肥料來得好）。我想這氣味不至於讓跟我住同一層的鄰居們感到不適。對了，三天前我們才將死於睡夢中的艾杜瓦・夏傑樂（1910-1996）下葬。有時我納悶著，究竟人在夜裡能看到什麼而想就此死去。

我已得知詹妮薇芙・馬南悲慘的結局。維歐蕾特，我相信忘了這一切才好。要好好繼續過日子，不要再探究城堡慘劇怎麼發生，為什麼發生，是誰幹的。與我堆在地上的糞土相比，過去可沒那麼能滋養人生。過去更近似於生石灰，是這種會燒壞植物根系的毒。沒錯，維歐蕾特，對現在來說，過去就是種毒。反芻過去，等於讓自己一點一點的死去。

上個月，我開始修剪灌木玫瑰叢的老枝。天氣還太好所以長不出蘑菇來。往常，夏末之時，都有兩三次挾帶豐沛雨量的暴雨，雞油菌菇就會在七天後冒出頭來。昨天我到樹林裡，那裡通常是我大量採集雞油菌菇的祕密基地，我卻像個巴黎人，幾乎空手而歸。籃子底只有三朵雞油菌菇在嘲笑我。看上去簡直像一窩的蛆。我還是把這些菇做成炒蛋吃掉了。真是對味！上周見到鎮長先生時向他提起妳，我向他極力推薦妳。他想跟妳見面，也不排斥由妳接替我的職務。我提醒他妳不會是一個人來，妳還有個先生。起初，他皺了眉頭，因為等於要多付一人薪資，不過由於先前雇用四個掘墓人，現在只剩三個，你們夫妻兩人的薪資在預算內應該可行。所以，假如我是妳，就沒什麼好猶豫了。趁某個程咬金殺出來前——總難說有哪個外甥、遠親、還是哪個在找公家飯碗的鄰居冒出來央求這份工作。我承認，人們不會為了要成為墓園管理員而爭先恐後來爭取，但我們還是要保持警覺！甭想要我把貓和花園留給除了妳以外的人！

回來讓我幫妳安排跟鎮長見個面。通常，面對工作人選都必須謹慎，但他是個相當好的人。如果他承諾給妳這份工作，妳不需要簽下聘用承諾書。所以當務之急就是得找個什麼謊話盡快來。我跟妳說過說謊是種美德嗎？如果我忘了說，妳要記得以免我又忘了。

我鍾愛的維歐蕾特，讓我溫柔地吻妳作別。

薩沙」

「菲利浦，我得去趟馬賽！」

「現在又不是八月。」

「我不是去小木屋。瑟利雅有幾天需要我，去她家。如果沒什麼變數的話，不計算路程，三或最多四天……」

「為什麼？」

「她住院了，沒人照顧艾美。」

「什麼時候？」

「馬上得去，情況緊急。」

「馬上?!」

「對，我說了，情況緊急！」

「她怎麼了？」

「闌尾炎。」

「這個年紀還得闌尾炎？」

「得闌尾炎這個病是不分年紀的……絲蒂芬妮會載我到南錫，我搭火車去。我趕到那兒之前，艾美會在鄰居家等我……瑟利雅拜託了我，她只有我了，我必須去，而且要快。我把火車時刻表寫在電話旁邊一張紙上。該補的我都買齊，你只要把燉肉或焗烤放進微波爐裡加熱就行了，冷凍櫃裡還有兩個你愛吃的比薩，冰箱裡的優格和沙拉通通都補滿了。午飯絲蒂芬妮會來幫你添上一鍋現煮的燉肉。和往常一樣，抽屜裡的餐具下面我幫你放了幾包餅乾。我要走了。過幾天回來。到了瑟利雅家，就打電話給你。」

＊

在大約二十五分鐘車程裡，我對絲蒂芬妮說的不多，我對她也撒了謊。我說了和給菲利浦．杜森同一套說法。瑟利雅得了闌尾炎，需要我趕緊去幫她照顧孫女艾美。絲蒂芬妮不懂得說謊。如果對她說實話，她就算不是故意也會從實招來。萬一她碰到菲利浦．杜森，在他面前心虛，支支吾吾就穿幫了。

絲蒂芬妮為了載我到南錫，請人幫她在收銀臺代班一小時。我們在車上沒有多聊。我想她跟我提到有機原料製的義大利脆餅有個新牌子。卡西諾的貨架上這幾個月來開始供應有機產品，絲蒂芬妮把有機產品講得好像什麼難得的神奇之物。我沒在聽。我正重讀薩沙寫給我的信。讀信的此刻，我猶如置身在他的花園、他的屋子，還有他的廚房裡。我迫不及待。我看著掛在後照鏡上的白老虎，心裡已經在想要用哪些好言好語說服菲利浦．杜森接受搬家，做墓園管理員的工作。

我搭了到里昂的火車，又搭了另一班去馬貢的火車，再搭經過城堡的客運。當我到了城堡附近時，我閉上了雙眼。

傍晚時，我將我未來之家的門推開了。白晝將盡，天氣極為寒冷，我的唇都裂了。屋內，空氣溫暖。薩沙已把一些蠟燭點上，他的布手帕也總是散發怡人的氣味，上面灑了「奧森之夢」香水。當他見到我，對我笑說一句：

「真要感謝說謊這種美德！」

正在挑菜的薩沙，拿削皮刀的手微微顫抖著彷彿手中擎著的是一顆寶石。

我們吃了一道每一口都十分美味的義大利雜菜湯，聊起花園、蘑菇、聽的歌曲，還有正在讀的書。我問他如果我們到此落腳，他要到哪裡。他說他計畫好了。他要去旅行，在看起來適合的地方待下去。他的退休金和他的身形一樣單薄，但他吃得少，尚能支應生活。他會以步代車，坐二等車廂和搭便車去旅行。這就是他唯一想體驗的行腳之旅。他想為陌生人奉獻，和能讓他落腳的朋友待在一起。他沒有多少這樣的朋友但這些都是真朋友，去看看他們也是他的計畫之一。還有照顧他們的花園。如果他們沒有花園，就幫他們造一座花園。

印度是薩沙心之嚮往的地方。他最要好的朋友薩尼，是他兒時遇見的一個印度人。薩尼是外交官之子，七〇年代起就住在喀拉拉邦。薩沙去那兒拜訪過他好幾次，其中一次還帶著他的妻子薇瑞娜同行。薩尼是他們倆的孩子艾米爾和尼儂的教父。薩沙想在那裡結束一生。但薩沙從不說「結束我這一生」，而是說「走到我人生的盡頭」。

他端出前一天做好的米布丁當做甜點。米布丁裝在形狀大小不一的玻璃優格罐裡，我把湯匙伸到罐子底去挖焦糖，看著我做這動作的薩沙聲音變了調：

「失去我的至親，我的重負減輕大半，不必憂慮我死後會把他們獨留、拋下。不必耽心他們可能挨寒受凍，忍受飢餓和痛苦，而我卻再無法把他們抱在我的懷裡，保護、支援他們。當我死了，沒人為我哀悼。我死後，也不會留下悲傷。我可以免除對親人的罣礙輕輕離去。只有自私的人才為自己的死亡顫抖，不自私的人才會擔憂身故留下來的人事物。」

「可是薩沙，我會為你哀悼。」

「妳不會像我的妻子和兩個孩子那樣為我哀悼。妳會像失去朋友那樣為我哀悼。妳絕不會像妳為雷歐妮娜哀悼那樣為我哀悼。妳懂得這是不一樣的。」

他煮沸了水要來泡茶。他說很高興我來了。我也算是他退休生活裡會去探望的那些真朋友。他特別強調：「會挑妳先生不在的時候。」

他開始放起音樂，是蕭邦的奏鳴曲，跟我聊一些活人和死者的故事。有些是常來的訪客。有些是寡婦。工作之最艱難，就是將小孩子下葬。但沒有人被逼著做任何事。墓園的職員和葬儀社之間對此態度一致。我們都可以接替彼此來完成工作。當其中一人感到無法面對艱難的喪事，一個掘墓人可以接替抬棺人的工作，而抬棺人可以接替墓碑石工的工作，墓碑石工可以接替葬儀社司儀的工作，司儀的工作可以接替墓園管理員的工作。唯一不能替換支援的那個，就是神父的職務。

我會在這幾公頃的土地上見識一切，也將領會一切。暴力和恨意，解脫和悲慘，怨恨和悔恨，哀痛和喜悅，遺憾。整個社會、起源以及宗教信仰，都在此俱現。

平時，只有兩件事情需要特別留意：不要將訪客關在墓園裡——有些人才剛經歷親友去世會失去對時間的概念。還有，要提防小偷——偶有順手牽羊的人在經過旁邊的墳墓時，會將放在上面的鮮花取來自用，甚至是紀念牌也會成為下手的目標（上頭寫著「致我的祖母」、「致我的舅舅」或「獻給我的摯友」的紀念牌對所有親族的墳墓都適用）。

我看到的老人會比年輕人還多。年輕人為了求學、工作而遠走他方。所以年輕人不太來探訪墳墓。如果他們來了，那是不好的徵兆，他們是來探望朋友的。

隔天就是十一月一日，一年中最重要的日子。可以預見的是，會需要幫不習慣來墓園的人們指路。宿舍面向墓園那一側的屋外有個停車庫改造成的辦公室，薩沙讓我知道墓園的各種地圖和近六個月的往生者墳墓檔案卡收放的位置。他對我說其他更早之前的墳墓檔案卡已經歸檔在鎮政府。

我想到雷歐妮娜的檔案卡已經被歸檔入鎮政府了。這麼小，已經成為被歸檔的往生者。

這些墳墓檔案卡記載每座墳墓上往生者的名字、過世日期，及墳墓的位置。

墓園裡一直很少遇到要起掘骨骸的情況，而起掘的那天我都得小心提防相鄰的墳墓在起掘時遭殃。三個掘墓人中有一個真是特別地笨手笨腳。

某些訪客得到特殊許可得以將車子開進墓園。很快的只要憑引擎噪音，我就認得出訪客，因為這類噪音大多是老頭們開著雪鐵龍踩離合器時發出的刺耳聲響。

我將隨之一點一滴發現到其他關於墓園生活的一切。沒有哪一個日子是一成不變的。當終有一天，我將《心塵往事》讀過一百遍，我便能為這些生者和死者寫成一本小說或回憶錄了。

薩沙在一本小學生用的空白作業本上立了第一份清單。他把生活在墓園裡那些貓的名字、個性、會吃的東西和習性都記下來。在衛矛區最裡面靠左的地方，他用毛衣和毯子拼湊起來搭成一間貓屋。一處不再有人來致意默哀的地方，沒人會經過的十平方公尺大的區域，在掘墓人幫忙下，他造設了一個冬天時節乾燥溫暖，可做庇護的地方。他抄下在圖爾尼的一對獸醫父子的聯繫方式，可以用不到一半的醫藥費幫這些貓打疫苗、除蟲和各種照護。狗兒們會回到這裡，在牠們主人的墳墓前睡覺，往後我就得照料這些了。

在另一頁他寫下掘墓人的名字、姓氏、習慣、特質。他也寫下了魯奇尼三兄弟的名字和姓氏、地址和職稱。而最末，他寫下的是負責在鎮政府辦理死亡證明的工作人員名字，還以這番話做結：「兩百五十年來，我們將人們埋在這裡的地下，而今這樣的任務尚未結束。」

作業本裡其他頁面，他花了兩天時間寫滿。都是與花園、蔬菜、花朵、果樹；季節與植栽相關的事情。

隔天，就是諸聖節，花園的土壤上結了一層薄薄的霜。在墓園柵門開啟前，我在夜裡幫薩沙將夏季最後一批蔬菜採收完。當薩沙跟我聊起詹妮薇芙．馬南時，我們兩個都正在結冰的走道上，都拿著手電筒，還用外套把自己包得緊緊的。他問我，當我得知她自殺的消息有什麼感受。

「我總是認為這些小孩沒有去廚房開火。而是有人沒把菸頭熄掉，諸如此類的原因。我認為詹妮薇芙．馬南知道實情，而她承受不起真相。」

「妳想知道真相？」

「雷歐妮娜死後，是想釐清真相的念頭支撐我活下去。如今，讓花朵生長出來，對她，對我，才是重要的。」

我們聽見了第一批抵達的訪客在墓園前停車。薩沙幫他們去把柵門打開。我陪著他去。薩沙跟我說：「妳會明白，妳會隨著墓園開放和關閉的時間自我調適。事實上，妳會應隨他人的哀傷來調適自己。妳會不忍心讓早到的訪客在墓園外等候，到了晚上也是如此，有時妳不忍心要求他們離開。」

我花了一整天看著訪客們，抱著菊花，在走道上走來走去。我去看看那些貓，那些貓來蹭著我。我摸了摸貓兒們。牠們對我很好。前一天，薩沙跟我解釋過，墓園裡的小動物成了許多訪客移情的對象。他們想像這些小動物是過世親友來現身的。

接近下午五點，我走近到雷歐妮娜那裡，不是去看她，而是去看墳墓上她的名字。當我看見杜森的爸媽正在墳前擺上黃菊花，血液瞬時間凝結。自從那起慘劇，我再沒見過他們。每年有兩次當他們來接兒子，把車停在家門前，我連隔著窗戶看他們都沒有。我只聽見他們車子的引擎聲，還有菲利浦對我喊著「我走囉！」。他們都老了。杜森的爸爸背駝了。杜森的媽媽身姿挺直，可是整個人縮小了一號。時間將他們都壓矮了一截。

可不能讓他們看到我在這裡，不然他們會馬上通知菲利浦．杜森的，他還以為我人在馬賽。我像個小偷那樣躲起來盯著他們的動靜，彷彿我要幹什麼壞事似的。

薩沙來到我身後，嚇了我一跳。他沒出聲就抓了我的手臂，對我說：「來，我們回去吧。」

晚上我對他說杜森的爸媽來到雷歐妮娜墳前的事。我跟他說杜森的媽媽是怎樣惡毒。說到每當她對我視而不見，對我投以輕蔑這些。他們就是凶手，是他們送我女兒到城堡那不幸的地方。雷歐妮娜的死是他們造就的。我對薩沙說了，來布朗松生活，在這個墓園工作，或許不是什麼好主意。每年要在墓園裡遇見公婆兩次，看著他們為消除心中的罪惡感來墳前獻上花盆，對我來說實在難以承受。今天，他們又將我帶回到失去愛女的傷慟裡。我人生裡沒有哪一分哪一秒不想著雷歐妮娜，但那種想念和此刻是不一樣的。我已經將她的消失轉化了：她在他方，但是離我越來越近。今天當我看到杜森的爸媽，我感到她又重新遠離了我。

薩沙回答我，等他們獲悉我先生和我在此住下來的那一天，他們就會避著我，不會再來了。在這裡就是能從此見不到他們最好的方法。可以永遠地遠離他們。

隔天早上，我見到了鎮長。我才踏進他的辦公室，他就跟我說將從一九九七年八月起，聘用菲利浦・杜森和我繼任墓園管理員的職務。我們每個人都享有最低基本工資、員工宿舍，而用水、用電還有家計稅皆由鎮政府負擔。鎮長問我還有其他問題嗎？

「沒有。」

我看見薩沙笑著。

鎮長讓我們離開前，給了我們香草茶茶包還有餅乾，而他像孩子一樣將餅乾浸在杯子裡的茶。薩沙儘管討厭茶包，但不敢拒絕。「維歐蕾特，用一條普通的線就把塑料過濾袋給繫起來，真是文明之恥，他們竟敢稱之為『進步』」。鎮長先生一面吃著餅乾，一面查閱行事曆時，對我說：

「薩沙應該警告過你們，你們將會見識到難以對付的棘手場面。二十年前，我們這墓園鬧過鼠患，很多老鼠肆虐其中。我們找了滅鼠人來，在墳墓間放了點粉狀砒霜，然而老鼠依舊肆虐其間，根本沒有人敢踏進墓園一步。我們恍若置身在卡繆《瘟疫》的場景裡。滅鼠人增加了毒鼠藥劑量，但是仍舊無用。第三次，滅鼠人還放了誘餌，但這次他沒有離開現場，而是躲起來要搞懂老鼠怎樣活動。唔，你們一定不會相信的，有個老太太帶著鏟子和掃帚出現了，她把粉狀砒霜都掃了起來。她幾個月來都將砒霜偷偷轉賣給別人！隔天，墓園上了報紙頭條：『沙隆區布朗松墓園裡有砒霜不法交易』！」

78

你不知道的美麗事物如此之多，想想那可讓群山崩塌的信仰，想想妳靈魂中未被污染的泉源，當妳睡著時想著這些，愛就比死更強大。

「每座墳墓都是個垃圾桶。我們在這裡埋葬遺體[77]，而靈魂已經在他方。」

達希歐伯爵夫人喃喃自語幾句，一口氣就將白蘭地喝掉了。我們才剛剛將歐黛特．馬華（1941-2017）下葬。這位是她摯愛的情人的妻子。她收拾好情緒，在我廚房裡的桌前坐著。

伯爵夫人遠遠的參加了喪禮。歐黛特的孩子們都知道她是爸爸的情婦，媽媽的情敵，因此都對她冷淡。

從此，伯爵夫人就能在她情人的墳墓上放上向日葵了，我之後也沒在垃圾桶底下找到過被扯下的花瓣。

「那就好像我失去一個老朋友一樣……我們同時又厭惡著彼此。不過這也不意外，其實老朋友間也總有些嫌隙的。而且我是嫉妒的，她才是最先與我的情人重聚的。這賤貨，這一生真都是她搶先佔有了他。」

77 原文 restes 指「遺體」，也指「剩菜」或「殘餘之物」。

「您會繼續在他們的墳上獻花嗎？」

「不會。再也不會，她已經在地下與他同在了。如果我還這麼做，就太不恰當了。」

「您怎麼遇見這位摯愛的？。」

「他幫我先生工作。負責他的馬廄。他是個長得英俊的男人，假如您見過他的屁股就會懂。他的肌肉、他的身軀、他的嘴，還有他的眼睛！我至今仍為他的俊美激動。我們的戀情維持了二十五年。」

「為什麼您們都沒有離開各自的配偶？」

「歐黛特曾以自殺要脅過他：『如果你離開我，我就自殺。』而且維歐蕾特，有些事我只對您坦白，保有原來的婚姻關係對我來說是好事。我哪有辦法一天二十四小時面對我的情夫呢？這可是相當費功夫的！我除了彈鋼琴和讀書，這雙手什麼也不會，那他很快就會不要我的。所以呢，我們就只在我們想要在一起的時候才和彼此調情，我才會被寵愛，被滋潤，散發出芬芳，保持身材勻稱。我的手指從沒有沾染廚房還是吐奶的臭味，相信我，男人們愛的可是這樣的手。不得不承認，這樣也比較舒服。我挽著丈夫環遊世界，遍覽皇宮，一起在泳池邊和南方的海水浴場度假。回來時，曬成一身古銅，閒下來，休息一下，再遇上我的摯愛，我們會更加熱烈地愛著彼此。我覺得自己就像查泰萊夫人。當然，我一直都讓他以為，長我二十歲的伯爵再也不碰我了，而且我們分房睡。而他也讓我以為歐黛特對性事興趣缺缺。為了不讓這份愛戀毀掉我們，我們因為相愛而對彼此說了謊。每當我聽見〈老情人之歌〉[78]，我就會流下幾滴清淚……維歐蕾特，說到眼淚，我很想要再喝一點點您的白蘭地。今天，我很需要再喝一點……每當我遇到歐黛特，她就輕蔑地打量我，我喜歡她那樣的眼光……我刻意對她微笑。我的丈夫和情夫間隔一個月分別死去。他們兩個都死於心肌梗塞。這很可怕。我一夕之間失去一切。土和水。火和冰。就像是天主和歐黛特聯手起來讓我陷入絕望。但不管怎麼說，我已經有過美好的年月，我絕對沒什麼好抱怨……現在，我最後的心願，就是火化後骨灰可以扔進海裡。」

「您不想葬在伯爵的旁邊嗎？。」

「在我先生的旁邊永恆相守嗎?!絕不！我怕那會無聊死了！」

「可是您剛剛才對我說，這裡埋葬的是遺體。」

「就連我的遺體也可能因為在伯爵旁邊而感到厭煩。他就是會讓我鬱鬱寡歡。」

諾諾和賈斯東進來要喝杯咖啡，他們看到我笑得開懷而一臉驚訝。諾諾臉紅了。他對伯爵夫人有愛慕之情，每當他看到伯爵夫人，臉就紅得像小學生一樣。

幾分鐘後，賽德里克神父來了，吻了伯爵夫人的手。

「咦，我的神父，怎樣啊？」

「伯爵夫人，一場喪禮。」

「她的孩子們有幫她放音樂嗎？」

「沒有。」

「啊，這些笨蛋，歐黛特愛死了胡立歐[79]的歌。」

---

78 〈老情人之歌〉（La chanson des vieux amants）為賈克．布雷爾的經典作品。

79 胡立歐．伊格萊西亞斯（Julio Iglesias，1943年－），曾經風靡全球的西班牙情歌男歌手。其子安立奎、小胡立歐也是極受歡迎的歌手。

「您怎麼知道？」

「一個女人知道關於情敵的一切。她的習慣、她用的香水、她的品味。當一個情夫突然來到情婦的家裡，他應該感受到的是在度假，而不是像回到了家裡。」

「伯爵夫人，這種想法實在不太是天主教所能接受的。」

「我的神父，人就該是有罪的，否則您的告解室就會是空無一人。罪，就是您的營業資產。如果人們不再受指責，就不會有人坐在您教堂裡的長椅了。」

伯爵夫人的目光找著諾諾。

「諾爾貝特，可否請您行行好陪我回去？。」

諾諾感到心慌，臉又更紅了。

「當然可以，伯爵夫人。」

諾諾和伯爵夫人才一踏出門，賈斯東就打破杯子。當我拿著畚箕和掃帚彎下身來收拾瓷器碎片，賈斯東在我耳邊悄悄說：「我在想諾諾會不會和伯爵夫人上床。」

79

連結天堂與人間的時間之中藏著最美妙的奧祕。

伊蓮・法約爾的日記

一九九三年五月二十九日

保羅病了。根據我們的家庭醫師診斷，他表現出的症狀是肝臟、胃、胰臟的併發症。保羅為病所苦，可是又不在乎健康。妙的是，他也不向專家尋求醫療分析和意見，他在一個禮拜裡看了三位命理師，都告訴他人生將永保安康。保羅從未對通靈會這類事有什麼興趣。這讓我想到遇到船要沉的時候開始對上帝說話的無神論者，而且我覺得他就是因為我才生病的。我為了去旅館房間裡與加畢爾相會所說的謊話也終於傷到了他。

里昂、亞維農、夏托魯、亞眠、埃皮納勒。一年來，加畢爾和我上遍了旅館裡一張又一張的床，猶如異鄉的旅客。

為了讓保羅在實利・卡勒梅特癌症研究中心進行斷層掃描，我幫他排了兩個約，但他沒有去。每個晚上我告訴他接受治療的迫切，他總是笑著回答我：「別擔心，一切都會沒事的。」

我看著他受罪，削瘦。夜裡，他在睡夢中，因為病痛而呻吟。

我感到絕望。他在找什麼？他是瘋了還是有尋死的念頭？

我不能勉強他上車讓我載他去醫院。能試的我都試了，不論我哭還是笑，還是發火，似乎一點也無法打動他。他任憑自己死去，身體每況愈下。

我求他跟我說，跟我解釋為什麼他要這樣子。為什麼放棄治療。他就去睡了。

我徬徨無措。

一九九三年六月七日

今天早上，加畢爾打電話來玫瑰園找我，他的聲音聽起來很高興，他整個禮拜都在艾克斯出庭，他想要見我，每天晚上都和我一起過夜。他對我說他想念我。

我回他說不可能。我不能放下保羅一個人不管。

加畢爾就狠狠掛了電話。

我拿起放在櫃檯上的雪花水晶球，大叫起來，使盡力氣把球往牆上砸碎。

這雪花甚至不是真的雪，不過是聚苯乙烯材質的東西。我和他之間，甚至不是真的愛情，不過就只是夜宿旅館的風花雪月。

我們都瘋了。

一九九三年九月三日

我在保羅的花草茶裡下了猛藥。我在裡頭放了強效鎮定劑，讓他失去意識，我才能打電話叫救護車。

他們發現保羅癱在客廳裡，把他帶往急診室，讓他接受檢查。

保羅得了癌症。

他被病痛和我讓他吞下的藥折騰得夠虛弱了，所以醫生決定安排他無限期住院。保羅的毒物反應測試顯示他吸收了大量鎮定劑。他讓醫生以為是他自己服用這麼多鎮靜劑，因為他想要的是讓病痛結束。他這麼說好讓我不用擔心。

我向保羅解釋我這樣做實在是因為我已經別無選擇，這是我唯一總算能讓他住院的辦法。他回我說我這麼愛他讓他很感動。他本以為我對他已經沒有愛了。

有時，我想要和加畢爾一起人間蒸發。但只是有時候想想而已。

一九九三年十二月六日

我打電話給加畢爾跟他說手術和化療的情況。我對他說目前我們不能再見面了。

他回說「我明白」，就掛了電話。

一九九四年四月二十日

今天早上，有個漂亮孕婦來了玫瑰園。她想要買些古典庭園玫瑰和牡丹在寶寶出生那一天栽種。我們天南地北聊了一下。談話間主要聊她的花園和房子，還有她在西南方的展覽，那是最適合栽種玫瑰和牡丹的地方。她跟我說她想要生一個女兒，能生個女兒就太好了，我回說我有生一個兒子，生兒子也很好啊。這麼說讓她笑了。

我很少讓人笑。除了加畢爾。還有我兒子，在他還小的時候。

她在付錢的時候，開了張支票，然後將一張身分證給我：

「不好意思，這我先生的身分證。但姓氏和地址是一樣的。」

從支票上我看到她名叫卡琳娜・普東，她住在馬貢市萊孔塔米訥之路十九號。接著，我發現身分證件上的名字是加畢爾，他的照片、他的出生日期、他的出生地、一樣的住址馬貢市萊孔塔米訥之路十九號，他的數位指紋。我花了幾秒鐘才搞懂，弄清楚眼前這些關聯性。我覺得自己臉紅起來，滿臉通紅。加畢爾的太太眼睛直直地看著我，接著用手取回身分證塞進她外套內靠著心臟、在未來寶寶上方的口袋裡。

她帶著放在紙箱裡的植物就走了。

一九九五年十月二十二日

保羅的病情控制住了。我們和朱利安為此去慶祝一番。我兒子住在學校旁的一間公寓。我現在一個人住。如同在他出生前一樣，那樣的孤單。孩子填滿了我們的生活，然後又再留下一大片，巨大的空白。

一九九六年四月二十七日

我已經三年未曾有加畢爾的消息了。每到我生日的時候，我都認為他會出現。是我認為，我相信，還是我希望？

我想念他。

我想像他和他太太在他的花園裡，還有他的女兒，牡丹和玫瑰。我想像此刻的他深感生活封閉沉悶。他只愛煙霧繚繞的酒館、各個法庭、敗訴案件。還有我。

以您一向跟我說話的方式跟我說話
別換不同口吻
別故作正經或悲傷
就像過去我們一同歡笑一樣，繼續歡笑吧。

80

一九九七年九月

菲利浦在沙隆區布朗松住了四周。每天早上，當他一睜開眼睛，寂靜使他沉默無言。在馬爾格朗日，總是車水馬龍的景象，汽車和卡車從自家門前經過，在維歐蕾特降下平交道柵欄時停下，鈴聲大作，那些列車急駛而過的聲音。在這裡，這陰沉的鄉間，死者的沉默讓他感到驚懼。就連訪客行經的腳步也靜悄悄的。只有教堂裡每個小時響起的淒涼鐘聲提醒他，時間正在流逝，什麼都沒有發生。

他來這兒四周，已經對這個地方深感厭惡。墳墓、宿舍、花園、這一帶地方都令他反感。甚至連掘墓人都令他嫌惡。當他們的卡車通過柵門，菲利浦會避開他們。他離得遠遠的向他們打招呼，卻怎樣也不想和這三個傻瓜交朋友。沒大腦的那一個被大家稱做貓王，另一個是開心果，把受傷了的貓和其他各種小動物救回來照顧，而第三個只要一踩空就會跌個狗吃屎，讓人以為他是從瘋人院出來的。

菲利浦總是對喜歡動物的男人有戒心。那是老太太面對毛孩子時才會表現出來的婦人之仁。他知道維歐蕾特嚮往養貓養狗，但是都被菲利浦拒絕了。他讓她以為他對貓狗過敏。真相，其實是他怕小動物，他覺得小動物不乾淨。他受不了這些小動物。而問題就出在那些貓，墓園裡的貓口繁多就是因為維歐蕾特和其中兩個沒長腦的掘墓人在餵養貓。

自他們遷入墓園以來，第一場喪禮就安排在這一天下午三點。他一早就出門去晃了，通常中午就會回來，但他怕遇到喪家和靈車，於是便在鄉間騎車亂晃，在吃中餐的時間他到了馬貢。

等紅燈的時候，他看見了孩子們從一間小學出來。他以為他在一群小女孩裡認出來的那個就是雷歐妮娜。一樣的頭髮，一樣的髮型，一樣的體態，一樣的步姿，尤其穿的還是一樣的洋裝。粉紅色洋裝上還搭著紅底襯白點。這一瞬間他想到：**是否整個房間燃燒起來那一刻，雷歐妮娜根本不在城堡**？**是否雷歐妮娜一直在什麼地方活得好好的**？**她是被人拐走的**？像馬南和馮塔內那樣子的人什麼都做得出來。

他熄了摩托車引擎，往那個孩子走過去。然後靠近到她身邊，他想起來上一次見到她時，她已經七歲了。所以今天的她不會是這群活蹦亂跳孩子裡的其一，而會是走在一群中學生裡面。而且那件紅底襯白點的粉紅色洋裝，她再也穿不下了。

菲利浦重新發動摩托車的時候，心中又一次生起了恨。女兒的死帶給他的恨。因為**他們**，他才會住在這兒，在這該死的鬼地方。

他進了間公路休息站餐廳，狼吞虎嚥了一份牛排配薯條，又一次，他在紙桌巾的背面寫下了這幾個名字：

艾迪特・克羅格維埃
司萬・萊特里耶
露西・林頓
詹妮薇芙・馬南
愛洛依絲・珀蒂
阿蘭・馮塔內

這些名字有什麼用？這些曾經在場的罪人，因失職而難辭其咎。是誰啟動了這該死的熱水器？而且為什麼要開？馮塔內跟他說過什麼相關的事情嗎？但這對他有什麼好處？現在，詹妮薇芙・馬南已經死了，他只要供出她就是罪魁禍首就行了。他本來可以說這場火災是意外。只要維持這是起室內居家意外的說法就行了。而他本來也可以什麼都不說。當阿蘭・馮塔內開始一口氣不假思索說個不停時，這是頭一回，他看起來是誠懇的。只不過，他的話語浸透了酒精。菲利浦所聽見的話語也是浸透了酒精。他們倆在魔鬼的飯廳裡都醉了。

菲利浦將這份名單又唸過一遍，這名單他一寫再寫太多遍。事情該有始有終。該與名單上的其他人單獨會面了。就是不想知道真相，也已經太遲了。

*

一九九七年十一月十八日

當露西・林頓正在請一位女病患進到等候室時，她馬上認出他來。她清楚地記起她在法庭時見到的每位家長的臉，那些家長被稱為「原告」。而他，雷歐妮娜・杜森的爸爸，她能一眼就認出，是因為當時他自己一個人來而且長得特別英俊。安娜伊絲、娜德潔和歐希安娜的爸媽都一同出席了，只有他，太太沒有一起出席。

她當著他們的面出庭作證。她解釋了那一晚除了疏散其他房間裡的人，以及向其他工作人員發送警報，她什麼都沒做。她沒有聽到孩子們起床去廚房。

自從這些小女孩死去，露西・林頓就一直感到冷，好像她永遠處在穿堂風下似的。她穿得很多，整個人顫抖著。這起慘劇讓她陷入在一片冰冷荒漠裡，而這荒漠讓她的心神衰竭耗盡，就如同將孩子們燒到屍骨無存的那一場火。她的皮膚底下結起薄薄的一層霜。當她看到雷歐妮娜的爸爸時，她交叉著雙臂，彷彿要使身子暖起來那樣摩擦著雙臂。

他在這兒做什麼？那些孩子的家人都不住在這一帶。他知道她是誰嗎？他是碰巧出現在這兒還是要來看她的？他有約在身還是想要跟她說些什麼？

他對著一扇窗坐著，看起來像是在等候看診，腳邊放著他的安全帽。杜森。露西・林頓是這間診所的醫務祕書，她在今早排了門診的三位醫生候診名單上找這個姓，但怎樣都找不到。這兩個多小時裡，醫生們有來打開等候室的門，但都沒喊過杜森先生。到了中午他一直還在，對著窗坐著，和另外兩位候診病人在一起等著。過了半小時，等候室裡已經沒有病人了，露西・林頓進去等候室，還把門關上。他把頭轉過來，盯著她看。她一頭金髮，身形纖細，挺漂亮的。若是處在別的情況下，他就會勾引這個女生。儘管他從沒勾引過誰，只消喊個聲就有人投懷送抱了。

「先生，您好，您有約診嗎？」

「我想跟您談談。」

「跟我？」

「對。」

這是她第一次聽到他說話的嗓音。她有些失望。他的嗓音透露了一種單調緩慢，鄉下人的腔調。鳥兒歌唱的聲音和牠身上的羽毛不相襯。這想法在她腦海中閃過了兩秒，然後害怕起來。她的雙臂在顫抖。她的手又開始緊張地摩擦著雙臂。

「為什麼要找我？」

「馮塔內告訴我，那一晚您曾經要詹妮薇芙・馬南幫您代班看著孩子們……是真的嗎？」

他這句話說得一點抑揚頓挫都沒有。既沒有憤怒，也沒有怨恨，平心靜氣的。他連表明自己是誰都沒有，就把話說出口了，他知道露西・林頓知道他是誰，認得他是誰。他知道她會懂「那一晚」這幾個字指的是什麼。

說謊一點用都沒有。露西覺得她別無選擇。馮塔內，光這個名字就讓她感到害怕。那個眼神狡詐的色老頭。她從來沒有懂過為什麼他受聘來這個全都是孩子的城堡裡工作。

「對。我有請詹妮薇芙幫我代班。我和司萬・萊特里耶在樓上。我睡著了。有人來敲門，我下樓去就看見了……火舌竄出……我什麼都不能做，我很抱歉，什麼都沒能……」

菲利浦起身，沒有道別就離去了。直到這裡，馮塔內都沒有說謊。

*

一九九七年十二月十二日

「有人對您懷恨在心嗎？」

「對我懷恨在心？」

「火災發生前，可能有人對您心生怨懟？」

「對我心生怨懟？」

「怨恨到要破壞公物。」

「杜森先生，我不懂。」

「裝設在一樓每間房裡的熱水器是不是故障了？」

「故障？」

菲利浦抓住艾迪特・克羅格維埃的衣領。他在埃皮納勒鎮的科拉超市的地下停車場等她。埃皮納勒鎮就是她出獄後和丈夫定居的地方。

菲利浦耐心等候她推著購物車回來，等她打開車子的行李箱，等她把採買物品放好。必須等到她落單的時候。

當他殺氣騰騰的走近她身邊，她花了幾秒鐘才認出他，她想他來這裡是要殺她，而非問她什麼問題。她想過：**喏！這下都結束了，我人生最後一刻到了**。她心中一直都在想有朝一日其中一個家長會來殺了她。

自從菲利浦知道她住在哪兒，整整兩天他緊盯著她的行蹤。她走到哪兒，她丈夫就跟到哪兒，形影不離，無所不在陪在她身邊。今天早上，終於第一次，她獨自開車離家。菲利浦終於等到他的機會，緊緊跟著她了。

「我從沒打過女人，但如果繼續這樣我問一句您反問三句，我會打爛您的臉……要相信我敢，我沒什麼可以失去了，我已經一無所有。」

他鬆開了緊揪著她的手。艾迪特．克羅格維埃看見菲利浦的藍色眼睛暗淡了。彷彿盛怒將他的瞳孔放大了。

「說明白一點，真的是因為熱水器壞了，所以孩子們在房間裡洗手得用冷水嗎？」

她思索了兩秒，用幾乎聽不到的聲音吐出了一句「是」。

「不是所有的工作人員都知道不該去動那些熱水器嗎？」

「是……那些熱水器已經有幾年不能用了。」

「可能是哪個孩子將其中一臺啟動了嗎？」

她緊張地東張西望了一下才答了說：

「不會。」

「為什麼不會呢？」

「熱水器離地面超過兩公尺，藏在安全活板門後面。不會有任何風險。」

「不管怎樣，有可能會是誰做的？」

「做了什麼？」

「有人將其中一臺熱水器啟動了？」

「但是沒有誰這樣做。一個人也沒有。」

「馬南？」

「詹妮薇芙？她幹嘛要動熱水器？可憐的詹妮薇芙。為什麼您要跟我說到熱水器的問題呢？」

「馮塔內，您跟他處得好嗎？」

「處得好啊。我從來沒和我的員工有過什麼不愉快。從來沒有。」

「那您和遠親，和情人，相處起來也是這樣嗎？」

隨著菲利浦用連串問題糾纏不休，艾迪特．克羅格維埃的臉色越來越沉。她不明白他到底想知道什麼。

「杜森先生，在一九九三年七月十三日之前，我的人生如發條一樣規律平穩，順遂如常。」

菲利浦討厭這種說法。他媽媽老是這麼說。菲利浦想要殺了她。但殺她有什麼用？眼前這個女人跟死了是一樣的。就看看這女人，裹在一件暗淡的大衣裡，哀怨的神情，憂鬱的目光，連她五官的輪廓都陷下去了。他轉身，一言不發的離去了。艾迪特．克羅格維埃喊著：

「杜森先生？」

他不情願地轉身面向她。他不想再看到她了。

「您想找到什麼？」

他沒有回答，又坐上他的摩托車，心有不甘地騎往沙隆區布朗松去了。他覺得冷，疲憊。三天以來，他沒有給維歐蕾特一點消息就離家了。他想回到乾淨的被窩裡。他想握著操縱桿玩電玩，不再去想這一切，重歸往昔的日常，再也不去想……

81

我不知道妳是否在我的裡面，
或我是否在妳的裡面，或妳是否屬於我。
我想我們兩個都在另一個我們創造出來的人裡面——那個人稱之為「我們」。

加畢爾・普東不喜歡他太太的品味。他看著她從住家街角那兒的錄影帶聖地「未來錄影帶店」租來的片子，總是毫無例外地睡著了。她總是喜歡借些愛情喜劇片來看。加畢爾偏愛的卻是克勞德・勞路許拍的《偷搶騙》[80]，電影裡的對白他已滾瓜爛熟，他喜歡的還有《冬天的猴子》[81]裡讓－保羅・貝爾蒙多[82]和尚・嘉賓[83]的演出。

大致上，除了勞勃・狄・尼洛，他對美國演員都不感興趣。但他不會和卡琳娜唱反調。而且他

---

80 《偷搶騙》（L'aventure c'est l'aventure）一九七二年出品，描寫五個無可救藥的騙子利用各種詭計和手段騙取大量錢財，他們做案對象從歌手到革命家，甚至教宗也不放過，是一部想像力豐富的電影。

81 《冬天的猴子》（Un singe en hiver），電影背景在諾曼地一個海濱小鎮上，講述兩個生活不同的人的相遇和離別，一個是夢見戰前中國大事記的老飯店老闆，另一個是年輕的廣告高階主管，思念他在馬德里分手的另一半，兩個人都在酒精的慰藉中棲身於中國或西班牙的幻境裡。

82 Jean-Paul Belmondo, 1933-2021，法國演員，一九六〇年因演出法國新浪潮導演高達名作《斷了氣》而聲名大噪。

83 Jean Gabin, 1904-1976，法國極受歡迎的電影演員。一生出演九十五部作品之多，大部分都很賣座，演技獲獎無數，曾於一九五九年和一九七一年兩獲柏林影展金熊獎最佳男演員獎。

還喜歡上了這個固定在周日晚上看片的習慣，坐在長沙發上，緊靠著他的太太，在她的體溫裡，在她濃重香水味裡，闔上眼。英語對白的聲音越來越微弱了。他在要睡著的時候，想像兩個頭髮吹整極為有型的迷人演員，邂逅彼此，互相傷害，分開，又在街角不期而遇時，終於接吻，相擁在一起。在播片尾字幕的時候，卡琳娜輕輕把他搖醒，她為了這齣通俗劇情片哭紅了眼，好氣又好笑對他說：「親愛的，你還是又睡著了。」起床後，他們走到孩子的房間，看著女兒，不禁讚嘆孩子長得好快。然後，趁著他再出門之前做愛。周一的早晨，他需要再回到法庭，那些主張自己無罪的被告們在等他。

一九九七年這一晚，加畢爾沒有睡著。當卡琳娜一把錄影帶塞進錄放影機裡，當開頭的幾個畫面一出現，他就被這個故事深深吸引了。他看得入迷，他看到的不是一對出奇的男人和女人在作戲，他看到的是他們演活了一見鍾情。他宛若可以置身其中見證一切。如同他在面對依序入列證人席的那些陌生人那樣，他們全都是他為原告或被告出庭所要詰問的對象。他感覺得到卡琳娜的眼光悄悄注意了他好幾次，她擔心他沒有真的睡得很穩。

當電影演到最後幾分鐘的地方，坐在丈夫旁邊的女主角沒有開車門去上另一輛正在等她的情夫的車子，而她的情夫打了個轉向燈，永遠離開了。四年來為了忘掉伊蓮，加畢爾在情感上築起一座水壩，他感覺這座水壩漸漸承受不住一場暴風雨、一場颶風、一場天災帶來的壓力，逐漸在崩解。他覺得電影裡最後幾個畫面中的雨淋在了他身上。他回想起，從安堤布海岬回程時，他在車上等著伊蓮。「我五分鐘就回來，放個貨車鑰匙而已。」他等了幾小時，手緊握方向盤。剛開始等的頭幾分鐘，他在車窗後，想像著有伊蓮相伴的生活。他夢想著屬於兩人世界的未來。然後，這一等卻成了無盡的等待。

他最終放開了方向盤，下了車，進到玫瑰園裡。他沒想到只見到了店員，那個店員已經好幾天沒見到伊蓮了。他在街上漫無目標，絕望地找著她，抗拒讓自己明白她不會再回來的事實，抗拒讓自己明白她維持人生現況的選擇，讓自己明白她不會為了他改變什麼。想必是出於對丈夫和兒子的愛，她才會身不由己——他常在進行訴訟的時候聽到這句成語。

他又回到了車上，擋風玻璃隔在眼前，車頭燈的光線中，除了夜色，他什麼都看不到了。

後來的一個早晨，在律師事務所，有人告訴他伊蓮・法約爾要求約見。起先他還傻乎乎地以為是同名同姓。當他看見那個他熟記在心的電話號碼，那個他從來不敢撥過去的玫瑰園電話號碼，他就知道，是她沒錯。

一年裡，他們相約在瑟當，還去了其他旅館，其他城市，然後是保羅生病，柯蘿艾出生。這一頭承受著病痛，而另一頭迎接了希望。

已經超過四年沒有伊蓮的消息了。她變成了什麼樣？她過得怎麼樣？保羅脫離重病的難關嗎？她還住在馬賽嗎？她一直都在經營玫瑰園嗎？他回想起她的笑容、她的體態、她的氣味、她的皮膚、她的雀斑、她的身軀，還有他老是愛撥亂的她那一頭秀髮。跟她在一起，總是與和其他人在一起不同，跟她在一起，勝過和其他人在一起。

電影裡最後一幕，當孩子們在一座橋上將母親的骨灰撒下，加畢爾哭了。在加畢爾的世界裡，男人是不會哭的。甚至在最荒謬、最意想不到、最不可能發生、最令人心悅誠服的、最令人感到絕望的判決之前，他都不會哭出來。他上一次哭，應該是他八歲的時候。原因是他從腳踏車摔了下來，在沒有麻醉的情況下，就讓人縫他頭上的傷口。

至於卡琳娜，她沒有哭。平常，看這種通俗劇，她應該會擰著手帕看。可是這部片子讓加畢爾看得之投入，讓她什麼感動都沒有，只覺得害怕。

卡琳娜想起了玫瑰園裡的伊蓮。伊蓮那細緻的雙手，她頭髮的顏色，她白皙的肌膚，還有她身上的香水味。卡琳娜想起了那個早上，她將加畢爾的身分證遞給她，為的是向伊蓮宣告自己的存在，並宣告她有孕在身。

當加畢爾的事務所留言說：在里昂的戴洛熱飯店有個門房希望加畢爾去取回最近一次留宿時忘在那裡的東西，卡琳娜就知道了伊蓮的存在。上個禮拜，她的律師老公才在里昂的法庭幫人打官司。卡琳娜回撥給旅館，和門房通了電話，給門房他們家的地址，兩天後，收到一個包裹，裡面有兩件白色絲質上衣、一條愛馬仕的頭巾、還有一支梳子上面纏了幾根金色長髮。卡琳娜先是以為旅館弄錯了，又打電話給加畢爾。當他從里昂回來時，一副悶悶不樂的樣子，可是他明明才贏了上訴。她覺得他是生病了，氣色不怎麼好。她要他留意健康，他比了個手勢一揮掃去了陰鬱，然後疲倦地笑著回說他只是很累而已。

後來的那一夜，加畢爾在睡夢中喊了某個人「蓮娜」好幾次。隔天早上，卡琳娜向他問起了這件事。「蓮娜是誰？」[84] 加畢爾覺得很難為情，整張臉都要浸到咖啡杯裡了。

「蓮娜？」

「你一整晚都喊著這名字。」

加畢爾笑了起來，她向來喜歡他這一爽朗笑聲，他答說：「是被告的太太啦。當她知道先生無罪釋放，她就昏過去了」。說謊不打草稿。卡琳娜對這段外遇早就知情。露餡的原因在於賽德里克・皮歐雷的太太名叫珍妮。但她故作淡定，改名或是有兩個名字都是有可能的。

有好幾晚，加畢爾在睡夢中仍舊接連喊著蓮娜。卡琳娜本來將之歸因於是他的工作壓力。她的先生接了太多案件了。

當卡琳娜遇見加畢爾的時候，他已喪偶，也和前一個伴侶分開了。當她問他是否還有伴侶關係，他回說：「有時候有」。

卡琳娜拿著兩件聞起來有「藍調時光」味道的絲質上衣時，想起了這段往事。卡琳娜把殘留這款嬌蘭香水味的衣服和頭巾，還有梳子，一併丟進了垃圾桶裡。這些東西不是隨便哪個路邊的妓女的，這可嚴重多了。幾個月來，加畢爾都變了。當他進了家門，就一副心不在焉，為了什麼事情而心事重重，苦惱萬分的樣子。卡琳娜發覺他吃飯的時候，酒喝更多了。當她提醒他喝多了的時候，加畢爾就引用歐迪亞[85]說過的：「如果有什麼一定會讓我想念，絕不會是酒，而是微醺。」加畢爾的謊話裡，聽得出來有另一個女人。

要在最近的電話費帳單明細中找出固定出現的電話號碼其實不難。加畢爾總是在早上九點左右，有幾個通話很少超過兩分鐘。像是只祝對方今天愉快，就把電話掛了。這回換卡琳娜來撥這個號碼。接電話的是個年輕女孩：

「您好！這裡是玫瑰園，請說。」

---

84 原文Reine，本意為皇后。

85 Michel Audiard, 1920-1985，法國電影導演。

卡琳娜把電話掛了。下周，她又撥了一次這個號碼，恰巧還是同一個人接電話：

「您好！這裡是玫瑰園，請說。」

「是，您好，我的玫瑰長得不好，花瓣末梢有些奇怪的發黃斑點。」

「是什麼品種呢？」

「我不知道。」

「能請您帶一兩株插條來玫瑰園嗎？」

卡琳娜又再撥了第三次。還是同一個聲音：

「您好！這裡是玫瑰園，請說。」

「蓮娜嗎？」

「請別掛斷，我幫您轉接。請問您是？」

「是私人電話。」

「伊蓮，有來電找您。」

卡琳娜弄錯了：加畢爾睡夢中喊的名字不是蓮娜，是伊蓮。有人來把話筒接了起來，這一次是女人的聲音，更低沉性感：

「喂？」

「是伊蓮？」

「我是。」

卡琳娜掛了電話。那一天，她哭得很厲害。加畢爾所說的「有時候有」，就是「**她**」。

最後，她還是打了第四次電話，也是最後一次。

「您好！這裡是玫瑰園，請說。」

「您好！能給我你們的地址嗎？謝謝！」

「馬賽第七區，玫瑰廣場，崎嶇之路六十九號。」

卡琳娜退出錄影帶，放回套子裡。加畢爾一直坐在長沙發上，因為看片子看到哭而感到難為情。這回輪到他，哭成一臉罪人，他用盡一生在為這個罪人辯護。

她把帶子收進包包裡，以免隔天早上出門上班忘了帶上，這時候她對加畢爾說：

「四年半前，我懷著柯蘿艾的時候，已經見過伊蓮。」

早已習慣面對刑事法庭上最錯綜複雜和最無恥齷齪案情、看盡人性面的加畢爾，此時卻不知道如何回答太太。他啞口無言。

「我去了馬賽，向伊蓮買了些玫瑰和白牡丹。結帳時，自我介紹了一下。那些花，我沒有種在家裡的花園裡，扔到海裡去了……就像有人過世那樣。」

那天晚上，他們沒有繞去孩子的房間就回到他們自己的房間裡，也沒有做愛。他們在床上，背對彼此。她怎樣都睡不著。她想像加畢爾睜大雙眼，一樣無法成眠，在重溫剛才看過的電影場景，也重溫自己和伊蓮共同經歷過的場景。他們之間沒有再提起伊蓮的事。那個星期天之後過了幾個月，他們分開了。卡琳娜因租了《麥迪遜之橋》這部片子懊悔很久。儘管電視上重播過好幾次，她和加畢爾不一樣，她不曾再重看這部電影。

*

伊蓮・法約爾的日記

一九九七年四月二十日

我有一年沒碰這本日記了。但是我不能沒有這本日記。我像個多愁善感的少女，把日記藏在抽屜裡的衣服底下。有時，我翻開日記，神遊幾個小時。實際上，都是關於長假，私人海灘的回憶。當人過了某個年紀，就不會再寫日記了。而我早就過了我人生中某個年紀很久了。不得不說，都是加畢爾讓我回到我十五歲的時候。

他掉了很多頭髮，身材有些發福了。他的眼神還是一樣深沉、美麗、憂傷，深邃。他的聲音低沉，獨特，宛若交響樂，那正是最令我著迷的特質。

我和加畢爾又在玫瑰園附近一家咖啡館見了面。他讓我幫他點了茶，沒有說「這是種悲傷的飲料」這樣的話，也沒有將蘋果白蘭地倒入杯子裡。我覺得他更沉靜了，看起來沒有那麼心事重重，沒有那麼充滿怒意了。儘管加畢爾還是一直充滿魅力，他仍是個憤世嫉俗的人。可能是因為他終其一生都在代替他人承擔責難，代替他人反駁譴責。有個晚上，我們在安堤布海岬，他跟我說起某些判決的不公義讓他萬念俱灰。某些判刑讓他徹底地坐立難安。他向我問起保羅和朱利安的近況，當他知道保羅熬過了病魔的考驗，他就特別關心保羅的癌症和康復情況，以及後來的日子是怎麼過的。之後才接著點了一杯又一杯的咖啡跟我說他這幾年的生活，他年紀小小的女兒，怎麼長大成人進入婚姻，也聊到他前任妻子，他離婚經過，還談了他的工作。

加畢爾告訴我他懂我，他已經戒菸了，他看了一部讓他痛徹心扉的電影，他沒有多少時間了，隔天在里爾的法庭上有人還在等他，他得去搭飛機了，他和一些同業友人在傍晚有約。這是第一次他沒有要我跟他一起走，沒有要我陪著他。我們只在一起待了一小時。見面的最後十分鐘，他握住我的手，在離開前，閉上眼，吻了我的手。

「我希望我們一起在墓園裡安息。在這挫敗的一生結束後，我希望至少死後我們可以稱心如意。妳同意在我身邊度過永生嗎？」

我想都沒想，就答應了。

「妳這次不會偷跑吧？」

「不會。可是您只能得到我的骨灰。」

「就算妳化成了骨灰，我也想要妳永遠在我身邊。加畢爾．普東和伊蓮．法約爾，我們倆的名字放在一起，多美好。就像賈克．普維和亞歷山大．特勞內[86]兩個人在一起一樣。妳知道這位詩人和他的電影布景師葬在一起嗎？我覺得讓他跟他的布景師葬在一起真是好主意。其實，妳就是我的布景師。妳給了我人生中最美好的風景。」

「加畢爾，你就要死了嗎？你病了嗎？」

86 Alexandre Trauner, 1906-1993，匈牙利裔法國美術指導，於一九二九年移居巴黎，不久開始從事電影布景製作。一九三二年與賈克．普維相識，隨後展開的法國電影黃金時期的諸多作品都可見賈克．普維擔任編劇，而亞歷山大．特勞內擔任布景製作。而兩人也建立起真摯不渝的情誼。亞歷山大．特勞內死後，葬在小奧蒙維爾市（Omonville-la-Petite）的墓園裡賈克．普維的墳墓旁。

「妳終於第一次用『你』來稱呼我。不，我還不會死，至少我覺得不會，還沒有預期會死。我是因為看了剛才跟妳說的那部電影，讓我心煩意亂。我得走了。謝謝妳。再見了。伊蓮，我一直愛著妳。」

「加畢爾，我也一樣愛著您。」

「至少我們之間有件事是一樣的了。」

82

長眠於此的是我心愛的人。

事情發生在一九九八年一月某個早上。我只是想像著他們的姓氏。這些不幸的姓氏。馬南、馮塔內、萊特里耶、林頓、克羅格維埃、珀蒂。他的姓氏被塞在菲利浦．杜森的牛仔褲後口袋裡，字跡已難以辨識。這個名單已經進洗衣機裡洗過了，墨跡暈開的樣子像有人哭了很久把紙都弄濕了。我把他的褲子放在浴室裡的暖爐上弄乾，當我把褲子再拿起來的時候，我看到有東西跑出來，是一張對折成四等分的紙桌巾，菲利浦．杜森把他們的姓氏又再寫了一次。

「為什麼？」

我坐在浴缸邊說了好幾次「為什麼？」。

我們在沙隆區布朗松住了五個月了。菲利浦．杜森每天逃脫的方式有兩種：有雨的日子就玩電玩遊戲，沒有雨的日子就騎摩托車出去亂晃。他又回復到在馬爾格朗日的生活習慣，但他消失的時間卻更長了。

墓園裡的訪客、喪禮、柵門的開啟和關閉，他一概逃避。比起火車，他更怕死人。比起法國國家鐵路的乘客，他更怕沉浸在喪親之痛的訪客。他又開始熱中於騎摩托車，就像是要參加越野賽車一樣。長程的賽程路線，我想，就是以出軌的嬉遊做為終點。一九九七年年底，他出門一連四天沒回來，這趟偷閒之旅結束他帶回了一身疲憊，而稀奇的事，我立刻就看得出來，查覺到他並不像以往去找哪個情婦。

他一到家，就對我說：「抱歉，我應該要打電話給妳，我跟其他人走得比預期中還要遠，而行經路線上都沒有電話亭，果然是鄉下地方。」這是菲利浦．杜森第一次為自己辯解。這是他第一次為了沒有報平安而抱歉。

他回來時正是要挖掘亨利．安格遺骨的那天。一九一八年在埃納省的桑西，亨利．安格二十二歲英年即光榮戰死沙場。白色墓碑上仍可認出刻字：「悼念永存」。亨利．安格的永生於一九九八年一月劃下終點，他的遺骨之後被丟進無人照理的枯骨堆裡。這是我第一次參與撿骨。我們和三個掘墓人為使他的安息不受打擾，始終束手無策，因為他的墳墓過於殘破，加上幾十年來青苔侵蝕。

當掘墓人打開飽受天氣變化、濕氣和害蟲摧殘的棺木時，我聽見了菲利浦．杜森的摩托車聲。我把他們拋下，讓他們自己完成工作，習慣性的往屋子方向走去。當菲利浦．杜森回來，我迎接他進門……如同迎接主人回家的僕人一樣。

他慢慢摘下他的安全帽，氣色不好，眼神疲憊，澡洗了很久，接著又一語不發地吃中餐。他接著上樓去睡午覺，一睡就睡到隔天早上。我在將近晚上十一點回到我們房裡一起睡時，他緊緊的靠著我。

隔天早上，早餐吃完，他又騎著摩托車出去了，但只有去幾個小時。他後來向我坦白他不在的這四天，是為了和艾迪特克羅格維埃談，他去了一趟埃皮納勒。

我們住在這裡五個月了，我沒有回去詹尼薇芙．馬南的家質問馮塔內，也沒有再去斯萬．萊特里耶工作的餐廳找他。我也沒有為了向那兩個隊輔員問清案情而去打聽她們住的地方。主任應該是出獄了，她只被判一年監禁。我從沒再經過城堡。我再也沒聽見過雷歐妮娜的聲音來問我為什麼那天晚上一切燒毀殆盡了。薩沙沒有說錯：這個地方將我修復了。

我在這座墓園、這間屋子、這片花園裡馬上找到我生活的重心。當我先生不在的時候，這裡的掘墓人、魯奇尼兄弟和一些貓越來越常來廚房裡一起喝咖啡或牛奶，我喜歡上這樣的相伴。當菲利浦・杜森的摩托車停在靠街那一側的門前，他們從來都不會進門。菲利浦對他們一點好感也沒有，彼此只互道早安晚安。墓園的這幾個男人和菲利浦・杜森彼此之間都不感興趣。至於那些貓，對菲利浦就像看到瘟疫似地避之唯恐不及。

只有每個月來一次這裡的鎮長先生不在乎菲利浦・杜森人在不在，他說話的對象始終是對我。他似乎對「我們的」工作表現是滿意的。一九九七年十一月一日，他在他的家族墳前默哀致意，他看見我種植的松樹後，要我在墓園培養植栽和賣些花，這是額外的工作，而我接受了。

一九九七年九月，我以墓園管理員身分參加了第一場喪禮。自那天起，我開始記錄喪禮上的致詞，描述出席的人們，喪禮用的花，棺木的顏色、人們奉上的紀念牌使用的寄語，當天天氣情況、喪禮選用的詩作和歌曲，是否有貓或鳥靠近墳墓。我立刻就感到必須讓這最後一刻的印記全都保留下來，不讓一切灰飛煙滅。為了所有那些因傷心、哀痛，因旅途不便無法成行，因遭到排拒或放逐而無法前來喪禮的人們，必須要有人為他們訴說、見證、描述、轉達喪禮上所見所聞。就像是我其實希望有人為我女兒的喪禮這麼做。我的女兒，我的摯愛。妳是被我遺棄的嗎？

我坐在浴缸邊緣，手中的餐巾紙，他們的名字在我眼前糊掉了，我像菲利浦・杜森一樣，無法抑制地想離開這裡幾小時。想出去。走到不同的地方，看看其他街道、其他人的臉，看看販賣衣服和書籍的櫥窗。重新回到生活裡，重新進入活水。除了在這小小的市中心購物之外，五個月來我都沒有離開過墓園。

我走出去到墓園的走道裡，我找了諾諾要他載我到馬賁，傍晚時再接我回來。他問我是不是我沒有駕照。

「我有駕照。」

他將鎮政府貨車的鑰匙給了我。

「我有權開這臺車嗎？」

「妳受雇於這座城鎮。早上我把油加滿了。祝妳一天順心。」

我將車開往馬賁。從之前開過絲蒂芬妮的飛雅特後，我就沒再碰過方向盤，沒再感受過這樣的自由。我一邊開著車，一邊唱著：「親愛的法國，我童年時親愛的祖國，無憂無慮輕輕地搖晃著，在我心裡將妳呵護著」，為什麼我唱起了這首歌呢？我幻想中的姑丈的歌曲總是不經意閃現心頭，就像那些不存在的回憶盤旋於腦海。

我把車停在市中心。那時應該十點了，商店已經開門營業。我一開始先在一間餐酒館喝了杯咖啡，看著活人們進進出出，在人行道上行走，看著他們的車子停下來等紅綠燈。我看到的是一些沒有沉浸在喪親之痛的活人。

我穿過聖羅蘭之橋，沿著索恩河走去，任意走過了幾條街。就是這一天，我的冬季衣櫃和夏季衣櫃誕生了。我給自己添了一件灰色洋裝和一件特價的粉紅色高圓領針織精紡套衫。

午餐的時候，我想到餐廳集聚的廣場買份三明治。天冷，但天空很藍。我想坐在河邊長椅上吃午餐，將麵包屑扔去餵鴨子。正好想起我在等司萬．萊特里耶時救了我的那隻暹羅貓，我當時迷了路，處在不認識的路上，在一個十字路口，我以為清楚自己所在的位置，但其實再往下走並不是對的方向，我已經遠離市中心。街邊是房屋和住宅區。那時候是一月，我看見了圍牆、空蕩蕩的鞦韆，及藏在塑膠篷布下的花園家具。

就是在這一刻，我看見了他的摩托車立停在那裡，其中一個輪子還上了鎖。菲利浦．杜森的摩托車停在離我一百公尺遠的地方。我像沒有爸媽准許就出門的小女孩一樣，心狂跳起來。我想要跑回去，但有一件事阻攔了我：我想知道他在這裡幹嘛。每當他在大約十一點出門，近下午四點回來，我想像他走得很遠。有時，他回來對我敘述他看到的事物。他在白天裡跑出去四百公里遠算不上什麼稀罕事。看到他的本田摩托車，我才想到平常我看到的都是摩托車停在自家門前的樣子。菲利浦．杜森從沒提議要載我到哪裡。家裡只有他的安全帽，沒有過兩頂安全帽。當他換了頂新的安全帽，就把舊的賣掉。

有一隻狗在柵欄後吠了一下，我嚇了一跳。在同一時刻，我從對街的一棟連著發黃草坪的房子窗戶裡瞥見了某個人。他穿過一樓的某個房間，我認得出他的身影，他的舉止，他那件速速穿上的夾克，他黃鼠狼般的臉，以及他削瘦的身形，那個人就是斯萬．萊特里耶。我感到手都發麻了，好像維持同一姿勢太久那樣。他人在一幢小小的外牆褪色的三層樓水泥住宅裡。欄杆老舊的陽臺有歲月的痕跡，幾個空花架仍掛在陽臺上，這些花架似乎度過了許多春天，但沒有開出花來。

司萬．萊特里耶出現在大廳，他推開一扇鋁門，沿他面前的走廊走過去。我跟著他，直到他進了角落的一間酒吧裡。他一直走到底。菲利浦．杜森在那兒等著他。他到菲利浦的桌前，面對他坐了下來。兩人有如舊識靜靜地聊著。

菲利浦．杜森又重拾故事的線頭，可是，是哪一條呢？他找著某人、某物。從這一張名單上找，一直都是同一張名單，他寫在帳單和桌巾背面的名單，像是要解開一個謎。

透過玻璃窗，我只看得到他的頭髮。就像在堤布宏夜總會我第一次見到他的晚上，他背對我的時候。那時我從吧臺凝視他金色的捲髮在舞池燈光下忽綠忽紅忽藍。如今頭髮有些發白了，他青春年少時的彩虹消褪了。也正是那陣陣光線變化使我愛上了他。我想到這些年來，當我眼睛看著他時，天氣總是陰沉。而當我凝望他完美的臉龐時，在他耳邊甜言蜜語的女孩們也不見了。他臨時找到的床上只剩下身形臃腫的女人。他肌膚殘留的香水味也不再一樣，從高雅的氣息變成廉價的香味。

昏暗的餐酒館室內，只有他們兩個在，講了十五分鐘，菲利浦．杜森突然起身要出去。我只得趕緊鑽進酒吧旁一個死角。他重新發動摩托車接著就離去了。

斯萬．萊特里耶一直待在室內。當我走近到他身邊，他正要喝掉他的咖啡。我看得出來，他不認得我是誰。

「他想要幹嘛？」

「不好意思，您說什麼？」

「您為什麼跟菲利浦．杜森說話？」

萊特里耶終於認出我是誰以後，表情僵了，他生硬地回答：

「他說小女孩們是因為一氧化碳中毒窒息。有人啟動了一臺熱水器，您先生在找一個不存在的罪人。如果你們想知道我的想法，你們還是放下過去好好過以後的日子比較好。」

「您竟然說得出這種鬼話，去死吧！」

萊特里耶雙眼圓睜，不敢再說半句。我走回到街上，在人行道上嘔得像個醉漢一樣。

83

人們所擁有的星星都不會是一樣的。

對旅人來說，天空中的群星就是嚮導，

對其他人來說，那些只是閃爍的微光。

「有時，我後悔，當雷歐妮娜不聽話或搗蛋時我罵了她。我後悔，當她想賴床多睡一下而我把她拉起床去上學。我後悔，不知道她在世上只是短暫經過而已……我從不曾長久深陷懊悔之中。我情願重溫美好的回憶，帶著她留給我的快樂活下去。」

「為什麼您沒再有其他孩子？」

「因為我不再是個母親，只是個孤兒了。因為我沒有遇到和我其他孩子處得來的那位爸爸……而且成為『其他孩子』，成為『後繼的孩子』，對孩子來說，不是容易的事。」

「現在呢？」

「現在，我是寡婦了。」

朱利安笑了出來。

「噓！」

我用我的手摀住他的嘴。他抓起我的手指，吻了一下。我感到害怕。害怕屋子裡的一團混亂。

害怕幾個小時後，車門的開關砰然作響。害怕這段連開始都還沒開始的故事以失敗告終。

納東和堂弟瓦隆坦一起睡在我們旁邊的沙發床上。凌亂的毯子和被單下，他們小小的身體互相睡成了頭對腳、腳對頭。在兩個白色枕頭上露出的黑色頭髮有如是一片田野，一段聞得到榛果芳香的小徑。把手探到孩子的頭髮裡的感覺，就像是初春時節走在枯葉滿地的森林裡。

昨晚，朱利安、納東和瓦隆坦從奧維涅來到這裡。納東留在巴賀東的時候，納東向爸爸吵著說：「不要回馬賽，我們去維歐蕾特家。不要回馬賽，我們去維歐蕾特家……」直到朱利安終於退讓，把車開往墓園的方向才肯罷休。他們在墓園的柵門關閉後，接近晚上八點時到了這裡。他們敲了敲靠街的這一側門，但我沒聽見他們的敲門聲。我正在花園裡移植最後一批萵苣菜苗。兩個男孩從我背後冒出來，踮著腳尖說：「殭屍來了！」艾莉安娜吠了起來，貓也都靠過來，好像牠們記起來他是納東似的。

昨晚本想一人獨處，疲倦，想好好睡一覺，躺在床上看劇集。不說話。特別是不想多說話。我盡所能不在他們面前表現出不想看到他們。原本該要為這個驚喜感到高興的。但我沒有。我覺得納東講話太大聲了，我覺得朱利安太年輕了。

朱利安在廚房裡等我們。他覺得不好意思，對我說：「抱歉成了不速之客，可是我兒子愛上您了……我們可以帶您去吃晚餐嗎？……我在布里昂太太那裡訂好一間房了。」

當他一張開嘴，我就感到孤獨像塊死皮從我身上脫落了。他的聲音讓我感受到晴光乍現，彷彿他將我頭頂上一盞路燈點亮。就像是看起來愁雲慘霧的一天，烏雲密布的天空微微開出一道裂縫，陽光就這樣不知從哪裡透了出來，將風景中的某些部分給照亮了。我想留住他們，三個都留住。

甭想上館子，他們會在我這裡吃晚餐。甭想在布里昂太太的民宿過夜，他們就睡在這裡。我幫他們做了火腿起司三明治、貝殼麵、煎蛋和番茄沙拉。朱利安幫忙我擺好餐具。至於甜點，我的冷凍櫃裡有草莓雪酪冰。再加上還有些糖果、冰淇淋、抽屜裡的巧克力蛋糕、冰箱裡的優格。而不變的老習慣就是我和納東手牽著手。

我讓朱利安喝了很多白酒，讓他無法改變主意，這樣他就不會去布里昂太太那邊過夜，而是留在我這裡，和我在一起。

收拾掉髒兮兮的碗盤，我幫兩個小孩把一張大的長沙發弄成了一張床，每當我來探望薩沙的時候，我就睡在那張長沙發上。兩個男孩都尖叫了起來，在上面跳啊跳，老舊的彈簧興高采烈的吱嘎作響。

他們在睡前央求我帶他們到墓園裡走走，想「看看鬼」。他們一邊唸著墓碑上的名字，一邊問我一堆問題。他們問我為什麼有些墳墓放了很多花，有些沒有。他們讀著墳墓上的生卒年月日，還跟我說大部分的死人實在是已經很老了。

他們對於沒有看見任何鬼魂感到極度失望，要我跟他們說「讓人害怕的故事」。我跟他們說了黛安娜．德．維涅宏和漢娜．居夏的故事，在墓園附近、公路旁邊或沙隆區布朗松鎮，都有人看過她們。兩個小孩開始臉色發白，所以為了安慰他們，我跟他們很肯定地說那些都是傳說，我也從沒親眼看見過。

朱利安在花園裡一張長椅上等我們。他在艾莉安娜旁邊抽起一根菸，撫摸著艾莉安娜，若有所思的樣子。當孩子們跟他說我們什麼鬼都沒看到，只看到了墓園旁和墓園裡的人。他們堅持要我給他們看懷舊明信片上黛安娜亡魂的形象是什麼樣子。我讓他們以為我的已經找不到了。

我們四個人一起回到屋子去。兩個小男孩檢查三遍所有的門確實牢牢上鎖了。我為他們將通往我房間的走廊亮起燈。但當他們看見潘托太太送的娃娃時，他們都要我開一盞夜燈。

朱利安和我上樓都設法避免將娃娃弄倒。他跟著我走。有一刻，我停了下來。我在頸子後感覺到他的呼吸，他輕撫我的腰，小聲地說：「快點。」

我們幾乎才把門關上，兩個小男孩就又把門打開，跑進來睡我的床。他們睡著的時候，我們各躺一邊，我們摸摸他們的頭，有時我們雙手就這樣在納東的頭髮裡相遇，重逢，交纏在一起。然後，我們又下樓去，在長沙發上做愛。接近凌晨四點，兩個男孩掀開了我們的被單要來跟我們擠在一起。我們擠得跟沙丁魚一樣。我沒有闔過眼，聽著他們的呼吸，細細聆聽呼吸聲，就像是在聽薩沙反復播放的蕭邦奏鳴曲。

早上六點朱利安來牽我的手，我們又上樓到我的房間裡做愛。我沒想過會和同一個男人做愛好幾遍。過去為殺時間，曾和路人、陌生人、訪客、鰥夫、絕望的男子做愛，都是一回結束。現在，我們悄聲耳語，鼻子靠在咖啡碗裡。我的手有了肉桂和菸草的味道。我的身體感覺得到愛、歡快和汗水的滋潤。我的頭髮凌亂，雙唇乾裂。我害怕著。當朱利安等一下又離開的時候，因為他會再離開，孤獨會因他的離去而回來與我相伴，不離不棄，至死不渝。

「您呢，為什麼在納東之後沒再有其他孩子？」

「一樣。我沒有遇到其他孩子的母親。」

「納東的媽媽呢？」

「愛上了其他男人。為了那男的離開我。」

「不容易。」

「是啊。不容易。」

「您一直愛著她嗎？」

「不愛了吧。」

他起身，吻了我一下。我讓自己的呼吸平靜下來。年輕時候的接吻多麼令人心醉神馳。我卻感覺自己笨拙，笨手笨腳。我忘記了接吻的姿勢。我們學著拯救生命，卻學不會讓自己和他人的肌膚甦醒。

「等孩子們醒來，我們就要走了。」

「……」

「昨晚我們到時，如果您看到自己的表情……媽的，我真糗……要不是納東在，我就趕緊逃走了……」

「那是因為我不習慣……」

「維歐蕾特，我不會再來了。」

「……」

「我不想要每個月來一次墓園和您上床。」

「……」

「您的生活是和死人、小說、蠟燭和波特酒分不開的。您是對的，您的生活裡已經容不下一個男人，而且是一個有小孩的男人。」

「……」

「而且，從您的眼神看得出來您並不相信我們之間的感情會有結果。」

「……」

「拜託您，說話啊。說些話啊。」

「您明明懂我們兩個之間不能長久。」

「我當然懂。不，其實我都不懂。只有您才懂。三不五時讓我知道您的近況。但也別太常，不然我對我們之間會有期待。」

84

今日我們身處虛無的邊緣，因為我們到處在找我們失去的臉孔。

伊蓮・法約爾的日記

一九九九年二月十三日

我不知道加畢爾如何得知保羅的死。今天早上我在聖皮耶墓園瞥見他的身影。像個小偷，退縮著，躲在另一座墳墓後面。

我的先生要下葬了，而我目光只留意著加畢爾。我是誰？我究竟是怎樣沒人性？

我低下頭，默默為保羅唸禱詞，當我再抬起頭來，加畢爾就不見了。我絕望地搜尋著他，我翻遍了墓園每個角落，但都落空。

我開始像個「寡婦」哭起來。

當一個女人失去她的丈夫，人們叫她寡婦。但當一個女人失去她的情人，要怎麼稱呼她？用一首歌嗎？

二〇二〇年十一月八日

我把玫瑰園賣了。

二〇〇一年三月三十日

今天早上，加畢爾打電話給我。他大約每個月打給我一次。每次我一接起電話，他聽到我的聲音似乎是驚訝的。他問我的問題都是：「過得好嗎？在做什麼？有好好打扮嗎？頭髮紮起來嗎？妳現在在讀什麼？最近有去看電影嗎？」他似乎想確定我真的活得好好的。或者說，確定我是否一直還活著。

二〇〇一年四月二十七日

加畢爾來我家吃中餐。他喜歡我新的公寓，跟我說這間公寓就跟我這個人一樣。

「房間都很明亮，氣息怡人，就像妳。」

他打趣說我住在天堂路。

「為什麼這麼說？」

「因為妳就是我的天堂。」

「我是您的臨時天堂。」

「妳看過心電圖畫出來的心臟跳動曲線嗎？」

「有。」

「我的心臟跳動出來的曲線，就是妳。」

「講話真是動聽。」

「希望真如您所言。我還靠這樣的本領賺了不少錢。」

他跟我說我不懂得怎麼下廚，還說比起在鍋子裡煮一隻牲口，我還是在種花這方面有天分得多。

他還問我，是否不再懷念工作。

「沒有。沒有真的很懷念過去的工作。但或許還是有點喜歡花的。」

他問我能否在廚房抽菸。

「可以。您又開始抽菸了？」

「是啊。就像是想跟妳在一起，我就是戒不掉。」

一如往常，他跟我聊著法庭上的案件，聊著他的大女兒，他已經很少有大女兒的消息，又聊著他的小女兒柯蘿艾。他跟我說他很想念這個小女兒，他或許會再回頭和小女兒的母親一起過下去。「對，為了能再和小女兒一起生活，我就得和卡琳娜重新開始。而走回頭路實在不太像是我會做的事。」

他也向我問起朱利安的近況。

他在離開前，吻了我的唇。彷彿我們兩個還是少年少女。「愛情」這個詞究竟是陽性還是陰性呢？

二〇〇二年十月二十二日

這一天是加畢爾日。

現在，每當他到馬賽，就會來我家吃中餐。他會和樓下熟食店點兩份本日特餐。（因為我的料理太不對味：「奶油太少，鮮奶油太少，醬汁又不夠濃，妳全部都是水煮的，我寧可我吃的蔬菜是用酒煮的」）。

他按了我的門鈴，帶來了用鋁製盒子裝好的餐點。他總是將我盤子裡剩下的也吃乾淨。我一向吃的不多。當加畢爾在我的廚房裡時，我吃的又更少了。

為了待在柯蘿艾身邊，他又和卡琳娜重新生活在一起了。他是這麼說的。不過，我提醒他：「這是您的說法」。他就回我說：「別嫉妒，妳沒有資格嫉妒什麼人。」

「我沒有嫉妒。」

「我還是會有點嫉妒。我有。妳跟誰交往嗎？」

「您希望我跟誰交往？」

「我不知道，我，或是哪個情人，哪個男人，或是一些男人，妳還漂亮。我明白不管妳到哪裡都有人看。我明白不管妳到哪，都有人渴望妳。」

「我在交往的就是您。」

「可是我們又不上床。」

「您要把我的也吃完嗎？」

「好。」

二〇〇三年四月五日

這一天是加畢爾日。昨晚，他打電話給我，法庭訴訟結束後，他傍晚要到我家來。我得去買些蘇茲龍膽香甜酒，加畢爾很愛喝這款酒。

我的日子就是有加畢爾的日子，和沒有加畢爾的日子。

二〇〇三年十一月二十五日

昨晚，加畢爾來晚了。他喝了點剩下的湯，優格和一顆蘋果。他還喝了一杯蘇茲酒。我看得出來是為了讓我高興。

「如果我睡著了，請明天早上七點叫醒我，謝謝。」

他這樣說好像他有在我家過夜的習慣似的，然而事實並非如此。二十分鐘後，他躺在我的長沙發上打盹兒。我幫他蓋上毯子。因為他就在我隔壁的房間裡，我無法闔眼。隔壁的男人。一整夜，我都想著：加畢爾對我來說就是那個「隔壁的男人」。我想起楚浮的電影《隔壁的女人》[87]裡有一段情節，當芬妮．亞當出院時，心裡想著她準備要殺死的情人時，對她的丈夫說了這樣的話：「真好，你想到將白襯衫帶來給我，因為這件襯衫是白色的（她聞了下襯衫），我好愛這一件。」

早上，我發現加畢爾趴著，鞋子脫了。室內有冷冷的菸草味，他夜裡曾醒來抽過菸，有扇窗半開著。

他沒有來我床邊和我一起睡，我感到失落。他沖了個澡，喝了杯咖啡。每喝個一口，他就跟我說：「伊蓮，妳真美。」一如往常，離去前，他在我的嘴上留下一個吻。當他來的時候，他在我頸子上深深吸一口氣。當他又要走的時候，就在我的嘴上留下一個吻。

二〇〇四年七月二十二日

我決定和加畢爾上床。到了我們這年紀，一切事過境遷。要享受雲雨之歡也不會是到永生相會之時。當我一開公寓的門，加畢爾就知道，就看懂了，感覺得到我想要他。他說：

「哎！無盡煩惱就是這樣開始的。」

「又不是第一次。」

「對，又不是第一次……」

我連話都沒讓他說完。

87 楚浮一九九八年推出的作品，原文La Femme d'à côté，直譯應為《隔壁的女人》，金馬影展將片名譯為《鄰家女》。

85

別守在我的棺材旁哭泣，我不在裡面，我沒有沉睡。我已化為那吹拂的千風。

給諾諾的交辦清單寫好了。這一年，跟往年一樣，由他來幫我代班，接手幫那些去度假的家屬到墳前為花澆水。貓王，負責照顧艾莉安娜和貓。賽德里克神父會幫我看顧菜園和花園裡的花。我交給他薩沙手寫的往生者名錄檔案卡——他每個月會寫一份檔案卡。

八月

本月優先處理事項：澆花。

澆水得挑傍晚進行，因為之後一整夜氣溫涼爽，千萬別太早澆水：要是土壤還是溫熱的，水澆下去會馬上蒸發，所以太早澆水的話，等於白做工了。

須在天黑的時候用花灑澆水——用井水或是回收的雨水。花灑比噴槍要更力道溫和，如果你用噴槍，會讓土壤太緊實，無法好好呼吸。要讓土壤呼吸。因此有時候你要在植物的根底處小心地用耙子鬆土。

採收已熟成的蔬菜。

番茄可能多等個幾天再採收。

茄子每三天可採收一次，否則會變粗、變硬。

四季豆可每天採收一次，而且馬上料理。要不就做成醃菜，要不就是去梗後冷凍，或是分送給身邊的人。

其他蔬菜採收後也比照這個原則，別忘了我們栽種就是為了與他人分享，不然這件事就沒有意義了。

賽德里克神父不會是自己一個人來照顧菜園。自從加萊難民營遭到拆除，有些蘇丹難民家庭被收容在夏多內的城堡裡。他一周要到那裡三趟幫助志工們工作。有對年輕的伴侶，十九歲了，準備迎接一個嬰兒到來。賽德里克神父得到省政府許可收容了他們，在孩子出生後他會一直盡其所能保護他們。在收容期間也讓他們重拾學業，取得文憑，尤其是取得永久居留權。這樣的處境充滿變數，賽德里克神父說自己就像在火藥庫上過日子，但他欣然接受這種無常。只要能繼續收容，他樂意盡心與領養的家庭一起生活。但願這樣的日子繼續下去，不管是一個月或十年，他都認真去度。

「維歐蕾特，世間一切都是轉瞬即逝的，我們都是過客。只有天主的愛，常存萬物之中。」

自從卡馬爾和阿妮塔住在神父家起，他們每天都會到我的廚房來，不像其他人，他們待得很久。阿妮塔愛死了艾莉安娜，卡馬爾則對我的菜園留戀不已。他沒來當我的幫手時，就花個幾小時讀薩沙手寫的檔案卡和我的《威廉之家》世界園藝雜誌目錄來認字。他極富園藝天賦。頭一次我跟他說，他生來有一雙綠手指時，他沒聽懂還一臉錯愕地回我：「可是維歐蕾特，我是黑皮膚。」

我將博世讀本《小小孩的一天》送給阿妮塔。她對著我大聲朗讀，當她唸錯了，卡在某個字，我就為她唸一遍，我甚至不需看內容，已熟記在心。

當阿妮塔第一次翻開這本書，問我這是否是我小時候讀的書，我只問她一個問題：「我可以摸摸妳的肚子嗎？」她說：「可以。摸摸看啊。」我將兩隻手貼在她棉質洋裝的肚子上。這一摸讓她覺得癢，她就笑起來了。嬰兒對我踢了幾下。阿妮塔告訴我他也在笑。於是我們三個在廚房裡都笑了。

如果有人死去，需要籌辦喪禮，賈克・魯奇尼就會接替我的工作。如同我必須將某些事情交代給賈斯東在我不在的時候代為處理，我請賈斯東代收郵件，收妥在電話旁的架上。我幾乎確信他不至於毀掉我的什麼信件。

我在床邊，看著放在五斗櫃上還開著的行李箱。我明天會打包好。我總是帶太多東西去馬賽。當我在小木屋度假幾乎都沒用到。行李有太多「萬一要用」的東西了。

我第一次看到這個行李箱，是在一九九八年。菲利浦・杜森已經永遠離開了，可我當時還沒明白這個事實。四天之前，他吻我時還輕語著：「等會兒見。」他應該是去質問第二個隊輔員，愛洛依絲・珀蒂。她是唯一他還沒講到話的人。他跟我說：「之後，就到此為止。之後，我們來改變人生吧。我受夠這一切，受夠墳墓了。我們一起到南部好好過日子。」

他自己一個人改變了他的人生。

與愛洛依絲・珀蒂相談之日，菲利浦・杜森在路上岔開了原定路線。他沒有去見她，他將摩托車騎往布龍的方向去找芳絲華・佩勒提耶。

那四天我一個人。我在菜園裡跪著，鼻間都是我那些掛在竹樁上旱金蓮葉的氣息。而那些貓如同菲利浦·杜森不在的時候，也都跑往屋子裡來了，牠們在我腳邊玩起了躲貓貓，在一起飛奔四竄著，其中一隻貓弄翻了一盆水，牠們全都嚇一跳，一片驚慌地回到盆子裡。我狂笑不止。我聽見了從屋子的門那邊傳來熟悉的聲音對我說：「聽到妳一個人笑得這麼開心真好」。

我本以為是我的錯覺，以為林間一陣風捉弄了我。我抬頭看見棚架下的桌子上擺了個行李箱。行李箱顏色，湛藍如豔陽下的地中海。薩沙佇立在門前。我走向他，摸了摸他的臉，不相信他真的出現了。我以為他忘了我。我跟他說：「我以為您拋棄了我」。

「從來沒有，維歐蕾特，妳聽我說，我絕不會拋棄妳。」

他隨性跟我說了些退休前幾個月的經歷。他去了薩尼家，那個在印度南方情同手足的朋友。還去了沙特爾、貝桑松，西西里，以及土魯斯，參觀了皇宮、教堂、修道院、街道，以及其他墓園。他在湖中、在河中、在海中游泳。他修復了帶傷的背、受創的腳踝以及曬傷的皮膚，他在馬賽為瑟利雅做了植香料作物用的花架後就過來這裡。他想先來抱抱我，再去瓦隆斯到薇瑞娜、艾米爾和尼農的墳前默哀。他的太太和孩子長眠該地。之後再前往印度回到薩尼的身邊。

他才剛把東西放在布里昂太太家。他會在那裡待兩三個晚上，好再去見見鎮長、諾諾、貓王，看看墓園那些貓和其他小動物。

這件藍色行李箱是要給我的，裡面裝滿了禮物。有茶、薰香、絲巾、布料、首飾、蜂蜜、橄欖油、馬賽皂、蠟燭、護身符、書本、巴哈的黑膠唱片、向日葵種籽。薩沙不論到哪，都會買一個紀念品給我。

「我把旅行的足跡帶回來給你了。」

「行李箱也算嗎？」

「當然，有一天，妳也會離開。」

巡了一圈花園，他眼中泛淚光，說道：「學生已經超越老師……我就相信妳一定行。」

我們一起吃中餐。每次我聽到遠方的引擎聲，都想著或許是菲利浦．杜森回來了。但都不是。

十九年後，我沒想到自己竟在等另一個男人。早上，當我打開墓園柵門，我在停車場找著他的車。有時，在墓園走道中，當我聽見身後的腳步聲，我轉身就想著：**他在這兒，他又來了**。

昨晚，我以為有人來靠街的這一側敲門。下了樓，但沒有人。

不過是，朱利安上一次關上車門跟我說「來日再見」，恰恰像在向我永別似的，我沒有為留住他做任何事情。我對他笑了一下，神情淡定地回說：「好啊。回程平安順利。」正像對他說著：「這樣更好。」當納東和瓦隆坦在車後座向我揮手道別，我明白我再也看不到他們了。

自那天早上，朱利安只發來一次報平安的訊息，是張巴塞隆納的明信片，讓我知道納東和他在那裡一起過了兩個月。而納東的媽媽有時會去找他們。

伊蓮和加畢爾相遇的事情應該讓朱利安和納東的媽媽學到了什麼。而我就是他們之間的一座橋樑，一段過渡。朱利安必須經由我才了解到他不能失去他孩子的母親。也多虧朱利安，我知道我還能懂得與人歡愛，我還是可被欲求的。這樣已經很不壞了。

86

我們來此間尋找，尋找某樣東西或某個人。尋找這比死亡還要強大的——愛。

一九九八年一月

維歐蕾特見到菲利浦和司萬・萊特里耶在馬貢見到彼此的那一天。菲利浦覺得背後有人注視著他。有某個熟悉的人影跟在他身後。他沒真的多去留心。沒有留心到要回頭確認。現在司萬・萊特里耶正面對著他。**真是獐頭老鼠面的一張臉**。出庭時，這個念頭在他腦海中閃過。凹陷的雙眼小小的，雙頰削瘦，還長了一副薄唇。

司萬・萊特里耶在電話裡對他說：「就來街角的酒吧找我好了，接近中午的時候，還算安靜。」

菲利浦對他跟對其他人一樣，用冰冷的語氣，帶著威脅口吻和凝重的眼神問了相同的問題：「別說謊，我可沒在怕失去什麼。」他總是堅持問到最後一個問題：究竟會是誰將故障的老熱水器啟動了？

萊特里耶似乎不知道那一夜發生了什麼事情。當菲利浦一口氣就將阿蘭・馮塔內招認的一切細數出來，萊特里耶就臉色發白了，菲利浦說：詹尼薇芙・馬南離開城堡去哄他們生病了的孩子，之後回到城堡，因為發現四個一氧化碳中毒的遺體而受到驚嚇，所以起了一個念頭想放火讓人相信是件室內意外引起的火災，馮塔內踹了幾下萊特里耶的房門是為了讓他醒來，讓所有工作人員都醒來。

但是萊特里耶不相信事情是這個樣子。馮塔內是個酒鬼，對著一個為了不能解釋的事情找一個解釋的父親，他應該什麼都能胡謅出來。

他想起了隔著門的朦朧聲響。他想起了因為他們和隊輔在一起吸過了大麻菸，醒來得很吃力。他想起了那氣味、那煙霧，還有火舌。他想起了進不了一號房，火焰已經延燒太高，想起了這道無法跨越的障礙。想起了這個無端出現的地獄。這一刻，大家重複地說著這就是場惡夢，一切都太不真實了。他再見到的那些小女孩們穿著睡衣，光著腳穿著拖鞋或沒繫好鞋帶的鞋子。而且所有的工作人員都嚇傻了。克羅格維埃院長驚呆得說不出話來。其他人震驚、顫抖、喃喃地祈禱。等待著消防隊的救援。清點了一次又一次安全無虞的孩子們有幾個。她們的眼睛充滿了睡意，然而那些大人們卻再也無法高枕無憂。小女孩們，被火舌嚇壞了，自稱是家長的大人們臉色更是慘白。他得一個一個打電話，通知這些家長們。他也必須對家長們說謊，不能向他們坦承裡面有四個小女孩已經喪生。

今天，司萬·萊特里耶又一次感到罪惡感，如果隊輔員留守在一樓，一切或許就不會發生了。露西·林頓和他因為自覺有愧，對官方都沒有說出任何關於詹妮薇夫·馬南的細節。露西·林頓不該要求詹妮薇夫·馬南幫她代班。但是司萬愚蠢地一意孤行，這兩人都怠忽職守。

克羅格維埃主任過分地一毛不拔到連一文錢支出都吝惜。房間的塑膠地板黏不牢了，室內還是石綿天花板，玻璃纖維布根本喪失隔絕防火的效用，擺放的畫作都褪色，鉛管年久失修，火勢延燒得太快，破舊廚具起火燃燒釋放出有毒的煙霧迷漫。不，不論是馬南、林頓、馮塔內或是他自己，他們沒有人是清白的。他們全都身陷這灘泥淖裡，難以承受……他唯一可以確定的是，沒有人會故意將一樓的熱水器啟動。所有的工作人員都知道不能碰那些熱水器。再者，這些老舊機器藏在石膏板製的防火門後面，是孩子根本摸不到的地方。這兩個月接連都有訪客來度假，他記得很清楚，艾迪特・克羅格維埃主任在首批訪客到達的前一天對他們說過的話：「現在正是酷暑，所有住宿的人洗臉可以用冷水，洗澡可以在全新的公共淋浴間洗熱水。」司萬・萊特里耶記得這番話是因為他負責的是準備料理和供餐。油炸鍋和食堂才是屬於他的範圍。而城堡裡的浴室，他管不到。

然後，他就此打住。喝了幾口咖啡，眼神不安，沉默地重新琢磨菲利浦剛才跟他說過的話。難道能相信這個不怎麼可靠的版本？是馮塔內在廚房放火的嗎？這些孩子是吸入有毒氣體而死的嗎？萊特里耶做了個手勢，向餐酒館的服務生加點一杯濃縮咖啡。看起來是這地方的常客。人們都以「你」相稱。

當萊特里耶得知詹妮薇芙是自殺死的，他對此並不驚訝。從那一夜起，她整個人就只是個幽魂了。看她在審訊時的狀態就看得出來。他最後一次和她說話，是有個太太來他工作的餐館出口等他的那一天。他惶恐地打了電話給詹妮薇芙，跟她說這位太太來問了他一些問題。菲利浦聽到這兒猛然一問：

「哪個太太？」

「您的太太。」

「您應該是認錯人了。」

「我想我沒認錯。她跟我說：『我是雷歐妮娜・杜森的媽媽。』」

「她人看起來是什麼樣子呢？」

「那時是深夜，我想不太起來了。她在餐廳前，坐在長椅上等著我。您知道這件事嗎？」

「何時？」

「大概兩年了。」

菲利浦聽夠了。或者說，是說夠了。他到這兒是要問人問題，而不是給人問的。他起身咕噥著一聲再見，而萊特里耶不解地看著他離去。菲利浦回去時，想著在走道上看見的就是維歐蕾特，她就在玻璃窗後。**我要瘋了**。他直接返回布朗松。

這是第一次，他發現墓園的這屋子裡空無一人。這是第一次，他在墓園走道間找她，卻是徒勞。哪一個才是真實的維歐蕾特？當他整天不在時，她都在做什麼？她都見誰？她在尋找什麼？

維歐蕾特晚了他兩小時回來。當她推開門時，臉色非常蒼白。她盯著他幾秒彷彿她在廚房裡發現一位陌生人那樣驚訝。然後，她遞給他一張紙，上面寫著：「雷歐妮娜是窒息而死的？」

他認得出這張用過的紙上他自己的字跡，是在一張紙桌布背面草草寫下的姓氏，幾乎已經看不出來，墨跡暈開到幾乎無法讀出上面的字。

維歐蕾特拋出的問題對他帶來電擊般的效果。他一個謊話都編不出來，一時語結像是剛被維歐蕾特逮到自己懷中抱著他其中一個情婦：

「我不知道，也許，我在找……我不確定能知道什麼，能得到什麼，我也有些六神無主了。」

她走向他，帶著無盡的溫柔撫摸他的臉，然後不發一語上樓去睡了。沒有布置餐具，也沒有準備晚餐。當他在她身邊躺下，她握住他的手，又問了同樣的問題：「雷歐妮娜是窒息而死的？」如果他不作聲，她就會一直問同樣的問題。

飛利浦因此全盤托出。只有他和詹妮薇芙．馬南之間的出軌沒有說。他把和阿蘭．馮塔內的對話都說了，而第一次時，他還在他工作的醫院食堂打了他一頓。他也說了和露西．林頓在診所候診室裡的交談，也說到他在埃皮納勒在超市地下停車場和艾迪特．克羅格維埃的交談。還有今天在馬貢的一間餐酒館與司萬．萊特里耶的交談。

維歐蕾特靜靜握著他的手，聽他說。他在臥房裡一片昏暗中說了幾個小時，看不見她的臉。他感覺得到她的專注，她專心在聽他說。動也不動。沒有提出任何疑問。菲利浦終於忍不住將那個問題脫口而出：

「妳真的去見了萊特里耶？」

她想都沒想回了說：

「對。以前，我需要弄清真相。」

「現在呢？」

「現在，我有自己的花園了。」

「妳還見過其他人？」

「與詹妮薇芙．馬南見過一次。不過，這你早就知道了。」

「還有誰？」

「沒有別人了。就只有詹妮薇芙．馬南和司萬．萊特里耶。」

「妳發誓？」

「我發誓。」

87

無怨。無悔。才能盡情活這一生。

直到今天，當我看著電視上演《馬賽三部曲》[88]，當我聽到開頭幾句臺詞還是眼光泛淚，儘管這些臺詞我已爛熟於心。童年的眼淚，摻雜了喜悅和激賞。我喜歡黑白畫面裡黑穆、皮耶・弗荷斯奈和歐哈娜・德馬濟斯[89]他們的臉。我喜歡他們每一個舉手投足，他們的眼神。父親、兒子、少婦，以及愛。我真想有個父親，能像凱撒看著他兒子那樣看著我。我真想有段像法妮和馬呂斯他們那樣青梅竹馬的愛情。

我第一次看《馬賽三部曲》第一部，《馬呂斯》，那時我應該十來歲了。我一個人待在寄養家庭裡。記憶中，其他孩子不是去度假，就是去親戚家作客。那時是夏天，隔天不用上學。收留我的寄養家庭招待了些朋友來，在花園裡烤肉。他們准我離席，當我進了飯廳，恰巧看見那臺大電視機正開著。就是透過電視機發現了這個沒有彩色畫面的故事。電影其實已經演了大約半個鐘頭了。法妮

88 改編自馬賽・巴紐（Marcel Pagnol, 1895-1974）的劇作《馬賽三部曲》（Fanny, Marius ou César），第一部《馬呂斯》（Marius, 1931）、第二部《法妮》（Fanny, 1932）、第三部《凱撒》（César, 1936）。

89 為電影《馬賽三部曲》中的主要三個演員：黑穆（藝名 Raimu, 1883-1946）、皮耶・弗荷斯奈（Pierre Fresnay, 1897-1975）和歐哈娜・德馬濟斯（Orane Demazis, 1894-1991）。

在廚房裡，面向正在切麵包的母親，趴在格子桌布上哭泣。我聽見的第一句臺詞就是：「蠢丫頭，來，現在把湯給喝了，而且湯已經夠鹹了，別把眼淚滴到湯裡面」。這幾個人的面容、對話以及其中的幽默和溫情，立刻吸引了我。那天晚上，我因為看完整個三部曲，很晚才去睡覺。

我也喜愛這些人物的率真，有人性共通的卻又複雜的情感。我喜愛他們口中的話語，如此優美，如此恰如其分。他們聲音中具有的音樂性。

我想我是先迷上馬賽和馬賽的人，才與這地方和這地方的人們相遇的，就像是一種預感，或作了一場預知夢一樣。每次我再回到索爾米烏，當我依循迎向那片蔚藍汪洋的捷徑往下前去，我感受到這種率真的美好。我懂了馬賽．巴紐[90]，我懂了那三部曲的人物是來自這樣的地方。豔陽曬到發白的懸崖峭壁，燃燒的熱度，青綠的清澈水流在峭壁間和萬里無雲的晴空玩著躲貓貓似地，而義大利石松是大自然所種下的毫無造作的傑作。這樣簡約而壯麗的景色絕非大自然矯飾而成。這樣我們就能理解，馬呂斯對航海的嚮往從何而來。如同凱撒所說的，是帕尼斯先生「揚起了帆船讓風帶走了其他人的孩子」。

當我和瑟利雅打開小木屋的紅色百葉窗，我在廚房又重新看到了老式衣櫃、原木桌子和黃色椅子、洗手槽的瀝水墊上有幾綑小小的乾燥薰衣草，裡面的磁磚不對稱，而天花板是晴空的藍，在這時我腦海中有那麼一刻想起了，凱撒阻止了馬呂斯和法妮接吻，因為法妮已經和另一個男人結婚了。凱撒說：「孩子們啊，不要，不可以這樣子，帕尼斯是個好人，別做讓他在家族成為笑柄的事情」。

這間木屋是瑟利雅的外祖父在一九一九年蓋的。他死前曾要她承諾不會將木屋脫手。因為在這片屋簷下，抵得過世界上任何一座天堂。

到目前為止，我已經是第二十四年來到這裡了。每年夏天，瑟利雅為了補滿冰箱和添上乾淨的被單，她在我到達的前一晚就先來這裡。她採買咖啡豆和濾紙，還有檸檬、番茄，以及桃子、羊奶乳酪，洗衣精和卡西斯葡萄酒。而我懇求她，跟她說我可以自己採買，或至少回報些什麼，仍是沒有用。她怎樣都講不聽，每一次都對我說：「妳在還不認識我的時候，就已經在家收留過我」我試過在抽屜裡放一個裝錢的信封袋。一星期後，瑟利雅又郵寄回來給我了。

每當我打開百葉窗，我晾的衣服都已經收好，我還發現幾個當地出生、長年生活在峽灣下的漁夫。他們說海裡的魚越來越少了，就像人們的口音越來越不明顯。他們給我一些海膽、小烏賊和他們的太太或媽媽做的甜點。

剛才，瑟利雅在月臺的盡頭等，火車誤點一個小時才抵達，她身上有等我時喝下的咖啡餘味。一年沒見到她了，我們緊緊擁抱彼此。

她對我說：

「我的維歐蕾特，有什麼新鮮事？」

「菲利浦．杜森死了。然後，芳絲華．佩勒提耶來找過我。」

「誰？」

90 馬賽．巴紐，法國劇作家、小說家、法蘭西學院院士。作品多以其鄉土普羅旺斯為背景，並大受歡迎，有大量改編成影劇。最知名作品有《爸爸的榮耀》、《媽媽的城堡》、《男人的野心》、《瑪儂的復仇》等。

88

身在此間的我微笑著，因為我所經歷的人生美好，更重要的是，這人生是我所熱愛的。

菲利浦．杜森再沒回來過，而薩沙還待在布里昂太太家。

在我知曉之前，在我打開裝滿禮物的藍色行李箱那天，我跟薩沙說，這個曾和我共度人生卻不曾真的和我共度人生的男人，或許不像他表面上看起來那樣糟。

在我知曉之前，我跟薩沙說，那個只讓我感到自私的男人，那個我再也不聞不問的男人，那個拋下我，自己陷溺在深沉孤獨中的男人，當我在馬貢一間餐酒館看到他和司萬．萊特里耶在一起時，他看起來像是另一個人似的。

在我知曉之前，我跟薩沙說，那一晚從馬貢回來，菲利浦．杜森對我細數他如何尋找整件意外的真相。他質問過城堡工作人員，有時甚至是恫嚇。在開庭審訊時，他誰都無法相信。除了愛洛依絲．珀蒂——因為他還沒找到她。

我先生告訴我他與阿蘭．馮塔內及其他人的見面經過。即使我們兩個一起躺在床上，我還是怕自己墜落下去而握住他的手。我想像那些見過我女兒生前最後一刻人們的臉以及他們說的話語。那些不懂得好好照顧她，不在乎她的微笑的人。那些怠忽職守的人。

在隊輔員和廚師在樓上偷歡和抽大麻菸的時候，這幾個小女孩孤單的沒有大人陪在身邊。詹妮薇芙離開城堡，放著孩子們無人看顧。主任那種對一切睜一隻眼閉一隻眼的人，唯獨兌現家長們給的支票，才會認起真來。

為讓自己不會禁不起打擊，當他轉述關於故障熱水器、中毒窒息，這些馮塔內所說的話時，我讓自己專注在新買的洗衣精香味上，是前一晚洗被單用的，那是熱帶微風的氣息。為讓自己不會崩潰，我把洗衣精桶子上的圖畫，那些粉紅色、白色的梔子花看了又看。那些花讓我想起雷歐妮娜洋裝上的花樣。要是當下變得太難以承受時，她的洋裝就是我乘坐的幻想魔毯帶我四處翱翔。整個夜裡，我聞著新洗好的被單味道，聽著菲利浦·杜森對我說話，這幾乎是他第一次與我談心。

在我知曉之前，我再一次摸了摸他的臉，重溫了往日纏綿，就像年輕時在他爸媽不請自來登門到訪時那樣。在我知曉之前。在我知道他跟詹妮薇芙·馬南在我們仍住在南錫的馬爾格朗日的時候就睡過了一事之前，我幾乎是第一次相信了他。

*

菲利浦·杜森沒再回來過，而薩沙還待在布里昂太太家。

一九九八年，他失蹤一個月後，我到警局申報失蹤。我依循鎮長的意見到警局報案。不然，我也不會走這一趟。接待我的巡佐一臉不可思議。為什麼等了這麼久才來申報這起失蹤？

「因為他時常外出。」

巡佐把我帶到接待處隔壁的一間辦公室裡填表格，還給了我一杯咖啡，我不敢不要。

我列出他的體貌特徵。有個警員要我再帶一張他的照片來。自從我們搬遷到墓園，就沒有拍過照片。最後一次是在南錫的馬爾格朗日拍的，他摟著我的腰，對著記者勉強笑的照片。

巡佐還要我說明他騎哪個牌子的摩托車，以及我最後一次看見他，他穿哪個牌子的衣服。

「牛仔褲、黑色的摩托車皮靴、黑色的摩托車夾克和紅色翻領套頭線衫。」

「身上有特殊印記？刺青？胎記？明顯的痣？」

「沒有。」

「他身上有帶什麼東西，和重要文件顯示長久離家嗎？」

「他的電玩和我們女兒的照片都還在家裡。」

「這幾周，他的行為或習慣有沒有不一樣？」

「沒有。」

我沒有告訴警察，我最後一次看到菲利浦．杜森，他應該是要去愛洛依絲．珀蒂在瓦隆斯工作的地方。他循她的蹤跡，發現她在那裡的電影院當引座員。他從家裡打電話給她，她跟他約在隔周四下午兩點電影院前。

那天，愛洛依絲．珀蒂在下午的時候打電話來。她應該是回撥了菲利浦．杜森跟她聯繫時的號碼。我一接電話，以為是鎮政府死亡證明服務處打來的。他們固定在這個時間打電話通知或詢問我關於喪禮資訊，已舉行或是即將舉行的喪禮，往生者的名字、姓氏、出生日期、墓穴、走道位置。當愛洛依絲．珀蒂在電話中表明身分時，聲音在顫抖。我沒有馬上聽懂她說的話。當我終於意識到她是誰，為了什麼事打電話來時，我雙手出汗，喉嚨乾啞。

「出什麼問題嗎？」

「問題？杜森先生沒有來。我們約了下午兩點，我在電影院前等了他兩小時了。」

無論是誰都會設想該是出了什麼意外，都會打遍馬貢和瓦隆斯這兩地所有醫院的電話去找。無論是誰，都應該會向愛洛依絲．珀蒂問說：「一號房起火那一夜，妳人在哪？妳在隔壁房還能睡得這麼安穩？」我卻回答她，什麼都不清楚，菲利浦．杜森的行蹤一向難以捉摸。

電話的另一頭沉默許久，然後愛洛依絲．珀蒂把電話掛了。

我沒有告訴警察，在菲利浦．杜森「遠走高飛」七天後，在他未依約去見愛洛依絲．珀蒂七天後，有個年輕女子來到孩子們的墳墓前默哀，那也是我孩子的墳墓。然而，一陣翻騰的心情平復下來以後，她如同許多其他訪客一樣，在我屋子裡買了花，喝了點熱的。當我看見這個年輕女子出現在門後，我立刻認出了她是露西．林頓。在我留存的相片中，她的樣子比較年輕，神采奕奕而且面帶微笑。現在在我廚房裡的她，顯得蒼白，還有黑眼圈。

我為她泡了茶，在茶裡倒了少許白蘭地酒，多矛盾，我本來是想放毒老鼠的藥在裡面的。我讓她喝了一杯茶，和一小杯的酒，又喝了兩小杯的酒，然後又喝了三杯。就我所希望的那樣，她終於吐露了藏在心裡的話。

我的左手掌裡至今仍有我用指甲硬掐出來的傷痕。我就是在露西．林頓說話時弄出傷痕的。自從這天起，我的生命線就被這些傷痕蓋過了。我想起了掌心乾了的血漬，我緊握著拳頭，這樣她就看不到，她絕不會知道。

露西．林頓跟我說她是德培區聖母院的工作人員。

「您知道的，五年前燒掉一切的那次夏令營，四個小孩葬生火窟。自從那起慘劇，我就再也不能睡，我腦海中重現著火焰熊熊的畫面，自從那起慘劇，我一直都覺得冷。」

她接著說下去。我繼續倒更多的酒給她。我左手緊握，指甲掐進了肉裡，我太痛苦了因而感受不到肉體的痛。她喃喃自語一番，終於鬆口說了那個「可憐的詹妮薇芙·馬南」和小雷歐妮娜·杜森的爸爸有交往。

「交往？」

口中一股鐵味湧上。血的腥味。就像剛剛喝下鐵一樣我噁心不已。但我硬是重複了一遍：「交往？」

這些就是我在露西·林頓面前說的最後幾句話。我就此住口。她站起身準備要走時，她注視著我，她用手背擦去奪眶而出的滿臉涕淚縱橫的水，猛地抽咽著，而我只想打她。

「對，和小雷歐妮娜·杜森的爸爸。在慘劇發生一兩年前。當詹妮薇芙·馬南還在一間小學工作的時候……小學應該就在南錫附近。」

我沒跟警察說，當我明白了，馬南是為了向他，向我們，向我們的女兒進行報復才謀殺這四個小孩，我在薩沙的懷裡悲憤交加地吶喊著。我沒跟警察說，我們的孩子喪生的城堡的工作人員都被菲利浦·杜森質問過了。因為他不再相信任何人，這都是開庭審訊後的事了。而他質問這些人的原因，應該是想用盡方法，還自己一個清白。他在找的不是哪個罪人，是能讓他擺脫罪惡感的證據。

最後，警察問我菲利浦·杜森是否可能有個情婦。

「很多。」

「很多是什麼意思？」

「我先生一向有很多個情婦。」

一時令人感到棘手。警察猶豫了一下，在他的報案表格裡記錄著：只要是會動的，菲利浦・杜森都想上。他覺得有點不好意思，又幫我倒了杯咖啡。若有進展，他會打電話給我。他會啟動調查失蹤。但直到他將他母親若塞特・勒杜克・本姓貝托米耶（1935-2007）下葬那天之前，我不曾再見到這個男人。他看著我的時候，對我苦笑了一下。

＊

在我知曉菲利浦・杜森和詹妮薇芙有過一段交往時，我等於是第二次痛失雷歐妮娜。他的父母讓意外將雷歐妮娜從我身邊搶走，而他們的兒子則蓄意將雷歐妮娜從我身邊奪走。意外成為了謀殺。

我瘋狂翻找著記憶，搜尋了千百次我帶女兒去上學的早晨，還有我來接她回去的傍晚，我盡我所能回想坐在班上後面的那位育嬰保姆，在走廊，在衣帽架前，在遊樂場，在操場，她可能跟我說過的一字、一句。難道只說過「早安」或是「明天見」、「天氣真好」、「要把她包緊，她才不會著涼」、「我覺得她今天很疲倦」、「她忘了帶遊戲書，有藍色書套的那本」。在學校的慶祝活動裡，眾人唱著歌、拋彈簧彩帶的時候，詹妮薇芙・馬南可能和我的先生有過的互動是什麼。交換了幾次眼神，一個微笑，一個動作。某種屬於情人間才有的，無聲的默契。

我搜尋著有哪一刻他們互看著對方，有多少次。為什麼她要報復在孩子身上，到底菲利浦・杜森可能是怎樣對她，才使她最終做出這樣的舉動。我費力搜尋著，仍是徒勞無功。而我什麼記憶都找不到，彷彿我才是那個失蹤的人。

我無意間見過她，但沒有正眼好好看過她，她是學校陳設裡的一部分，而裡面的抽屜都緊緊地上了鎖，不讓我打開。**維歐蕾特，妳想不起來的。**在知曉這件事之後，這件令人難以接受的事之後，薩沙便接替了我在墓園的日常工作，因為我再次成了個失能的廢物。只能像這樣坐著或躺著，恍惚地思索著。

要是這次薩沙沒有帶著裝滿禮物的藍色行李箱在我人生的此刻回來看我，菲利浦．杜森一定會讓我生不如死。薩沙又再一次照顧我。他不是要教我植栽，而是要教我對抗這個才剛向我襲來的嚴冬。他幫我按摩了雙腳和背，還幫我熱了茶、檸檬水和湯。他替我做了麵食，讓我喝些酒。他讓我讀點東西，還重拾了原本屬於他的園藝生活。他將我種的花拿去賣，為花澆水，還陪伴了守喪的家屬。他對布里昂太太說，他會繼續不限期留宿在她家。

每天，他敦促我起床、洗臉、更衣，讓我又回去躺著。他端著餐盤上樓，嘴裡一面碎念著「妳簡直是打算退休，好讓我在這兒住下來。」一面又要我一定得吃下他端上來的東西。他在廚房裡放音樂，讓走廊的門敞開著，這樣我在床上就聽得到音樂了。

然後，如同墓園裡的貓一樣，陽光照進了我的房間，曬透了整床被單。我拉開窗簾，接著打開窗戶。我重新下樓來到廚房，將水煮沸了泡茶，讓屋子裡的空氣流通。我終於回到了花園，我終於為花兒換新的水。我又再次接待來到墓園的家屬，讓他們喝點熱飲或烈酒。我老是有完沒完地說：「薩沙，你想得到嗎？菲利浦．杜森跟詹妮薇芙．馬南在一起睡過！」我整天反反復復地講同樣的事情：「薩沙，你想得到嗎？我甚至不能告發她，她死了！她已經都死了！」

「維歐蕾特，不要再為這一切尋求解釋，否則妳會毀掉妳自己。」

薩沙這樣勸我：

「這起慘劇不是因為他們之間相識而使她洩憤在孩子們身上。這起慘劇毫無疑問是個殘酷的巧合，一場意外。真的，只是一場意外。」

如果我喋喋不休地這樣說，薩沙會說服我這是場意外。如果說菲利浦・杜森種下的是惡，薩沙種下的便是善。

「維歐蕾特，常春藤纏住了樹木，永遠別忘了要去修剪。永遠別忘了。妳的思緒一將妳帶往黑暗，妳就拿起整枝剪，將紛亂的思緒一併修剪掉。」

菲利浦・杜森是在一九九八年六月失蹤的。

薩沙在一九九九年三月十九日離開沙隆區布朗松。在他確定我已經完全接受慘劇是一場意外，而非蓄意所為，他再度離去。

「維歐蕾特，只要妳懷有這份堅信，妳的人生就能繼續往前。」

我想他在初春時節離開是為了確保我會有整整一個夏天可以從沒有他在的生活中恢復過來。花兒會再開的。

他常常說起他上一次的旅行。可是一旦他提起，他就感覺到我還沒有準備好讓他離開。他想搭飛機再到孟買，然後一直到印度南方，直到位在喀拉拉邦的阿姆利塔普里[91]。他想要像留宿在布里

91　阿姆利塔普里（Amritapuri）為印度修行聖地。

昂太太家那樣，無限期住下去。薩沙常常說：

「直到我死前，能在喀拉拉邦待在薩尼身旁，是我一個晚年的夢想。畢竟以我的年紀來說，沒有什麼夢想是年輕的。我的夢想都是陳年的夢想了。」

薩沙不想要葬在薇瑞娜和孩子的旁邊。他希望他的遺體是在恆河邊，在那裡的柴堆上火化。

「我已經七十歲了。我還有幾年光陰。我要看看我在他們的土地上能做出什麼。怎樣能將我對植栽懂得的少許經驗傳授出去。況且，我還能繼續幫人紓解疼痛。這些計畫讓我欣然嚮往。」

「您要將您照養植物的本領傳授給印度人？」

「對，傳授給想學的人。」

有個晚上，我們倆一起吃晚餐，我們聊起了約翰．厄文的《心塵往事》。我告訴薩沙，他就是我的拉奇醫生，我的義父。他回我說，不久的一天，他就會鬆開我的手，他覺得我準備好了。就算是義父也該讓自己的孩子離開。有天早上，他就不會再為了帶新鮮麵包和《索恩－羅亞爾省地方報》給我而來到這間屋子了。

「您會連再見都沒跟我說就不告而別嗎？」

「要是我跟妳說了再見，我就不會走了。妳能想像我們在車站月臺上緊緊相擁嗎？為何要自討苦吃？難道妳認為我們因為傷心而付出的代價還不夠多嗎？我落腳的地方不再是這裡了。妳還年輕，妳還有未來可以好好把握，我要妳重新開始妳的人生。明天起，我會每天都跟妳說聲再見。」

他遵守承諾。自隔天起，每天晚上要離開回那裡時，他都緊抱著我說：「維歐蕾特，再見，要好好照顧自己，我愛妳。」再隔天，他又再回來。他在我桌上的茶葉盒和園藝雜誌之間放了長棍麵包和報紙。接著，他就去找魯奇尼兄弟、諾諾和其他人閒聊幾句。他和貓王一起去了墓園走道看貓。替尋找走道位置和姓氏的訪客指路。去幫忙賈斯東除草。而又到了晚上，在我們一起吃過晚餐後，他就會再一次緊抱著我說：「維歐蕾特，再見，要好好照顧自己，我愛妳。」就像是最後一次道別。

他的這番道別維持了整個冬天。一九九九年三月十九日的早晨，他沒有來。我去布里昂太太家敲了門，薩沙走了。他花了好幾天收拾行李，在離開的前一天晚上回去的路上，他決心要實現他那久遠的夢想了，那個已經老到不行的夢想。

89

我們在幸福一起共度人生，也在平和中一起安息。

伊蓮・法約爾的日記

二〇〇九年二月十三日

以前的店員剛才打電話來：「法約爾太太，電視上剛才說，您的律師朋友早上在法庭心臟病發作……當場死亡。」

當場死亡。加畢爾當場死亡。

我常跟他說，我會比他先死。那時我不知道我會和他同時死去。假如加畢爾死去，我也跟著死了。

二〇〇九年二月十四日

今天是情人節。加畢爾討厭情人節。

當我在日記上寫下他的名字：加畢爾，加畢爾，加畢爾，我感到他在我的身邊。或許是因為他還沒下葬。只要往生者還沒下葬，他們就在不遠處徘徊。他們在我們與天國之間設下的距離還不存在。

我們最後一次見面時，起了爭執。我要他離開我的公寓。加畢爾氣呼呼下了樓梯，一次回頭都沒有。我等待他的腳步聲，等待他再上樓，但他再也沒回來。他通常每天晚上打電話給我，自從吵架後，電話一直沒響過。現在我已經再不可能改變什麼了。

二〇〇九年二月十五日

託加畢爾的福，他留給我的，就是讓我的每個日子可享受閒情逸趣。是抽屜底在安堤布海岬買的那些衣服，是吧臺裡一瓶已經開了的蘇茲龍膽香甜酒，幾張火車票，是來回票，三本小說，分別是《心塵往事》、傑克．倫敦[92]的《馬丁．伊登》，還有他送我的安妮．戴碧寫的《卡蜜兒．克勞德，一個女人》[93]，是非常稀有的版本。加畢爾對卡蜜兒．克勞德[94]相當著迷。

幾年前，他約我在巴黎待了三天。當我一到巴黎，他就帶我到羅丹美術館，想要我一起好好看一看卡蜜兒．克勞德的作品。在花園裡，他在《加萊義民》這件雕塑作品前吻了我。

「他們的手和腳是卡蜜兒．克勞德雕刻出來的。看看這多美。」

92 Jack London, 1876-1916，美國作家，著有《野性的呼喚》、《白牙》等，一九〇九年發表的長篇小說《馬丁．伊登》（Martin Eden），前半部被認為是傑克．倫敦本人的傳記。

93 Anne Delbée, 1946-，所著《卡蜜兒．克勞德，一個女人》（Une femme, Camille Claudel）原書於一九八二年出版，皇冠出版社一九八九年曾出版，書名為《羅丹與卡蜜兒》。

94 Camille Claudel,1864-1943，法國雕塑家。羅丹（Auguste Rodin，1840-1917）的學生、合作者、模特兒和情人，曾參與創作羅丹最著名的幾件作品。

「您也有一雙漂亮的手。我第一次見到您在普羅旺斯艾克斯的法庭上辯護，眼裡只有這雙手。」

加畢爾就是這樣：令人意想不到。加畢爾性格剛強，穩重可靠，體格魁梧。這個大男人怎樣都無法忍受讓女人埋單付帳，或是女人在他面前自己倒酒喝。加畢爾是男子氣概的化身。我本來以為他對羅丹[95]的崇拜更勝於卡蜜兒．克勞德，我本來以為他會在羅丹的《巴爾札克》或《沉思者》這兩尊雕塑作品前拜倒，卻看到他站在卡蜜兒．克勞德的《華爾滋》[96]雕塑作品前折服不已。

在美術館裡，他都沒放開過我的手。像個小孩一樣。所有羅丹創作出來的莊嚴作品，他一概無動於衷。

看著臺座上卡蜜兒．克勞德的小型雕塑《閒聊的女子們》[97]，他用力緊扣我的手指。加畢爾俯身看著這些《閒聊的女子們》，看了好一會兒，時間都暫時停止了。讓人以為他在嗅聞雕像，他面前這四個超過一世紀前用綠瑪瑙雕出的幾個小小女人讓他雙眸發亮。我聽見他小聲說：「她們頭髮沒梳整齊。」

出館後，他點了一根菸，對我承認他在等我陪他來這間美術館。他知道在進美術館前，他需要抓住我的手才不會偷走《閒聊的女子們》。他還是學生的時候，第一次看見這個作品的照片時就愛上了。他一向渴望這四個女人，渴望到想要擁有她們。他知道，在第一次看到這四個本尊時，他需要一道防線擋住他。

「不是因為我在法庭上為不良份子辯護，我就不會是不良份子。這四個女人如此細緻、小巧、我很知道要怎樣把這四個聊天的女人塞進大衣裡，趕緊逃走。妳可以想像一個人在家裡擁有這四個女人嗎？妳可以想像每晚睡前看著她們，每天早上望著她們喝咖啡的感覺嗎？」

「可是您的一生多半待在旅館裡，這想法本身就有點令人匪夷所思了。」

他哈哈大笑了起來。

「妳的手阻止了我犯罪。我應該把妳的手借給我辯護的那些笨蛋，他們可以避免犯下一堆蠢事。」

晚上，我們在艾菲爾鐵塔上的儒勒·凡爾納餐廳裡面對面吃晚餐。加畢爾：「這三天，我們要盡情地老派，世界上沒有比老派更好的事情了。」他說完這句話，在我的手腕繫上了一條鑲鑽石的手鍊。這玩意兒閃耀宛若燦爛千陽映照在我白皙肌膚上。閃亮到像是假的。就像是美劇裡女演員戴的仿冒品。

隔天在聖心教堂，我在金色聖母像腳下安了一支蠟燭，這時他在我的頸後吻了一下，把一條鑽石項鍊繫在我脖子上。他抓著我的肩膀，拉近他身邊，在我耳邊悄悄地說：「我心愛的，妳就像一棵聖誕樹。」

最後一天，在里昂車站，在我要上火車的時候，他抓住了我的手，在我的中指上套了一只戒指。

「別誤會我的意圖。我知道妳不喜歡珠寶。我給妳這些首飾，不是要讓妳戴的。我要妳將首飾

---

95 Auguste Rodin，1840-1917，法國雕塑家。羅丹生前和學生，同為雕塑家的卡蜜兒·克勞德同居，生有兩個孩子，而羅丹拒絕承擔撫養義務。有學者認為卡蜜兒·克勞德為羅丹提供許多創作構思，羅丹的有些作品甚至可能出自卡蜜兒·克勞德之手。

96 卡蜜兒·克勞德的雕塑作品《華爾滋》（La Valse），呈現一對男女相擁起舞，以偏離地面的舞姿展示出舞曲旋律，被認為是具自傳色彩的作品。

97 卡蜜兒·克勞德的雕塑作品《閒聊的女子們》（Les Causeuses）在羅丹美術館展出的是一八九七年所作青銅和瑪瑙的雕塑版本，作品呈現了屏風裡四個女子談天的景象。

賣了，讓自己去旅行，給自己一間小木屋，還有所有妳想要的東西。而且妳千萬別對我說謝謝。我承受不起。我不是要給妳禮物好讓妳謝我。萬一我出了什麼事，讓妳有些保障。我下周會去看妳。到了馬賽給我打個電話。我已經開始牽掛妳了，離別太苦。但我就是喜歡思念著妳。我愛妳。」

我把項鍊賣了買下這間公寓。手鍊和戒指放在銀行保險箱裡，我的兒子會繼承這項遺產。我的兒子會繼承這份摯愛的心意。這不過是應當的回報。加畢爾想要的是公平。

加畢爾是硬派性格的人。沒有人想和他作對，我也一樣。可是最後一次我跟他見面，卻激怒了他。他公開批評了一位女性同行，所有報紙都在談論此事。這位女律師為多年來遭受丈夫性虐待而殺夫的一名女性辯護。我竟然因加畢爾抨擊了女律師而大膽指責他。

做愛後，我們兩個都在我家的廚房裡，他笑著，一派輕鬆，一臉幸福的樣子。當加畢爾一走進門來，整個人放鬆得猶如卸下了過重的行李。喝著茶的我，用指責口吻問了他一些問題：他怎可以抨擊為受虐女子辯護的女律師？他怎可以像個摩尼教教徒似的？他究竟變成了什麼樣的男人？他以為他是誰？他的理想哪去了？

加畢爾受傷了，一下暴怒起來，開始大吼大叫。說我一點也不認識他這個人，說案子比表面看起來要複雜得多。他問我是在攪和什麼？他要我喝茶就好，要我閉嘴，還說我唯一有能力駕馭的事情，就是製造出一些不幸的玫瑰，那些玫瑰終究的命運就是被我摘除，事實上，所有一切都是被我糟蹋掉而已。

「伊蓮，妳有夠狀況外！妳他媽這輩子連好好認真抉擇一回都沒有！」

我用手摀住耳朵，不聽他說下去。我要他立刻離開我的公寓。當我看他穿好衣服，神色凝重的時候，我就已經後悔了。但這時已經太遲。我們自尊心都太強了，無法請求對方原諒。我們之間不該落得以一場爭執收場。

假如一切重來……

我想打開我家的窗戶，對所有經過的路人大喊：「你們要和心愛的人和好！請求原諒！和睦相處！要趁一切不會太晚之前。」

二〇〇九年二月十六日

一位公證人剛才打電話給我：為了在加畢爾出生的沙隆區布朗松這個村子的墓園裡讓我和加畢爾葬在一起，他已辦妥必要手續。他要我到律師事務所一趟，加畢爾有個信封是留給我的。

「我心愛的，我甜蜜的，溫柔的，美好的愛人，從黎明到日落，我都愛著妳，妳明白。我愛妳。法庭上我為殺人凶手、無辜者、罹難者，進行訴訟、提出異議、臨場辯論、出庭答辯。雄辯滔滔的我，偷用了賈克·布雷爾的歌詞好告訴你藏於我內心深處的一切。

妳讀這封信時，我已離開人世。這是第一次我比妳先走一步。除了我一直不喜歡妳的名字外，我已經沒什麼妳不知道的要寫信告訴妳。

伊蓮這名字不好聽。妳搭什麼都合，妳穿戴什麼都得宜。可是這樣的名字，就像酒瓶綠或芥末黃，不會有人適合這樣的顏色。

我在車裡等妳的那天，明白妳不會再回來，我枉然地等妳。是這枉然讓我沒有馬上把車開走。

她不會再回來了，而我一無所有。

我是如此想妳。而這才只是開始。

我想念我們待過的旅館，午後的溫存，窩在被子裡的妳……我全部的愛人將只有妳一人。第一個，第二個，第十個和最後一個，都是妳。妳終究是我最美的回憶，我最重要的盼望。

一旦這些外省城鎮的人行道有了妳的足跡，這些城市就變成了首都，我將無法遺忘。妳伸進口袋的手，妳身上的香水味，妳的肌膚，妳的頭巾，才是我誕生的土地。

我的愛。

妳親眼看到了，我沒有說謊，我在我身邊為你留下一個永恆的位置。我在想，天上再見之時，妳是否會繼續以「您」稱呼我。

別急忙加緊腳步，我有的是時間。多享受從下面仰望著的天空。尤其要多享受人生最後的幾次雪季。

到時見。

加畢爾」

二〇〇九年三月十九日

第一次來到加畢爾墳前。哭也哭過，想也想過了要把他從地上挖起來搖著他說：「告訴我這不是真的，告訴我您沒有死。」於是，我把一顆新買的雪花玻璃球放在埋葬他的黑色大理石上。我答應過加畢爾，時不時回來搖醒他。我望著這座之後即將長眠的墳墓。

我親自向他口述給他的回信：

「我心愛的，您也是，您終究是我最美好的回憶……我有過的女人沒有您多，好吧，我說的其實是，我有過的男人沒有比您有過的女人多，我認識的男人如此少。您只消一個動作就能吸引女人。或許也不用。什麼都不用做，您只是做自己。您是我第一個愛人，第二個愛人，第十個愛人，也是最後一個愛人。您佔據了我的一生。我會來此與您在永生中重逢實踐我的諾言。請為我保留好位置，如同在您和我見面的旅館房間裡，每當您先到，您在暫歇的大床上將我的位子暖好……。您要把通往永恆的地址寄給我，像這樣的旅程是需要準備的。屆時我看看是否能在火車，在飛機或是在船上再與您相會。愛您。」

我在他身邊待了好長一段時間，在他墳上放上花朵，把塑膠容器裡枯萎的花丟棄，讀輓詞紀念牌上的追思語。我想這東西是叫紀念牌。

加畢爾下葬的墓園由一位女士照顧。太好了。他是這麼喜歡女人。她從我身邊經過，和我打了招呼。我們之間閒聊了幾句。我從不知道有這樣的職業存在：有人受薪來打理墓園，看守墓園。她甚至在墓園柵門旁的入口賣花。

繼續寫這日記，是為讓加畢爾繼續存在。可是老天，我這一生似乎還會過很久。

90

十一月是永恆的，人生近乎美好，回憶卻成了怎樣都走不出去的死路。

一九九八年六月

雖然從馬貢到瓦朗斯沿高速公路不過將近兩百公里遠，這段路對菲利浦來說似乎遙無止境。當菲利浦隨意騎行時，沒有哪個路段對他來說是漫長的。可是當他必須從A點移動到B點，他就會感到不耐。他是絕無法忍受約束的。

自從維歐蕾特獲悉他正設法釐清真相，他就對挖掘真相失去了興趣。彷彿獨自帶著這個祕密才能讓他繼續留在這場不切實際的追尋裡。他說出了這個祕密，讓他失去查下去的動力。完完全全。他沒有透過訴說而得到解脫，反倒心力交瘁。

連維歐蕾特都似乎揮別了過去。

他要和愛洛依絲．珀蒂談一談，接著他就要去做其他事了。與前任隊輔員的約會就像是一場與過去的最後一次幽會。

愛洛依絲．珀蒂在她上班的戲院前如同預期等著他。她呆站在場次時刻表下方，頭頂上方掛著一張巨大的《英倫情人》電影海報。儘管售票處前人群熙來攘往，菲利浦還是立刻認出她。觀眾來來回回在各個放映廳進出著。他們兩年前在法庭審訊時見過彼此，一下子就認出了對方。

愛洛依絲像是怕被人說閒話，將菲利浦拉進位在兩條街外一家Relais H簡餐店，離瓦朗斯車站不算太遠。他們在沉默中肩並肩走過去。菲利浦始終感到這巨大的空虛，頹喪，自問走在這片人行道上做什麼。他甚至沒有問題再問愛洛依絲。她有注意到熱水器嗎？她知道熱水器有什麼問題嗎？

他們點了兩份火腿起司三明治、小瓶維特（Vittel）礦泉水和一瓶可樂。愛洛依絲散發著一股優雅。她和其他人不一樣，菲利浦覺得可以信賴她。她不會扯謊。甚至在她開口說話前，就是可靠的樣子。

愛洛依絲說了一九九三年七月十三日那天孩子們抵達城堡的事。房間依照彼此間的親疏關係分配，互相認識的小孩子是不希望被分開的。她和露西・林頓設法讓所有人滿意，似乎也辦到了。在隊輔員協助下，小女孩們將衣物和個人物品都收拾在她們房間裡床邊的格子櫃裡。

然後，下午茶時間，接著去城堡的公園中散步，散步的終點是為了到草原看小馬，把小馬帶回馬廄。小孩子很愛幫動物洗澡，洗得水花四濺，在大人幫忙下將動物刷洗乾淨，帶回圍欄裡餵食。當她們上桌吃晚餐時一片歡欣雀躍。二十四個開心的小女孩讓食堂鬧哄哄的，喧譁不已。晚上九點三十分左右，她們到公共淋浴間洗過澡，就各自回房間去了。

「為什麼不是在房間的浴室裡洗澡？」

愛洛依絲被這個問題嚇到了。

「我也不知道……公共淋浴間是新的。我記得我也是在那裡洗的。」

愛洛依絲咬著嘴唇想了想。

「我想起來了，我房間的洗手間裡沒有熱水。」

「為什麼？」

她鼓起雙頰，彷彿正在吹氣球，抱歉地回我說：

「我不知道……水管老舊了。城堡的設施有些已經不堪使用。黴味聞起來很重。而且，有時只是要請馮塔內換個燈泡，也可能一直等。」

愛洛依絲繼續說著，孩子們都是從法國的北部和西部來。舟車勞頓、炎熱的天氣，讓孩子在傍晚已筋疲力竭。她們沒有半點不樂意都去睡了。她和露西．林頓在晚上九點四十五分左右巡房，看看是否一切都好。一共有六間房，三間房在一樓，另外三間在樓上。每間房有四個小孩。小女孩們都躺著了。有的在讀書，有的在聊天，一床又一床去交換著照片和圖畫。孩子們問說著：「妳的睡衣好好看」、「妳會把洋裝借給我嗎？」、「我想要一雙跟妳一樣的鞋子」。她們聊著貓，聊著家，聊著爸媽、哥哥、姐姐，聊學校，聊老師，還有朋友。最重要的，是小馬。她們唯一在乎的就是小馬，第二天她們就可以騎著小馬了。

愛洛依絲．珀蒂先是有所遲疑才向菲利浦說起了一號房。而且，她沒有說雷歐妮娜、安娜伊絲、歐希安娜、娜德潔這幾個孩子的名字。她低頭片刻，才繼續往下說，只稱她們為「一號房的孩子們」。

一號房是隊輔最後去的那間房。當她和露西．林頓去問她們是否一切都好，幾個小女孩都已經快睡著了。她們給了小女孩每人一支手電筒，萬一夜裡需要起身的話。她們跟小女孩們說，要是誰作惡夢或是鬧肚子，露西就在隔壁房間。走廊上有盞夜燈，整晚都會開著。

愛洛依絲就上樓回到她的房間，而露西．林頓去找司萬萊特里耶。這時候，詹妮薇芙．馬南應該是待在一樓的房間附近。兩個隊輔員上樓前，看到詹妮薇芙在廚房裡坐著，正在洗排滿一大桌的燉鍋。她跟她們兩個道晚安的模樣，愛洛依絲分不出那是哀傷，還是疲憊。

「我上樓進房就睡了，曾一度因為窗框碰撞的聲響起床將窗戶關好。」

一道奇特的光閃過愛洛依絲珀蒂一雙藍眼睛裡，彷彿她回到那個場景，她從她的窗戶遠遠看見了某樣東西。那就如同我們意識到一個熟悉的身影，或一個不預期而引人注意的動作，我們朝對話者的肩膀上方望過去。

「您看見什麼嗎？」

「您指何時？」

「您再把窗戶關好的時候。」

「有。」

「看見了什麼？」

「他們。」

「他們，誰？」

「您知道的。」

「詹妮薇芙・馬南和阿蘭・馮塔內？」

愛洛依絲・珀蒂聳了聳肩。菲利浦不明白她聳肩的意思。

「您跟詹妮薇芙交往過，是真的嗎？」

菲利浦愣住了。

「誰告訴您的？」

「露西。她跟我說詹妮薇芙愛上了您。」

菲利浦閉上眼幾秒，沉重地回說：

「我是來談我女兒的事情的。」

「您想知道什麼？」

「我想知道是誰啟動了一號房浴室裡的熱水器。孩子們是一氧化碳中毒窒息的。可是所有人都知道不該去動那該死的熱水器！」

菲利浦吼得太大聲。餐廳裡埋首讀報和收銀檯前排隊的客人們都轉身來看他們倆。

愛洛依絲感到難為情了，場面就像是情侶吵架。她跟菲利浦說話就像是在跟一個失去理智的人說話。當我們跟瘋子說話時會溫柔，以免激怒了他們：

「我不明白您說的。」

「有人啟動了浴室裡的熱水器。」

「哪個浴室？」

「起火的那間房裡的浴室。」

菲利浦看出愛洛依絲對他說的這堆話一點也不明白。此刻他開始懷疑了。熱水器做為肇事原因的說法站不住腳。無論如何，還是得面對現實，不是詹妮薇芙・馬南，就是阿蘭・馮塔內在一號房放了火要報復他。」

「您的意思是老舊熱水器釀成火災嗎？」

愛洛依絲的問題將他從暗黑思緒中抽離出來。

「不，火應該就是馮塔內……為了讓人相信是場室內意外。他本來是要包庇馬南的。」

「但又為了什麼？」

「因為那天晚上她顯然是溜出去了，沒有待在小女孩身邊，當她回來時，她本來要……但太遲了……孩子們已經窒息了。」

愛洛依絲兩手摀著嘴巴。她大大的藍眼睛開始汪汪閃爍起來。菲利浦想起他在地中海裡游泳去找芳絲華的那天，芳絲華卻掙扎了起來。愛洛依絲驚恐的樣子就如同芳絲華正在溺水的邊緣。

有整整十分鐘，菲利浦和愛洛依絲沒再和對方說話，沒動過盤子裡的東西。菲利浦終於點了一杯濃縮咖啡。

「您還想要點別的嗎？」

「或許就是他們倆。」

「對，馮塔內和馬南。」

「不，來的人。」

「什麼人？」

「那對夫婦您認識的，當我把窗戶關起來，我看見他們從院子裡離開。」

「哪對夫婦？」

「意外發生後隔天，和您一起來的人。您的父母，總之，我想是您的父母。」

「我一點也沒懂您說的。」

「可是，您應該清楚他們那一晚來過城堡，不是嗎？」

「您說是誰的父母？」

菲利浦覺得要站不穩了，從摩天大樓的最頂樓跌下來。

「七月十四日，你們一起到。我以為您知道他們前一天來過城堡。總是會有家人來探望小孩，但不會在晚上。就是為什麼我感到意外。」

「您瘋了吧。我爸媽住在沙勒維爾－梅濟耶爾。意外發生那一晚，他們哪可能在勃艮地。」

「他們就在勃艮地，我看到他們。我向您保證。當我關好窗戶，我看到他們離開城堡。」

「您應該弄錯了……」

「不。您的母親，她的髮髻，她的舉止神態……我不會弄錯的。在馬貢進行審訊的最後一天，我見過他們。他們在法院前等著您。」

這時，菲利浦想了起來。這簡直是一擊晴天霹靂。彷彿多年來潛藏在他的無意識中一個微小細節光天化日下出現在他眼前。某個不尋常的，在當時與一切都無關聯的東西，出於當時的情況以至於他沒有留意到，只在一九九三年七月十四日那一天在意識中掠過而已。

他打電話跟爸媽說：「雷歐妮娜死了。」他們幾個小時後來接他，這是第一次菲利浦坐在前座，坐在他爸爸的旁邊；他媽媽躺在車子後座。菲利浦深受打擊，哀傷使他呆滯，一路上沒有開口說話。有時，他聽見他媽媽在後座唉聲嘆氣。他知道他爸爸默默背誦著《聖母經》。

當菲利浦想到負責給了種生出他的爸爸，他想到的就是個對自己太太百依百順的虔誠信徒。菲利浦夢想過當他舅舅呂克的兒子。大自然開了個玩笑：當他想要成為哥哥的孩子，卻是妹妹把他生了下來。

在愛洛依絲提起他的爸媽，他想起他爸爸那時開車都不用找路，沒有問城堡的地址，他一路開去就像已經知道路線。出了高速公路，有拉克萊特鎮的標示，但沒有指示該選哪個方向到城堡。然而，當他還小，他的爸媽總是因為爸爸沒有方向感，他媽媽就發火而吵起來。若他那天沒有迷路，或許就是因為他們之前去過城堡了。

在菲利浦又陷入這場暗黑的心靈探險時，愛洛依絲盯著他看。儘管他的面容讀得出驚恐，她還是覺得他很英俊。她努力回想雷歐妮娜的五官輪廓，卻想不起來。這四個小孩已經從她的記憶中消失了。她一直在記憶中搜索她們，卻再也找不著。她記憶中只剩下她們的聲音，她們問了些關於小馬的問題。她沒有告訴菲利浦，雷歐妮娜的布偶弄丟了，她們兩個到處找。雷歐妮娜跟她說：「布偶是隻跟我年紀一樣大的兔子。」愛洛依絲等著再找回失物的同時，幫雷歐妮娜在儲藏室找到一隻被遺忘的小熊。她還向雷歐妮娜承諾，隔天早上，她會翻遍整座城堡把布偶找回來。

菲利浦把她揪回了現實中：

「我要您對著雷歐妮娜的頭發誓，您絕不向任何人提起這件事。」

愛洛依絲在想，菲利浦剛才是否聽見了她心裡在想什麼。她一句話都說不出來。他堅持要她發誓：

「我們兩個從來沒見過，從來沒有說過話……照這樣發誓！」

愛洛依絲就像是在法庭上，舉起右手說道：「我發誓。」

「妳能對著雷歐妮娜的頭發誓？」

「我能對著雷歐妮娜的頭發誓。」

菲利浦將布朗松墓園宿舍裡的電話號碼寫下給了愛洛依絲。

「兩個小時後您撥這個號碼，我太太會接電話，您表明身分跟她說我沒有來赴約，您整個下午都在等我。」

「可是……」

「麻煩您了。」

愛洛依絲出於同情答應了。

「但要是她問我問題呢？」

「她不會問您什麼的。我已經太讓她失望，她什麼都不會問的。」

菲利浦起身要去埋單，重新拿起安全帽，向愛洛依絲簡短道別，就又騎著停在戲院前的摩托車離去。

他看了一眼進出影廳的人們，想起了媽媽說過：「不要相信任何人，聽到了嗎？誰都一樣。」

路程將近七百公里，等他到了沙勒維爾－梅濟耶爾，就是深夜了。

*

隔著客廳的窗戶，菲利浦從外頭觀察他的爸媽好一會兒。他們並肩坐在花朵圖樣已然褪色的老舊長沙發上。那些花就像是棄墳上的花。是維歐蕾特無法接受的那種花，會遭她扔除。

爸爸睡著了，媽媽專心在看重播的舊連續劇。維歐蕾特也看過的。劇情發生在澳洲還是哪個遙遠的地方，一個神父和一個年輕女孩的愛情故事。維歐蕾特在某幾個地方還偷偷哭了，他感覺得到她用袖子擦去了淚水。她媽媽盯著演員正看著，雙唇緊抿，就像是她覺得角色做了什麼糟糕決定，想要插嘴說些自以為是的話。她為什麼會看這種庸俗的節目？要不是此刻如此沉重，菲利浦一定會笑出來。

菲利浦在這個家長大，現在這個家對他只是個舞臺布景。經年累月，矮樹都長高了。樹籬變厚實了。他的父母將鐵柵欄換成像是美國影集裡的白色柵欄，將外牆牆面灰泥重鋪，大門口兩側還各放一尊獅子雕像。這兩尊花崗岩材質的獸，看上去了無生趣猶如七零年代的展示品。可是他的爸媽得向鄰居顯示他們是身在公部門的管理階層。他的爸媽都是從郵政電報電信部（PTT）退休的，爸爸起先是郵差，媽媽是行政專員，都在組織裡逐步晉升為基層主管。當終於有了錢，他們就會儲蓄起來。

菲利浦向來身上都有鑰匙。他從小就隨身攜帶這串鑰匙，鑰匙圈上的迷你橄欖球變形、褪色了。他的爸媽從沒換過鎖。哪有這必要？誰會想進到裡面，遇見一個兀自祈禱的爸爸和一個活在怨恨中的媽媽呢？活像兩條酸黃瓜醃在一瓶醋裡[98]。

多年來，自從他遇見維歐蕾特，他就不曾踏進這個家一步。維歐蕾特。那個他們從未邀來家裡的維歐蕾特，那個他們向來嫌棄的維歐蕾特。

98 cornichon 一詞，有酸黃瓜、笨蛋的意思。

當香塔勒・杜森發現他兒子就站在客廳門口，大叫起來，叫聲把她先生都嚇醒了。

菲利浦正要開口時，看見掛在牆上的雷歐妮娜幾張照片，有兩張是在學校拍的。讓他想起詹妮薇芙・馬南站在充滿氨水味的走廊時露出的微笑。他一陣暈眩，緊攀著碗櫥才站穩。

維歐蕾特早就將他們女兒的相片都取下來，收在床邊抽屜裡，塞在皮夾和她不斷重讀的那本厚書裡。

她媽媽走到他身邊，輕輕地說：「我親愛的，都好嗎？」菲利浦以一個手勢向她宣告不許往前走近，保持距離。他的爸爸和媽媽互望彼此。他們的兒子病了嗎？瘋了嗎？整個人蒼白得嚇人。他這個樣子就和一九九三年七月十四日早上他們帶他到意外現場的時候一模一樣。他老了二十歲。

「失火那個晚上，你們在城堡幹了什麼好事？」

爸爸向媽媽瞄了一眼，等她准他接話。但如同往常，開口的是她。她以受害者口吻，一種可人小女孩口吻開口了，她從來不是那樣的小女孩。

「亞爾梅・高辛和讓－路易・高辛夫婦先到拉克萊特鎮的村子裡找我們，才載凱瑟琳去……反正就是載雷歐妮娜和安娜伊絲去城堡。我們跟他們夫婦倆約在一間咖啡館，我們沒壞什麼事啊。」

「可是，你們在那裡幹什麼？」

「我們去南部參加婚禮，你知道的，你表妹蘿倫絲。開車回沙勒維爾的時候，我們順道去了勃艮地。」

「你們才不可能是順便去。**絕不可能**。我要真相。」

他媽媽先是吞吞吐吐，而後緊抿雙唇，又深吸了口氣，才回他話。菲利浦・杜森立刻打斷她：

「拜託妳行行好，不要現在就哭哭啼啼。」

她的兒子從沒有這樣跟她說話。那個有禮貌、有教養的男孩，說著「媽媽，我在」、「媽媽，不是這樣」、「媽媽，好的」的男孩真真確確死了。那個男孩在他痛失愛女的時候消失了。打從他蟄居在女兒的身邊，他就完完全全消失了。菲利浦先前就警告過他們：「不准你們再踏進墓園一步，我不要讓你們碰到維歐蕾特。」

悲劇發生前，他僅僅幾次違背過他的母親，就是去她的哥哥呂克和他那穿著超短裙的年輕太太兩人的家裡度假。菲利浦總是被社會底層的女人、沒有水準的女孩、墮落成性的女子給吸引。

香塔勒・杜森的聲音回復成刺耳無情的嗓音。那種檢察官才有的聲音。

「我約了高辛夫婦是因為我想看看**你太太**在我們孫女的行李箱裡放了什麼。確保沒有漏帶任何東西。我不想讓她在同學們面前丟臉。你太太還年輕，而凱瑟琳太常被疏忽……指甲長了，耳朵沒清乾淨，衣服弄髒或是洗到縮水……讓我很不放心。」

「什麼妳都敢扯！維歐蕾特把我們的女兒照顧得很好！我們女兒叫雷歐妮娜。妳聽見了嗎？雷歐妮娜！」

她以一個笨拙又突兀的動作把身上的浴袍重新繫起來。

「亞爾梅・高辛打開車子後車廂，小女孩們待在蔭涼處有你爸爸和讓－路易陪著玩的時候，我檢查過雷歐妮娜的行李，她漏帶了很多東西，我還得把一些便宜貨或是穿舊的衣服扔掉才能添進新衣服。」

菲利浦想像他媽媽假掰藉口打電話給亞爾梅・高辛，接著翻動他女兒那一件件小洋裝。她向來擅自行使干預的權利讓他很反感。他想要掐死這個教他鄙視他人的女人。她低頭回避，以免看到他投來的恨意目光。

「大概下午四點，高辛夫婦帶孩子們去了城堡。天氣熱，你爸爸和我不想在還沒入夜就開上往沙勒維爾的公路。我們決定待在鎮上，又回去咖啡館吃了點東西。去洗手間的時候，我看到雷歐妮娜的玩偶放在洗手檯旁邊。我知道她沒有這隻玩偶陪著是睡不著的。」

香塔勒．杜森故作一臉苦相。

「玩偶很髒……我用肥皂水洗了一下，天氣熱，它很快就會乾了。」

她在長沙發上坐了下來，彷彿這些話語太沉重讓她不堪負荷。她的丈夫緊跟在身邊，像隻忠心的小狗，期待得到一個獎勵，一個眼神，一個關愛的表示，卻什麼都不曾有。

「我們通行無阻地進到城堡，沒有人看守城堡，所有門都是敞開的。我們推開的第一間房門，就是雷歐妮娜睡的房間。她已經躺在床上了。她看到我們來很驚訝。當她看到我手提包裡帶來她的玩偶，她笑了，小心地抓起玩偶，不讓其他小女孩看到。她應該到處在找這隻玩偶，但怕被取笑，不告訴別人。」

媽媽開始抽噎起來。她的丈夫用手臂摟住她的肩，她緩緩將他的手推開，他習以為常地又抽回他的手。

「我問小女孩們是否想要我講故事給她們聽。她們跟我說好。我就跟她們講了一個格林童話的故事《大拇指湯姆》。很快她們就睡著了。離開前，我親了我的小孫女。這是最後一次親她了。」

「熱水器呢？」菲利浦厲聲一吼。

他的爸媽在兒子的盛怒之前，狀似可憐，淚眼汪汪畏縮了起來。

「什麼熱水器，哪個熱水器？」他的媽媽邊哭邊喃喃自語地說。

「浴室的那一個！房間裡有間浴室！還有個該死的熱水器！是你們去動了嗎?!」

爸爸終於開口了，不經意地嘆了口氣：

「啊，那個……」

菲利浦在這一刻本會像往常一樣竭盡所能要他住嘴。不然就讓他唸段禱詞，哪種禱詞都好。但這一小時，只有這一小時，這個男人感到自己在他太太的人生裡終於是個有用處的人了，自己不再是只能袖手等她把《大拇指湯姆》的故事說完。

「妳媽媽問了雷歐妮娜睡前有沒有乖乖刷牙，她說有，可是另一個小女孩說水龍頭流不出熱水，冷水讓牙齒痛。妳媽媽叫我去看看怎麼回事，我看熱水器是關起來的，我就……」

菲利浦在他爸媽面前跪地不起，雙手抓著他爸爸的睡袍領子哀求道：

「你閉嘴，你閉嘴，你閉嘴，你閉嘴，你閉嘴，你閉嘴，你閉嘴，你閉嘴，你閉嘴，你閉嘴，你閉嘴……」

他的爸媽整個僵住了。菲利浦口齒不清又說了幾句聽不明白的話，然後就跟他進家門時一樣，沉默地離開了這個家。

當他又騎上他的摩托車，他知道他不會選擇通往布朗松墓園的道路。他知道再也沒有屬於他的家了。今晚沒有，明天也不會有。打從他請愛洛依絲．珀蒂打電話對維歐蕾特說他沒有赴約的那時起，他明白他不會再有家了。維歐蕾特許久以來也再沒有等過他。

早上，當他對她說他想要從零開始，在南部安頓下來，他從她的眼裡讀到的是，她假裝信了。今天，他再也無法面對她。他再也不想與她四目相接。

香塔勒．杜森穿著睡袍追著他要向他說明。在這種狀態下騎車上路是很危險的。他太疲累了，幾乎是虛脫，一定要休息，她去幫他備好床，她沒有動過他房裡的任何東西，連他的海報都沒動，她會去幫他煮一道俄羅斯酸奶燉牛肉和他嗜吃的焦糖奶油，明天他的思緒就會比較清楚了，然後……

「媽，真希望妳在我一出生時就死了。那會是我一生的福報。」

他發動了摩托車，想都沒想往布龍方向騎去。他從後照鏡，看見他媽媽在人行道上倒下來。他明白他這番話已判了她的死刑。不是今天，就是明天。而他爸爸終將跟隨。他一向緊跟在後。

菲利浦對一切都無感了，只剩下到呂克和芳絲華身邊，把這一切告訴他們。他們會知道該怎麼辦，知道該說些什麼，他們會讓他待在身邊好守護他，這樣他就不用再對任何人做任何交代。重新變成他想成為的小孩——呂克的小孩。他這輩子能重新變成他想成為的孩子——呂克的孩子，這樣他就滿足了。

91

女水神衣衫單薄，
在她將來我的墳塚當枕，
悠然假寐片刻之際，
我預先向耶穌請求原諒，
原諒我為死後這小小的快樂，
使墳上十字架的影子些許落於女水神身上。

伊蓮．法約爾的日記

二〇一三年

我進去墓園太太家裡。我對她來說，是某個見過面但說不出是誰的人。她一個人坐在桌前，正在翻閱一本園藝用品目錄。

「我正在挑選春季開花的球莖。您比較喜歡水仙花還是？我好喜歡黃色番紅花。」

她的手指著那些花叢照片。花種琳瑯滿目。

「水仙花，我想我比較想要水仙花。其實，我也喜歡花，以前，我有過一座玫瑰園。」

「在哪？」
「馬賽。」
「啊……我每年都去馬賽，到索爾米烏峽灣那裡。」
「當我兒子朱利安還小，我和他也去峽灣玩。已經是很久以前的事了。」
墓園太太對我會心一笑，彷彿這在我們之間是個祕密。
「您想喝點什麼嗎？」
「我想喝杯綠茶。」
她起身幫我泡茶。我想著她的年齡應該和朱利安不相上下。她的年紀可以當我女兒了。我以為我不會想要有女兒。如果我有女兒，我不知道能跟她說什麼，能怎麼開導，指引她的人生路。養個兒子，有點像是一朵野花，一朵山楂花，只要衣食無虞他就能兀自生長。只要人們對他說他長得真好看，他就能長得強壯。如果一個男孩有爸爸在，就能長得強壯。如果是個女兒的話，可就沒那麼簡單了。
墓園太太是個美人。她穿著黑色鉛筆裙和灰色高領上衣。優雅，是個細緻講究的人。幾乎可說是她讓我對沒有女兒一事感到遺憾。她先將散茶放入茶壺裡，再把茶葉濾除。接著，把蜂蜜放上桌。她的家氣息怡人，有股芬芳的味道。她告訴我她喜歡玫瑰。喜歡玫瑰的香氣。
「您一個人住嗎？」
「是啊。」
「我來墓園，是來看加畢爾・普東的。」

「他葬在雪松區第十九巷道。對嗎？」

「對。您都曉得每個往生者安葬的位置啊？」

「大多數知道。他是大律師，喪禮時有不少人來參加。不過是哪一年了？」

「二〇〇九。」

墓園太太起身去取一本工作日誌，二〇〇九年那一本，她找著加畢爾的姓氏。結果真的找到了，她把喪禮的一切都記在筆記本裡。她將日誌唸給我聽：「二〇〇九年二月十八日，加畢爾．普東的喪禮，傾盆大雨。有一百二十八人參加喪禮送往生者入土。他的前妻帶著兩個女兒出席，一位是瑪爾特．杜布赫伊，另一位是柯蘿艾．普東。應往生者要求，謝絕鮮花和花圈。他的家屬在輓詞紀念牌上刻下這段文字：『紀念加畢爾．普東，我們敬愛的勇敢律師：「勇氣是成為律師最重要的特質。具備天賦、文化教養、法律學識，這些條件對成為一個律師相當有益。若缺乏這必要的勇氣，其他有益的條件都會顯得微不足道，在關鍵時刻，一個缺乏勇氣的律師，其陳詞就只不過是些自圓其說的話語、或許可以成為出色的演說，卻只能迷惑人心，無法經得起檢驗。」──（荷貝．巴丹戴爾）。』這場喪禮沒有神父，沒有十字架。來送葬的人們只待了半小時。當兩個禮儀師將棺木下放至墓穴時，所有的人已經離開了。雨實在下得很大。」

墓園太太幫我又倒了一杯茶。我請她再唸一次加畢爾喪禮記事。她樂意地照做了。

我想像圍繞在加畢爾棺木旁的人們。我想像著他們撐著傘，穿著深色系保暖衣服，搭著圍巾和眼淚出席。

我告訴墓園太太，只要有人對加畢爾說他是有勇氣的人，他就會發火。拐彎抹角地告訴庭上的法官他是個笨蛋，這算不上什麼勇氣。所謂勇氣，是每天下班後在教堂外將餐飯分給窮人，或是像在一九四二年那樣的年代裡將猶太人藏在自己家中這樣的事情。加畢爾總是對我說，他不具備什麼勇氣，他沒有承受什麼風險。

她問我，我和加畢爾之間是否有很多話聊。我回說是，還跟她說，關於加畢爾厭惡被讚揚有勇氣一事只能是她和我之間可以說起的事情。我不想讓自認紀念牌上的文字用得恰如其分的人們發覺自己原來搞錯了。

墓園太太對我笑了。

「沒問題。在這間屋子裡說過的都會是祕密。」

在她面前，我感到十分放心，跟她聊天彷彿是她在我的茶裡放入了吐真劑一樣。

「我每年都到加畢爾．普東墳前探望個兩三次，轉動一下我放在他名字旁的雪花玻璃球。我為他做新聞剪報，還有一些他感興趣的司法專欄，唸給他聽。我給他帶來一些世界新聞，不外乎都還是屬於他那個世界，層出不窮的犯罪案件及情事糾葛。我更常到馬賽的聖皮耶墓園那兒，我先生保羅的墳前探望。每次，我都請求他的原諒。因為我之後會葬在加畢爾的身邊。我的骨灰會擺在他身邊。加畢爾已經在公證人那裡辦妥必要手續，我也一樣。沒有人能反對這個安排。我們沒有結婚。您知道嗎？我來找您是要跟您說，終有一天，我的兒子朱利安會得知這項決定，而您就是他會來詢問的那個人。」

「為何是我？」

「當他發現我的遺願是要葬在加畢爾身邊，而不是葬在他爸爸身邊，他會想弄明白。想知道加畢爾・普東是誰，他第一個會問的人就是您。因為，當他推開這座墓園的柵門，他會遇見的第一個人，就是您。就跟我第一次來墓園的時候一樣。」

「有什麼是您特別想要我跟他說的嗎？」

「沒有。沒有的，我相信您知道該說什麼。或者這一次，朱利安知道要跟您說些什麼。我相信您知道該怎麼幫他，陪伴他。」

我不捨地向墓園太太告別了。我知道這是我最後一次來沙隆區布朗松。我又重新上路，回到了馬賽。

二〇一六年

我終於寫完我的日記。很快地，我要去和加畢爾重逢了。我明白時候到了。我聞到他的雪茄菸味。當我想起我們最後一次見面，吵了架，我就已迫不及待。是時候該和解了。

我想起了她身上的香水味，但想不起她的臉。能記得的只有白髮、皮膚、細緻的雙手，還有她身穿的雨衣。我記得特別清楚的是她的香水味。我想起了這一刻的溫柔。她說起加畢爾時的措辭。我也還記得她的聲音，當她對我說終有一天她的兒子會來找我，她的聲音就迴盪在我耳邊。

當朱利安第一次敲了我的門，他沒讓我想到伊蓮。他穿著一身皺巴巴的衣服，還是讓我覺得他長得好看。他長得不像媽媽。伊蓮是金髮美人的肌膚，光滑，透亮，吹彈可破。她的兒子卻是一身褐色肌膚，一頭蓬鬆亂髮，肌膚將陽光都滿滿吸收了起來。我喜歡上了他撫著我的那雙帶菸草味的手。然而我對那雙手也極度懼怕。

在我出發去馬賽前，我打過幾次電話給他，但他的號碼只是徒然地響著。就像是他已經不存在了。我連他服務的警局也打過了，得到的答覆是他已經離開。但還是可以寫信給他，郵件會轉寄。我能在給他的信裡寫什麼？

朱利安：

我瘋了，我孤零零，我不可理喻。您信了我說的，而正是為了讓您相信我，我能做的都做了。

朱利安：

多開心可以坐您的車。

朱利安：

多開心可以和您賴在我的沙發床上。

朱利安：

多開心可以和您賴在我的床上。

朱利安：

您算年輕。但我覺得無所謂。

朱利安：

您對什麼都太好奇。我討厭您這種警察特有的職業病。

朱利安：

您的兒子，我會當成我的繼子。

朱利安：

您真的是我理想中的男人。但其實，我並不明白什麼是理想的男人。您真的是我想得到的理想中的男人。

朱利安：

我想您。

朱利安：

要是您再不來，我就要死了。

朱利安：
我在等您。我盼望著您。要是您改掉您的壞毛病，我也很願意把我的壞毛病改掉。

朱利安：
好吧。

朱利安：
好啊，真是貼心耶。

朱利安：
是的。

朱利安：
不。

我的根讓生活給拔除了。我的春天已死。

我心情沉重地闔上伊蓮的日記。猶如把一本我們愛上的小說給闔上。一本我們無法離身的小說伴侶，想要它陪在身邊，放在隨手可得之處。事實上，我很高興朱利安將他母親為紀念他們而寫的日記留給我。等我回到家時，會將日記收在我房間裡收藏珍貴書籍的書架上。我暫時先將日記塞進我的海灘包裡。

十點了，我靠著一面峭壁，坐在白沙上一棵地中海松樹蔭下。這裡峭壁裡的縫隙，是能長出樹的。當我再闔上伊蓮的日記時，蟬聲吟唱起來。陽光已如烈焰般熾熱。我的腳趾感覺刺痛著。夏天，這裡的太陽幾分鐘就可以把皮膚曬傷。

度假的背包客們經過了崎嶇的道路開始抵達這裡。中午，小小的沙灘上就會滿是浴巾，保冰箱、大陽傘。索爾米烏沒有很多小孩。旅遊旺季期間，可步行至小灣。從博麥特[99]的停車場走下來要整整一個小時。這樣的路程對家庭旅遊來說不容易。小孩子常常在這裡走到半路就讓爸爸揹在肩上才能前行，不然就得待在小木屋度過假期了。這種來度假的家庭被稱為「木屋觀光客」。這個詞只有在馬賽才用得到，字典裡是查不到的。

在這裡，酒吧裡抽菸也是被允許的。郵差會逕自替不在家的人簽收掛號郵件，這樣收件人不必為了取回郵件再跑一趟。在馬賽，所有的規則都和其他地方不一樣。

昨晚，瑟利雅和我待在一起吃晚餐。她準備了一道海鮮燉飯，用一只大平底鍋把飯加熱。這時我卸下我的藍色行李箱，把洋裝掛在衣架上。我們移出小花園鍛鐵桌，把桌布鋪上，將水和粉紅葡

99　博麥特（Baumettes）為位在馬賽第九區的一個行政區，是遊覽馬賽峽灣的一個路線起點。

萄酒分別倒進幾支紅色長頸大肚瓶裡。我們在一個黃色碗裡放了很多冰塊，還擺上一塊鄉村麵包和一些不成對的盤子。小木屋裡用的東西，沒有哪件器具是成套的。這些物件似乎一直都不是一起來到這裡的。瑟利雅和我開心地一起敘舊，這頓晚餐有說不完的蠢事，有金黃的米飯和沁涼的美酒讓我們盡情享用。

聊得太晚，瑟利雅便留下來過夜了。她就像火車罷工那時在南錫的馬爾格朗日第一次睡在我身邊一樣地睡著了。這是她第一次在這裡過夜。

我們躺在床上，繼續喝著粉紅葡萄酒。瑟利雅點了兩支蠟燭。她爺爺留下的器物在燭光中閃動著。我們開了兩扇窗戶讓空氣流通。天氣舒適，還殘留些許燉飯味道。牆壁也貪嗜了燉飯氣味。這讓我又覺得餓了，只好又去熱些燉飯。瑟利雅不想吃。當我將一只空盤擺在地上時，看見瑟利雅的側臉，望著她美麗的藍色眼睛，宛如夜裡的星辰閃爍。我把蠟燭吹熄了。

「瑟利雅，有事想跟妳說，會讓妳睡不著，但因為我們在度假，所以無妨。況且，我也無法不跟妳說『那件事』。」

「……」

「芳絲・華佩勒提耶，就是菲利浦・杜森的真愛。他人生最後幾年就在她家過的。一九九八年他失蹤的那天就是去找她。不只是這樣。我明白他為什麼要失蹤。為什麼再也沒回來我們的家了。那一夜，讓孩子們喪命的不是火災……而是杜森的爸爸。」

瑟利雅緊抓住我的手，喃喃說著：「什麼？」

「他把孩子房間裡的老熱水器修了，啟動了那臺熱水器。他不知道絕不能去動的就是那臺老熱水器。機器多年來都沒有維修過。一氧化碳沒有味道，神不知鬼不覺就會讓人喪命……小女孩們是在睡夢中離世的。」

「誰告訴妳的？」

「芳絲華・佩勒提耶。菲利浦・杜森把一切都跟她說了。因為這樣，他知道真相的那一天就不再回家了。他再也無法面對我……妳聽過米榭・喬納斯[100]的這首歌嗎？」『告訴我，就告訴我，她為了另一個人離去了，卻不是為了我，卻不是為了我，告訴我，告訴我，告訴我……』」

「聽過。」

「知道菲利浦・杜森的出走不是因為我，而是因為他的爸媽，這讓我終於釋懷了。」

瑟利雅加重力道地握緊我的手。

我無法闔上眼睛。我又想起杜森的那對老爸媽。他們很久以前就過世了。沙勒維爾梅濟耶爾的一位公證人在二〇〇〇年跟我聯繫。他在找他們的兒子。

陽光進到了窗內，一陣清風徐徐，瑟利雅睜開了雙眼。

「我們來煮好喝的咖啡。」

「瑟利雅，我遇到了一個人。」

「噢，妳早該遇上一個人了。」

「不過結束了。」

100 Michel Jonasz, 1947-，法國作曲家，歌手和演員，成名於七〇年代。

「為什麼？」

「這麼久以來……我有我自己的生活，我自己的習慣。而且他比我小。而且又不住在勃艮地。而且他還有個七歲的小孩。」

「好多『而且』。可是生活和習慣，都不會是一成不變的。」

「妳這麼想嗎？」

「是啊。」

「那妳會改變妳的習慣嗎？」

「有何不可。」

92

人生不過是一段失去一切所愛的漫長歷程。

二〇一七年五月

菲利浦在布龍已經住了十九年。從沙勒維爾－梅濟耶爾走向芳絲華身邊的這段漫漫長路，他完成了。十九年前，某個早晨，他忽然出現在修車廠，那時的他處境悲涼。他決定在這一天出生。他決定銷毀他到達前的那一天。那一天，是他與爸媽最後一次說話。他在他想棄絕的一段過去用簽字筆劃上一道粗黑的線。將與維歐蕾特共度的歲月掩蓋，將他的爸媽牢牢鎖在深藏記憶的暗房裡。

要讓名字叫作菲利浦·佩勒提耶原是那麼簡單，要成為他舅舅的兒子是那麼簡單。是外甥還是兒子，在旁人心中，都是一樣的。菲利浦是「這一家的一份子」，所以，他的姓是佩勒提耶。

原來把他的身分證件收進抽屜裡是那麼簡單。結清銀行帳戶而讓他媽媽什麼都不知道，原來是那麼簡單。把銀行裡的錢轉換成不記名債券，是那麼簡單。不去投票，是那麼簡單。不使用他的社會保險卡，是那麼簡單。

芳絲華讓他知道呂克在一九九六年十月過世。已經死去也下葬了。菲利浦禁不起此一打擊，拒絕到呂克的墳前致意默哀。他再也不願踏進那一座墓園裡。

芳絲華這時賣掉房子已經一年了，她住在離修車廠兩百公尺遠的布龍。她病得不輕，瘦了很多，也變老了。然而，菲利浦卻覺得她比起記憶中的她，更有魅力，但他什麼也沒說。他帶給他身邊的人夠多傷害了。他把自己不幸的配額用在了他人身上。

他在客房住下。給兒子睡的房間。一間給不曾存在過的小孩的房間。一個曾經的盼望。他把芳絲華用現金付給他的第一份薪水給自己買了新衣服。在布龍住下來幾個月，當他提起搬到一個離修車廠不算太遠的公寓套房時，芳絲華好似充耳不聞。所以他就繼續待下來了。在這詭異的同居生活裡，他們共用衛浴，他們共用廚房，他們共用客廳，他們共享三餐，他們分房就寢。

他把一切都告訴了芳絲華。雷歐妮娜的成長，和詹妮薇芙．馬南的外遇關係，熱水器釀禍的悲劇，在**那個地址**有過的荒唐縱欲，墓園的生活，父母坐在沙勒維爾的長沙發上招認了一切。諸此種種，除了維歐蕾特。他將維歐蕾特的部分保留給自己。關於維歐蕾特，他只對芳絲華說過一句：「沒有什麼能怪罪在她身上」。

經過這些年，他忘了過去另一段人生裡，他名叫菲利浦．杜森。

和芳絲華一起生活以後，他重拾了勇氣。他在修車廠學會了好好工作，學會喜歡上了雙手沾滿機油、油汙、修理器械、擺平表面損傷的機身。修理引擎的時候，他又有了好好生活的盼望。

一九九九年十二月，芳絲華病了，高燒得厲害，燒到退不下來，又狂咳不止。菲利浦很不安，請來了家庭醫生。醫生在床邊寫處方箋時，問菲利浦芳絲華是他的太太嗎？菲利浦想都沒想就回說是。只回了一句是。窩在被子裡的芳絲華對他笑了，什麼話都沒說。蒼白疲倦的微笑。莫可奈何的無言。

菲利浦依照醫生建議，流了一池三十七度的溫水讓她泡澡，他把芳絲華帶進浴室裡，脫下她身上的衣服，帶她跨進浴缸裡，她緊緊抓著菲利浦。這是他第一次看見她赤身裸體。她的身軀在透明的水中發抖。他用一只沐浴手套緩緩擦過她的肌膚、她的肚子、她的背、她的臉、她的頸後。他將水澆在她的額頭上。芳絲華告訴他：「小心，我是有傳染力的。」菲利浦回說：「這個，二十八年前我就知道了。」在一九九九年十二月三十一日到二〇〇〇年一月一日的跨年夜，他們第一次做愛了。他們在同一張床上一起跨越了世紀。

菲利浦在布龍住了十九年了。那天早上，他和芳絲華有了賣掉修車廠的念頭。這其實不是第一次了，這一次是認真的。他們想要享受陽光。想要在聖托佩那一區定居。他們有足夠的錢去安安靜靜地過日子。而且芳絲華已工作了好些年，就要六十六歲了。該是苦盡甘來，享受退休生活的時候了。

吃中餐的時間，芳絲華去了一趟專營商業和企業銷售的不動產經紀公司。菲利浦則回到他們的公寓換衣服。他這個早上穿得太熱了，身穿的藍色工作服已經濕透。他迅速沖了個澡，套上乾淨的T恤。他在廚房裡，煎了兩顆蛋，在昨天剩的一片麵包上抹了些乳酪。在倒咖啡的時候，聽見了郵件掉在磁磚地板上。郵差剛才在大門門縫下將郵件塞了進來。菲利浦無意識地撿了起來，丟在廚房桌子上。除了芳絲華為了讓他開心而訂閱的《Auto-moto》新車雜誌，他是沒有在查看來信的。帳單文件都由芳絲華處理。

他把湯匙在杯子裡攪了攪的同時，唸著信封，但沒有真的唸出聲。信封寫著：

「致芳絲華．佩勒提耶女士 煩交 菲利浦．杜森先生啟

富蘭克林－羅斯福大道十三號

69500布龍市。」

他不敢置信地重唸一次這個名字，菲利浦．杜森先生。他遲疑了一會兒，好像這是裝了炸彈的包裹，他終於拿起這信封。信封是白色的，上面印有馬貢市一間律師事務所的圖章。馬貢。他想起了那天，他看著一群小女孩從一間小學走了出來。他看見了那個女孩穿著和雷歐妮娜一樣的洋裝。那一天，他以為她還活著。

一切又湧上心頭。令人震驚不已，像有人往他肚子裡痛毆一記。他小孩的死，喪禮，審訊，搬遷，他的苦於適應，他的爸媽，他的媽媽，他的電玩遊戲操縱桿，那些苗條女子們溫熱的軀體，那一對對鬆垮了的乳房，那一個個肥厚的小腹，露西．林頓、愛洛依絲．珀蒂、馮塔內，他們一個個的臉，每日行經的列車，墳墓，還有墓園裡的那群貓。

菲利浦．杜森先生。

他顫抖著將信封拆了。他想起了他最後一次見到詹妮薇芙．馬南時，她的那雙手，當她對他說：「我絕不會做傷害小孩子的事。」她顫抖著，對他以「您」相稱。

維歐蕾特．特雷內，婚後姓杜森，向律師委託安排協議離婚程序。律師請求菲利浦．杜森先生收到信件立即致電聯繫此律師事務所，以安排約見。

他讀了幾個字句片段：「……需攜帶身分證明文件……公證事務所的名字……結婚契約立於……職業……國籍……出生地……每個子女的相同資訊……配偶的分居同意……沒有贍養費……馬貢高等法院……配偶放棄共同生活離家出走……至今仍無下文。」

門都沒有。必須馬上停止這個程序。必須阻止時光機器讓時光倒流。他沒再往下讀，將信封塞進騎士外套的內口袋裡，扣好安全帽繫帶，再次去了「**那裡**」。然而，他發誓過再也不踏進那裡一步的。

維歐蕾特是怎麼找到他的住址？她怎麼會知道芳絲華？她又怎麼會知道她的姓？他的爸媽死去很久了，不可能是他們說的。甚至在他們死之前，他們也不知道菲利浦的居所。他們從不知道自己的兒子就在布龍定居，住在芳絲華家裡。菲利浦不會去找這個律師的。絕不會去。

他一定要讓她把平靜的日子還給他。一定要和芳絲華離開，搬走。一定得用菲利浦．佩勒提耶這名字活下去。杜森，這個姓氏總是帶來厄運。這個姓氏屬於墓園，屬於死亡，屬於菊花。這個姓氏散發陰寒，使人憶起墓園裡的貓。

兩種人生，相隔一百公里。他從未意識到布龍離沙隆區布朗松這麼近。

他將摩托車停在屋外靠街這一側。他向來都討厭屋子前面有個陌生人。這間屬於年老的墓園管理員的屋子。維歐蕾特在一九九七年種的樹都長高了。柵門也重新漆成深綠色。他沒有敲門就進到屋裡。十九年了，他的雙腳未曾踏進過這裡。

她一直都住在這裡嗎？她有重新開始她的人生嗎？當然，就是因為要展開新人生，她才想要離婚。這樣才能再婚。

一股怪異的滋味在他嘴裡。像一支槍桿子插在喉嚨裡。一雙拳頭難忍打人的衝動。恨意藏不住地表露出來。有好久他沒再感受過這種苦澀。又想到過去十九年來無憂的甜美時光。現在人性中的「**惡**」又回來了。他再次變成那個他不喜歡的男人，那個不喜歡自己的男人。菲利浦．杜森。

就是這個早上，他必須再回到他以前的那個樣子。好好的一次將不堪的這段過去一掃而盡。絕不心軟。不會的，他不會去律師那裡。不會的。他已經將身分證件撕毀，將他的過去撕毀了。

廚房的桌子上，有幾只空了的咖啡杯擱在幾本園藝雜誌上。衣帽架上掛著三條頭巾和一件白色背心。吊掛的衣物上有她的香水味。玫瑰的香氣。她一直住在這裡。

他上樓去了房間。用腳踢開裝著恐怖娃娃的塑膠盒子。力道之悍。如果可以在牆上打個幾拳，他定會這麼做。他發現房間已經重新粉刷了，地毯是天藍色的，床罩是淺粉色的，紗窗簾和窗簾布用的是一種杏仁綠。床頭櫃上放著護手霜、幾本書、一根熄了的蠟燭。他打開五斗櫃的第一個抽屜，是和牆面一樣的粉紅色。他躺在床上，想像她睡在這裡。

她還想起過他嗎？她等過他嗎？找過他嗎？

與維歐蕾特在一起的那些年他用一塊布罩起來了，然而很長一段時間裡他都夢見了她。他聽見她的聲音，她喊他而他沒有應答，他躲在陰暗角落不讓她發現，最後他摀住耳朵好不再聽她哀求的聲音。好久以來，他就這樣全身汗溼地醒來，他的罪惡感濡溼了整片床單。

浴室裡，香水、肥皂、乳霜、浴鹽，依然有蠟燭和小說。洗衣籃裡，女性內衣、白色絲質睡衣、黑色洋裝、灰色背心。

這間屋子裡沒有男人住。沒有同居生活的跡象。那為什麼要這樣找他麻煩？為什麼要翻陳年舊帳？為了要錢？要贍養費？律師信裡不是這樣說的。「協議離婚……至今仍無下文。」他聽見他媽媽在說：「你千萬別上當。」

他下了樓梯。把還站著的娃娃都弄倒了。他想到墓園裡看看雷歐妮娜的墳墓，卻改變了心意。

他身後一個影子在動，把他嚇了一跳。一隻老狗遠遠地嗅著他。他還來不及飛踢牠一腳，小動物就滾進牠舒服的籃子裡窩成一球了。廚房一個角落裡，他看見地上擺著飼料碗，想像自己的衣服上沾著小毛孩毛髮的那種生活，一陣噁心。他出了面向私人花園的那扇門，到了屋子的後面。

他沒有馬上看到她。而這裡，竟也一樣，所有的植物也就像雷歐妮娜的童話故事書裡的植物，朝天攀爬生長上去。牆上的常春藤和紅葡萄藤，黃葉的樹，紅葉的樹、粉紅葉的樹，還有五彩繽紛的花圃。這座花園就如同房間一樣，讓人以為也整個重新粉刷過了。

她在這裡。蹲在她的菜園裡。十九年沒見她了。現在她幾歲了？

不要心軟。

她背對著他。穿了件黑底白點洋裝，身上繫了件舊了的園藝圍裙，腳上是一雙長筒雨鞋。她的中長髮用一條黑色橡皮筋綁起來，頸後露出了幾綹頭髮。手戴一雙厚布手套，像是什麼東西讓她不舒服，她用右手腕揩了額頭一下。

他想要勒住她的脖子，又想抱住她。他想要愛她，又想掐死她。想要她噤聲，這樣她就再也不存在，她就消失了。

別再有罪惡感。

當她站起身，轉過來面向他時，菲利浦從她的眼中只看見恐懼。不是驚訝，不是憤怒，不是愛，不是怨，不是悔。有的只是恐懼。

不要心軟。

她沒什麼變。他又看見了在堤布宏櫃檯後那個主動幫他上幾杯酒的小小瘦弱身影。她的微笑。

現在，皺紋和髮絲交錯在她的臉上。她的五官輪廓依舊細緻，唇形依舊優美，雙眼一如既往散發著滿滿柔情。時間在她嘴邊加深了兩道括弧。

和她保持好距離。

不要叫她的名字。

不要心軟。

維歐蕾特一直都比芳絲華還要美，然而他更愛的卻是芳斯華。蘿蔔青菜，各有所好……他媽媽總是這樣說的。

他看見她身邊坐了一隻貓，他感到一陣雞皮疙瘩，這才想起他為什麼在這裡，為什麼又回到這座不幸的墓園。他記起了他決心再也不想起。再也不想起她，不想起雷歐妮娜，不想起任何其他人。他的現在就是芳絲華，他的未來也會是芳絲華。

他猛地抓住維歐蕾特，十分用力地抓住她的手臂，用力之大，像是要把她擰壞似的，像是這個男人為求對一切麻木而成為了殘忍的人。心中喚起了恨，回想起坐在花布沙發上的爸媽，擺在高辛夫婦後車廂裡那個雷歐妮娜的行李，城堡，熱水器，他媽媽穿著睡袍的樣子，還有他那目瞪口呆不明所以的爸爸。他抓住維歐蕾特的手臂，視線不和她的眼睛相對，而盯住她鼻樑上眉心一點。

她聞起來很香。不要心軟。

「我收到一封律師來信，我把信拿來還妳……妳給我聽好，妳給我聽好，妳**永遠**都別再寫信到這個地址給我，妳聽見了嗎？不論是妳還是妳的律師，**永遠**都別再寫信來。不論在哪，我不想再看到妳的名字，否則我就對妳……我就對妳……」

如同先前抓住她一樣，陡然他就鬆手了，他的身體像個牽線木偶往後退，他將那信封塞進她的圍裙口袋，碰觸到她的時候，隔著圍裙他感覺到她的肚子。她的肚子。雷歐妮娜。他轉過身背對著她，又往廚房去了。

他把桌面的東西一手掃掉，《心塵往事》這本書掉了下來。他認得封面上的那顆紅蘋果，那本書是維歐蕾特從住在沙勒維爾的時候就擁有的書。那本書，她孜孜不倦一讀再讀。七張雷歐妮娜的相片從書頁裡掉出來，散落在地毯上。他遲疑一會兒，彎下身將相片拾起。一年，兩年，三年，四年，五年，六年，七年。她還真長得像他。他將相片塞進已放回到桌上的書裡。

十九年來他將與維歐蕾特共度的那些年所罩上的蓋子，這一刻爆開來重擊了他。乘著記憶碎片而來的首先是他的孩子，接著的記憶洶湧襲來。他第一次見到的雷歐妮娜是在婦產醫院，後來她就在他們的床上，躺在他和維歐蕾特之間，然後是她裹在襁褓中的樣子，她在浴池裡的樣子，她在花園裡的樣子，她在家門前的樣子，她穿過房間的樣子，她畫畫時的樣子，她玩黏土時的樣子，她坐在桌前的樣子，她在充氣泳池裡玩的樣子，她在學校走廊上的樣子，她冬天時的樣子，她夏天時的樣子，她那有些鮮豔的紅洋裝，她的小手，還有她玩變魔術的樣子。而他總是遠遠的。想要個兒子的他，就像是他女兒生命中的過客。還有那些他都還沒唸給她聽的故事，那些他沒有帶上她同行的旅程。

當他又上了他的摩托車，他感覺到從鼻子流下的淚水。他的舅舅呂克告訴他，人會用鼻子哭是因為淚水超過了眼睛的容量，眼淚就會換成從鼻子溢出來。「孩子啊，這就跟引擎一樣。」呂克這樣對他說。他真是可悲到甚至偷走了呂克的太太。

他旋風似地發動摩托車，告訴自己騎到遠一些的地方停下來，平復自己的呼吸和思緒。他在穿過柵門時瞥見了那些十字架，想到他從來沒信過天王，一定是因為他的爸爸。他所厭惡的那些禱詞。他想起領聖體儀式那一天，喝著彌撒酒，見到了讓呂克挽著手的芳絲華。

我們如此空洞的父啊，
願你的名字被刺穿，願你的王國血流成河，
願你的旨意承行在頭癬上，如承行在梳子上一樣。
今天賜我們救命酒；
寬恕我們的揮霍，猶如我們也寬恕雞姦我們的人；
不要讓我們遭到被侵入的對待，但將我們從壞人手裡解救出來。阿們。

他緊靠著墓園的圍牆越騎越快，這三百公尺的途中，他的腦袋裡一連冒出了三個念頭，就像車子猛烈地連環追撞，在腦中交互激盪著。他要折回去向維歐蕾特請求原諒，說對不起，對不起，對不起。他要盡快回到芳絲華身邊，出發到南部去，啟程了，啟程了，啟程了。他想再見雷歐妮娜，再見她，再見她，再見她，再見她。

維歐蕾特，芳絲華，雷歐妮娜。

再見他的女兒，感覺她的存在，聆聽她，觸摸她，呼吸著她的聲息。

這是他第一次渴望有雷歐妮娜的存在。他想要雷歐妮娜，好讓維歐蕾特留在他的身邊。今天，他就像人們想要一個孩子那樣的想要雷歐妮娜。這種渴望更勝於到南部生活，更甚於對芳絲華和維歐蕾特的欲望。充滿他的腦袋，雷歐妮娜正在某個地方等他。他過去什麼都不懂，他是個壞爸爸。就在他與雷歐妮娜重逢的地方，他終於第一次要正式成為爸爸了。

菲利浦解開了安全帽繫帶。就在他遇到第一個轉彎處正準備加速前進之前、在他就要衝進下面那片公有森林的樹叢裡之前，他沒有看到人生跑馬燈般的畫面，他沒有看到如同一本書快速翻頁的畫面，他並不想看到。就在要撞進樹叢之前，他瞥見了路邊的一個年輕女子。怎麼可能。她盯著他看，而這時他的車速幾乎是時速兩百公里，他的周圍除了她注視他的目光，再沒什麼是靜止的。他只來得及想到他曾在一幅舊版畫上看過這位年輕女子。或許其實是在一張明信片上。然後，他就進到了一片光亮裡。

93

我們是晚夏，是歸途黃昏裡的熾熱，
我們是短租公寓，是那繼續如常的人生。

我還沒有下水。每年八月，第一次要下水游泳的時候，我都感到害怕。我怕找不到雷歐妮娜。我怕再也感覺不到她的存在。我怕因為我的緣故，她就不來赴約了。我怕她聽不見我在喊她，在召喚她，我怕我的聲音傳不到她那裡。我怕她再也無法充分感覺到我的愛而不回到我身邊。我怕自己再也不愛她，永遠失去了她。這恐懼荒誕無稽，我深知，就是死也無法將我和我的孩子分開的。

我起身，伸展筋骨，將帽子丟到浴巾上。我走向一片偌大閃著珠光的祖母綠地毯。早晨的陽光，刺眼，明亮。

馬賽預告了一個好天。馬賽總是遵守承諾。

在這個時間，如果是陰天，水就會是深色的。海浪一直都是沁涼的。我慢慢地往前。我將頭潛進水裡。閉著眼，往深處游去。她已經在那裡，她一直在那裡，因為她在我的裡面，她就在這裡不曾稍移。她的存在輕盈超脫。我呼吸著她溫熱鹹鹹的肌膚，有如我們在遮陽傘下，她躺在我身上睡午覺一樣。她的雙手環抱我的背，遮陽傘下的兩個小木偶。

我心愛的。

當我再浮上水面，天空的蔚藍直入眼簾，我知道我一直將她帶著，在我的裡面。這就是永恆。我游了好長一段時間，就跟每一次一樣，一點也不想再離開海水。我看著被風吹斜的松樹，我凝視著生活，我和生活離得很近，生活近在我的眼前。我慢慢靠岸。我的腳下，踩的又是沙子了。我背向沙灘，望著地平線，看著停泊靜止不動的船隻，白色碎石在光亮中懸浮著。這個世界上，沒有什麼能比這個處處皆美的地方更能讓人得救，這裡的一切都是美麗的，這裡的一切讓生者得到修復。

天氣熱，鹽分灼傷了我的臉，更灼傷了我的唇。我將頭探進水裡，閉著眼游泳，我喜愛感受著，聆聽著我身軀之下的海水。

我感覺到某個存在，另一個存在。有個人緊貼著我擦身而過。抱住了我的臀部，還將一隻手壓在我腹部上。緊貼在我身後，做著和我一樣的動作，是一支舞，像極了華爾滋。我的背感覺到他的心跳，任他的心在我的背上跳動著，我已經明白了。另一份愛的新生，一顆全新的，屬於另一個人的心臟，正移植到我的心臟裡。我的頸項感覺到他的嘴，我的背上感覺到他的髮，他的手一直在我身上游走，步履輕盈而柔軟。我如此盼望，卻又不相信，不相信這是真的。我又回到水面，他張開旋又閉上雙眼，貼在我臉頰上的睫毛，宛若蝴蝶。他用呼吸感覺我。我浮仰在水面上，他支撐著我，我任他牽引，我的身體是自由的，我的腿輕觸著海水表面，完全放鬆，他重新找到了我，我重新找到我自己。

我們就是。

我們。

是陣陣歡笑。

是一個孩子。

也是三個。

另一隻手抓住了我的手臂，緊貼著我。好像雷歐妮娜的手那樣，小小的，緊繃的，溫熱的。

我希望我不是在作夢，我希望自己活生生正在經歷這一切。這孩子撲進我的懷裡。他往我的額頭，往我的頭髮送上濕濕的吻。他往後一躍，開心地縱聲大笑。

「納東！」

我像唱誦禱詞般的喊他的名字。

他快速但卻不怎麼靈活地動作著，他睜大雙眼，像個才剛會游泳的小孩，同時既渴望又膽怯。

他放聲大笑起來，笑顏裡缺了兩顆牙。他把潛水護目鏡拉到眼睛的位置，將頭探到海水裡。他的身手顯得更自如了，在水中游出了幾個大圈圈。然後把潛水呼吸管塞進嘴裡。

他又浮出水面。他拿掉潛水呼吸器，吐了口水。他拿掉護目鏡，他那對棕色大眼的周圍留下了護目鏡壓痕，他那雙大眼在南方的陽光下炯炯有神。他朝我肩上望過來，看著朱利安，而朱利安在我耳邊悄悄地說：「來吧。」

94

沒有哪一天我們不想念著你。

二〇一七年九月七日星期六，天氣晴朗，二十三度，十時三十分。費赫農・歐克（1935-2017）的喪禮。橡木製棺材。黑色大理石墓碑。墓穴裡已安葬珍娜・堤耶－歐克（1937-2009）、西蒙娜路易－歐克（1917-1999）、皮耶・歐克（1913-2001）、雷昂・歐克（1933）。

一個白色玫瑰花圈的緞帶上寫著：「致上真摯的慰問」。一個心形白色百合花圈的緞帶上寫著：「獻給我們的爸爸，我們的祖父」。放在棺材上的紅白玫瑰的緞帶上寫著：「退伍軍人協會」。

三面紀念牌上寫著：「致我們的父親，致我們的祖父，懷念深愛著你們和為你們所愛的時光。」，「致我們的朋友。我們不會將你遺忘，你一直都在我們心中。你的釣客朋友」，「你不在遠方，只是在路的另一側」。

五十幾人出席了，其中有三個是費赫農女兒，凱瑟琳、伊莎貝和娜塔莉，還有他的七個孫兒。貓王、賈斯東、皮耶・魯奇尼和我，我們站在墓穴的旁邊。諾諾不在。他在準備他和達希歐伯爵夫人的婚禮，婚禮即將在下午三點於布朗松鎮政府大廳舉行。

賽德里克神父唸誦一段禱詞。但我們的神父不只是為將費赫農・歐克引領到上帝那裡。現在，每次他向上帝說話，他會帶著卡馬爾和阿妮塔一起進行禱告：「《若望一書》：我親愛的弟兄們，我們知道，我們已出死入生了，因為我們愛弟兄們；那不愛的，就存在死亡內。我們所以認識了愛，因為那一位為我們捨棄了自己的生命，我們也應當為弟兄們捨棄生命。誰若有今世的財物，看見自己的弟兄有急難，卻對他關閉自己憐憫的心腸，天主的愛怎能存在他內？孩子們，我們愛，不可只用言語，也不可只用口舌，而要用行動和事實。」

家屬請求皮耶・魯奇尼在棺木入土時，播放費赫農・歐克最喜歡的一首歌。賽吉・赫吉安尼[101]的那首《我的自由》。

儘管歌詞優美，我無法專心聽歌。我想著雷歐妮娜和她的爸爸。我想著正穿上年輕新郎禮服的諾諾，而達希歐伯爵夫人在幫他打領帶。我想著薩沙在恆河之水上的行旅。我想著伊蓮和加畢爾在永恆中以「你」相稱。我想著艾莉安娜跑進了牠主人瑪麗・安費希（1953-2007）的花園裡。我想著朱利安和納東不到一個小時就會來了，我想著他們的擁抱、他們的氣味、他們的溫暖。我想著賈斯東總是跌倒，而我們每次都會將他扶起。我想著貓王向來只聽艾維斯・普里斯萊的歌。

這幾個月來，我就跟貓王一樣，一直聽著某一首歌，只聽這首。這首歌唱出我所有一言難盡的心聲，所有我思緒中的囈語。我反復聆聽的這首就是文森・德朗[102]的歌，這首歌叫作：《來日方長》。

---

101 Serge Reggiani, 1922-2004，歌手、演員，生於義大利，幼年即移居法國。

102 Vincent Delerm, 1976-，法國流行創作歌手。

謝辭

我要向泰絲、瓦倫丁和克勞德致上謝意，他們對我來說不可或缺，也是永遠啟發我的人。

我也要向我親愛的弟弟亞尼克致上謝意。

我也要向我珍愛的瑪艾爾・紀堯德致上謝意。同時感謝Albin Michel整個出版社團隊的努力。還有艾蜜莉、阿蕾特、奧黛莉、艾勒莎、艾瑪、卡特琳、夏洛特、吉樂、卡蒂亞、瑪儂、美露莘、米歇爾、米榭勒、莎拉、莎樂美、希樂薇以及威廉，感謝你們忠實可靠的支持。能有你們在身邊，是多麼幸運的事情。

我也要向這位真實存在的諾爾貝特・喬利維致謝。對在格尼翁鎮工作三十年的這位掘墓人來說，他的一切沒有需要更動的地方，我沒有改掉他的姓和名。因為寫這本小說才有幸讓這位總是營造歡樂和善意的掘墓人成為我的朋友。我希望永遠都能和你一起喝咖啡，一起品嘗基爾酒。

我也要感謝在海濱城市特魯維爾開設山谷車工葬儀社的拉斐爾・法杜。他在這間獨特的，充滿人情味的禮儀用品店為我敞開大門，沒有人像拉斐爾一樣，和我分享他對工作的熱愛，分享對死亡和對當下的感悟，交託給我無比的信任。

感謝爸爸的花園和他熱心的指導。

感謝斯特凡納・博丹給予的中肯意見。

感謝賽德里克和卡洛提供珍藏的照片和真摯情誼。

感謝朱利安・瑟爾准許我用他的姓名。

感謝德尼・法約爾、荷貝・巴丹戴爾和埃里克・杜邦・莫雷蒂這三位先生。

感謝所有我在馬賽和卡西斯的朋友們，我的度假小屋，就是你們。

感謝歐珍妮・雷路許和西蒙・雷路許提供我這個故事的靈感。

感謝強尼・哈立戴、艾維斯・普里斯萊、夏勒・特雷內、賈克・布瑞爾、喬治・巴桑、賈克・普維、芭芭拉、拉斐爾・阿羅什、文森・德朗、克勞德・努加羅、讓－賈克・高德曼、班雅明・畢歐雷、賽吉・赫吉安尼、皮耶・巴胡、芳絲華・哈蒂、阿蘭・巴頌、查特・貝克、達米安・賽茲、丹尼爾・吉夏爾、吉伯・貝蔻、法西斯・卡布瑞爾、米歇爾・喬納斯、賽吉・拉瑪、伊蓮娜・波伊，以及亞妮斯・修米埃。

最後，更要大大感謝所有支持《星期天被遺忘的人》這本小說的人，因為有你們，我才寫出這第二本小說。

國家圖書館出版品預行編目（CIP）資料

為花換新水／瓦萊莉・貝涵（Valérie Perrin）著；林苡樂譯. -- 初版. -- 臺北市：商周出版：英屬蓋曼群島商家庭傳媒股份有限公司城邦分公司發行, 2023.05
536面；15×21公分
譯自：Changer l'eau des fleurs
ISBN 978-626-318-509-8（平裝）

876.57　　　111018899

為花換新水
Changer l’eau des fleurs

作　　者	瓦萊莉・貝涵（Valérie Perrin）
譯　　者	林苡樂
責任編輯	劉憶韶
特約編輯協力	翁蓓玉
設　　計	日央設計
排　　版	黃雅藍
版　　權	吳亭儀
行銷業務	賴玉嵐、周丹蘋、林秀津、周佑潔、郭盈均、賴正祐、黃崇華
總 編 輯	劉憶韶
總 經 理	彭之琬
事業群總經理	黃淑貞
發 行 人	何飛鵬
法律顧問	元禾法律事務所 王子文律師
出　　版	商周出版 臺北市104民生東路二段141號9樓 電話：(02)25007008 傳真：(02)25007759 Email：bwp.service@cite.com.tw
發　　行	英屬蓋曼群島商家庭傳媒股份有限公司城邦分公司 臺北市中山區民生東路二段141號2樓 書虫客服服務專線：02-25007718 02-25007719 24小時傳真專線：02-25001990 02-25001991 服務時間：周一至周五 9:30-12:00 13:30-17:00 劃撥帳號：19863813 戶名：書虫股份有限公司 讀者服務信箱Email：service@readingclub.com.tw
香港發行所	城邦（香港）出版集團有限公司 香港灣仔駱克道193號東超商業中心1樓 Email：hkcite@biznetvigator.com 電話：(852)25086231 傳真：(852)25789337
馬新發行所	城邦（馬新）出版集團 Cite（M）Sdn Bhd 41, Jalan Radin Anum, Bandar Baru Sri Petaling, 57000 Kuala Lumpur, Malaysia. Tel :(603)90578822 Fax：(603)90576622 Email：cite@cite.com.my
印　　刷	卡樂彩色製版印刷有限公司
總 經 銷	聯合發行股份有限公司 新北市231新店區寶橋路235巷6弄6號2樓

2023年5月6日初版
定價550元

 ISBN 978-626-318-509-8